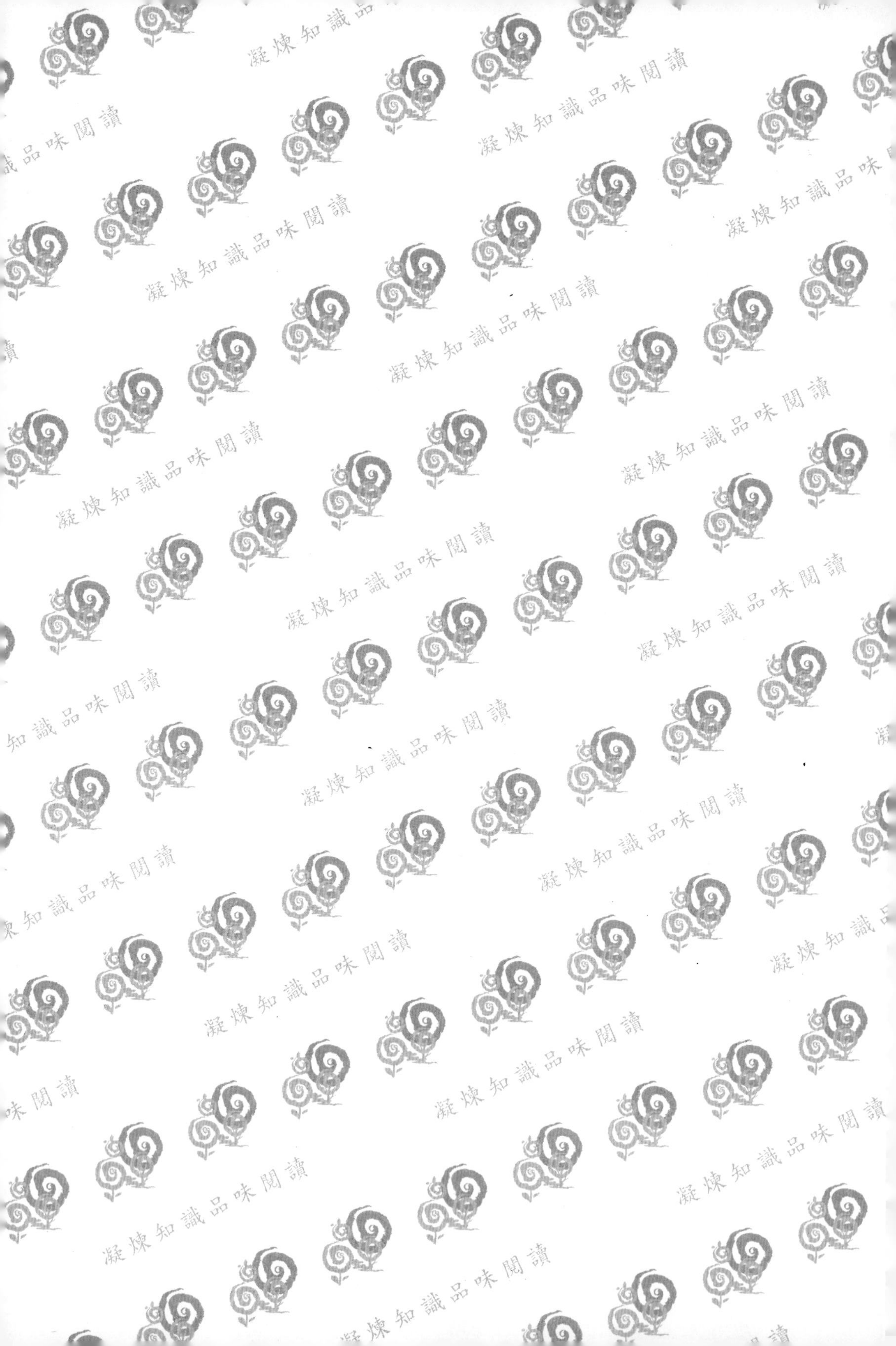

圖解系列

圖解

中國文學史（下）

——辭賦・文章・小說瓊林宴

簡彥姈／著

圖解讓
中國文學史
更簡單

五南圖書出版公司 印行

自序

中國文學博大精深，文學歷史源遠流長。據推測早在遠古時代，先民自能透過語言傳達情意伊始，便有文學存在；那應是一些口頭流傳的歌謠，但礙於時空限制，無法被保留下來。直到文字發明以後，初民表情達意的詩歌、記言敘事的散文因而得以保存，故我們可從殷商文獻中想像商代文學的雛形。其後，《詩經》為中國文學史揭開了序幕，〈風〉〈雅〉精神、比興傳統使之成為我國北方文學的代表、歷代韻文的始祖。《楚辭》繼而興起，成為南方文學之典型、後世辭賦之初祖。隨著文明的進步，春秋戰國時代一方面禮崩樂壞，政局動盪，一方面教育普及，百家爭鳴，是學術思想的黃金期，因此，無論記錄歷史大事的史傳散文、記載策士遊說的策論散文或闡述各家哲理的諸子散文皆蓬勃發展。雖然先秦散文還不是真正的「純文學」創作，但《左傳》、《戰國策》、《莊子》等篇章卻是中國古典散文的源頭。

賦體在《楚辭》、《荀賦》的基礎上繼以發揚光大，一躍成為漢代文學主流。兩漢詩歌成就在於五言詩的成熟、七言詩的萌芽；而散文方面，以司馬遷《史記》、班固《漢書》為史傳散文之雙璧，另有單篇的政論散文、書信、墓碑等文章仍非「純文學」創作，但在古典散文發展史上地位重要。魏晉南北朝，包括北六朝、南六朝：前者即曹魏、西晉、北魏（後分為東魏、西魏）、北齊、北周、隋（統一以前）；後者為東吳（和蜀漢）、東晉、宋、齊、梁、陳，故又統稱為「六朝」。六朝政治黑暗、戰爭頻仍，民不聊生之餘，在文學上卻隨著駢偶技巧、聲律說、純文學觀念的興起，出現綺靡雕琢的文學風氣，無論太康詩、山水詩、「永明體」、宮體詩、駢文、俳賦等，皆以華美靡麗著稱。唯有陶淵明「繁華落盡見真淳」的田園詩，和文士恣意炫奇的志怪、志人筆記小說，始別樹一幟，為當代文壇注入一股清新活力。

在文學史上，由於隋代（581~619）歷時不到四十年，很難發展出獨特的文學風貌，故列入唐代討論，一般習慣稱為「隋唐文學」；一如秦代（221B.C.~207 B.C.）國祚不到二十年，更難在文學上有所建樹，因此併入兩漢之中，是為「秦漢文學」。隋唐以降，詩歌發展已臻登峰造極之境。在形式上，至唐人手中近體詩（絕句、律詩）逐漸成熟，與兩漢、六朝古體詩（樂府、古詩）相互輝映，可謂諸體畢備；在內容上，自然詩、浪漫詩、邊塞詩、社會詩等，百花齊放，繽紛絢麗，展現出詩歌的多元面貌。此外，隋唐科舉取士之風盛行，加上格律詩（近體詩）勃興，直接影響到律賦的崛起。在文章方面，駢文為唐人文章之大宗，中唐古文運動算是異軍突起，終如曇花一現般，隨著韓、柳辭世而告沉寂。儘管如此，唐代古文後繼乏力，卻間接提供傳奇小說記事、議論等的文體，造成唐傳奇方興未艾的盛況。所謂「古文」，是將古代記歷史、載遊說、述哲理的實用散文拿來從事文學創作；至此，將先秦的散文發展出「純文學」之作，而與駢文並稱，成為古典文章之二體。隋唐民間詞興起，中唐文士偶爾染指填詞之列，至晚唐、五代形成所謂「花間詞風」，經南唐詞人的努力，終於促成宋詞的蔚為奇觀。唐代佛教鼎盛，寺廟僧侶以講唱方式向群眾宣揚佛法，此講唱佛經的底本，即「變文」。民間「講唱文學」發展至宋代，成為以說故事為專業的「說話」（或稱「說書」）；而「變文」亦發展成說話人說故事的底本，即「話本」。由此可見，宋代以來民間文學的繁榮，實濫觴於唐代。

詞，為兩宋文學的代表。婉約之作為詞家正宗，蘇、辛豪放詞為宋詞別開生面，但終究屬別調，故李清照提出詞「別是一家」之說，對東坡詞頗有非議。辛棄疾詞風多元，豪放、婉約之作兼而有之，堪稱宋詞之集大成者。歐陽修、蘇軾先後主盟文壇，倡導北宋詩文革新，在詩歌方面，經黃庭堅及江西諸子的發揚，於焉形成「以文字為詩，以議論為詩，以才學為詩」的宋詩新風貌；在文章方面，經曾鞏、王安石、蘇洵、蘇轍等響應，古文終於取代了駢文，從此躍居歷代文章之主流。受唐宋古文影響，加上歐、蘇大力提倡，散賦成為宋代辭賦的代表作。此外，宋代文言小說，承六朝筆記、唐傳奇之餘緒繼續發展，屬於士大夫文學；白話小說受唐代講唱佛經之啟迪，為了因應市井娛樂而興，故發展出活潑生動的話本小說，是道地的民間通俗文學。

曲，是元代文學的主流。元曲包括散曲和戲曲：元人散曲前期較注重本色，無論清麗派或豪放派，皆多自然質樸之作；後期因寫作技巧的精進，逐漸趨於騷雅典麗一途。由於元代散曲豪放派以馬致遠為代表，清麗派以張可久為代表，因此二人並稱為「曲中雙絕」。我國真正的戲曲始於元雜劇，而關漢卿為公認的雜劇之首創者。元雜劇發展，前期作家輩出，作品豐富，無論質與量上均較後期略勝一籌；後期發展重心南移，劇作家多為南方人，或流寓南方的北地人，他們大多注重采藻，鮮少展現本色。放眼元代文壇，除了散曲、雜劇枝繁葉茂之外，詩、詞、文、賦相對顯得枯寂，真是一個曲的時代！

有明文壇最特殊的景象是通俗與復古並行不悖。一方面小說、戲曲發達，通俗文學大行其道，「四大奇書」（《水滸傳》、《三國演義》、《西遊記》、《金瓶梅》）為長篇章回小說的瑰寶，《三言》（《喻世明言》、《警世通言》、《醒世恆言》）、《二拍》（《初刻拍案驚奇》、《二刻拍案驚奇》）是擬話本小說的奇葩，而「五大傳奇」（《琵琶記》、《荊釵記》、《白兔記》、《拜月亭》、《殺狗記》）繼元人雜劇之後登上劇壇盟主的寶座，至魏良輔改良崑山腔，傳奇從此盛況空前，成為明、清戲曲的主旋律。一方面卻有文士提出詩、文復古之論，其中以前、後七子的「文必秦漢，詩必盛唐」口號喊得最響亮，強調亦步亦趨模擬古人，如習字臨帖般，久而久之，自成名家。當然，有人提倡擬古，必定有人站出來高揭反對的旗幟，如公安三袁主張「獨抒性靈，不拘格套」、竟陵派鍾惺又試圖以「幽深孤峭」的風格拯救公安詩文過於輕率之弊，總之，由於這一股反擬古、重性靈風潮，間接帶動了晚明小品文的蓬勃發展。

清代是中國古典文學的復興期，小說、戲曲、詩詞、文章等燦然並出，再現榮景。長篇章回小說承明代遺緒，出現如吳敬梓《儒林外史》、曹雪芹《紅樓夢》諸名著，成就斐然；短篇文言筆記小說，則以蒲松齡《聊齋志異》為代表作。另康熙年間，洪昇《長生殿》、孔尚任《桃花扇》為崑曲復興之契機；至乾隆以後花部諸腔興起，逐漸扭轉崑曲獨霸劇壇二百多年的局面。道光、咸豐年間，皮黃劇（又名京劇）盛行；之後此劇以二黃、西皮為主調，再融合眾家之長，終於躍居領導地位。清初詩歌，不外尊唐、宗宋二流派；至中葉以後，龔自珍等關心民瘼、揭發時弊的作品，始開展出清詩的時代風貌。清末，梁啟超、譚嗣同等提出「詩界革命」口號，試圖透過詩歌達成政治改革、救國救民的目的。清詞復興，無論陽羨派尊蘇、辛，浙西詞派宗姜、張，納蘭性德取法李後主，常州詞派主張比興寄託，或王國維提出「境界說」等，可說理論與創作並出，是繼宋詞之後又掀起另一波高潮；綜觀清詞發展，詞學理論上的成就凌駕於倚聲創作之上，應是毋庸置疑的。「天下文章在桐城」，桐城派及其支流陽湖派、湘鄉派的古文，遙承韓、柳、歐、蘇古文，繼續支配清代文壇二百餘年；直到清末西學傳入，一些古文家仍以古文翻譯西洋典籍，試圖力挽狂瀾，但古文終究不敵語體文的衝擊，而被淹沒在時代洪流之中。

我自幼鍾情於中國文學，依稀記得從前準備碩士班、博士班考試時，有感於中國文學內容廣博、卷帙浩繁，便悄悄許下宏願：將來若能學有所成，定要擷取眾家之長，闡述師說，訂以己意，撰寫一部精彩、生動又好讀的中國文學史，以嘉惠廣大學子。兩年前，承蒙　五南圖書出版公司黃文瓊主編的邀約，讓我得以一償夙願；七百多個日子以來，課餘閒暇，案前燈下，埋首寫作，總算不負所託完成《圖解中國文學史》上、下二冊。

寫作期間，腦中不時浮現當年老師們的精言妙語、耳提面命，讓我文思泉湧，下筆無礙。而今自己也身為老師，終於能深刻體會昔日師長們的用心良苦，春風化雨的大公無私。我雖不敏，願仿野人獻曝之精神，一本愚誠，不計粗鄙，將自己多年學習、研讀、教學心得公諸於世，一則與同好分享，一則就教於博雅方家。最後，感謝　五南圖書出版公司玉成，感謝　邱師燮友的提攜照顧，　嚴師紀華的關懷鼓勵，及王珍華學姐、學生莊琦如等人的鼎力相助，謝謝您們的支持與愛護，讓我一路走來，文學的夢想依舊，寫作的熱情未減。

 2018.3.21

INDEX 目錄

【上冊】

第 1 章　緒　論

第 2 章　詩　歌

第 3 章　詞　曲

第 4 章　戲　曲

附錄：

【下冊】

第 5 章　辭　賦

第6章 文 章

第7章 小 說

第 8 章 結 論

附錄：

給我 20 天，帶您掌握中國文學史

下冊

20 天	講授內容		文學花絮	
第 11 講		辭賦		湘妃竹：斑斑血淚都是愛
第 12 講		漢賦		陳阿嬌：我要住金屋，不要去長門宮！
第 13 講		唐代文章		韓愈：只有窮鬼老愛纏著我
第 14 講		宋代文章		蘇軾：門生也是「想當然耳」
第 15 講		明代文章		信陵君：我是沒把魏王放眼裡！

20天	講授內容		文學花絮	
第16講		清代文章		**侯方域：** 香君，香君， 我愛你！
第17講		小說的雛形		**惠施：** 你不是魚，怎麼 知道魚快樂呢？
第18講		唐人傳奇		**歐陽紇：** 白猿， 還我嬌妻來！
第19講		話本、擬話本		**王美娘：** 易求無價寶， 難得有情郎
第20講		文評與詩話		**曹丕：** 我老婆愛的竟是 我老弟

第5章 辭　賦

UNIT 5-1 風雅變體稱辭賦

辭賦之界說

所謂「辭」，言之成文者；所謂「賦」，鋪陳其事而直言之也；皆具「鋪采摛文，體物寫志」之意。古典文學「辭賦」二字每每並舉，如《史記・屈原列傳》云：「屈原既死之後，楚有宋玉、唐勒、景差之徒者皆好辭，而以賦見稱；然皆祖屈原之從容辭令。」劉向遂輯屈原〈離騷〉與宋玉、景差、賈誼之作為《楚辭》。班固《漢書・藝文志》又將屈原諸作列於「詩賦略」。可見辭、賦均為《詩經》六義之附庸、不歌而誦之詩歌；而賦須押韻，辭不一定用韻。

又任昉《文章緣起》云：至漢代，文士「專取《詩》中賦之一義以為賦，又取〈騷〉中贍麗之辭以為辭。」於是辭賦乃變成綺靡美文，以典雅繁縟為貴，從此不再被視為詩歌之屬，而成為介於詩、文之間的獨立文體。姚鼐《古文辭類纂》承沿班《志》，將「辭賦」列為古文十三體之一，其序云：

> 辭賦類者，〈風〉〈雅〉之變體也。楚人最工為之，蓋非獨屈子而已。……辭賦固當有韻，然古人亦有無韻者，以義在託諷，亦謂之賦耳。漢世校書有《辭賦略》，其所列者甚當。……余今編辭賦，一以《漢略》為法。

申明辭賦源自《詩經》，近乎文，實為獨立於詩、文之外的另一種文體。

辭賦之淵源

辭賦導源於《詩經》，蛻變自屈〈騷〉，出入乎諸子，時至漢代，蔚為發展，成為一代文學主流。如章學誠《校讎通義》云：

> 古之賦家者流，原本《詩》〈騷〉，出入戰國諸子。假設問對，莊、列寓言之遺也；恢廓聲勢，蘇、張縱橫之體也；排比諧隱，韓非《儲說》之屬也；徵材聚事，《呂覽》類輯之義也。

明揭辭賦一體之特色：「恢廓聲勢」，即劉勰所說「鋪采摛文」；「假設問對」、「排比諧隱」，即姚鼐所謂「設辭託諷」。漢賦的興盛，與當時學術風氣、政治環境等息息相關。由於漢代一統天下，政局穩定，縱橫捭闔之術無從發揮，一般文士轉而致力於鋪陳辭采，雕琢字句，以謳歌太平盛世，博得君王歡寵，作為干祿之階。

辭賦之流變

歷代辭賦的發展，依時代風氣、作家才性之不同，可分為騷賦、短賦、古賦、俳賦、律賦、散賦及股賦七種，即所謂「辭賦七體」。辭賦創始於《楚辭》，以〈離騷〉為代表作，故有「騷賦」之稱。至《荀子・賦篇》，始以「賦」名篇，重詠物說理，且篇幅短小，又稱「短賦」。兩漢盛行「古賦」，雖侈麗閎衍，卻不失古意。六朝流行「俳賦」，或稱「駢賦」，但重聲律、藻飾之美，毫無〈風〉、〈雅〉精神。「律賦」興於隋唐，專以協平仄、工對偶為能事，缺乏思想、情感。「散賦」盛於宋代，純以散文筆法為之，不拘於字句、格律。「股賦」昌於明、清，兼律、散二體而雜揉之，於對偶中羼入八股文句法，寓駢於散，以排為偶，雖形式完美，卻桎梏性靈，實為辭賦之末流。

體物寫志重鋪陳

辭賦之界說

★「辭」為言之成文者,「賦」即鋪陳其事而直言之也,皆具「鋪采摛文,體物寫志」之意。
★劉向輯屈原〈離騷〉與宋玉、景差、賈誼等人之作為《楚辭》。
★班固《漢書・藝文志》又將屈原等人之作,列於「詩賦略」。
★古典文學「辭賦」每每並舉。因為辭、賦均為《詩經》六義之附庸、不歌而誦之詩歌;而賦須押韻,辭不一定用韻。

★至漢代,辭賦變成綺靡美文,以典雅繁縟為貴,從此不再被視為詩歌之屬,而成為介於詩、文之間的獨立文體。
★姚鼐《古文辭類纂》承沿班《志》,將「辭賦」列為古文 13 體之一。

辭賦之淵源

★辭賦導源於《詩經》,蛻變自屈〈騷〉,出入乎諸子,時至漢代,蔚為發展,成為 1 代文學主流。
★如章學誠《校讎通義》云:「古之賦……假設問對,莊、列寓言之遺也;恢廓聲勢,蘇、張縱橫之體也;排比諧隱,韓非《儲說》之屬也;徵材聚事,《呂覽》類輯之義也。」明揭辭賦之特色:「恢廓聲勢」,即「鋪采摛文」;「假設問對」、「排比諧隱」,即「設辭託諷」。

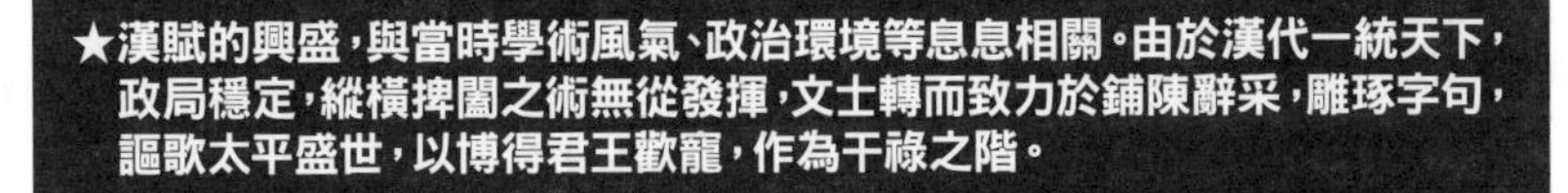

★漢賦的興盛,與當時學術風氣、政治環境等息息相關。由於漢代一統天下,政局穩定,縱橫捭闔之術無從發揮,文士轉而致力於鋪陳辭采,雕琢字句,謳歌太平盛世,以博得君王歡寵,作為干祿之階。

辭賦之流變

所謂「辭賦七體」,包括:

騷賦 《楚辭》以〈離騷〉為代表作,故又有「騷賦」之稱。
短賦 《荀子・賦篇》始以「賦」名篇,重詠物說理,且篇幅短小,又稱「短賦」。
古賦 兩漢盛行長篇大賦,內容侈麗閎衍,不失古意,故稱「古賦」。
俳賦 六朝流行重聲律、講藻飾,追求形式之美的小賦,稱「俳賦」,或「駢賦」。
律賦 隋、唐時,受近體詩影響,專以協平仄、工對偶為能事,缺乏思想、情感的是「律賦」。
散賦 盛於宋代,純以散文筆法為之,不拘於字句、格律的為「散賦」。
股賦 昌於明、清,兼律、散二體而雜揉之,於對偶中羼入八股文句法,寓駢於散,以排為偶,雖形式完美,卻桎梏性靈者,即「股賦」。

UNIT 5-2

受命不遷生南國

少年得志

屈原（340 ? B.C.~278 ? B.C.），芈姓，屈氏，名平，字原，戰國末楚國貴族。品行高潔，早年即作〈橘頌〉以自況：「后皇嘉樹，橘徠服兮。受命不遷，生南國兮。……嗟爾幼志，有以異兮。……蘇世獨立，橫而不流兮。」期許自己如橘樹般秉受天命，獨立不遷，絕不隨波逐流於濁世中。據《史記・屈原列傳》云：「博聞彊志，明於治亂，嫻於辭令。」故深得懷王信任。約二十六歲時，他任左徒之官，「入則與王圖議國事，以出號令；出則接遇賓客，應對諸侯。」他亦善於辦理外交，約二十七歲時，曾第一次出使齊國。後懷王請他草創憲令，引起上官大夫等的嫉妒；故意向懷王進讒言，說屈原每擬一令，便沾沾自喜，以為「非我莫能為也」。懷王開始疏遠他。

秦國不樂見齊、楚結盟，派張儀來遊說懷王，許以歸還商於之地六百里，作為楚、齊斷交的條件。直到楚國與齊國絕交，才發現上當。懷王憤而發兵攻秦，潰敗相踵，遂失漢中之地。懷王又起用屈原，命他東使齊國。從此，楚國外交連連失策，時而聯齊，時而媚秦。隨著國內親秦派勢力抬頭，屈原力諫得罪，遂被流放至漢北。

流放漢北

屈原初謫居漢北時，作〈抽思〉云：「有鳥自南兮，來集漢北。」藉以抒發放逐異域、孤苦伶仃的心情。篇中一面追憶北上的君王：「昔君與我成言兮，曰黃昏以為期。」一面懷念南方的故鄉：「唯郢路之遼遠兮，魂一夕而九逝。」其鄉國之思，可以想見。

後因親齊派再度崛起，屈原奉召還朝。秦昭王欲與楚國聯姻，懷王擬入秦；屈原極力勸阻，懷王卻聽信幼子子蘭讒言，執意前往。剛進武關，便身陷埋伏；三年後竟客死秦國。太子橫繼位，即頃襄王，以子蘭為令尹（宰相）。楚人交相責怪子蘭不該勸懷王入秦，而讚美屈原具有先見之明。子蘭因此懷恨在心，使上官大夫等讒害屈原，於是頃襄王再將他放逐至江南。

放逐江南

從《九章》中〈哀郢〉、〈涉江〉兩篇，不難看出屈原流放江南時經過的路程。如〈哀郢〉云：「發郢都而去閭兮」、「上洞庭而下江」、「背夏浦而西思兮」、「當陵陽之焉至兮」，可知他是從郢都出發，沿江東行，行經夏浦，而到陵陽。再據〈涉江〉云：「且余濟乎江湘」、「乘鄂渚而反顧兮」、「乘舲船余上沅兮」、「朝發枉渚兮，夕宿辰陽」、「入漵浦余儃佪兮」，足見他到陵陽後，再折向西南行，從鄂渚入洞庭，濟沅水而至辰陽，入漵浦。復東南行至長沙，賦〈懷沙〉，為其絕筆之作。〈懷沙〉云：「滔滔孟夏兮，草木莽莽。」是知該篇作於孟夏（四月），與傳說中屈原不忍見佞臣誤國、國勢漸衰，遂於五月五日投汨羅江殉國的時間相近。

屈原年少得志，又不屑同流合汙，如〈漁父〉云：「舉世皆濁我獨清，眾人皆醉我獨醒。」道出他被流放的原因。又云：「安能以身之察察，受物之汶汶者乎？寧赴湘流，葬於江魚之腹中。安能以皓皓之白，而蒙世俗之塵埃乎？」更闡明其潔身自愛、寧死不屈的人格操守。

憂讒畏譏屈大夫

少年得志

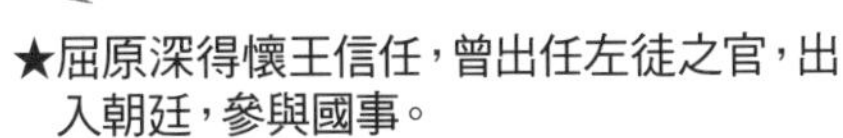

★屈原深得懷王信任，曾出任左徒之官，出入朝廷，參與國事。

★約 27 歲出使齊國。後因上官大夫等進讒言，懷王於是疏遠他。

★張儀許以歸還商於之地六百里，作為楚、齊斷交的條件。懷王發現上當後，憤而攻秦，戰敗，遂失漢中之地。

★懷王命屈原再度東使齊國。不久，屈原力諫得罪，遂被流放至漢北。

其人品行高潔，早年作〈橘頌〉以自況，期許自己如橘樹般秉受天命，獨立不遷，絕不隨波逐流於濁世之中。

流放漢北

★屈原流放漢北，後親齊派崛起，奉召還朝。

★屈原力阻懷王入秦，但懷王執意前往。懷王剛進武關，便身陷埋伏；後客死秦國。

★太子橫繼位，即頃襄王，以子蘭為令尹。

★子蘭、上官大夫等讒害屈原，屈原於是再次被放逐至江南。

屈原初謫居漢北時作〈抽思〉，以抒發放逐異域、孤苦伶仃的心情。篇中一面追憶北上的君王（懷王），一面懷念南方的故鄉。

放逐江南

★從《九章》中〈哀郢〉、〈涉江〉2 篇，不難看出屈原流放江南時經過的路程。

★從〈哀郢〉中，可知他是從郢都出發，沿江東行，行經夏浦，而到陵陽。

★再據〈涉江〉，足見他到陵陽後，再折向西南行，從鄂渚入洞庭，濟沅水而至辰陽，入漵浦。

★復東南行至長沙，賦〈懷沙〉，為其絕筆之作。

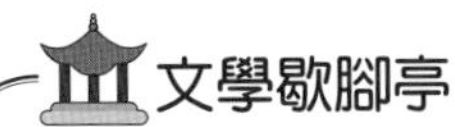

文學歇腳亭

相傳屈原不忍見楚國一天比一天衰敗，於農曆 5 月 5 日投汨羅江，以身殉國。楚地百姓駕舟追救不及，哀慟欲絕，漁人在江上來回打撈其遺體，後來演變成端午龍舟競渡的活動。

人們又把米飯等食物丟入水中，希望屈原死後仍有東西吃。相傳屈原託夢說要用葉子包裹，外面纏上絲線，才不會被蛟龍奪食，因此出現了「粽子」。又有人把雄黃酒倒進江中，讓蛟龍等水獸喝了之後暈眩，牠們才致傷害屈大夫；此即端午節喝雄黃酒的由來。

UNIT 5-3

香草美人靈均恨

屈原的作品，《漢書．藝文志》載：「屈原賦二十五篇。」《史記．屈原列傳》載有〈離騷〉、〈天問〉、〈招魂〉、〈哀郢〉、〈懷沙〉及〈漁父〉六篇。王逸《楚辭章句》具體列出二十五篇：〈離騷〉、《九歌》（十一篇）、〈天問〉、《九章》（九篇）、〈遠遊〉、〈卜居〉、〈漁父〉。其中〈招魂〉一篇，司馬遷以為出於屈原，王逸認為宋玉所作，直到林雲銘《楚辭燈》云：「余決其為原自作者，以首尾有自敘、亂辭及太史公傳贊之語，確有可據也。」自此，〈招魂〉為屈原自招之作，始為人所採信。

自傳長詩

〈離騷〉通篇長達二千四百九十字，為一首奇幻瑰麗的自傳式長詩，是屈原「明己遭憂作辭也」，更是一部血淚交織而成的生命悲歌。《史記．屈原列傳》云：「屈平正道直行，竭忠盡智以事其君。讒人間之，可謂窮矣。信而見疑，忠而被謗，能無怨乎？屈平之作〈離騷〉，蓋自怨生也。」

〈離騷〉是屈原的辭賦體自傳，他在文中自稱名「正則」，字「靈均」，通篇以浪漫抒情的手法寫成。內容可分為五部分：

一、敘述自身握瑾懷瑜，執意推行美政，及失敗遭貶的過程。

二、反思自己正直遭貶，並沒有錯，而不理會姐姐女嬃的指責。

三、他政治失意之餘，上天下地，藉由各種神話、傳說，流露出內心的願望與痛苦。

四、上天下地皆行不通，他不知該何去何從，轉而到崑崙山求神問卜。

五、幾經周折後，他決定依神靈指引去投奔西皇，卻因思念家鄉而卻步。最後，遠遊不成，又沒有知音，所以產生以身殉國的念頭。

《楚辭章句．離騷序》評云：「〈離騷〉之文，依《詩》取興，引類譬喻。故善鳥香草以配忠貞，惡禽臭物以比讒佞，靈修美人以媲於君，宓妃佚女以譬賢臣，虯龍鸞鳳以託君子，飄風雲霓以為小人。其辭溫而雅，其義皎而朗，凡百君子莫不慕其清高，嘉其文采，哀其不遇，而憫其志焉。」此香草美人傳統，比興寄託手法，為中國古賢士幽約怨悱之作創闢新徑。

其他作品

《九歌》是一套祭祀神鬼的儀式劇，由音樂、歌辭與舞蹈組成。相傳是沅湘之間百姓的祭神歌曲，文辭經屈原潤飾而成。包括：〈東皇太一〉（尊貴的天神）、〈雲中君〉（雲神）、〈湘君〉與〈湘夫人〉（湘水神）、〈東君〉（日神）、〈大司命〉與〈少司命〉（命運之神）、〈河伯〉（河神）、〈山鬼〉（山神）、〈國殤〉（陣亡將士）及〈禮魂〉（送神曲）。

《九章》，計有〈橘頌〉、〈惜誦〉、〈抽思〉、〈哀郢〉、〈涉江〉、〈思美人〉、〈悲回風〉、〈惜往日〉及〈懷沙〉。據朱熹《楚辭集注》云：「後人輯之，得其九章，合為一卷，非必出於一時之言也。」可見《九章》之名為後人所加，包含其各時期之作，是研究屈原生平最可靠的材料。

〈天問〉，向蒼天提出一百七十多個疑問，表現出屈原非凡的學識和想像力，正如司馬遷所說是苦極呼天、人窮返本之作。其文學性雖不如〈離騷〉，但極具古史、神話研究的價值。

明己遭憂賦離騷

★ 據《漢書．藝文志》云：「屈賦二十五篇。」

★《史記．屈原列傳》載有〈離騷〉、〈天問〉、〈招魂〉、〈哀郢〉、〈懷沙〉及〈漁父〉6 篇。

★ 王逸《楚辭章句》具體列出 25 篇：〈離騷〉、《九歌》（11 篇）、〈天問〉、《九章》（9 篇）、〈遠遊〉、〈卜居〉、〈漁父〉。

爭議

〈招魂〉1 篇，司馬遷以為出於屈原，王逸認為宋玉所作，清代林雲銘《楚辭燈》謂為屈原自招之作，始又為人採信。

★〈離騷〉長達 2490 字，為 1 首奇幻瑰麗的自傳式長詩，是屈原「明己遭憂作辭也」，更是 1 支血淚交織而成的生命悲歌。

★〈離騷〉之文，依《詩經》取興，引類譬喻。此香草美人傳統，比興寄託手法，為中國古賢士幽約怨悱之作創闢新徑。

其他作品

《九歌》

《九歌》是 1 套祭祀神鬼的儀式劇，由音樂、歌辭與舞蹈組成。相傳是沅湘之間百姓的祭神歌曲，文辭經屈原潤飾而成。

《九章》

《九章》之名為後人所加，包含屈原各時期的作品，是研究其生平最可靠的材料。

〈天問〉

〈天問〉中，向蒼天提出 170 多個疑問，表現出屈原非凡的學識和想像力，正如司馬遷所說是苦極呼天、人窮返本之作。其文學性雖不如〈離騷〉，但極具古史、神話研究的價值。

UNIT 5-4

屈賦諸騷曰楚辭

楚辭的含義

「楚辭」二字連用，最早見於《史記》，可見西漢武帝時，已有此名。楚辭，顧名思義，本泛指楚地的歌辭，後來用以指稱屈原一類「書楚語，作楚聲，記楚地，名楚物」的作品，遂成為專稱。後世又演變為文體名，即使作者非楚國人，內容未必描寫楚地風物，但以屈原等體製為依歸者，皆可謂之楚辭。如《史記‧張湯傳》云：「（朱）買臣以楚辭與（嚴）助俱幸。」《漢書‧地理志下》云：

> 楚賢臣屈原被讒放流，作〈離騷〉諸賦以自傷悼。後有宋玉、唐勒之屬慕而述之，……漢興，……枚乘、鄒陽、嚴夫子之徒，興於文、景之際。……而吳有嚴助、朱買臣貴顯漢朝，文辭並發，故世傳楚辭。

漢人仿屈原之作，仍稱楚辭；可見楚辭已成為一種文體。至劉向（77B.C.~6 B.C.），編《楚辭》一書，楚辭始成為專書之名。如清人《四庫提要》云：

> 初，劉向裒集屈原〈離騷〉、《九歌》、〈天問〉、《九章》、〈遠遊〉、〈卜居〉、〈漁父〉。宋玉〈九辯〉、〈招魂〉。景差〈大招〉，而以賈誼〈惜誓〉、淮南小山〈招隱士〉、東方朔〈七諫〉、嚴忌〈哀時命〉、王褒〈九懷〉，及向所作〈九嘆〉，共為《楚辭》十六篇，是為總集之祖。

劉向《楚辭》已亡佚。今傳世最古的本子，為王逸《楚辭章句》。至宋代朱熹《楚辭集注》，又增錄漢、宋人之擬作，《楚辭》一書內容更形龐雜。

楚辭的特徵

《楚辭》是楚國的辭賦總集，古代南方文學的代表。其特徵有四：

一曰句式靈活變化：《楚辭》打破《詩經》四言句法，加入「兮」字，句式靈活，富於變化。如《王風‧采葛》云：「彼采葛兮，一日不見，如三月兮！」同樣寫相思，《九歌‧少司命》云：「入不言兮出不辭，乘回風兮載雲旗。悲莫悲兮生別離，樂莫樂兮新相知。」《楚辭》委婉纏綿，更具情韻。

二曰風格浪漫瑰麗：《文心雕龍‧辨騷》云：「至於託雲龍，說迂怪，駕豐隆求宓妃，憑鴆鳥媒娀女，詭異之辭也；康回傾地，夷羿彃日，木夫九首，土伯三目，譎怪之談也；依彭咸之遺則，從子胥以自適，狷狹之志也；士女雜坐，亂而不分，指以為樂，娛酒不廢，沉湎日夜，舉以為歡，荒淫之意也。」雖然悖離經典，但此正是《楚辭》想像豐美、風格浪漫之處。

三曰地域色彩濃厚：楚國既有九嶷衡嶽之高山，又有江漢沅湘之長流，以及雲霧縹緲之雲夢澤、洞庭湖，崖谷汀洲，奇花異草，鶴唳猿啼，莫不為《楚辭》提供許多美麗的素材，誠如劉勰所云：「屈平所以能洞鑑〈風〉〈騷〉之情者，抑亦江山之助乎？」

四曰比興技巧純熟：如劉勰云：「楚襄信讒，而三閭忠烈，依《詩》製〈騷〉，諷兼比興。」《楚辭》中，爐火純青的比興手法，使屈原一意孤忠，不顯枯燥乏味；其滿腔怨懟，亦不失溫柔敦厚，足見藝術技巧之成功。

浪漫瑰麗楚國風

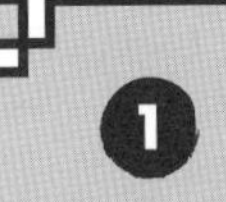

楚辭的含義

1. 泛指楚地的歌辭。
2. 為屈原「書楚語，作楚聲，記楚地，名楚物」之類作品的專稱。
3. 1種文體名，即使作者非楚國人，內容未必描寫楚地風物，但以屈原等體製為依歸者，皆可謂之楚辭。
4. 至西漢劉向編有《楚辭》1書，始成為專書之名。

楚辭的特徵

《楚辭》是～楚國的辭賦總集，古代南方文學的代表。

1 句式靈活變化

★《楚辭》打破《詩經》四言句法，加入「兮」字，句式靈活，富於變化。

★如《九歌・少司命》云：「入不言兮出不辭，乘回風兮載雲旗。悲莫悲兮生別離，樂莫樂兮新相知。」委婉纏綿，更具情韻。

2 風格浪漫瑰麗

《楚辭》中，充滿光怪陸離、虛幻而瑰麗的色彩，如駕豐隆求宓妃、憑鴆鳥媒娀女、夷羿彈日、木夫9首、土伯3目等，雖被劉勰視為悖離經典，但這正是其想像豐美、風格浪漫的所在。

3 地域色彩濃厚

楚國特殊的地理環境，雲山縹緲，長河蜿蜒，崖谷汀洲，奇花異草，晨間日暮，鶴唳猿啼，莫不為《楚辭》創作提供許多美麗的素材。如劉勰《文心雕龍》云：「屈平所以能洞鑑〈風〉〈騷〉之情者，抑亦江山之助乎？」

4 比興技巧純熟

屈原忠而見讒，依《詩》製〈騷〉，諷兼比興。故《楚辭》中多採香草美人之喻，比興手法已臻爐火純青，進而使其一意孤忠，不顯得枯燥乏味；其滿腔怨懟，亦不失溫柔敦厚，在在可見寫作藝術之成功。

文學歇腳亭

《九歌》中的〈山鬼〉本是祭祀歌曲或巫者的獨白，但經屈原改寫之後，已變成1首愛情的悲歌，也可說是藉美人香草來寄託賢者不見用於君主的作品。

楚國神話中有巫山神女的故事，文中所描寫可能就是早期流傳的神女形象。

巫山神女盛裝打扮，「乘赤豹兮從文狸，辛夷車兮結桂旗」，滿載1車的香草，下山前去會情郎。誰知情郎無故爽約，讓她最後不得不在雷雨交加、夜猿哀鳴中，悵然而回。原本1場美麗的約會，卻以「風颯颯兮木蕭蕭，思公子兮徒離憂」作收，令人不勝唏噓！

UNIT 5-5 短賦之作始荀卿

荀子（336 ? B.C.~236 ? B.C.），名況，戰國趙（今河北邯鄲）人。主張「性惡」，倡「隆禮重法」，是繼孟子之後的儒學宗師；時人尊稱為「荀卿」（亦作「孫卿」）。五十歲遊齊，講學於稷下（今山東臨淄）學宮，並充任客卿性質的列大夫。後遭人排擠，離齊入楚。楚相春申君，任命為蘭陵令。春申君辭世後，他亦遭免官，但仍定居蘭陵（今山東蒼山），著述講學以終。

荀子賦作今存十篇，包括〈賦〉五篇、〈成相〉三篇及〈佹詩〉二首。

荀卿賦五篇

《漢書・藝文志》載「孫卿賦十篇」，今《荀子・賦篇》只有五篇：

〈禮賦〉：論禮的功用及含義。
〈知賦〉：論君子、小人之智。
〈雲賦〉：論雲的作用。
〈蠶賦〉：論蠶的功用。
〈箴賦〉：諷諫時俗，以小見大。

由於這類作品為宣傳學術思想而作，故不具文藝情調，如〈禮賦〉云：

> 爰有大物，非絲非帛，文理成章。非日非月，為天下明。生者以壽，死者以葬，城郭以固，三軍以強。粹而王，駁而伯，無一焉而亡。臣愚不識，敢請之王。王曰：……匹夫隆之則為聖人，諸侯隆之則一四海者歟？致明而約，甚順而體，請歸之禮。

闡明尊君、隆禮思想。班固《漢志》云：「大儒孫卿及楚臣屈原離讒憂國，皆作賦以諷，咸有惻隱古詩之義。」是知屈原、荀子二人歷來被視為辭賦之祖。由於屈原之作，並無賦名，真正以賦命篇，肇始於荀子。

成相與佹詩

《漢志》列「〈成相雜辭〉十一篇」，無作者姓名；今《荀子》中有〈成相〉三篇；可見《漢志・成相雜辭》裡，或有荀子之作。〈成相〉的內容，皆為規諫君主之言。如云：

> 請成相，世之殃，愚闇愚闇墮賢良。人主無賢，如瞽無相何倀倀！請布基，慎聖人，愚而自專事不治。主忌苟勝，群臣莫諫必逢災。

據王先謙《荀子集解》引俞樾語云：「蓋古人於勞役之事，必為歌謳以相勸勉，亦舉大木者呼邪許之比。其樂曲即謂之『相』。『請成相』者，請成此曲也。」可知「請成相」，即請人開始歌唱這種勞動時的調子。由於《漢志》將〈成相雜辭〉列入「雜賦類」，可見它也是賦的一體。

《荀子》卷十八中，另有〈佹詩〉二章，篇幅更短，一首二百餘字，一首只有五十多字。「佹」通「恑」，變也。佹詩，亦即變詩之謂。佹詩和其他短賦一樣，內容上以說理為主，形式上亦以四字句為常態。

要言之，荀子賦作善於說理，以篇幅短小見稱，是繼屈原騷賦之後，一種新興的賦體——短賦。又因短賦創始於荀子，亦稱「荀賦」。雖然荀賦藝術價值不高，但以賦名篇，開風氣之先，在中國辭賦史上始終占有一席之地。

荀子短賦善說理

荀子賦作：❶ 善於說理；❷ 篇幅短小；❸ 藝術性不高。

今存 10 篇

〈賦〉5 篇

據班固《漢書・藝文志》列孫卿賦 10 篇，但今存《荀子・賦篇》只有 5 篇。

〈成相〉3 篇 + 〈佹詩〉2 首

★《漢志》列〈成相雜辭〉11 篇，今《荀子》有〈成相〉3 篇；可見《漢志》11 篇中或有荀子之作。

〈禮賦〉

論禮的功用及含義。

論君子、小人之智。

論雲的作用。

〈蠶賦〉

論蠶的功用。

諷諫時俗，以小見大。

★〈成相〉的內容，皆為規諫君主之言。如云：「請成相，世之殃，愚闇愚闇墮賢良。人主無賢，如瞽無相何倀倀！請布基，慎聖人，愚而自專事不治。主忌苟勝，群臣莫諫必逢災。」

★「請成相」是請人開始歌唱這種勞動時的調子。

★《漢志》列〈成相雜辭〉於「雜賦類」，故為賦體。

★《荀子》另有〈佹詩〉2 章，篇幅更短，1 首 200 餘字，1 首只有 50 多字。

★「佹」通「恑」，變也。佹詩，亦即變詩之謂。

★佹詩和其他短賦一樣，內容以說理為主，形式亦以 4 字句為常態。

★由於此類作品為宣傳學術思想而作，故不具文藝情調。

★又因屈原諸作無賦之名；真正以賦命篇，肇始於荀子。

UNIT 5-6

鋪采摛文漢朝賦

一代有一代之文學，辭賦作為漢代文學主流，必然有其發達的原因，以及文學特質，茲探述如次：

發達原因

綜觀漢賦發達的原因，不外乎三大緣由：

一、社會經濟繁榮：漢初，歷經秦末戰亂，民生凋敝，百廢待舉。從高祖勵精圖治，到文、景之世，與民休養生息；武帝時，天下太平，倉廩充足，漢朝國勢空前強大，社會、經濟異常繁榮，為漢代辭賦發展提供了有利的條件。如揚雄〈蜀都賦〉、班固〈兩都賦〉、張衡〈二京賦〉等，就是描寫都城繁華富庶的佳作。

二、君主貴族提倡：時值四海昇平，國家無事，君主貴族日漸沉湎於逸樂淫靡之中，聲色犬馬、神仙思想、瓊樓玉宇、畋獵嬉遊……，成為所豢養文學侍從爭相描寫的題材，只為博取人主歡心。至此，辭賦成為君主貴族附庸風雅、恣情享樂的消遣品。如司馬相如〈子虛賦〉、〈上林賦〉，正是這一類謳歌太平、粉飾乾坤之作。

三、儒家思想影響：自漢武帝罷黜百家，獨尊儒術以後，儒家遂躍居學術思想之主流。雖然儒家主張宗經尚道，不甚重視文學，但漢賦「曲終奏雅」的傳統（篇末每每可見規諫之意），向來被視為具有諷諭作用，因此頗受青睞。如班固〈兩都賦序〉云：「或以抒下情而通諷諭，或以宣上德而盡忠孝，雍容揄揚，著於後嗣，抑亦〈雅〉〈頌〉之亞也。」揭示儒者所以支持漢賦的原因，在於其諷諭功能、忠孝思想。此外，如司馬遷、揚雄、班固等大儒均參與創作，亦漢賦受重視的另一原因。

文學特質

據劉勰《文心雕龍 ‧ 詮賦》云：「賦也者，受命於詩人，而拓宇於《楚辭》也。於荀況〈禮〉、〈知〉，……爰錫名號。」說明賦脫胎於《詩經》與《楚辭》，得名於荀賦。雖然如此，但漢賦畢竟不同於《詩》〈騷〉，是一種獨立、創新的文體。所以真正代表漢賦的作品，絕不是漢初的詩體賦、騷體賦，而是〈子虛〉、〈上林〉、〈甘泉〉、〈羽獵〉、〈兩都〉、〈二京〉等賦作。

關於漢賦的特質，以劉勰之說最簡潔精當：「鋪采摛文，體物寫志也。」首先，鋪采摛文是就形式上言，極力鋪陳、刻劃、描寫，務做到「合纂組以成文，列錦繡而為質」，強調辭藻的雕鏤、華美。而體物寫志乃就內容言，即「包括宇宙，總覽人物」，寄託「仁義諷諭」，就是「寓言寫物」的意思。

隨著漢賦蓬勃發展，其缺點逐漸浮出檯面：一、過於講究形式，而忽略了內容。辭賦家致力追逐文辭、鋪排堆砌的結果，使之缺乏真情實感，終將走上僵化之路。二、流於歌功頌德，毫無諷諫之意。漢賦本為貴族文學，以歌頌、讚美為主調，初興之時，因具有諷諭作用，備受儒者推崇。至其末流，如劉勰所云：「逐末之儔，蔑棄其本。雖讀千賦，愈惑體要，遂使繁華損枝，膏腴害骨，無實風軌，莫益勸戒。」指出後來的作家專注於雕章琢句，以致了無託諷，內容空洞。可見漢賦雖為一代之文學，但在內容上的評價始終不高。

漢代辭賦成主流

發達原因

一、社會經濟繁榮

漢武帝時，國勢強大，社會、經濟繁榮，為辭賦發展提供有利的條件。

二、君主貴族提倡

時值四海昇平，辭賦成為君主貴族附庸風雅、恣情享樂的消遣品。

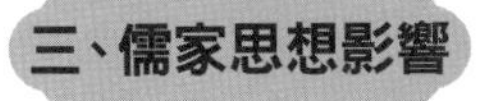

漢武帝獨尊儒術，而漢賦「曲終奏雅」，被儒家視為具有諷諭作用。

文學特質

獨立的文體

「賦」脫胎於《詩經》與《楚辭》，而得名於荀賦。但漢賦畢竟不同於《詩》〈騷〉，是1種獨立、創新的文體。

漢賦的特質

「鋪采摛文」，即形式上極力鋪陳、刻劃，強調辭藻的雕鏤與華美；「體物寫志」，指內容上「包括宇宙，總覽人物」，寄託「仁義諷諭」之意。

漢賦的缺點

1. 過於講究形式，而忽略內容。
2. 流於歌功頌德，無諷諫之意。

UNIT 5-7 賈生枚叔興於前

漢代辭賦發展，大致可分為四期：初興期、隆盛期、模擬期及轉變期。初興期以賈誼、枚乘二家為代表。

渡湘水弔屈原

賈誼（200 B.C.~168 B.C.），河南洛陽人。年十八，名滿郡中。後經吳廷尉推薦，深獲漢文帝賞識，召為博士。一年之內，升為太中大夫。每次詔令，滿朝耆老宿儒未能言，只有他時年二十餘，卻對答如流。又因建議改正朔、易服色、興禮樂等，引起權貴及老臣的妒忌，飽受讒言攻擊；漢文帝逐漸疏遠他，貶為長沙王太傅。他無故遭貶，心情鬱悶，渡湘水時，作了一篇〈弔屈原賦〉。文云：「已矣！國其莫我知兮，獨壹鬱其誰語？鳳漂漂其高逝兮，固自引而遠去。」藉屈原忠而見讒，兩人同病相憐，既弔屈原，亦感傷自身之處境。

他居長沙，當地卑濕，自以為壽命不永。一日，鵩鳥（貓頭鷹）飛入屋內，棲息在他座位旁。據長沙習俗，鵩鳥入內為極凶之兆；遂作〈鵩鳥賦〉，以自我寬解：

> 其生兮若浮，其死兮若休。……不以生故自寶兮，養空而浮；德人無累兮，知命不憂。細故蒂芥兮，何足以疑？

闡述生死乃萬物變化的自然現象，不足為奇，應該坦然面對。賈誼還有〈惜誓〉、〈旱雲賦〉等作品，體製與《楚辭》相似，文辭雅麗，故張惠言《七十家賦鈔・序》云：「賈誼之為也，其源出於屈平。」可見賈誼諸賦為《楚辭》過渡至漢賦之間重要的橋梁。雖說賈誼賦非漢賦之主流，但文學價值卻遠勝於漢代其他各時期的賦作。

有吳客陳七事

枚乘（？~140 B.C.），字叔，淮陰（今江蘇淮安）人。西漢著名辭賦家。初仕吳王劉濞為郎中，漢景帝曾召為弘農都尉。後遊梁，被梁孝王劉武奉為上賓。梁孝王卒，返回故里。漢武帝立，以「安車蒲輪」徵召入朝，卒於途中。

枚乘賦今存〈七發〉、〈柳賦〉及〈梁王菟園賦〉三篇，以〈七發〉為代表作。〈七發〉雖未以賦名篇，實已具備漢賦的體製。內容乃藉楚太子和吳客問答，鋪敘而成：先寫吳客來探楚太子的病，認為其病導源於生活過度安逸，以致藥石罔效，應從觀念、思想上治療。接著以六事啟發楚太子，依序陳述音樂之美、飲食之豐、車馬之盛、巡遊之事、畋獵之樂、觀濤之娛，但楚太子始終興趣缺缺，俱以病辭。最後，吳客暢談聖賢方術之要言妙道，於是楚太子據几而起，出了一身冷汗，隨之不藥而癒。該作具諷諭意味，批評楚太子思想偏差，生活奢侈，所以致病；因此，必須透過「要言妙道」導正其錯誤觀念，始為根治之良方。

自枚乘〈七發〉以降，模仿創作者不少，故《昭明文選》特立「七」之一體，收錄曹植〈七啟〉、張協〈七命〉等作品。如洪邁《容齋隨筆》云：「枚乘作〈七發〉，創意造端，麗旨腴詞，……故為可喜。其後之繼者，如傅毅〈七激〉、張衡〈七辯〉、崔駰〈七依〉……，規仿太切，了無新意。」一針見血指出後世仿作雖多，儼然形成所謂的「七林」，但畢竟不如枚乘原創。所言甚是！

漢代辭賦初興期

賈誼

★賈誼深獲漢文帝賞識，召為博士；1年內，升為太中大夫。每次詔令，滿朝宿儒未能言，只有他對答如流。

★後因建議改正朔、易服色、興禮樂等，飽受讒言；文帝亦疏遠他，貶為長沙王太傅。

★無故遭貶，心情鬱悶，渡湘水，作〈弔屈原賦〉；藉屈原忠而見讒，感傷自身之處境。

居長沙，自以為壽命不永。1日，鵩鳥入屋；據長沙之俗，以為是極凶之兆。他遂作〈鵩鳥賦〉，自我寬解。

枚乘

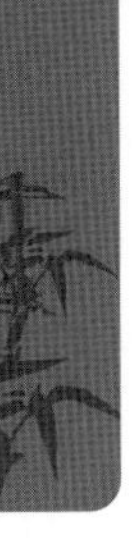

★〈七發〉雖未以賦名篇，實已具漢賦體製。

★內容乃藉楚太子和吳客問答，鋪敘而成：先寫吳客來探楚太子的病，認為其病導源於生活過度安逸，藥石罔效，應從觀念、思想上治療。

★隨之，以音樂、飲食、車馬、巡遊、畋獵、觀濤6事啟發楚太子，但楚太子始終興趣缺缺。

★最後，吳客暢談聖賢方術之要言妙道；楚太子聽完後據几而起，出了1身冷汗，隨即不藥而癒。

★該作具諷諭意味，批評楚太子思想偏差，生活奢侈，所以致病。

音樂之美
飲食之豐

車馬之盛
巡遊之事

UNIT 5-8 司馬長卿達頂巔

至漢武帝時，辭賦名家輩出，如東方朔、枚皐、嚴助、司馬相如等，屢有佳作問世，漢賦於是進入隆盛期。而司馬相如代表漢賦的最高成就，其作品今存〈子虛〉、〈上林〉、〈長門〉、〈大人〉、〈美人〉、〈哀二世〉六賦。按：〈美人賦〉，是否出自相如手筆，仍待考證。另〈難蜀父老〉一篇，雖未冠以賦名，《昭明文選》列入「檄」類，但葉慶炳《中國文學史》以為：「實為問答體散文賦。」特此說明。

兩漢主流是古賦

司馬相如（179 ？ B.C.~117 B.C.），本名犬子，因仰慕藺相如為人，而更名「相如」；字長卿，四川成都人。初仕漢景帝為武騎常侍，未見知賞，因病免官。後客遊梁國，與文士鄒陽、枚乘、嚴忌等事梁孝王，頗受賞識。嘗作〈子虛賦〉，敘諸侯畋獵之盛。梁孝王卒，返鄉。家貧無以維生，聽從好友臨邛令王吉之計，受邀到首富卓王孫家宴飲，席間彈奏一曲〈鳳求凰〉，挑逗卓文君寂寞芳心。文君新寡未久，深夜來奔。兩人遂相偕返回成都。家徒四壁，謀生困難，夫妻倆再到臨邛，買一酒舍，文君當壚賣酒，相如則著「犢鼻褌」，與保傭一起打雜，洗滌器皿。卓王孫引以為恥，不得不分些家產給女兒。從此，相如家境大為改善，帶文君返抵成都。

一天，漢武帝讀〈子虛賦〉，感嘆「不得與此人同時」；狗監楊得意稟明此乃同鄉司馬相如所作。相如因此獲召入京；又作〈上林賦〉，敘天子遊獵之盛況空前。《史記・司馬相如列傳》云：「相如以子虛，虛言也，為楚稱。烏有先生者，烏有此事也，為齊難。無是公者，無是人也，明天子之義。故空藉此三人為辭，以推天子、諸侯之苑囿，其卒章歸之於節儉，因以諷諫。」點明二賦透過子虛、烏有、無是公三人對話，對天子、諸侯迷戀狩獵，不務政事，予以規諷。概括說明〈子虛〉、〈上林〉的主題和形式。其實，這種諷諭作用並不大，如史遷引揚雄語云：「勸百諷一」、「曲終而奏雅」。可見漢賦篇末託諷，徒具形式而已，前文鋪敘反倒助長了奢靡之風。

抒情取勝騷體賦

〈長門賦〉內容委婉曲折，近於《楚辭》，是一篇描寫宮怨的抒情小賦。相傳陳皇后無子，幽居長門宮，苦盼君王不至，終日鬱悶，百無聊賴，不惜重金禮聘相如作〈長門賦〉，冀望君王回心轉意，重修舊好。據《文選》中〈長門賦序〉記載，漢武帝讀後，果然陳皇后又得寵幸，足見該作之感人肺腑。不過，此說並無史實依據。

〈大人賦〉，仿〈遠遊〉而作；以「大人」隱喻漢武帝，藉此譏諷其好求神仙、長生之術。篇中充滿訪道求仙色彩，想像豐富，文字靡麗，但多用僻字，故藝術價值不高。

〈哀二世賦〉，乃相如隨漢武帝狩獵，途經宜春宮秦二世胡亥墓，感慨二世誤信讒言，終至亡國失勢，葬身於此。前半段寫景敘事，後半段抒情議論，旨在藉史託諷，寓意深遠。

漢賦發展至司馬相如，已臻登峰造極，無人能出其右。如揚雄《法言》所云：「如孔氏之門用賦也，則賈誼升堂，相如入室矣！」足見其推崇之意。

漢代辭賦隆盛期

以司馬相如為代表

古賦

漢賦主流

★司馬相如客遊梁國，嘗作〈子虛賦〉，敘諸侯畋獵之盛。後漢武帝讀之，感嘆不得與此人同時；狗監楊得意奏明真相。相如獲召入京，又作〈上林賦〉，敘天子遊獵之盛況空前。

★此2賦透過子虛、烏有、無是公3人對話，對天子、諸侯迷戀狩獵，不務政事，予以規諷。但漢賦篇末託諷，徒具形式而已，成效不佳。

騷體賦

〈長門賦〉描寫陳皇后幽居長門宮的抒情小賦，內容委婉曲折，近於《楚辭》。

〈大人賦〉仿〈遠遊〉而作，諷刺神仙思想。據說漢武帝讀後，飄飄然有凌雲之氣。

〈哀二世賦〉，司馬相如感慨秦二世誤信讒言，終至亡國失勢，葬身宜春宮內而作。

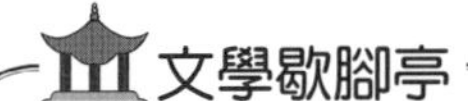

文學歇腳亭

據《西京雜記》記載，司馬相如到長安做官多年，卓文君在家鄉日夜盼望，終於某日傳來家書，相如欲納茂陵女為妾。文君憤而賦〈白頭吟〉：「皚如山上雪，皎若雲間月。聞君有兩意，故來相決絕。」相如知悉妻子的心意後，回想起昔日夫妻情分，遂打消納妾念頭，並將她接至京城，從此長相廝守，永遠不分開。（按：〈白頭吟〉為漢代樂府民歌，應不是卓文君所作，因為其中「躞蹀御溝上，溝水東西流。」「男兒重義氣，何用錢刀為？」與相如、文君的故事不符，應是文君抄錄1首民歌回覆丈夫，藉此表明心跡而已。）

UNIT 5-9 子雲孟堅好模擬

由於司馬相如之作已達於巔峰，使辭賦形式、格調等定形，後輩作家難以突破，漢賦遂進入模擬期。此期以揚雄、班固為代表，司馬相如賦篇自然成為爭相模擬的範本。

構深奇偉〈甘泉賦〉

揚雄（53B.C.~18A.D.），字子雲，四川成都人。家貧好學，精通經學、小學與辭章。他一生無論學術論著或文學創作大多出於模擬，如仿《易經》作《太玄》，仿《論語》作《法言》，仿《倉頡》作《訓纂》等。在辭賦方面，如《漢書・揚雄傳》云：「先是時，蜀有司馬相如，作賦甚弘麗溫雅。雄心壯之，每作賦，常擬之以為式。」他曾仿〈子虛〉、〈上林〉，以作〈甘泉〉、〈羽獵〉、〈長楊〉、〈河東〉諸賦。

〈甘泉賦〉，極力刻劃甘泉宮室的華麗，描摹郊祀典禮的盛大，藉以諷刺漢武帝之鋪張奢靡。如劉勰《文心雕龍》云：「子雲〈甘泉〉，構深偉之風，……辭賦之英傑也。」〈羽獵賦〉，認為古代帝王畋獵，是為了「奉郊廟，御賓客，充庖廚」，所以「女有餘布，男有餘粟，國家殷富，上下交足」。至漢武帝時，臺榭池沼既多且麗，太過鋪張排場。因此，奉勸成帝必須取其折衷之道，始合乎禮法。揚雄另有〈逐貧賦〉，抒發其一生貧困的牢騷，筆意詼諧，卻蘊藏沉鬱之情。而對後世影響較大者，首推〈蜀都賦〉，體製上雖無創新，但題材別開生面，如班固〈兩都賦〉、張衡〈二京賦〉、左思〈三都賦〉等摹寫都城之作，皆深受啟迪。

晚年，作〈劇秦美新〉奉承王莽，而飽受非議。不過，他對辭賦的見解卻極受重視。如《法言》云：「詩人之賦麗以則，辭人之賦麗以淫。」體認到漢賦鋪排宏富、描摹精緻，非但不具諷諭作用，反有助長之勢，故視為「童子雕蟲篆刻」，「壯夫不為也」。

明絢雅贍〈兩都賦〉

班固為漢賦模擬期作家，與司馬相如、揚雄、張衡，並稱「漢賦四傑」。其代表作為〈兩都賦〉，由〈西都賦〉、〈東都賦〉二篇組成：前者藉西都賓之觀點，描寫長安的繁華富庶，歌舞昇平，形勢險要，暗示建都於此的優越性；後者從東都主人的角度，歌頌洛陽形勝，皇家威儀，禮樂昌隆，皆遠遠超過長安。最後，以西都賓折服，收束全文。果如劉勰所云：「孟堅〈兩都〉，明絢以雅贍。」其形式仿〈子虛〉、〈上林〉之結構，合二賦為一篇，卻又各自獨立。通篇章法謹嚴，行文自然流暢，且富於辭采，韻味深長。

此外，其〈幽通賦〉之寫作背景，如《漢書・敘傳》載：「弱冠而孤，作〈幽通〉之賦，以致命遂志。」可見該篇作於建武三十年（54）喪父之後，是他早年仿屈〈騷〉，以陳述家族盛衰，並抒發個人思想情感的作品。賦中任由想像力馳騁，竟能驅使夢中神人、山谷、葛蔓等預示自己的前途，流露出年輕人建功立業的豪情壯志，也反映出知識分子積極入世的心態。

另如〈答賓戲〉仿東方朔〈答客難〉，〈典引〉仿司馬相如〈封禪〉，此二文雖未以賦命篇，但照一般說法，仍可歸為賦體。然而，文學貴在創新，諸如此類模擬之作，縱使寫得再多、再好，終究無法成為第一流的作品。

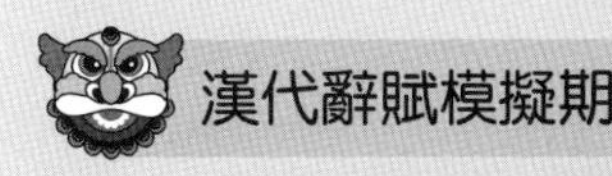

漢代辭賦模擬期

以司馬相如為典範

揚　雄

★曾仿〈子虛〉、〈上林〉，作〈甘泉〉、〈羽獵〉、〈長楊〉、〈河東〉諸賦。

★〈甘泉賦〉鋪敘甘泉宮室，及郊祀典禮，藉以諷刺漢武帝之奢靡。

★〈羽獵賦〉藉鋪陳帝王畋獵之盛，勸諫成帝如復其舊，便不合禮法，應取其折衷之道。

★另〈逐貧賦〉抒發其1生貧困的牢騷，筆意詼諧，卻蘊藏沉鬱之情。

★〈蜀都賦〉體製上雖無創新，但題材別開生面，啟迪了班固〈兩都賦〉、張衡〈二京賦〉、左思〈三都賦〉等摹寫都城之作。

揚雄對辭賦的見解，極受重視。如《法言》云：「詩人之賦麗以則，辭人之賦麗以淫。」體認到漢賦鋪排宏富、描摹精緻，非但不具諷諭作用，反有助長之勢，故視為「童子雕蟲篆刻」，「壯夫不為也」。

班　固

★為模擬期作家，與司馬相如、揚雄、張衡，並稱「漢賦四傑」。

★代表作為〈兩都賦〉：〈西都賦〉寫長安的繁華盛況，冠蓋雲集，瓊樓玉宇，宴飲歡愉，而歸結出西耆父老的懷舊之意。〈東都賦〉則敘洛陽都城之盛、宮殿之美、宴遊之樂，蔚為大觀，皆合法度。最後，點明定都洛陽為明智之擇。其宏篇鉅製，富於辭采，但在形式組織上，完全模仿〈子虛〉、〈上林〉，了無新意。

★此外，其〈幽通賦〉仿屈〈騷〉，〈答賓戲〉仿東方朔〈答客難〉，〈典引〉則仿司馬相如〈封禪〉，後2篇雖未以賦命篇，但一般仍歸為賦體。

〈兩都賦〉

UNIT 5-10 平子元叔求轉變

東漢中葉以後，由於宦官、外戚爭權，國勢漸衰；帝王、貴族奢靡，橫征暴斂；政治、社會動盪，道家思想隨之而興。影響所及，辭賦發展亦從模擬期邁入轉變期。

此期漢賦有四大轉變：一、從長篇鉅製，轉為篇幅短小之作。二、從描寫宮殿、畋獵之盛，變成抒發個人情懷的題材。三、從專務歌功頌德，趨向反映現實人生。四、從致力堆砌故實、浮誇藻飾，轉而追求清新自然的風格。代表賦家有張衡、趙壹。

開其端緒張平子

張衡（78~139），字平子，河南南陽人。品格高尚，學識淵博，一向反對圖讖之說，作渾天儀及「候風地動儀」，為一名思想家、科學家兼文學家。其辭賦更是漢賦從模擬期進入轉變期過渡的橋梁。早年模擬之風尚未衰竭，所以曾仿班固〈兩都賦〉作〈二京賦〉，仿枚乘〈七發〉作〈七諫〉，仿東方朔〈答客難〉作〈應問〉。

此類模擬之作，以〈二京賦〉為代表：〈西京賦〉藉憑虛公子之口，描述西京長安的繁華熱鬧，盛極一時。〈東京賦〉託安處先生之言，道盡東京洛陽各方面皆略勝一籌，旨在頌揚「漢帝之德，俟其禕而」。此二賦較班固〈兩都賦〉更具現實意義，如關於宗教活動、民間習俗的摹寫，活靈活現，是研究漢代文化的珍貴素材。

又〈溫泉賦〉寫群眾往驪山溫泉洗浴的盛況，為我國最早以溫泉為題的創作。其篇幅短小的述志賦，如〈歸田賦〉、〈思玄賦〉，或敘退隱躬耕之樂，或思吉凶伏倚之理，最後歸結出「苟縱心於物外，安知榮辱之所如？」充滿道家超然物外思想。此類風格清麗的抒情小賦，無論內容、形式上均與隆盛期、模擬期古賦迥異，是漢賦步入轉變期的標誌，對後世影響較大。

憤世嫉俗趙元叔

趙壹（？～？），字元叔，漢陽西縣（今甘肅禮縣）人。光和元年（178），被舉薦為上郡吏，至洛陽赴任。漢末名士，恃才傲物，為時人所擯斥，故作〈解擯〉。又屢犯律法，幾乎喪命，後為友人所救，撰〈窮鳥賦〉，以示答謝。代表作為〈刺世疾邪賦〉：

> 寧計生民之命？唯利己而自足。於茲迄今，情偽萬方。佞諂日熾，剛克消亡。……邪夫顯進，直士幽藏。原斯瘼之所興，實執政之匪賢。女謁掩其視聽兮，近習秉其威權。所好則鑽皮出其毛羽，所惡則洗垢求其瘢痕。雖欲竭誠而盡忠，路絕險而靡緣。……故法禁屈撓於勢族，恩澤不逮於單門。寧飢寒於堯舜之荒歲兮，不飽暖於當今之豐年。

這是一篇披露現實黑暗的小賦，辭語犀利，情緒激憤，明揭漢末政治腐敗、宦官弄權、民情澆薄，忠良見棄、報國無門的忿怒。是漢賦中罕見憤世嫉俗的作品，可謂別樹一格。

另如馬融〈長笛賦〉、王逸〈荔枝賦〉、蔡邕〈述行賦〉、禰衡〈鸚鵡賦〉等，都是漢賦轉變期的名作。此類賦作題材新穎、篇幅短小、著重抒情，對魏晉南北朝賦具有關鍵性影響。

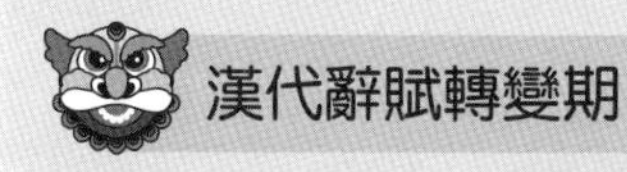

漢代辭賦轉變期

此期漢賦有 4 大轉變：

❶ 篇幅：長篇→短篇
❷ 題材：描寫宮殿、畋獵等盛況→抒發個人情懷
❸ 內容：歌功頌德→反映現實人生
❹ 風格：堆砌故實、浮誇藻飾→清新自然

★其辭賦是漢賦從模擬期進入轉變期過渡的橋梁。

★早年曾仿班固〈兩都賦〉作〈二京賦〉，仿枚乘〈七發〉作〈七諫〉，仿東方朔〈答客難〉作〈應問〉等。

★代表作：〈二京賦〉，在描寫宗教活動、民間習俗方面，已較班固〈兩都賦〉具有現實意義。

＊其述志小賦，如〈歸田賦〉敘退隱躬耕之樂，〈思玄賦〉思吉凶伏倚之理，皆充滿道家超然物外的思想。

＊此類風格清麗的抒情小賦，無論內容、形式上均與隆盛期、模擬期古賦迥異，是漢賦正式步入轉變期的標誌，對後世影響較大。

★趙壹恃才傲物，為時人所擯斥，故作〈解擯〉。

★又屢犯律法，為友人所救，撰〈窮鳥賦〉，以示答謝。

★代表作為〈刺世疾邪賦〉，是 1 篇披露現實黑暗的小賦，辭語犀利，情緒激憤，明揭政治腐敗、宦官弄權，報國無門的忿怒。

另如馬融〈長笛賦〉、王逸〈荔枝賦〉、蔡邕〈述行賦〉、禰衡〈鸚鵡賦〉等，都是漢賦轉變期的名作。

★江夏太守黃祖之長子黃射，某日大宴賓客，有人獻上珍奇鸚鵡，便邀禰衡作賦以娛嘉賓。禰衡信筆而成〈鸚鵡賦〉，藉由神鳥淪為玩物，抒發才士不遇之處境。眾人讀後，皆讚不絕口。

★黃祖深怕禰衡才華洋溢，一旦得志將不利於己，於是將他殺害。

UNIT 5-11
洛神登樓抒憂懷

時至魏晉，辭賦雖然將文壇盟主的地位，拱手讓給了詩歌；但它退居於後，仍繼續發展，未曾衰滅。此期賦作在時代風氣薰染下，無論內容、形式都有所改變，面貌與漢賦截然不同。其特色有四：一曰篇幅短小，除了少數為長篇之外，皆以短賦為主。二曰題材寬廣，各種題材均可入賦，詠物之作尤多。三曰風格華麗，建安以後文學日益重視辭藻、音律之美。四曰獨具個性，以描寫作家的真實情感為主，完全擺脫機械模擬、千篇一律的弊病。

曹魏時期代表賦家，自非曹植與王粲莫屬。

恨人神之道殊

曹植以詩、賦名世。建安十五年（210），銅雀三臺落成，曹操命諸子登臺作賦。十九歲的曹植，文思敏捷，援筆而成。其〈登臺賦〉云：「從明后而嬉遊兮，聊登臺以娛情。見太府之廣開兮，觀聖德之所營。建高殿之嵯峨兮，浮雙闕乎太清。……永尊貴而無極兮，等年壽於東王。」賦中盛讚銅雀臺之壯麗及曹氏的豐功偉業，辭采華美，贏得無數好評。

其賦今存四十七篇，多為短賦，且極富情致。如〈慰子賦〉云：「況中殤之愛子，乃千秋而不見。入空室而獨倚，對孤幃而切嘆。痛人亡而物在，心何忍而復觀？……唯逝者之日遠，愴傷心而絕腸。」短短八十餘字，道盡喪子之哀痛，真切動人。

其中以〈洛神賦〉最膾炙人口。黃初四年（223），入京述職，任城王曹彰暴斃身亡；返回封地時，他與白馬王曹彪又遭讒言，不得同路東歸。途經洛水，有感於宓妃溺斃，成為洛水之神，而作〈洛神賦〉。賦中他對洛神愛戀之深，「託微波而通辭」、「解玉珮以要之」，想一親芳澤；卻又想到仙女曾背棄與鄭交甫的山盟海誓，令他裹足不前。而洛神對他亦心生愛慕之意，無奈「恨人神之道殊兮，怨盛年之莫當」，人神異路，徒留無限思念。

此賦或說懷念甄后，寫他對舊情的難以忘懷；或謂寄心君主，以男女深情寓託君臣大義。總之，藉人神戀題材，象徵追求理想終難如願的悲憤之情，想像豐富，技巧純熟，不愧是建安辭賦的壓軸之作。

冀王道之一平

曹丕〈典論論文〉云：「王粲長於辭賦，……如……〈初征〉、〈登樓〉、〈槐賦〉、〈征思〉。」以〈登樓賦〉最著名。此乃他滯留荊州時，登襄陽城樓思鄉之作。如云：

> 覽斯宇之所處兮，實顯敞而寡仇。挾清漳之通浦兮，倚曲沮之長洲。背墳衍之廣陸兮，臨皋隰之沃流。北彌陶牧，西接昭丘。華實蔽野，黍稷盈疇。雖信美而非吾土兮，曾何足以少留？

荊襄風景雖好，終非故土，因而引起無限鄉關之思。此外，賦中亦道出他懷有澄清天下的壯志：「唯日月之逾邁兮，俟河清其未極。冀王道之一平兮，假高衢而騁力。懼匏瓜之徒懸兮，畏井渫之莫食。」通篇語言明白曉暢，情景交融，故格外深刻，扣人心弦。

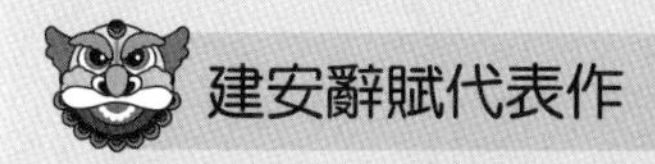

建安辭賦代表作

建安辭賦之特色：

❶ 篇幅短小，除了少數長篇之外，皆以短賦為主。
❷ 題材寬廣，各種題材均可入賦，詠物之作尤多。
❸ 風格華麗，建安以後文學漸重辭藻、音律之美。
❹ 獨具個性，描寫真實的情感，擺脫模擬之弊病。

曹植

★其賦今存 47 篇，多為短賦，且極富情致。

★如〈登臺賦〉，盛讚銅雀 3 臺的壯麗與曹氏豐功偉業，是他最早的賦作。

★又〈慰子賦〉，短短 80 餘字，道盡喪子之哀痛，真切動人。

代表作：〈洛神賦〉，寫他離京返回封地時，不得與白馬王同歸；途經洛水，有感於宓妃溺斃成為洛水之神而作。此賦或說懷念甄后，或謂寄心君主，藉人神戀題材，象徵追求理想終難如願的悲憤之情，堪稱建安辭賦的壓軸。

王粲

★曹丕《典論・論文》云：「王粲長於辭賦，……如……〈初征〉、〈登樓〉、〈槐賦〉、〈征思〉。」

★代表作：〈登樓賦〉，此乃他滯留荊州時，登襄陽城樓思鄉之作。

〈登樓賦〉中，亦道出他懷有澄清天下的壯志：「唯日月之逾邁兮，俟河清其未極。冀王道之一平兮，假高衢而騁力。懼匏瓜之徒懸兮，畏井渫之莫食。」通篇語言曉暢，情景交融，扣人心弦。

UNIT 5-12 士衡文賦闢新局

西晉作家如傅玄、傅咸、成公綏、張華、陸機、陸雲、潘岳、潘尼、左思等，俱以賦名。其中以陸機、潘岳二人為代表。

駢儷風氣始〈文賦〉

陸機為東吳名相陸遜之孫，東吳亡於晉後，他與弟陸雲隱居華亭故里，十年不仕。太康末，兄弟倆來到洛陽，深受張華器重。曾任平原內史、祭酒、著作郎等職。太安二年（303），為河北大都督，兵敗，被誣遇害，與弟陸雲同時被殺。

陸機賦今存三十篇。〈文賦〉是中國文學史上第一篇用俳賦寫成的文學批評專論；此賦一出，標誌著六朝俳賦的形成。賦中將文學作品分成十體：詩、賦、碑、誄、銘、箴、頌、論、奏、說，並闡明各體之風格及創作上相關問題。提出「其會意也尚巧，其遣言也貴妍。暨音聲之迭代，若五色之相宣。」強調貴藻飾、重音律、尚典故、講排偶等唯美文學觀，正式宣告駢儷文風之興起。

陸機除了〈文賦〉為長篇俳賦之外，餘作多為短賦。如〈嘆逝賦〉云：

> 嗟人生之短期，孰長年之能執？時飄忽其不再，老晼晚其將及。對瓊蘂之無徵，恨朝霞之難挹。望湯谷以企予，惜此景之屢戢。悲夫！川閱水以成川，水滔滔而日度；世閱人而為世，人冉冉而行暮。人何世而弗新，世何人之能故。野每春其必華，草無朝而遺露。經終古而常然，率品物其如素。譬日及之在條，恒雖盡而弗寤。

感傷人生苦短，時光飛逝，一去永不復返。信手拈來，聲言諧美，饒富情致，足以打動人心。

高情千古〈閒居賦〉

潘岳為歷史上著名的美男子，博學多才，然熱衷功名，為趨炎附勢輩。曾為奸相賈謐門下「二十四友」之首，雖擅於詩、賦，成就斐然，卻因有才無行，為人所不齒。如元好問〈論詩絕句〉之六：「高情千古〈閒居賦〉，爭信安仁拜路塵？」觀其〈閒居賦〉：

> 人生安樂，孰知其他？退求己而自省，信用薄而才劣。奉周任之格言，敢陳力而就列。幾陋身之不保，而奚擬乎明哲。仰眾妙而絕思，終優遊以養拙。

一如小序云：「築室種樹，逍遙自得。」彷彿嚮往賦閒家居的隱逸生活，誰知他竟言不由衷？為了爭權奪利，逢迎拍馬，連「拜路塵」（賈謐車駕經過時，跪拜路邊揚起的埃塵）都做得出來！

潘岳有賦二十一篇，如〈懷舊〉、〈寡婦〉二賦，皆以善敘哀情著稱。如後者云：「夢良人兮來遊，若閶闔兮洞開。怛驚悟兮無聞，超慌悅兮慟懷。慟懷兮奈何？言陟兮山阿，墓門兮肅肅，修壟兮峨峨。孤鳥嚶兮悲鳴，長松蔞兮振柯。哀鬱結兮交集，淚橫流兮滂沱。……要吾君兮同穴，之死矢兮靡他。」寫寡婦夢見良人，醒後大慟，於是上墳憑弔，痛不欲生，只願與亡夫同穴而葬。總之，潘岳賦文辭清綺，極富情韻，往往容易產生一種感染力，引起讀者的共鳴。

西晉辭賦駢儷化

陸機

★其賦今存 30 篇。

★〈文賦〉是中國文學史上第 1 篇用俳賦寫成的文學批評專論。此賦一出，象徵六朝俳賦的形成。

★〈文賦〉將文學作品分成 10 體：詩、賦、碑、誄、銘、箴、頌、論、奏、說，並闡明各體之風格及創作上相關問題。

★〈文賦〉強調貴藻飾、重音律、尚典故、講排偶等唯美文學觀，正式宣告駢儷文風之興起。

陸機除了〈文賦〉為長篇俳賦之外，餘作多為短賦。如〈嘆逝賦〉感傷人生苦短，時光飛逝，一去不復返；聲言諧美，饒富情致，足以打動人心。

潘岳

其〈閒居賦〉，一如小序所云：「築室種樹，逍遙自得。」彷彿嚮往賦閒家居的隱逸生活，誰知他竟言不由衷？為了爭權奪利，什麼事都做得出來！其作品固佳，然有才而無行，終為人所不齒。

★潘岳有賦 21 篇，如〈懷舊〉、〈寡婦〉2 賦，皆以善敘哀情著稱。

★如〈寡婦賦〉，寫寡婦夢見良人，醒後大慟，於是上墳憑弔，痛不欲生，只願與亡夫同穴而葬。

★其賦文辭清綺，極富情韻，易產生 1 種感染力，引起讀者共鳴。

文學歇腳亭

潘岳，字安仁，在通俗文學中往往稱之為「潘安」，是家喻戶曉的美男子。如「貌比潘安」，即用來形容英俊瀟灑的大帥哥。相傳潘岳每次駕車出門，沿路婦女爭相目睹其風采，甚至拋擲果子，只為引起他的青睞；每當他返家後，車內總是充滿了「粉絲」拋贈的水果，因而有「擲果盈車」之語。

潘岳不但飽讀詩書、才華洋溢，人又長得帥，還對妻子十分深情，曾作〈悼亡詩〉3 首，悼念亡妻，情真意摯，感人肺腑。

可惜他的人品不佳，為了諂媚奸相賈謐竟有「拜路塵」之舉，小人行徑，令人唾棄！

UNIT 5-13 洛陽紙貴賦三都

太康文士中，以陸機、潘岳、左思三人最享盛名。然陸、潘詩賦風格華美，講聲律、尚雕琢等，足以代表太康文學的特色。而左思力求內容之真實，詩風較樸素、豪邁，賦則模擬漢賦，故為太康文學之特例。在詩歌方面，左思成就較陸、潘為高，象徵太康詩歌的最高成就；但在辭賦方面，左思地位卻不如陸、潘二人，畢竟俳賦才是魏晉南北朝辭賦之主流。

東晉初佛、道思想盛行，文人喜愛談玄說理。在時代氛圍薰染下，出現了「淡乎寡味」的玄言詩，辭賦中亦不乏探究玄理的作品。

業深覃思左太沖

左思出身寒微，面貌醜陋，口才遲鈍，然文采壯麗，富於才思。平生不好交遊，閉門著述不輟。晉武帝時，妹左棻以才名被選入宮，舉家遷京師。他賦閒家居，四處置放紙筆，得一句，即隨手記錄；如此十年，兢兢業業，嘔心瀝血，乃成〈三都賦〉。及賦成，未受時人重視；後延請皇甫謐撰序，張載、劉逵為之作注，霎時間聲名大噪。於是，豪貴之家爭相傳抄，洛陽紙價隨之飛漲，此即「洛陽紙貴」的典故。相傳陸機本想創作〈三都賦〉，聽說左思已經著手寫，便嘲笑他寫好後只適合蓋酒甕而已；孰料左思之作大獲好評，讓他自嘆弗如，不得不擱筆。

〈三都賦〉仿班固〈兩都賦〉、張衡〈二京賦〉而作，含〈魏都賦〉、〈吳都賦〉及〈蜀都賦〉，分別假託魏國先生、東吳王孫與西蜀公子之口，鋪敘魏、吳、蜀三都的繁榮熱鬧，景物之盛，風俗之美，奇珍異寶，眩人耳目。該賦篇幅龐大，極盡鋪陳、摹寫之能事，無論內容、形式均近於漢賦，與當時流行短小精美的俳賦，風味迥別。

儘管時人對〈三都賦〉評價甚高，如劉勰《文心雕龍》云：「左思奇才，業深覃思，盡銳於〈三都〉。」然而，描寫都城盛況，模擬成篇，絕少新意，故文學價值不如預期。

仙心佛意孫興公

孫綽（314~371），字興公，中都（今山西平遙）人。少時與兄孫統渡江，居會稽，為一玄言詩人；官至廷尉卿，領著作郎。曾作〈遂初賦〉，標明隱逸之初衷。其賦僅剩〈遊天臺山賦〉，受東晉玄風影響，摻雜不少玄理。如云：

> 追羲農之絕軌，躡二老之玄蹤。陟降信宿，迄於仙都。雙闕雲竦以夾路，瓊臺中天而懸居。朱闕玲瓏於林間，玉堂陰映於高隅。……悟遣有之不盡，覺涉無之有間。泯色空以合跡，忽即有而得玄。釋二名之同出，消一無於三幡。恣語樂以終日，等寂默於不言。渾萬象以冥觀，兀同體於自然。

藉天臺山景物，大談玄理，或以為充滿仙心佛意之作，頗受好評；且摹寫自然景致，技巧精湛，意境悠遠，對後世山水文學具有啟迪作用。如云：「既克隮於九折，路威夷而修通。恣心目之寥朗，任緩步之從容。藉萋萋之纖草，蔭落落之長松。覿翔鸞之裔裔，聽鳴鳳之嗈嗈。過靈溪而一濯，疏煩想於心胸。蕩遺塵於旋流，發五蓋之遊蒙。」描摹細膩，刻劃精工，在魏晉辭賦中，獨樹一格，別具特色。

仙心佛意遊天臺

★家中四處置放紙筆，每得1句，即隨手記錄；如此10年，乃成〈三都賦〉。豪貴之家爭相傳抄，而出現「洛陽紙貴」的盛況。

★〈三都賦〉假託魏國先生、東吳王孫與西蜀公子之口，鋪敘魏、吳、蜀3都的繁榮熱鬧，奇珍異寶，眩人耳目。

★該賦篇幅龐大，極盡鋪陳、摹寫之能事，無論內容、形式均近於漢賦，與當時流行的俳賦迥異。

★〈三都賦〉雖在當時頗受好評，但模擬成篇，故文學價值不高。

★他少時與兄孫統渡江，居會稽，喜山水，曾作〈遂初賦〉，標明隱逸之初衷。

★他是1位玄言詩人，其賦僅剩〈遊天臺山賦〉。作者藉由天臺山之景物，大談玄理；賦中充滿仙心佛意，廣受好評。

★〈遊天臺山賦〉，摹寫自然景致，技巧精湛，意境悠遠，對後世山水文學具啟迪作用。

文學歇腳亭

左棻（約253~300），字蘭芝，西晉文學家左思之妹，富有文才，然相貌醜陋。被選入晉武帝司馬炎後宮為嬪妃，據〈左棻墓誌銘〉載，後晉封為「貴人」。

左棻善於賦、頌等文體，為文宏麗，具司馬相如之風。她以文采斐然，深獲晉武帝賞識；相傳宮中每有重大慶典，武帝便令她作賦歌頌。不過，終因姿色不佳，未得皇上寵愛，加以膝下無子女，最後老死深宮內苑中。

UNIT 5-14

淵明辭賦傳不朽

陶淵明以詩名家，為古今隱逸詩人之宗，其賦善以素樸的文字描寫真實情感，故能擺脫劉勰所謂「賦乃漆園之義疏」的歪風；今存〈歸去來兮辭〉、〈閒情賦〉及〈感士不遇賦〉三篇。

實迷途其未遠

〈歸去來兮辭〉據其賦前小序云作於「乙巳歲（義熙元年）十一月」，作者四十一歲。文中「農人告余以春及，將有事於西疇」、「木欣欣以向榮，泉涓涓而始流」，為春景而非冬景，據王若虛《滹南遺老集》云：「將歸而賦耳。既歸之事，當想而言之。」該篇可分為四段：

首段描寫歸隱時的心情。言田園將蕪胡不歸？何必以心為形役、惆悵而獨悲？實迷途其未遠，愉快地踏上歸途。

次段敘述回到家的情景。僮僕、稚子相迎，引酒自酌，策杖出遊，見白雲出岫、倦鳥還巢，莫不歡欣鼓舞，恬適自得。

三段想像歸隱後的生活。息交絕遊，琴書自娛，躬耕隴畝，寄情山水，「善萬物之得時，感吾生之行休」，人生苦短，大好時光切莫蹉跎。

末段以樂天知命作結。正因「富貴非吾願，帝鄉不可期」，不如順應自然變化，登皐舒嘯，臨流賦詩，逍遙自在過此生。

歐陽修云：「晉無文章，唯陶淵明〈歸去來兮辭〉一篇而已。」李格非亦云：「〈歸去來辭〉沛然如肺腑中流出，殊不見有斧鑿痕。」足見其句句肺腑之言，故能感人至深。

抑流宕之邪心

〈閒情賦〉之「閒」，即防閒也。據其賦前小序云：「始則蕩以思慮，而終歸閒正，將以抑流宕之邪心，諒有助於諷諫。」可見「閒情」是防止情，不使之放縱，必須做到「發乎情，止乎禮義」。因此，蕭統〈陶淵明集序〉「白璧微瑕，唯在〈閒情〉一賦」之說，可謂誤解陶淵明作此賦的真正用意。賦中描寫對一位美人的思慕，先言引起愛戀之因，次敘陷入相思的不安，末記失戀的痛苦及收斂情思，寄寓諷諫之意。該賦以第二段最精彩，透過「十願」寫出作者的一往情深及戀愛中患得患失的心情：願在衣而為領、願在裳而為帶、願在髮而為澤、願在眉而為黛、願在莞而為席、願在絲而為履、願在晝而為影、願在夜而為燭、願在竹而為扇、願在木而為桐，他只想與美人相依相偎，永不分離，多麼浪漫！

擁孤襟以畢歲

〈感士不遇賦〉，旨在說明正直之士不見容於世，只能退隱躬耕以潔身自好。從內容來看，當作於作者歸隱之後。序中交代董仲舒作〈士不遇賦〉、司馬遷作〈悲士不遇賦〉，他讀後心有戚戚焉，賢能如伯夷、商山四皓卻有吾將安歸之嘆，忠貞如屈原卻有此生已矣之哀，怎不令人感慨萬千？故而寫此賦，以抒發憤世嫉俗之情。文末云：「蒼旻遐緬，人事無已。有感有昧，疇測其理？寧固窮以濟意，不委曲而累己。既軒冕之非榮，豈縕袍之為恥？誠謬會以取拙，且欣然而歸止。擁孤襟以畢歲，謝良價於朝市。」以天道莫測，寧可固窮歸隱自勉，展現出高尚的人格操守。

歸去來兮賦閒情

〈歸去來兮辭〉

★〈歸去來兮辭〉作於義熙元年(405),作者41歲。是他「不為五斗米折腰」,掛冠求去之時,想像日後回家種田逍遙自得的作品。

★歐陽修評云:「晉無文章,唯陶淵明〈歸去來兮辭〉一篇而已。」

★李格非亦云:「〈歸去來辭〉沛然如肺腑中流出,殊不見有斧鑿痕。」

〈閒情賦〉

★〈閒情賦〉之「閒」,即防閒也。可見「閒情」是防止情,不使之放縱,必須「發乎情,止乎禮義」。

★蕭統〈陶淵明集序〉「白璧微瑕,唯在〈閒情〉一賦」之說,誤解了陶淵明作此賦的真正用意。

★賦中寫對美人的思慕,先言引起愛戀,次敘陷入相思,末記失戀的痛苦及收斂情思,寄寓諷諫之意。

〈感士不遇賦〉

★〈感士不遇賦〉旨在說明正直之士不見容於世,只能退隱躬耕,潔身自好。應作於作者歸隱之後。

★序中交代董仲舒〈士不遇賦〉、司馬遷〈悲士不遇賦〉,他讀後心有同感,賢能如伯夷等卻有吾將安歸之嘆,忠貞如屈原卻有此生已矣之哀,怎不令人感慨?故而作此賦,以抒發憤世嫉俗之情。

文學歇腳亭

元嘉4年(427)9月,陶淵明作〈自祭文〉及〈擬挽歌辭〉3首,為其絕筆之作。如〈自祭文〉云:「自余為人,逢運之貧。簞瓢屢罄,絺綌冬陳。含歡谷汲,行歌負薪。……載耘載耔,迺育迺繁。欣以素牘,和以七弦。……樂天委分,以至百年。」追述他貧困躬耕、琴書自娛、樂天知命的1生。說自己傲岸固窮而居草廬,舉杯暢飲以賦新詩,人生至此,夫復何求?他早已看透貧富、榮辱、生死等事,「寵非己榮,涅豈吾緇?」「匪貴前譽,孰重後歌?」既然如此,還有什麼值得留戀呢?篇末:「人生實難,死如之何?嗚呼哀哉!」流露出他內心隱隱的哀痛。可見他在冷眼看世情的背後,其實隱藏著深沉的悲哀。

UNIT 5-15 子山羈留哀江南

南北朝駢文興盛一時，成為文章正宗。在辭賦方面，則將魏晉俳賦繼以發揚光大。代表作：如鮑照〈蕪城賦〉，描寫廣陵城昔時的繁華與戰後荒涼景象，形成強烈的對比。又江淹〈恨賦〉刻劃歷史上帝王、名將、美人、才士「飲恨吞聲」的死亡；〈別賦〉則寫古今官宦、劍客、軍士、夫婦、情侶等「黯然銷魂」的離別。

庾信早年仕南朝梁時所作諸賦，如〈春賦〉、〈燈賦〉、〈鴛鴦賦〉等，大抵以小賦為主，好對偶，講聲律，重雕琢，尚用典，內容上略顯空洞；出使北朝不得歸以後，其賦中寄寓家國之憂、身世之嘆，自然流露出一股蒼茫剛健的情調，如〈小園賦〉、〈枯樹賦〉等，抒發屈仕異國的苦衷，悽愴而真切，格外動人。又〈哀江南賦〉象徵庾信賦的最高成就，也是魏晉南北朝辭賦的集大成之作。

井徑滅兮丘隴殘

鮑照諸賦，以〈蕪城賦〉評價最高。據錢仲聯《鮑參軍集注》云：「考宋文帝元嘉二十七年冬十二月，北魏太武帝南犯，兵至瓜步，廣陵太守劉懷之逆燒城府船乘，盡帥其民渡江。（孝武帝）大明三年四月，竟陵王誕據廣陵反；七月，沈慶之討平之。是十年間，廣陵兩遭兵禍，照蓋有感於此而賦。」賦中描寫廣陵之昔盛今衰：

> 若夫藻扃黼帳，歌堂舞閣之基，璇淵碧樹，弋林釣渚之館，吳蔡齊秦之聲，魚龍爵馬之玩，皆薰歇燼滅，光沉響絕。東都妙姬，南國麗人，蕙心紈質，玉貌絳唇，莫不埋魂幽石，委骨窮塵，豈憶同輿之愉樂，離宮之苦辛哉？天道如何，吞恨者多，抽琴命操，為蕪城之歌，歌曰：「邊風急兮城上寒，井徑滅兮丘隴殘，千齡兮萬代，共盡兮何言！」

藉由今昔對比，暴露出戰禍帶來的破壞，百物蕭條，生靈塗炭，並暗示統治者如不勵精圖治，富貴不能長保。在思想內容上，具有進步意義。

魂兮歸來哀江南

庾信〈哀江南賦〉之篇名，化用了楚辭〈招魂〉名句：「目極千里兮傷春心，魂兮歸來哀江南。」他一方面悼念江南故國的淪亡，一方面感慨身老異鄉的無奈，沉痛萬分。賦中追述梁武帝時江南的承平景況，並記敘一系列南朝梁衰亡的史事，從侯景之亂、建康淪陷、偏安江陵、為西魏所滅，到陳霸先篡位等，通篇篇幅宏大，以個人經歷為線索，穿插時局變化，熔敘事、寫景、抒情於一爐，文采富麗，情韻蒼涼。如寫西魏攻破江陵，人民被俘途中的景象：

> 水毒秦涇，山高趙陘。十里五里，長亭短亭。飢隨蟄燕，暗逐流螢。秦中水黑，關上泥青。於時瓦解冰泮，風飛雹散。渾然千里，淄澠一亂。雪暗如沙，冰橫似岸。逢赴洛之陸機，見離家之王粲。莫不聞隴水而掩泣，向關山而長嘆。

刻劃出百姓跋山涉水，飢寒交迫，顛沛流離的慘況。故瞿兌之《中國駢文概論》指出此賦具有三大特點：一是用韻的諧美，二是用典的貼切，三是排偶之中夾以散行。所評十分中肯！

六朝俳賦抒幽懷

魏晉俳賦

★鮑照〈蕪城賦〉，描寫廣陵城昔時的繁華，與戰後荒涼景象形成強烈對比。藉由昔盛今衰，披露出戰爭帶來的破壞。

★江淹〈恨賦〉刻劃歷史上帝王、名將、美人、才士「飲恨吞聲」的死亡；〈別賦〉則寫古今官宦、劍客、軍士、夫婦、情侶等「黯然銷魂」的離別。

南北朝俳賦

庾信仕南朝時，所作如〈春賦〉、〈燈賦〉、〈鴛鴦賦〉諸賦，多以小賦為主，好對偶，講聲律，重雕琢，尚用典，內容上略顯空洞。

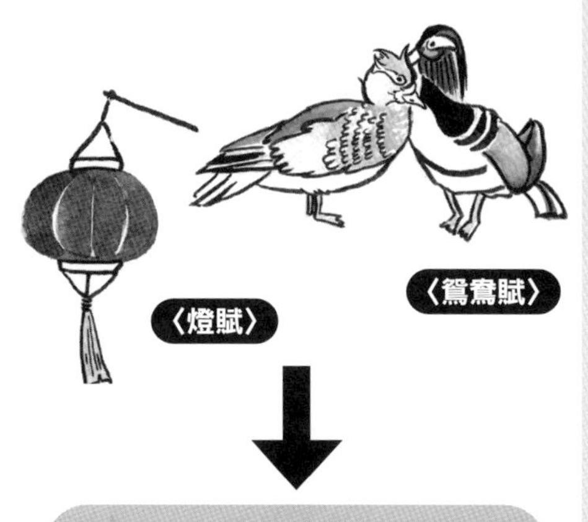

★庾信滯留北地，賦中寄寓家國、身世之慨，流露出蒼茫剛健的情調，如〈小園賦〉、〈枯樹賦〉等，抒發屈仕異國的苦衷，格外悽愴動人。

★〈哀江南賦〉象徵庾信賦的最高成就，也是六朝辭賦的集大成之作。

UNIT 5-16 唐代律賦擅科場

徐師曾《文體明辨》云:「律賦……始於沈約四聲八病之拘,中於徐、庾隔句作對之陋,終於隋、唐取士限韻之制;但以音律諧協、對偶精切為工,而情與辭皆置弗論。」李曰剛《辭賦流變史》進一步分析:

> 六朝俳賦雖多偶句,但以單對為多,……起、結均極輕鬆自由,絕少板重跡象。而唐人律賦……起首二句必須破題,結尾二句必須頌聖。如李程〈日五色賦〉起首之「德動天鑑,祥開日華」,結尾之「惟天為大,吾君是則」……。至於對偶有長至六、七句一聯者,儼然與明、清八股文中之股對無異。……其實非獨破題為然,即整體八股文之對仗法,無一而非脫胎於唐代律賦。

謂律賦較俳賦體製更形僵化,反與明、清八股文血緣相近;其思想內容之空洞、貧乏,自是可想而知。

唐代律賦演變,與詩歌之遞嬗約略相同,可分為初、盛、中、晚四期。

初唐之沉鬱古拙

「初唐」指高祖武德元年(618)至睿宗先天二年(713),九十餘年之間。據《辭賦流變史》云:「此期律賦,仍承六代俳賦遺風,絕少限韻規定。題偏體物,行文沉鬱古拙,雖多應制之作,而典贍麗則,辭寓諷諭,與後世之一味揄揚歌頌者有其上下床之別。」代表作家,除初唐四傑之外,尚有劉知幾、宋璟、張說等。如張說〈奉和聖制喜雨賦〉云:「天文則雲漢昭回,天澤則江河滂霈。」取材宏贍,文氣沉鬱,故能雄視一代。

盛唐之自然渾成

「盛唐」指玄宗開元元年(713)至肅宗寶應二年(763),約五十年左右。據李曰剛所云:「當時雖已實行限韻,而規矩並非甚嚴。」如李調元《賦話》載:「王維〈白鸚鵡賦〉韻,限以『容日上海,孤飛色媚』八字,而賦止五韻,首尾完善,不似脫簡。……其筆意高雋,自是右丞本色。」代表作如李白有〈大鵬賦〉等八篇;杜甫曾獻〈太清宮〉、〈饗廟〉及〈郊大禮賦〉三篇,深受唐玄宗青睞。

中唐之清新典雅

「中唐」指代宗廣德元年(763)至敬宗寶曆二年(826),六十餘年間。李曰剛云:「此為律賦最盛時期。賦題皆偏於說理,而限韻之規律亦較嚴。通篇局陣整齊,股對顯明,已樹明、清八股文之先聲。」《賦話》亦云:「李程、王起,最擅時名;蔣防、謝觀,如驂之靳;大都以清新典雅為宗,其旁騖別趨,元、白為公。」如元稹喜純用長句、白居易力求通篇布局整齊,實為後世賦篇作長句、講分股之濫觴。

晚唐之綺麗新巧

「晚唐」指文宗大和元年(827)至唐亡(907),約八十年間。李曰剛云:「賦題於體物說理外,另開詠史風氣。文詞尚綺麗,句法務新工,前此隔對均為四六式,今則間用六四式,聲調益形諧和,其弊漸流於靡弱。」如王棨〈江南春賦〉,李調元評云:「流麗悲倩,而句法處處變化,此為律賦正楷。」

有唐一代的律賦

★律賦的形成：沈約「四聲八病」說→徐陵、庾信隔句作對→隋、唐科舉考試之限韻。

★律賦比俳賦體製更加僵化，反與明、清八股文血緣相近；由於思想內容空洞無物，故文學成就不高。

初唐：沉鬱古拙

★初唐（618~713）律賦，承六朝俳賦之遺風，絕少限韻；行文沉鬱古拙，多應制之作，典贍麗則，辭寓諷諭。

★代表作家：初唐四傑、劉知幾、宋璟、張說。

★如張說〈奉和聖制喜雨賦〉，取材宏贍，文氣沉鬱，雄視當代。

盛唐：自然渾成

★盛唐（713~763）律賦，雖已限韻，但規矩不甚嚴。如王維〈白鸚鵡賦〉，限以「容、日、上、海、孤、飛、色、媚」8 字為韻；然該賦只用 5 韻，卻首尾完善，筆意清高。

★代表作：李白〈大鵬賦〉等 8 篇；杜甫曾獻〈太清宮〉、〈饗廟〉及〈郊大禮賦〉3 篇。

中唐：清新典雅

★中唐（763~826）律賦最興盛。賦題偏於說理，限韻亦較嚴。通篇局陣整齊，股對顯明，為明、清八股文之先聲。

★代表作家：李程、王起，多以清新典雅為宗。

★另有元稹喜純用長句、白居易力求通篇布局整齊，別具特色。

晚唐：綺麗新巧

★晚唐（827~907）律賦，賦題於體物、說理外，另開詠史之風氣。文辭尚綺麗，句法務新工，前此隔對均為四六式，今則間用六四式，聲調益形諧和，其弊漸流於靡弱。

★如王棨〈江南春賦〉，流麗悲情，句法處處變化，為律賦之正楷。

文學歇腳亭

相傳李白居江夏（今湖北武漢）期間，道教大師司馬承禎正要去朝南嶽衡山，行經此地。李白特地前往拜會。司馬承禎十分賞識李白，稱讚他：「有仙風道骨，可與神遊八極之表。」使李白感到歡欣鼓舞，不禁飄飄欲仙。於是，想起了《神異經》記載崑崙山上那隻名叫「希有」的大鳥，又聯想到《莊子．逍遙遊》中的鯤鵬；他覺得司馬承禎好比是那希有鳥，而自己是鯤鵬。在這世上只有希有鳥與鯤鵬才能瞭解彼此，惺惺相惜，因此，寫作 1 篇〈大鵬遇希有鳥賦〉；中年以後，他又將此少年之作改寫成〈大鵬賦〉。

UNIT 5-17

唐人辭賦盛一時

清人王芑孫《讀賦卮言》云：「詩莫盛於唐，賦亦莫盛於唐。總魏、晉、宋、齊、梁、周、陳、隋八朝之眾軌，啟宋、元、明三代之支流，踵武姬漢，蔚然翔躍，百體爭開，昌其盈矣！」雖說未免有些誇大，但唐代辭賦之盛是不爭的事實；絕非如李夢陽所謂「唐無賦」，或程廷祚云：「唐以後無賦」。只是辭賦為貴族文學，較不為文學史家所重視而已。如馬積高《賦史》云：

> 其實唐賦不僅數量之多超過前此任何一代（現存一千餘篇），即就思想性和藝術性來說，也超過前此任何一代。……唐賦的繁榮同唐詩、唐文的繁榮有共同的原因並相互聯繫。……以諷刺小賦與抒情賦為代表。

綜觀有唐一代賦家之眾，作品之多，不勝枚舉。僅以中唐柳宗元、晚唐杜牧二家之作為例，概述如次：

中唐辭賦，柳子厚為高峰

從德宗貞元後期至憲宗元和年間是唐賦發展的高峰期。古文家韓愈、柳宗元、李翺、皇甫湜等都是此期代表賦家，而柳宗元表現尤為傑出。他的部分賦作雖不以賦命篇，但仍可歸為辭賦。其中從各個角度揭露當時政治腐敗、社會黑暗，諷刺世態醜陋者，較具現實意義。如〈罵屍蟲文〉云：

> 來，屍蟲！汝曷不自形其形？陰幽詭側而寓乎人，以賊厥靈。……以曲為形，以邪為質；以仁為凶，以僭為吉；以淫諛諂誣為族類，以中正和平為罪疾；以通行直遂為顛蹶，以逆施反鬥為安逸。譖下讒上，恆其心術；妒人之能，幸人之失。……俟帝之命，乃施於刑。群邪殄夷，大道顯明；害氣永革，厚人之生，豈不聖且神歟？

這是一篇寓言性質的諷刺小賦，以傳說中的「三屍蟲」，比喻專門抓人「小辮子」的陰險政客。通篇娓娓敘來，形象生動，諷諭之意，溢於言表，令人恨不得除之而後快！

晚唐辭賦，杜牧之享盛名

杜牧〈阿房宮賦〉為晚唐辭賦的代表作。據其〈上知己文章啟〉云：「寶曆大起宮室，廣聲色，故作〈阿房宮賦〉。」明揭借古諷今之用心。此賦分為前、後兩部分：前文引出阿房宮，先描繪宮殿的宏偉、幽深，次寫宮中眾妃嬪生活之繁華、奢靡，三敘所陳設器物之用途及來源。後文以議論之筆，先敘述阿房宮之覆滅，再展開歷史興亡教訓的論述。如云：

> 秦愛紛奢，人亦念其家。奈何取之盡錙銖，用之如泥沙？使負棟之柱，多於南畝之農夫；架梁之椽，多於機上之工女。釘頭磷磷，多於在庾之粟粒；瓦縫參差，多於周身之帛縷。直欄橫檻，多於九土之城郭；管弦嘔啞，多於市人之言語。使天下之人，不敢言而敢怒。獨夫之心，日益驕固。戍卒叫，函谷舉。楚人一炬，可憐焦土！

天下人敢怒不敢言，而統治的獨夫日益驕奢固執，二者形成尖銳的對立。阿房宮再奢華終將化為焦土，以此總結秦亡的歷史教訓，寄意遙深。

子厚牧之唐人賦

中唐辭賦

代表賦家：
柳宗元，字子厚

★從德宗貞元後期至憲宗元和年間是唐賦發展的高峰期。

★古文家韓愈、柳宗元、李翱、皇甫湜等都是中唐代表賦家，而以柳宗元尤為傑出。

★如柳宗元〈罵尸蟲文〉雖不以賦命篇，但仍可歸為辭賦；其內容以傳說中的「三尸蟲」，比喻專門抓人「小辮子」的陰險政客，藉以諷刺當時政治腐敗、世間醜態，頗具現實意義。

晚唐辭賦

代表賦家：
杜牧，字牧之

★以杜牧〈阿房宮賦〉為代表作。

★杜牧〈上知己文章啟〉云：「寶曆大起宮室，廣聲色，故作〈阿房宮賦〉。」明揭借古諷今之意。

★賦中先描繪秦代阿房宮的宏偉壯麗，次寫宮中妃嬪繁華、奢靡的生活，三敘所陳設器物之用途及來源。再以議論筆法，敘阿房宮之覆滅，然後展開興衰成敗的論述。最後，以「楚人一炬，可憐焦土！」總結秦亡的歷史教訓，可謂寄意遙深。

文學歇腳亭

韓愈〈進學解〉是1篇賦體文，仿東方朔〈答客難〉、揚雄〈解嘲〉而作。通篇藉國子先生和太學生之間的對話展開：首段國子先生勉勵諸生努力進德修業，不必擔心將來出路。次段學生一一反駁老師的說法：像您治學這樣勤奮，無論在傳統學術、文學創作、為人處世等方面可謂貢獻良多，但並未因此平步青雲，反而落得謫貶蠻荒、身家窮困，怎麼還教我們步上您的後塵？末段是國子先生的辯白：宰相用人一如醫生配藥，自有其安排。賢能如孟子、荀子尚且懷才不遇，何況是我呢？我雖不才，卻平白領受國家薪俸，全家老小衣食無虞，怎麼還敢計較官位高低？表面上自謙處窮得宜，實則自視甚高，不屑苟合於世俗。

UNIT 5-18 秋聲赤壁散文化

散賦，又稱「文賦」或「散文賦」；是一種以散文形式，摻雜韻語，且不限韻、不講對偶的賦體，有別於俳賦、律賦而言。據李曰剛《辭賦流變史》云：「散賦堪稱有韻之散文。既不斷斷於聲韻格律，亦不競競於排比對偶。叶韻對仗與否，但順行文之自然，多寡不拘，長短靡定。非若律賦之機械呆板，限制作者之自由。」同書又云：

> 散賦之遠祖為屈原之〈卜居〉、〈漁父〉，宋玉之〈風賦〉、〈高唐〉，近祖為晚唐杜牧之〈阿房宮賦〉。其間來龍過脈則為東方朔之〈客難〉、揚雄之〈解嘲〉、班固之〈答賓戲〉，與韓愈之〈進學解〉。……正式倡導者為宋之歐陽修，繼續光大者為蘇軾。

可見晚唐杜牧〈阿房宮賦〉已開其契機，至歐、蘇大力提倡，散賦始成為宋賦之主流。而〈秋聲賦〉、前後〈赤壁賦〉公認是宋人散賦的代表佳作。

永叔〈秋聲賦〉

在宋玉〈九辯〉之後，以秋為題的賦作不少，如潘岳〈秋興賦〉、李白〈悲清秋賦〉、劉禹錫〈秋聲賦〉等。至歐陽修〈秋聲賦〉，擺脫一般悲秋之作嘆老、嗟逝的窠臼，而表現出一種恬淡自得的人生觀。此賦藉由秋聲，暢述萬物生殺興衰的真相與感慨。通篇可分為三段：首段描寫秋聲。次段為全文重心，先描述秋天的特性，再說明與秋相應的人文概念，最後抒發生命興衰的感慨與人生在世的體會。末段以作者之領悟得不到童子共鳴作收。第一段以視覺意象來表現聲音的特質，寓虛於實，尤為出色。如云：

> 歐陽子方夜讀書，聞有聲自西南來者，悚然而聽之……初淅瀝以蕭颯，忽奔騰而砰湃，如波濤夜驚，風雨驟至。其觸於物也，鏦鏦錚錚，金鐵皆鳴；又如赴敵之兵，銜枚疾走，不聞號令，但聞人馬之行聲。

整段雖未提及「秋」字，然而已從方位（自西南來）、五行（金鐵）、氣氛（蕭颯）與兵象（赴敵之兵）等意象，暗示秋天的特性。

子瞻〈赤壁賦〉

蘇軾有前、後〈赤壁賦〉，前篇作於元豐五年（1082）七月十六日，後篇作於同年十月十五日，是他兩度遊黃州赤壁後有感而發之作。兩篇皆採客主問答方式寫成。〈前赤壁賦〉從蘇子與客暢遊赤壁，飲酒唱歌，樂極生悲，而引出客之弔古傷今，對人生短暫、渺小的悲慨。蘇子再借水、月為喻，云：「自其變者而觀之，則天地曾不能以一瞬；自其不變者而觀之，則物與我皆無盡也，而又何羨乎？」樂觀豁達，氣勢壯闊。最後客亦轉悲為喜，欣然肯定作者的人生觀。

〈後赤壁賦〉，由赤壁冬景之淒清、舊地重遊景色變化之大，不覺令作者悄然興悲：悲日月之易逝與江山之無常。因此，當象徵仙壽的孤鶴掠舟而去時，觸動了他對長生不死、羽化登仙的欣羨與嚮往，故而夢見羽衣翩仙的道士。楊慎《三蘇文範》評云：「陸士衡（陸機）曰：『賦體物而瀏亮』，坡公〈前赤壁賦〉已曲盡其妙，〈後賦〉尤精於體物，如『山高月小，水落石出』，皆天然句法。末用道士化鶴之事，尤出人意表。」良有以也！

宋代散賦有歐蘇

★散賦，又稱「文賦」或「散文賦」；是1種以散文形式，摻雜韻語，且不限韻、不講對偶的賦體。

★散文賦之發展：

【遠祖】：屈原〈卜居〉、〈漁父〉和宋玉〈風賦〉、〈高唐賦〉

【過渡】：東方朔〈客難〉、揚雄〈解嘲〉、班固〈答賓戲〉→韓愈〈進學解〉

【近祖】：杜牧〈阿房宮賦〉→**【倡導】**：歐陽修→**【光大】**：蘇軾。

★晚唐杜牧〈阿房宮賦〉已開其契機，至歐、蘇大力提倡，散賦始成為宋賦之主流。

歐陽修

其〈秋聲賦〉，擺脫一般悲秋之作嘆老、嗟逝的窠臼，表現出1種恬淡自得的人生觀。此賦藉由秋聲，暢述萬物生殺興衰的真相與感慨。

蘇軾

〈前赤壁賦〉，作於元豐5年(1082)7月16日，是他首度遊黃州赤壁有感而發之作。通篇採蘇子與客問答的方式寫成，先述暢遊之樂，引出客對人生短暫、渺小的悲慨；蘇子再借水、月為喻，闡述「自其不變者而觀之，則物與我皆無盡也」的豁達人生觀。最後以客亦轉悲為喜，收束全文。

〈後赤壁賦〉，作於同年10月15日，亦採主客問答寫成。從赤壁冬景淒清，舊地重遊景色迥異，而令作者悄然興悲。因此，當孤鶴掠舟而去時，觸動了他對長生不死、羽化登仙的欣羨與嚮往。最後以夢見羽衣翩仙的道士作結，意境空靈，餘韻無窮。

文學歇腳亭

熙寧3年（1070），歐陽修時年64，作〈六一居士傳〉。以藏書1萬卷、金石遺文1千卷、琴1張、棋1局、酒1壺和老翁1個，闡明晚年改號「六一居士」之緣由。本文與陶淵明〈五柳先生傳〉皆抒發歸隱山林的情趣；然不同是它仿漢賦主客問答形式，藉5問5答之對話，展現出年老退隱、徜徉於5物間的怡然自得。筆調雖然悠閒紆緩，字裡行間卻蘊藏著1股莫可奈何的苦悶情懷。

UNIT 5-19

金元賦壇漸枯寂

女真族統一中國北方，建立金朝；長時間與偏安江左的南宋對峙。後蒙古人興起，先滅金，再亡南宋，完成統一，創立元朝。金、元兩代由於受外族統治，文化落後，城市經濟畸形發展，及當局對讀書人思想控制等因素，造成文學不發達。辭賦自然隨之沒落，僅少數賦家有作品傳世。

金朝賦家

趙秉文（1159~1232），字周臣，晚號閒閒老人，磁州滏陽（今河北磁縣）人。其《閒閒老人滏水文集》中存賦頗多，為金朝賦家之冠。如〈遊懸泉賦〉仿蘇軾〈赤壁賦〉而作；另有〈無盡藏賦〉、〈解朝酲賦〉、〈栖霞賦〉等寓託玄言、禪理之作，均與東坡風格相近。據劉祁《歸潛志》引李純甫評語云：「才甚高，氣象甚雄，然不免有失枝墮節處，蓋學東坡而不成者。」可見他雖學蘇軾，但並不十分道地。

元好問賦作雖不多，但能以剛勁的筆調寫出內心沉鬱之思，其成就遠在金代諸家之上。如〈秋望賦〉云：

> 步裴回而徙倚，放吾目乎高明。極天宇之空曠，閱歲律之崢嶸。……非雲雷之一舉，將草木之偕零。太行截天，大河東傾。邈神州於西北，恍風景於新亭。念世故之方殷，心寂寞而潛驚。激商聲於寥廓，慨涕泗之緣纓。

「非雲雷之一舉，將草木之偕零。」暗示蒙古軍南侵，作者的故鄉秀容城淪陷，兄長慘遭殺害，國仇家恨，令他憤慨難平。賦中表現出憂國憂民的情懷，文筆蒼勁有力，是金賦的上乘之作。

元代賦家

理學家劉因的賦作，除了〈白雲辭〉二章辭義隱約、旨趣不明，其餘諸篇皆雄渾肆恣，有骨氣。如〈渡江賦〉，假託北燕處士與淮南劍客的問答，分析蒙古與南宋雙方情勢，藉由當年宋營有機可乘的結論，陳述元代江東地區實有法可守。〈苦寒賦〉，描寫早春時節，天候猶寒，貧苦之家「兒號妻哭，痛盡傷悲」的血淚控訴：

> 告我東君：胡甚不仁！嗟生類而欲盡，君奚為而不春？匪我語汝，其孰汝親？匪君顧我，孰活我人？我藉汝力，汝假我神。……以廣廈萬間庇吾民之凍骨，以布裘千丈弔四海之冰魂。……我徒問汝，汝且不言。

「東君」是春神，亦象徵蒙古統治者。賦中對東君的質問，隱約反映出蒙古人統治下民不聊生的慘況。

楊維楨的賦作，《御定歷代賦彙》收錄三十一篇。如〈些馬賦〉云：

> 吁嗟駿乎，汝其糜沒九淵，填於海鰌之空乎？抑越影超光，以返於房星之宮乎？將升崑崙，抑負瑞圖化榮河之龍乎？其將覲湘累以從其忠乎？……駿不歸來乎貽我憂，超越倒影兮乘雲浮，駿兮來歸乎，江險不可以久留。

此賦雖為哀馬，實則哀己。通篇從馬的淵源展開聯想，推測其前途，最後歸結到「江險不可以久留」，流露出自身徬徨瞻顧、不知該何去何從的茫然。

金元辭賦不發達

金賦

趙秉文

★其《閒閒老人滏水文集》存賦頗多，為金朝賦家之冠。

★如〈遊懸泉賦〉仿蘇軾〈赤壁賦〉而作；另有〈無盡藏賦〉、〈解朝酲賦〉、〈栖霞賦〉等寓託玄言、禪理之作，均與東坡風格相近。

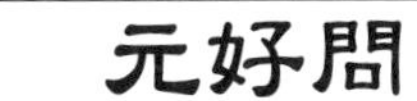

元好問

★其賦作雖不多，但以剛勁筆調寫出內心沉鬱之思，其成就遠在金代諸家之上。

★如〈秋望賦〉以「非雲雷之一舉，將草木之偕零。」暗示蒙古軍南侵1事，表現出掛念國家安危、希冀收復故土的憂國情懷。文筆蒼勁有力，是金賦中的上乘之作。

元賦

劉因

★其〈渡江賦〉，假託北燕處士與淮南劍客的問答，分析蒙古與南宋雙方情勢，藉此陳述江東可守之道。

★〈苦寒賦〉，描寫早春天候猶寒，貧苦之家「兒號妻哭，痛盡傷悲」，隱約反映出蒙古人統治下民不聊生的慘況。

楊維楨

★其賦作，《御定歷代賦彙》收錄31篇。

★如〈些馬賦〉雖為哀馬，實則哀己。從馬的淵源展開聯想，推測其前途，歸結到「江險不可以久留」，流露出自身徬徨瞻顧、茫然無依之慨嘆。

UNIT 5-20

明清辭賦已僵化

辭賦發展至宋代，一切形式無不畢備；然明、清之際，應八股文取士之需形成「股賦」，成為辭賦另一體。股賦雖然形式僵化、內容空洞，不為一般文學史家所重，但日本鈴木虎雄《賦史大要》第七篇專論「八股文賦時代」，可見在賦史上自有其價值。

李曰剛《辭賦流變史》云：「所謂股賦，乃『八股文賦』之簡稱，蓋由律賦與散賦兩者雜揉而成，於對偶中羼入八股文句法，寓駢於散，以排為偶之一種賦體也。發軔於明，盛行於清。」如張惠言〈望江南花賦〉為一篇詠物小賦。寫他乾隆五十三年（1788）入京赴考，由於長年屢試不第，因一種望江南草而興起思歸之意。此望江南草春、夏不開花，使人備感孤寂。如云：

> 何小草之珍瑋，感茲名之見奇。……華不飾悅，香不越林，群不比標，偏不戾參。獨專專兮沉沉，體志安隱，醰醰深深。淒淒兮秋風，飄颻兮吹我襟。初服兮敢化，恐冉弱兮弗任。諒君子之不佩，悵永望兮江南。

從「華不飾悅，香不越林，群不比標，偏不戾參」的角度，歌頌此草不媚俗、不孤高的恬淡性格。雖為股賦，卻託意幽深、構思精微，讓人愛不釋手。

明人賦作

明賦的發展，馬積高《賦史》云：

> 明代詩文復古是後期才開始的，賦至宋元，其變已極。故從明前期起就有某種復古的傾向，主要是已趨衰落的大賦又逐漸復興。從永樂起，賦京都者就絡繹不絕，……祝允明的〈大遊賦〉包攬古今，範金鑄史，以抒發其對現實的感慨，批判當時的弊政，全文達一萬餘字，尤為曠古所無。

除了祝允明〈大遊賦〉篇幅宏偉之外，明末夏完淳仿〈哀江南賦〉而作〈大哀賦〉亦屬長篇鉅製。如云：「余始成童，便膺多難，揭竿報國，束髮從軍。」述說生處亂世，從軍報國之緣起。當時，內憂外患頻仍，戰禍相尋：「竿木群興，風雲畢會。興六月之師，振九天之銳。」將士們浴血奮戰，只為「乾坤重照，日月雙懸」，復興大明皇朝，再見太平時日。賦中雖寫亡國頹勢，痛陳朝政弊端，卻始終大義凜然、正氣磅礴，不愧出自少年英雄手筆！

清代辭賦

清代無論古文家、駢文家，乃至詩人詞客、戲曲小說家，皆曾染指辭賦創作，故能蔚為風尚。其名作俯拾即是，如汪琬〈醜女賦〉、洪亮吉〈七招〉、袁枚〈笑賦〉、焦循〈招亡友賦〉、蒲松齡〈屋漏賦〉等，不勝枚舉。儘管清賦題材多元、作品甚夥，畢竟賦體已發展至極致，無法另闢蹊徑，自然難以突破。

不過，清人對辭賦評論貢獻良多，如王芑孫《讀賦卮言》、李調元《賦話》、浦銑《歷代賦話》及《復小齋賦話》、林聯桂《見星廬賦話》及劉熙載《藝概．賦概》等，較有系統探討辭賦發展的源流。又陳元龍編《歷代賦彙》、嚴可均輯《全上古三代秦漢三國六朝文》、董誥等輯《全唐文》，搜集不少前代賦作，對辭賦整理功不可沒。

股賦當道明清時

明、清股賦：

★辭賦發展至宋代，一切形式畢備；然明、清之際，應八股文取士之需形成「股賦」。

★股賦雖形式僵化、內容空洞，不為文學史家所重，但在辭賦史上自有其獨特價值。

★名篇：如張惠言〈望江南花賦〉為1篇詠物小賦，作於入京赴考時，由於屢試不第，因1種望江南草而興起思歸之意；又歌頌其不媚俗、不孤高的恬淡性格。雖為股賦，卻託意幽深、構思精微，讓人愛不釋手。

明　賦

★辭賦至宋、元，發展已臻極致。明人賦作開始出現復古的傾向，長篇大賦逐漸復興。

★從永樂年間起，賦京都者絡繹不絕，如祝允明〈大遊賦〉，篇幅宏偉，包攬古今，以抒發對現實的感慨、對弊政的批評。

明末夏完淳仿〈哀江南賦〉而作之〈大哀賦〉，亦為長篇鉅製。他從明朝由盛而衰寫起，一一回顧晚明政治腐敗、外患侵凌的歷史；次敘北京淪陷、滿清入關、南明覆亡等往事；再記自己起義失敗後，亡命江湖的悲慨及一意復國的決心。

清　賦

★清代無論古文家、駢文家，乃至詩人詞客、戲曲小說家，皆曾染指辭賦創作，故能蔚為風尚。

★名作俯拾即是，如汪琬〈醜女賦〉、袁枚〈笑賦〉、蒲松齡〈屋漏賦〉等，不勝枚舉。

袁枚〈笑賦〉

蒲松齡〈屋漏賦〉

儘管清賦題材多元、作品甚夥，畢竟賦體已發展至極致，無法另闢蹊徑，自然難以突破。

清朝人對辭賦發展之貢獻：

❶ 有系統地探討辭賦之源流。
❷ 搜集、整理不少前代賦作。

第6章
文　章

UNIT 6-1 駢散文章一家親

何謂「文章」？舉凡用文字組成語句，聯成篇段，以表示人們心中的思想情意者，即為文章。孔子說：「言以足志，文以足言。」孟子也說：「不成章不達。」是知「立言」與「修辭」二項，為文章之必備條件。

文章之形態

大抵中國文章不出駢文、散文和語體文三大形態。前二者屬於文言，後者為白話，三者各有長短：駢文兼具音義之美，可以傳之不朽；但往往因文義艱澀，不易廣泛流傳。語體文淺顯易懂，容易普及；然而隨著語言習慣改變，種種隔閡接踵而至，形成傳承的阻礙。至於散文，則介於二者之間，它較駢文簡明易讀，又比語體文的語法、用辭更為固定，所以無論空間上的流傳或時間上的傳承，都居於折衷地位。自五四運動以後，雖然語體文蔚為風尚，但綜觀中國文學史，依舊是散文當道的局面。

文章之演進

一般習慣將我國文章之演進，分為四期：

一、駢散合途時期：上古時代民智未開，治事理民以口授耳傳為主，有時必須運用言簡意賅之「文言」，以輔助記憶，利於記誦，而後始能廣為流傳，並傳之久遠。又礙於書寫工具簡陋，此期文章除了駢、散並用，往往隻言片語中蘊含著「微言大義」，是為文章最高深之時期。

二、駢文盛行時期：從秦至隋代，文字已由處理公眾事務、抒發群體情感的工具，淪為少數士大夫逞才使能、舞文弄墨的媒介。由於文士嘔心瀝血、爭奇競豔的結果，此期文章講駢儷、尚藻飾、重用典、崇聲律，無論內容或形式上都漸臻於優美之境，是為文章最藝術化之時期。

三、散文盛行時期：由唐代至清季，自韓、柳提倡古文以後，文章便從簡約洗鍊之「文言」，一變而為繁複的「散文」。宋代又多了「語錄」一體，影響所及，文章更趨於樸實無華。於是，文章的本質由典雅而流於簡樸，是為文章漸趨樸質之時期。

四、語體文盛行時期：自民國以降，新文藝風潮席捲而至，力倡以語體入文，於是文字與白話合為一體。隨著教育普及，民智大開，文字不復為少數人壟斷，而回歸大眾化之途。如今網路世代崛起，人人都可以在臉書、部落格上發文，表達自己的看法，文字成為生活必備的溝通工具，是為文章最通俗之時期。

要之，就文章演進而言，從典雅到樸質，無疑是一種退化；但就文章之效用而言，日益普及，廣為社會大眾所使用，何嘗不是一種進步現象？

駢文與散文

據張仁青《中國駢文發展史》云：「駢文、散文之截然劃分，乃唐代以後事，前此實無有顯著之界限也。」唐代以前，文章當駢則駢，當散則散，莫不出於自然，本無駢、散觀念。直到韓柳古文運動時，為了矯治文章日趨駢儷化的傾向，始有駢、散之分，「世遂稱用偶語者為駢文；用奇語者為古文，或曰散文。」從此，駢、散之爭，無代無之，而以有清一代為尤烈。

駢文散文和語體

文章 3 體

駢文 文言文

優點 兼具音義之美，可以傳之不朽。

缺點 因文義艱澀，不易廣泛流傳。

散文 文言文

較駢文簡明易讀，又比語體文的語法、用辭更為固定，所以無論空間的流傳或時間的傳承方面，都居於折衷地位。

散文當道

語體文 白話文

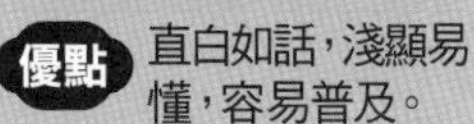

優點 直白如話，淺顯易懂，容易普及。

缺點 隨語言習慣改變，易生隔閡，而形成傳承的阻礙。

文章演進

駢散合途時期	★上古民智未開，治事理民有時必須運用言簡意賅的「文言」，以輔助記憶，並使之流傳久遠。 ★又礙於書寫工具簡陋，此期文章往往駢、散並用，隻言片語中蘊含「微言大義」，為文章最高深之時期。
駢文盛行時期	★從秦至隋代，文字已淪為少數士大夫逞才使能、舞文弄墨的媒介。 ★此期文章講駢儷、尚藻飾、重用典、崇聲律，無論內容或形式上都漸臻於優美之境，為文章最藝術化之時期。
散文盛行時期	★唐代至清季，自韓、柳提倡古文以後，文章便從簡約洗鍊之「文言」，一變而為繁複的「散文」。 ★宋代多了語錄體，文章更趨於樸實無華。文章本質由典雅而流於簡樸，為文章漸趨樸質之時期。
語體文盛行時期	★民國以降，倡以語體入文，文字與白話合為1體。隨著教育普及，民智大開，文字回歸大眾化之途。 ★如今網路世代，人人皆可在臉書、部落格上發文，文字成為必備的溝通工具，為文章最通俗之時期。

UNIT 6-2 史傳策論流芳澤

據簡恩定等《中國文學專題》云：「由於周王朝的衰頹，為了爭取領導權，諸侯國開始相互吞併，間接使得平民教育興起，和遊說之術大為流行；而這些新的社會現象，正是促使散文興盛的主要原因。」是知先秦散文蓬勃發展，與周王朝衰頹、平民教育興起和遊說之術流行，息息相關。

史傳散文

我國最早的史傳散文是《尚書》。不過，其中某些篇章尚有真偽的問題；一般認為《周書・大誥》較無疑慮，且能代表周初散文的特色。如云：「王若曰：『猷！大誥爾多邦越爾御事。弗弔天降割于我家，不少延。洪惟我幼沖人，嗣無疆大歷服，弗造哲，迪民康，矧曰其有能格知天命！』」此文為周公出兵征伐管叔、蔡叔前的宣示文告，全用當時的口語寫成。由於時間的隔閡、語言的變遷，後世讀來佶屈聱牙，造成閱讀上的障礙。

《春秋》是我國第一部有系統的編年史。相傳為孔子所編著，以魯史為中心，記載魯隱公元年（722B.C.）至魯哀公十四年（481B.C.）間史事。其創作動機，據《孟子・滕文公下》云：「世衰道微，邪說暴行有作。臣弒其君者有之，子弒其父者有之。孔子懼，作《春秋》。」由於受書寫工具之限，《春秋》所載極簡要，多為提綱挈領式紀錄。如僖公二十三年載：

> 春，齊侯伐宋，圍緡。夏，五月，庚寅，宋公茲父卒。秋，楚人伐陳。冬，十有一月，杞子卒。

相較於《尚書》純口語化的文字記載，至《春秋》發展成淺白通順、言簡意賅的文字紀錄，對先秦散文而言，應該算是一大進步。

《左傳》舊題左丘明作。左丘明是誰？文獻闕如，不可知。《左傳》雖依據《春秋》原文而作，但文字簡明流暢，敘述生動活潑，已超越注解經書的範疇，而成為不朽的散文鉅著。其中以描寫外交辭令和戰爭場面，尤為出色。如同為僖公二十三年載：

> 楚子饗之曰：「公子若反晉國，則何以報不穀？」對曰：「子女玉帛，則君有之；羽毛齒革，則君地生焉；其波及晉國者，君之餘也。其何以報君？」曰：「雖然，何以報我？」對曰：「若以君之靈，得反晉國。晉楚治兵，遇於中原，其辟君三舍；若不獲命，其左執鞭弭，右屬櫜鞬，以與君周旋。」

楚子追問來日返晉，何以為報？重耳不卑不亢，許下退避三舍的承諾。在文字表現技巧上，已臻爐火純青之境。

策論散文

策論散文，乃針對一種政策的論析或談辯；以《戰國策》為主要著作。今本《戰國策》計三十三卷，西漢劉向所編，書名亦其所定。書中記載蘇秦的合縱、張儀的連橫、鄒忌的幽默、淳于髡的諷刺等，真是舌燦蓮花，極盡縱橫辯說之能事。故李格非云：「《戰國策》所載，大抵皆縱橫捭闔、譎誑相輕傾奪之說也。」如此鋪陳而誇張、引古以喻今的文字敘述，氣勢磅礴、縱橫捭闔的滔滔雄辯，對後世散文乃至辭賦的描寫技巧，自有其影響力。

歷史散文分兩類

史傳散文

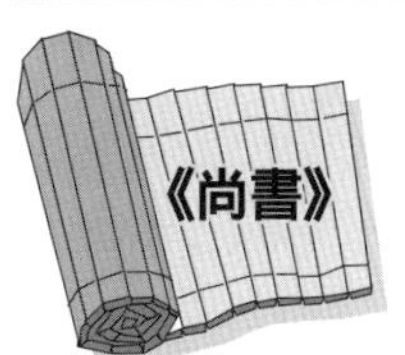

★是我國最早的史傳散文。

★一般認為《周書・大誥》能代表周初散文的特色。

★〈大誥〉為周公出征前的宣示文告，全用當時口語寫成；後世讀來備覺佶屈聱牙。

★是我國第1部編年史。

★記載魯隱公元年（722B.C.）至魯哀公14年（481B.C.）間史事。

★受書寫工具之限，所載極簡要，多為提綱挈領式的紀錄。

★作者不可考。

★雖依據《春秋》原文而作，但文字簡明流暢，敘述生動活潑，已超越注解的範疇，成為1部散文鉅著。

★其中描寫外交辭令和戰爭場面，尤為出色。

策論散文

★今本《戰國策》計33卷，乃西漢劉向編定。

★書中所載，皆縱橫捭闔、譎誑相輕傾奪之說。

★鋪陳誇張，氣勢磅礡、縱橫捭闔的滔滔雄辯，對後世散文及辭賦頗具影響力。

文學歇腳亭

在《戰國策》中有1則故事：鄒忌對自己俊俏的外貌，相當引以為傲，但他總是聽人稱讚城北徐公為當地第1美男子，心中甚是疑惑。某日，攬鏡自照，適逢妻子經過，他問：「我與城北徐公，誰俊？」妻子回答：「當然是您英俊！」他頓時信心倍增。

某日，又照起鏡子來，恰巧侍妾在旁，他問相同的問題；侍妾也給了相同的答案。他外出時，仍只聽到大家對城北徐公的讚嘆。回家後，朋友來訪，他再問友人：「我與城北徐公，誰英俊？」友人回答：「您俊，城北徐公不及您的萬分之一！」

最後，終於有幸一睹城北徐公的丰采。這時，他恍然大悟：城北徐公真是1名美男子，自己無法與之相比！原來因為妻子愛他，侍妾怕他，而朋友有求於他，所以都沒跟他說實話。

鄒忌以此親身經驗勸諫齊威王，千萬別被身邊的官員、百姓、后妃、內侍給蒙蔽了。齊威王從此廣開言路，虛心納諫，成為1位明君。

UNIT 6-3 諸子散文綻異彩

先秦散文主要包括：史傳散文、策論散文和諸子散文三大類。或將史傳與策論歸為同類，又稱歷史散文；而諸子散文，另有哲理散文之名。

簡約的語錄體

《老子》約五千餘言，文字簡略質樸，為老子門徒所記的語錄；以闡發其無為而治的道家哲學思想。如第三章：「聖人之治，虛其心，實其腹，弱其智，強其骨，常使民無知無欲，……為無為，則無不治。」此種排偶、散行文字並用的現象，正是散文發展初期，與詩歌相互影響的證據。

《論語》則為曾子門人所記，為孔子與弟子、時人應答的語錄。文字簡樸直率，除了闡發儒家哲學思想，也有動人的文學情趣；如孔子派子路問津於長沮、桀溺一段，突顯出隱士與儒者迥異的處世態度。又子曰：「富而可求也，雖執鞭之士，吾亦為之；如不可求，從吾所好。」可見詩歌記事功能未完全被散文取代，故出現如此排偶、散行文字並用的現象。

豐美的寓言體

《孟子》雖然以提倡「仁義」、「性善」思想為主，但文采逼人，滔滔雄辯，頗受戰國策士之影響。如〈梁惠王〉言仁義、〈滕文公〉闢楊墨、〈告子〉辯性善等，都是文氣縱橫、辭采華美的好文章。此外，《孟子》一則則取譬精湛的寓言，如揠苗助長、牽牛過堂、齊人妻妾等，莫不形象鮮活，極盡諷刺之能事，故說服力十足。

《莊子》約與《孟子》同時，尤善於以寓言體來表現道家哲學思想。二書差異在於：一、《孟子》文字嚴謹而凝鍊；《莊子》則奔放而流暢。二、《孟子》取譬現實而形象化；《莊子》則浪漫玄奇而天馬行空。三、《孟子》文意較為顯露；《莊子》則比較內斂。因此，後人為文往往在氣勢磅礡上學《孟子》，而修辭流暢上學《莊子》。如庖丁解牛、痀僂承蜩、莊周夢蝶等，都是耳熟能詳的寓言。其文筆詭譎變化，妙趣橫生，不但成為後世散文的借鏡、詩詞的典故、戲曲的張本，更間接啟迪了虛無縹緲的遊仙文學。

深切的論辯體

《荀子》文字簡約質樸，且一篇一主題，與前述語錄、寓言體不同。其出現標誌著論辯體散文趨於成熟，對後來《韓非子》、漢代政論文影響甚鉅。如〈勸學〉以設喻說理手法寫成，一理多喻，不但內容生動，形式優美，更創造出多重的修辭效果，充滿濃郁的文學色彩。〈議兵〉中，分析透澈，鞭辟入裡，論斷精確，是一篇極出色的軍事論文。其餘如五篇賦、成相辭與佹詩，則屬於辭賦範疇，不再贅述。

《韓非子》主張任法重刑，以文筆深切、辭鋒犀利著稱。如〈五蠹〉認為除去儒者、縱橫家、遊俠、怕當兵的人、商工之民等「五蠹」，方可富國強兵。〈亡徵〉分析四十七種亡國的徵兆。韓非為文頗重邏輯，推理周密，且善用寓言，巧設譬喻，故形成嚴峻峭拔的風格。如鄭人買履、郢書燕說、自相矛盾等寓言，或藉以闡明事理，或用以譏諷時政，皆具有極高的藝術表現技巧。整體來說，先秦諸子散文發展至此，可謂登峰造極，無以復加。

老莊論孟寓哲理

語錄體

《老子》

★全書5千餘言，文字簡略質樸，為老子門徒所記。旨在闡發無為而治的道家哲思。

★排偶與散行並用，為散文發展初期，與詩歌相互影響之證據。

《論語》

★為孔子與弟子、時人應答的語錄。文字簡樸直率，除了闡發儒家哲思之外，也有動人的文學情趣。

★當時詩歌的記事功能未完全被散文取代。

子路問津

《孟子》

★旨在提倡「仁義」、「性善」思想，但文采逼人，滔滔雄辯，頗具戰國策士之風。

★1則則精湛的寓言故事，極盡諷刺之能事，故說服力十足。

《莊子》

★《莊子》與《孟子》約同時，前者尤善於以寓言體來闡述道家哲思。

★文筆詭譎變化，妙趣橫生，成為後世文學創作的源頭活水。

莊周夢蝶

《荀子》

★文字簡約質樸，且1篇1主題，與語錄、寓言體不同。

★它的出現標誌著論辯體散文趨於成熟，對後來《韓非子》、漢代政論文影響甚鉅。

《韓非子》

★主張任法重刑，以文筆深切、辭鋒犀利著稱。

★重邏輯，推理周密，且善用寓言，巧設譬喻，形成嚴峻峭拔的風格；可謂先秦諸子散文登峰造極之作。

自相矛盾

UNIT 6-4

論政言事秦漢文

秦代之文章

所謂秦代，指秦始皇統一六國至滅亡（221B.C.~207B.C.）十五年之間。秦文以李斯（284 B.C.~208 B.C.）散文、呂不韋門下客所編《呂氏春秋》為代表。

李斯是荀子的學生，卻成為一位法家人物。他以併吞六國之策，遊說秦王嬴政；統一天下後，任丞相，秦朝的規模制度多出於其手。後遭趙高誣陷謀反，被處以腰斬，並夷三族。其文章以〈諫逐客書〉最著名，文中論述客卿對秦有大功，逐客不利於秦之理。從秦國的利益出發，處處緊扣秦王成就帝業之雄心，運用鋪陳、排比、對偶等技巧，議論精闢，類推切當，終能打動秦王，取消逐客之令。另有〈獄中上秦二世書〉，檢討罪過的同時，卻點出自己的七大功績，足見其匠心獨具。此外，李斯散文亦漢賦發展之先聲。

《呂氏春秋》分為十二〈紀〉、八〈覽〉、六〈論〉，又稱《呂覽》。內容綜採諸子，兼收並蓄，故為雜家。誠如王忠林等《中國文學史初稿》云：「戰國時，眾說紛紜，……各是其所是，各非其所非，《呂氏春秋》想要排眾議之說，成一家之言，這也是它能成為雜家中巨擘的原因。」在學術思想上，《呂氏春秋》雖然沒有創造性見解，但可見其調和各家思想的功力。此外，其中不乏含意深刻的寓言，如刻舟求劍，以喻守法不變的錯誤；盜鐘掩耳則比喻自欺欺人，後世演變成「掩耳盜鈴」。《呂氏春秋》語言簡明，組織嚴密，且言之有物，其文學價值不容忽視。

兩漢政論文

漢代政論文，對政治、經濟等提供建言。如賈誼（200 B.C.~168 B.C.）〈過秦論〉、鼂錯（200 B.C.~154 B.C.）〈論貴粟疏〉、王符（87~170）《潛夫論》、仲長統（180~220）《昌言》等，皆語言樸實，內容豐厚，旨在揭露現實，批評時局。

賈誼〈過秦論〉共三篇，如上篇可分為五段：首言秦用商鞅變法，奠定富強基礎。次敘歷惠文、武、昭襄三朝，秦在諸侯中占盡優勢。三記秦統一天下，行高壓統治，自以為建立子孫帝王萬世之業。四謂陳涉起義，而天下響應，秦遂亡國。末論秦所以亡，在於不施仁政。其文氣勢縱橫，析論透闢，且筆鋒犀利。而〈治安策〉（又名〈陳政事疏〉），針對當時漢朝與匈奴、中央與諸侯、社會各階層之間的矛盾提出建言，頗具高瞻遠矚。

鼂錯〈論貴粟疏〉，主張「重農抑商」思想，強烈批判商人的巧取豪奪，並關懷生活困苦的農民。透過農夫「賣田宅、鬻子孫以償債」，對比商賈「交通王侯，力過吏勢，……乘堅策肥，履絲曳縞」，指出貧富懸殊是造成階級矛盾的根源。通篇邏輯嚴整，層層對比，文字極具渲染力，充分展現出嚴峻尚實的法家性格。

東漢文章雖有駢偶化傾向，但王符、仲長統的政論文，仍能繼承西漢文渾樸自然的風格。王符《潛夫論》，提出選用賢才、改革政治、重農安民、鞏固邊防等主張。仲長統《昌言》，凡三十四篇，十餘萬言；已亡佚。《後漢書》錄有〈理亂〉、〈損益〉、〈法誡〉三篇。〈理亂〉尤佳，揭發周秦至漢代治亂之源，反映出統治者的荒淫腐敗。

政論文章亦出色

秦代

李斯之文

如〈諫逐客書〉，從秦國的利益出發，緊扣秦王成就帝業之雄心。通篇議論精闢，類推切當，終能說服秦王取消逐客之令。

又〈獄中上秦二世書〉1文，檢討自己的罪過，同時也稱讚自己的功勞。

善用鋪陳、排比等技巧，其文氣勢奔放，不但是秦代散文的佳篇，亦漢賦發展之先聲。

《呂覽》

內容綜採諸子，兼收並蓄，雖為雜家思想，缺乏創見；但在調和各家論點上仍功不可沒。

其中不乏含意深刻的寓言，如「刻舟求劍」，楚人坐船，劍掉入水中，他在船邊刻上記號，再跳入水中尋找。由於船不斷前進，而劍不動，當然無法尋獲失劍。

《呂氏春秋》語言簡明，組織嚴密，且言之有物，不該因為被歸為雜家，而忽略其文學價值。

漢代

西漢

賈誼之文

如〈過秦論〉、〈治安策〉等文章，可見其敏銳的危機意識、獨到的前瞻性眼光，真不愧是漢代首屈一指的政論散文家！

鼂錯之文

〈論貴粟疏〉，主張「重農抑商」，批判商人的巧取豪奪，關懷貧困的農民；並指出貧富懸殊是造成階級矛盾的根源所在。

東漢

王符之文

王符在《潛夫論》1書中，提出選用賢才、改革政治、重農安民、鞏固邊防等政治主張。

仲長統之文

仲長統《昌言》，如〈理亂〉，揭發周秦至漢代治亂之源，反映出統治者的荒淫腐敗。

要言之，兩漢政論文語言樸實，內容豐厚，以揭露現實、批評時局為其共同特色。

UNIT 6-5

子長發憤著史記

承父志修通史

司馬遷（145B.C.~？），字子長，左馮翊夏陽（今陝西韓城）人。其先祖為周朝史官；至西漢，其父司馬談任太史令。他十歲，能誦讀古書。二十歲後，曾奉命尋求舊籍、出使巴蜀、封禪泰山等，足跡遍及大江南北。三十六歲，喪父；其父臨終遺言，交代他將來務必要完成一部偉大的史書。三年後，果然世襲父職，為太史令。太初元年（104 B.C.），他四十二歲，與壺遂等訂定《太初曆》後，便著手撰史。

元漢二年（99B.C.），李陵征戰匈奴，兵敗被俘而降。司馬遷仗義執言，觸怒了漢武帝，被捕下獄，後遭宮刑之辱。如〈太史公自序〉所云：「於是論次其文七年，而太史公遭李陵之禍，……身毀不用矣！……意有所鬱結，不得通其道也，故述往事，思來者。」他痛不欲生，卻因未完成父親遺志，而隱忍苟活，努力著述。終於在征和二年（91 B.C.），完成一部「究天人之際，通古今之變，成一家之言」的《太史公書》。其〈報任少卿書〉亦云：「僕誠以著此書，藏諸名山，傳之其人，通邑大都，則僕償前辱之責，雖萬被戮，豈有悔哉！」他把此鉅著傳給外孫楊惲後，行蹤成謎，不知所終。

〈太史公自序〉、〈報任少卿書〉二文，皆出於司馬遷手筆，是後世瞭解太史公其人、其書的第一手資料。

成一家之言論

司馬遷《史記》原名《太史公書》。至東漢，出現《太史公記》、《太史記》等異稱。後世《史記》遂成為《太史公書》的專名，不再泛指一般史書。司馬遷《史記》起於黃帝軒轅氏，終至西漢武帝年間，所述歷史長達二千六百多年，是中國第一部通史。該書體例，包括：十二〈本紀〉、十〈表〉、八〈書〉、三十〈世家〉、七十〈列傳〉，凡一百三十卷，五十二萬餘言。由於〈本紀〉、〈列傳〉為全書主要內容，故史家稱此種體製為「紀傳體」。後世正史均採用此體。在文學上，〈本紀〉、〈世家〉、〈列傳〉皆以人物為中心，故《史記》被譽為我國傳記文學之祖。魯迅曾評為「史家之絕唱，無韻之〈離騷〉」，其史學地位與文學價值，可見一斑。

《史記》之文學技巧，可分寫人、敘事兩方面言之：在寫人上，如〈項羽本紀〉描寫鴻門宴一段，用千餘字的篇幅，將雄主項羽和劉邦、謀臣范增和張良、武將項莊和樊噲等人形象，刻劃得個性鮮明，活靈活現。其中以劉邦的隨機應變、能屈能伸，與項羽的有勇無謀、感情用事，形成最強烈的對比。在敘事上，如〈項羽本紀〉中，藉由記述鉅鹿之戰、鴻門之宴、垓下之圍三大史事，突顯出項羽一生崛起、稱霸、敗亡的三個關鍵階段；以概括精當，文筆洗鍊見稱。又鴻門宴一事，亦見諸其他紀、傳，如〈高祖本紀〉僅記劉邦因樊噲、張良之助，得以脫身；〈留侯世家〉只說等見到項羽後，事情便解決了。唯〈項羽本紀〉詳載此事，范增召來項莊，勢必除掉劉邦，故有「項莊舞劍，志在沛公（劉邦）」一語。席間，劉邦假如廁之名，成功脫逃。此種略於本傳而詳於他傳、互相參見的敘事手法，後世稱為「互見」，為歷代史家所沿用。

太史公書稱史記

寫作背景

★其家世代為史官，至西漢，其父司馬談任太史令。

★司馬遷36歲喪父，後襲父職，亦為太史令。他紹承父志，著手撰史。

★ 47 歲時，因李陵之禍，遭受宮刑之辱，仍苟且偷生，努力著述。

★終於完成了1部「究天人之際，通古今之變，成一家之言」的《太史公書》。

★所撰〈太史公自序〉、〈報任少卿書〉2文，為研究司馬遷生平的第1手資料。

全書體例

該書凡130卷，計52萬餘言。

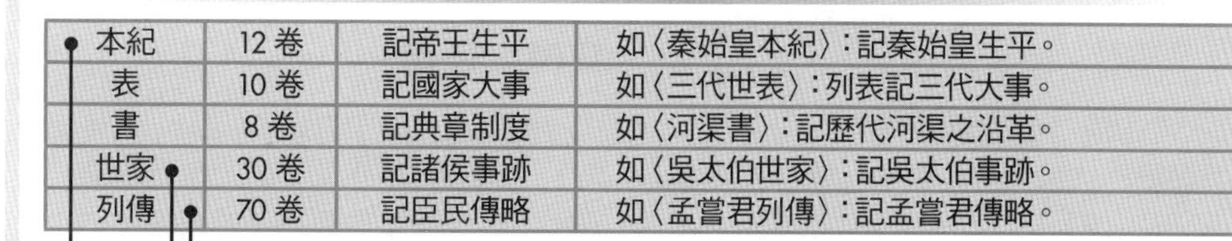

本紀	12卷	記帝王生平	如〈秦始皇本紀〉：記秦始皇生平。
表	10卷	記國家大事	如〈三代世表〉：列表記三代大事。
書	8卷	記典章制度	如〈河渠書〉：記歷代河渠之沿革。
世家	30卷	記諸侯事跡	如〈吳太伯世家〉：記吳太伯事跡。
列傳	70卷	記臣民傳略	如〈孟嘗君列傳〉：記孟嘗君傳略。

凡本紀、世家、列傳皆以人物為敘述中心，故為傳記之祖。

以本紀、列傳為主要內容，故稱為「紀傳體」。

文學藝術

★描寫人物，如〈項羽本紀〉記鴻門宴上，將項羽和劉邦、范增和張良、項莊和樊噲等人形象，刻劃得活靈活現。

★記敘史事，如鴻門宴1事，採「互見」敘事法，〈高祖本紀〉僅記劉邦因樊噲、張良之助，得以脫身；〈留侯世家〉說等見到項羽，事情便解決了。唯〈項羽本紀〉詳載此事，而有「項莊舞劍，志在沛公（劉邦）」的插曲。

UNIT 6-6 班氏父子成漢書

司馬遷《史記》、班固《漢書》並稱「史漢」，為漢代史傳散文之雙璧。

漢書之作者

由於《史記》記事止於漢武帝年間，後來劉向、劉歆、揚雄、班彪等都曾搜集時事，志在續補《史記》。其中以班彪（3~54）作《史記後傳》六十五篇最具規模。到了班固，在其父班彪的基礎上，斟酌前史，綴輯所聞，歷時二十餘年，始有《漢書》問世。

班固（32~92），字孟堅，扶風安陵（今陝西西安）人，是東漢著名史家兼賦家。他曾續其父未竟之書，遭告發擅改國史，入獄。後經其弟班超上書說明，明帝乃召為蘭臺令史，命作《漢書》。書未成，值竇憲征匈奴失利，他為中護軍亦被繫，身死獄中。據《後漢書．班昭傳》云：「兄固著《漢書》，其八〈表〉及〈天文志〉未及竟而卒。和帝詔昭就東觀藏書閣踵而成之。」又云：「時《漢書》始出，多未能通者，同郡馬融伏於閣下，從昭受讀，後又詔融兄續繼昭成之。」可見班昭、馬續等曾協助整理《漢書》，而班固才是主要作者。《後漢書．班固傳》云：

> 固自永平中始受詔，潛精積思二十餘年，至建初中乃成。當世甚重其書，學者莫不諷誦焉。

明言建初年間（76~84）班固書乃成。而他卒於永元四年（92），距成書之時已有十餘年；故知書未成，應指尚未定稿，然已粗具規模。因此，班昭、馬續僅是《漢書》之參校者，絕非原作者。

漢書之內容

《漢書》所記為西漢一朝歷史，起於漢高祖，止於王莽，為後世斷代史之祖。其內容，關於漢武帝以前史事，多半直接引用《史記》原文，或改動字句，或補充史料，並非如鄭樵《通志》所評「事事剽竊」。如〈晁（鼂）錯傳〉增補不少材料，內容更為豐富。

其體例承沿《史記》，以紀傳體寫成；所不同者，在於改〈書〉為〈志〉，併〈世家〉於〈列傳〉中。《漢書》包括：十二〈帝紀〉、八〈表〉、十〈志〉、七十〈列傳〉，共一百篇，一百二十卷。又在〈呂后紀〉前立〈惠帝紀〉，將項羽、陳涉皆寫入〈列傳〉，可見絕非一味承襲，而能展現自身的史觀。

史傳之佳構

由於漢代辭賦發達，影響所及，《漢書》文字有排偶化的傾向，崇尚藻飾，喜用古字，風格典麗，入於艱深；不似《史記》之簡潔明暢、平易近人。如范曄《後漢書．班彪傳》所云：「遷文直而事覈，固文贍而事詳。」指出《史記》、《漢書》的散文風格，一生動，一詳贍，各具特色。

《漢書》中不乏形象鮮活的傳記佳篇，如〈朱買臣傳〉，寫他失意時、得志後不同的精神面貌，以及旁人對他的不同待遇，傳神刻劃出世態炎涼的景況。又〈蘇武傳〉，敘李陵勸蘇武投降一段，當蘇武說出：「自分已死久矣！王必欲降武，請畢今日之歡，效死於前。」突顯出其大義凜然，視死如歸的英雄風範。李陵只能自慚形穢嘆息道：「嗟呼，義士！陵與衛律之罪，上通於天。」兩相對照，形貌異常鮮明，如狀目前。

班固漢書尚藻飾

作者與成書

★班固在其父班彪《史記後傳》65 篇基礎上，費時 20 餘年，始著成《漢書》之初稿。

★書未成，班固身死獄中；後由其妹班昭、同郡馬續等協助校訂整理，終於完成了我國第 1 部斷代史專著——《漢書》。

內容與體例

★所記為西漢 1 朝的歷史，起於漢高祖，止於王莽，為後世斷代史之祖。

★關於漢武帝以前的史事，多半引用《史記》，而有所改動或補充，並非完全剽竊。

體例承沿《史記》，以「紀傳體」寫成。凡 100 篇，120 卷。

篇目	篇數	說明
〈帝紀〉	12 篇	在呂后前為惠帝立紀。
〈表〉	8 篇	與《史記》體例相同。
〈志〉	10 篇	將「書」改為「志」。
〈列傳〉	70 篇	將項羽、陳涉入列傳。

展現出自身史觀

凡帝紀、列傳皆以人物為敘述中心，故為「紀傳體」。

藝術與特色

★受漢賦影響，文字趨於排偶化，崇尚藻飾，喜用古字，風格典麗，入於艱深。

★如〈朱買臣傳〉，記朱買臣年過 40，一事無成，其妻求去，改嫁。後買臣衣錦榮歸，其故妻與新任丈夫貧困，買臣將 2 人安置府中。故妻羞愧難當，自縊身亡。

★又〈蘇武傳〉，敘蘇武身陷胡地，牧羊北海邊，受盡苦楚；匈奴曾派李陵來勸降，但他寧死不屈，大義凜然。

文學歇腳亭

班昭，字惠姬，東漢文學家、歷史學家。她除了替兄長班固續成《漢書》，還曾因其兄定遠侯班超出使西域 30 年未歸，上書漢和帝，情真意摯，終於打動了皇上，令班超得以返國。

班昭著《女戒》7 篇，對傳統女性價值觀影響甚深。她精通文史，被譽為「一代女文豪」。其夫曹世叔早逝，漢和帝賞識她的才華，召入宮中，人稱「曹大家（家通姑）」。此外，相傳她還是個如花似玉的大美人，集才學、美貌於 1 身，真是 1 位奇女子！

UNIT 6-7 兩漢駢儷初萌芽

兩漢散文受辭賦發展影響，漸趨駢儷化，除了上述東漢政論文、班固《漢書》之外，尚可從一些單篇散文中，窺知漢代文章由散體至排偶、從質樸到典麗的傾向。

鄒陽獄中上書

鄒陽（？~120B.C.），山東臨淄人。仕吳，吳王劉濞欲謀逆，他上書屢諫，不聽；遂與枚乘、嚴忌等投奔梁王。後被羊勝、公孫詭等誣陷下獄，故作〈獄中上梁王書〉自辯。梁王讀後，立刻下令釋放，並尊為上客。全文以「忠信」為核心，先說「常以為然」，隨即改口「徒虛語耳」。又舉反證：

> 昔玉人獻寶，楚王誅之；李斯竭忠，胡亥極刑。是以箕子陽狂，接輿避世，恐遭此患也。願大王察玉人、李斯之意，而後楚王、胡亥之聽，毋使臣為箕子、接輿所笑。臣聞比干剖心，子胥鴟夷，臣始不信，乃今知之。

善用和氏獻璧、李斯腰斬、比干剖心、箕子與接輿之佯狂、伍子胥被裝入皮囊投江等典故；搭配對偶修辭，或隔句對，或單句對，連貫而下，說服力十足。故張仁青《中國駢文發展史》評云：「廣引譬類，與李斯同風，而辭意更形複雜，儼成一種儷習，駢體之經脈，從是可尋。」認為此文與李斯〈諫逐客書〉二篇為駢文起源最初步之現象。

揚雄劇秦美新

揚雄作〈劇秦美新〉，阿諛王莽，歷來頗受非議。然洪邁《容齋隨筆》云：「此雄不得已而作也。夫誦述新莽之德，止能美於暴秦，其深意固可知矣。」無論如何，〈劇秦美新〉可說是一篇形式完整的駢文。文云：「獨秦崛起西戎，……剗滅古文，刮語燒書，弛禮崩樂，塗民耳目。……是以耆儒碩老，抱其書而遠遜；禮官博士，卷其舌而不談。……二世而亡，何其劇與！」駢偶句法之高明，與六朝駢文相比，亦毫不遜色。誠如張仁青所云：「其結構與造句，已完全脫去散文之格局，而與駢文相同。」

蔡邕碑銘典範

蔡邕（133~192），字伯喈，陳留圉（今河南杞縣）人。漢末著名文學家，詩、賦、銘、碑俱佳。曾奏定《六經》文字，自書冊鐫碑，立於太學門外，往觀及摹寫者，絡繹於途。獻帝時，拜左中郎將，人稱「蔡中郎」。董卓專政，被迫為官，三日之間，周歷三臺。董卓遇誅，他亦受株連身死獄中。其〈郭有道林宗碑〉云：

> 先生誕膺天衷，……其器量弘深，姿度廣大，……周流華夏，隨集帝學，收文武之將墜，拯微言之未絕。於時纓緌之徒、紳佩之士，望形表而影附，聆嘉聲而響和者，猶百川之歸巨海，鱗介之宗龜龍也。

該文除敘碑主姓名、籍貫用散體外，其餘均為駢偶句，故《中國駢文發展史》歸納其特點有三：一、具駢四儷六之體貌；二、樹駢體碑銘之宏規；三、立臺閣文體之典型。又評云：「色澤穠縟，音節舂容，為六朝駢文之津梁。」其重要性，可見一斑。

排偶典麗兩漢文

〈獄中上梁王書〉 鄒陽

鄒陽曾仕吳，吳王劉濞欲謀逆，屢諫不聽，遂與枚乘、嚴忌等投奔梁王。後被羊勝、公孫詭等誣陷下獄，故作〈獄中上梁王書〉自辯。梁王讀後，立刻下令釋放，並尊為上客。

★全文以「忠信」為核心，先說「常以為然」，隨即改口「徒虛語耳」；再舉反證用和氏獻璧、李斯、比干等忠而遇害之典，加以反駁。搭配對偶修辭，連貫而下，說服力十足。

★張仁青《中國駢文發展史》認為〈獄中上梁王書〉與〈諫逐客書〉2文，為駢文起源最初步之現象。

〈劇秦美新〉 揚雄

揚雄曾作〈劇秦美新〉，阿諛王莽，歷來備受非議。但據洪邁《容齋隨筆》的說法，以為揚雄是逼不得已而為之；何況他稱頌王莽之德，只能媲美於暴秦，可見其中含有深意。

★〈劇秦美新〉已完全脫去散文之格局，其駢偶句法與六朝駢文相比，已毫不遜色，可說是1篇形式完整的駢文。

★揚雄本身是漢賦名家，對排偶句法之嫺熟，以致影響到文章創作時，以駢句入文。足見兩漢文章受辭賦之薰染，風格由質樸而漸趨於典雅華麗。

〈郭有道林宗碑〉 蔡邕

蔡邕為東漢末著名文學家，詩、賦、銘、碑俱佳。嘗奏定《六經》文字，自書冊鐫碑，立於太學門外，往觀及摹寫者，絡繹於途。獻帝時，拜左中郎將，人稱「蔡中郎」。

★〈郭有道林宗碑〉1文，除了敘碑主姓名、籍貫用散體外，其餘均為駢句。

★其特色有3：

1. 具駢四儷六之體貌。 2. 樹駢體碑銘之宏規。
3. 立臺閣文體之典型。

★通篇辭藻華美，音韻和諧，為六朝駢文之津梁。

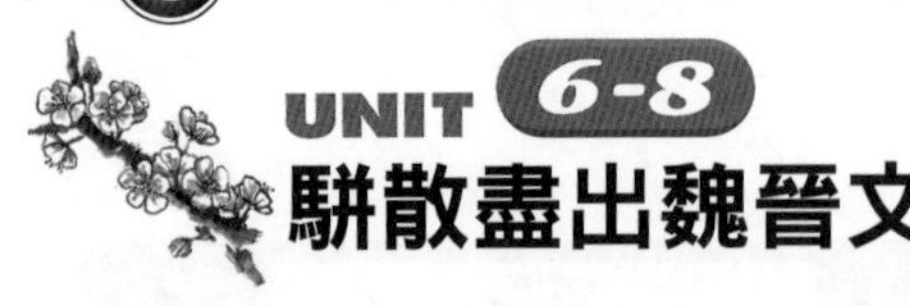

UNIT 6-8 駢散盡出魏晉文

魏晉文章未有駢、散之別，因此呈現駢散盡出的繁華榮景。雖然多數作家循漢末以來雕章琢句、追求華美的駢體之路前進；但也有人不隨流俗，力求樸實無華，而出現一些寓駢於散，駢散並用，風格清新的散文佳作。總之，無論駢文或散文，皆各具特色，豐富了魏晉文壇。

駢文之競爽

建安末，駢儷之風盛行，無論曹氏兄弟、建安七子都是個中好手，如曹丕〈與朝歌令吳質書〉、曹植〈與吳季重書〉、孔融〈薦禰衡表〉等，佳作如林，蔚為大觀。〈與吳季重書〉云：

> 願舉太山以為肉，傾東海以為酒，伐雲夢之竹以為笛，斬泗濱之梓以為箏，食若填巨壑，飲若灌漏卮，其樂固難量，豈非大丈夫之樂哉？然日不我與，曜靈急節，面有逸景之速，別有參商之闊。思欲抑六龍之首，頓羲和之轡，折若木之華，閉濛汜之谷。天路高邈，良久無緣，懷戀反側，如何如何？

足見其重視寫作技巧，講究形式之美，舉凡辭藻、對偶、用典等，均較前人略勝一籌。

至西晉陸機，駢文發展又向前邁進一大步。其〈辨亡論〉，探討東吳亡國的原因，多用駢偶，自成一格。其〈豪士賦序〉，闡明對齊王冏矜功自伐、受爵不讓的諷刺：

> 夫立德之基有常，而建功之路不一，……是故苟時啟於天，理盡於民，庸夫可以濟聖賢之功，斗筲可以定烈士之業。故曰才不半古，而功已倍之，蓋得之於時勢也。

駱鴻凱《文選學》云：「陸士衡〈豪士賦序〉裁對之工，隸事之富，為晉文冠。而措語短長相間，竟下開四六之體。」是知該篇在駢文史上的地位。

散文之揚芬

諸葛亮（181~234），字孔明，琅琊陽都（今山東沂南）人。有前、後〈出師表〉，前者勉勵蜀後主「親賢臣，遠小人」，以復興漢室；後者則審度情勢，力排眾議，闡明出師討賊之決心。

李密（224~287），字令伯，犍為武陽（今四川彭山）人。其〈陳情表〉，懇請辭官，奉養祖母。文云：「臣無祖母，無以至今日；祖母無臣，無以終餘年。母孫二人，更相為命，是以區區不能廢遠。」道出祖孫相依為命的至情。

王羲之（303~361），字逸少，山東臨沂人。其〈蘭亭集序〉，旨在記敘蘭亭雅集的盛況，並抒發世事無常之慨。如云：「每覽昔人興感之由，若合一契，未嘗不臨文嗟悼，不能喻之於懷。固知一死生為虛誕，齊彭殤為妄作。後之視今，亦猶今之視昔，悲夫！」巧妙串聯古人、今人及後人，強調其興感如一，故可跨越時空，深情對話。

陶淵明〈桃花源記〉是〈桃花源詩〉的序。文中勾勒出一幅恬淡自得的世外桃源圖景，描摹逼真，令人神往。如此安居樂業之地，是作者對現實失望之餘，所虛構的美麗世界。另有〈五柳先生傳〉，刻劃出不慕榮利、詩酒自娛的隱者形象，風格清新脫俗。

魏晉文章現榮景

駢文競爽

★建安末，駢儷之風盛行，曹氏兄弟、建安七子都是駢文好手。

★如曹丕〈與朝歌令吳質書〉、曹植〈與吳季重書〉、孔融〈薦禰衡表〉等，佳作如林。

★至西晉陸機，駢文發展又向前邁進一大步。

★如〈辨亡論〉，論東吳失國之根源所在，多用駢偶，自成一格。

★又〈豪士賦序〉，旨在諷刺齊王冏矜功自伐，受爵不讓。其對偶精工，用典富贍，居晉文之冠；加上四六相間的句式，在駢文發展史上具有重要地位。

散文揚芬

諸葛亮第1次伐魏時，作〈前出師表〉，告誡後主劉禪務必「親賢臣，遠小人」。第2次伐魏，又作〈後出師表〉，闡明自己「鞠躬盡瘁，死而後已」的決心。

李密〈陳情表〉，懇請辭官，以終養祖母。提及自幼孤苦，與祖母相依為命，真情流露，感人肺腑。

王羲之〈蘭亭集序〉，旨在記敘蘭亭雅集的盛況，樂極而生悲，並對喜樂無常、死生大事，感慨萬千。

陶淵明〈桃花源記〉，林盡水源，別有洞天，那是1個豐衣足食、與世無爭的世外桃源。全文描摹逼真，令人神往！

〈五柳先生傳〉，傳主是1位好讀書、愛喝酒的隱士，尤其安貧樂道、淡泊名利的性格，正是陶淵明自身的寫照。

文學歇腳亭

孔融〈薦禰衡表〉云：「竊見處士平原禰衡，年二十四，字正平，淑質貞亮，英才卓礫。初涉藝文，升堂睹奧，目所一見，輒誦於口，耳所暫聞，不忘於心，性與道合，思若有神。」盛讚禰衡堅貞賢明，學思出眾，是不可多得的人才；因此乞求皇上召禰衡一見。如果覺得他的推薦言過其實，那麼是他識人不明，甘受欺君之罪。

UNIT 6-9 駢風鼎盛南北朝

上古文章駢、散合途，雖作散文，駢偶句仍不時可見。到東漢，班固等為文講究對偶，實為駢文之先驅。自晉代陸機以降，為文務對偶、重辭采、尚典故，駢文遂逐漸定形。南北朝之際，駢文已成為文章正宗，無論形式、技巧均較魏晉精進，正式步入鼎盛期。

鮑明遠與妹家書

鮑照〈登大雷岸與妹書〉，是他赴大雷途中寫給胞妹鮑令暉的家書。描寫旅途見聞及感受，文筆瑰麗奇絕，摹景自然生動。如云：「西南望廬山，……基壓江潮，峰與辰漢相接。上常積雲霞，雕錦縟。若華夕曜，巖澤氣通，傳明散綵，赫似絳天。左右青靄，表裡紫霄。從嶺而上，氣盡金光；半山以下，純為黛色。信可以神居帝郊，鎮控湘、漢者也。」勾勒出奇特山形，並掌握色彩變化，呈現一幅美麗的山水圖景。

丘希範勸降書信

丘遲（464~508），字希範，浙江吳興人。其〈與陳伯之書〉為駢文書信之名作。陳伯之原為南朝將領，後率眾投魏。丘遲此信，極力渲染江南美景、故國之思，試圖勸他回歸舊朝。文云：「暮春三月，江南草長，雜花生樹，群鶯亂飛。見故國之旗鼓，感平生於疇日，撫弦登陴，豈不愴悢！所以廉公之思趙將，吳子之泣西河，人之情也。將軍獨無情哉？」文辭優美，情景交融，歷來佳評如潮。

吳叔庠摹景書信

吳均（字叔庠）〈與宋元思書〉亦駢文寫景之佳作，如云：「自富陽至桐廬一百許里，奇山異水，天下獨絕。水皆縹碧，千丈見底；游魚細石，直視無礙。……泉水激石，泠泠作響；好鳥相鳴，嚶嚶成韻。……鳶飛戾天者，望峰息心；經綸世務者，窺谷忘返。」描寫富陽到桐廬一帶景色，繪聲繪影，風格清新，文字流麗。駢、散句法靈活運用，節奏明快，而不呆板。

徐孝穆自序其書

徐陵（507~583），字孝穆，山東郯城人。徐摛、徐陵與庾肩吾、庾信兩對父子仕梁，皆長於宮體詩，時號「徐庾體」。後徐陵編《玉臺新詠》，專收此類描寫豔情詩作。其〈玉臺新詠序〉云：「楚王宮裡，無不推其細腰；衛國佳人，俱言訝其纖手。閱詩敦禮，豈東鄰之自媒？婉約風流，異西施之被教。」開四、六言隔句作對之先例。故張仁青《中國駢文發展史》云：「陳徐陵、北周庾信二君一出，遂集駢儷之大成。」

庾子山代筆書信

張仁青云：「（庾信）普通書啟……設辭輕倩，曲盡事情，聲容並茂，穠纖得中，極小品文字之能事。」如〈為梁上黃侯世子與婦書〉云：「人非新市，何處尋家？別異邯鄲，那應知路？想鏡中看影，當不含啼；欄外將花，居然俱笑。分杯帳裡，卻扇床前，故是不思，何時能憶？當學海神，逐潮風而來往；勿如織女，待填河而相見。」此乃為上黃侯蕭曄之子蕭愨代筆的書信，通篇寥寥百餘字，道盡夫妻間生離死別的無限深情。故倪璠《庾子山集注》評云：「此書摹暫離之狀，寫永訣之情，茹恨吞悲，無所投訴，殆亦〈江南賦〉中臨江愁思之類也。」

徐庾駢體集大成

〈登大雷岸與妹書〉

鮑照

他赴大雷途中寫給胞妹的家書，描寫旅途見聞及感受，文筆瑰麗奇絕，摹景自然生動。其中勾勒出奇特山形，並掌握色彩變化，彷如1幅美麗的山水圖景。

如云：「西南望廬山……基壓江潮，峰與辰漢相接。上常積雲霞，雕錦縟。若華夕曜，巖澤氣通，傳明散綵，赫似絳天。」

〈與陳伯之書〉

丘遲

陳伯之原為南朝將領，後率眾投魏。丘遲信中大肆渲染江南美景、故國之思，力勸他回歸舊朝。文辭優美，情景交融，歷來佳評如潮，為駢文書信之名作。

如云：「暮春三月，江南草長，雜花生樹，群鶯亂飛。見故國之旗鼓，感平生於疇日，撫弦登陴，豈不愴悢！」

〈與宋元思書〉

吳均

描寫自富陽至桐廬一帶的奇山異水，鳶飛魚躍，好鳥爭鳴，著實令人流連忘返。通篇風格清新，文字流麗，善於靈活運用駢、散句法，亦駢文寫景之佳作。

如云：「泉水激石，泠泠作響；好鳥相鳴，嚶嚶成韻。……鳶飛戾天者，望峰息心；經綸世務者，窺谷忘返。」

〈玉臺新詠序〉

徐陵

集駢儷之大成

《玉臺新詠》專收描寫豔情的宮體詩。該序文明揭書中所錄無非歌詠楚宮美人、衛國佳麗等婉約風流之作。本篇開創駢體文四、六言隔句作對之先例。

如云：「楚王宮裡，無不推其細腰；衛國佳人，俱言訝其纖手。閱詩敦禮，豈東鄰之自媒？婉約風流，異西施之被教。」

〈為梁上黃侯世子與婦書〉

庾信

集駢儷之大成

本文乃為上黃侯世子蕭慤捉刀，代他寫給妻子的1封家書。通篇寥寥百餘字，道盡夫妻間生離死別，飲恨吞聲的悲慨，具有無限深情。足見庾信抒情之功力。

如云：「分杯帳裡，卻扇床前，故是不思，何時能憶？當學海神，逐潮風而來往；勿如織女，待填河而相見。」

UNIT 6-10
南北散文相頡頏

南北朝以駢文為正宗，但不表示散文就此銷聲匿跡。只是隨著文學觀念的進步，「文」、「筆」之辨的出現，屬於純文學（文）的詩、賦、駢文，自然躍居主流地位，喧騰一時；而屬於雜文學（筆）的散文，不免因未受重視，略顯沉寂。其實，南北朝散文不乏佳作，如范曄《後漢書》、酈道元《水經注》、楊衒之《洛陽伽藍記》等，都是內容充實、質樸無華的好作品。

范曄《後漢書》

范曄（398~445），字蔚宗，順陽（今河南淅川）人。曾整理東漢至南朝宋初各種史料，撰《後漢書》九十卷。由於當時文學風氣頗盛，故《後漢書》首作〈文苑列傳〉，開史書為文學家立傳之先河。在史學上，《後漢書》與《史記》、《漢書》及陳壽《三國志》，並稱「四史」，足見其地位重要。在文學上，更有一些優秀的史傳散文作品，堪為後世文家借鏡。如〈范滂傳〉，寫范滂遇害前，與母訣別：

> 滂白母曰：「仲博孝敬，足以供養。滂從龍舒君歸黃泉，存亡各得其所。唯大人割不可忍之恩，勿增感戚。」母曰：「汝今得與李、杜齊名，死亦何恨？既有令名，復求壽考，可兼得乎？」滂跪受教，再拜而辭。

鮮活刻劃范氏母子大義凜然的形象，慷慨悲壯，令人動容。難怪東坡幼時讀後，問母親：「軾若為滂，母許之否乎？」母親回答：「汝能為滂，吾顧不能為滂母邪？」故王鳴盛《十七史商榷》評《後漢書》云：「貴德義，抑勢利，進處士，黜奸雄。」具匡正世道人心之作用。

酈道元《水經注》

酈道元（？~527），字善長，范陽涿鹿（今河北涿州）人。其《水經注》乃為漢代桑欽（一說晉代郭璞）《水經》一書所作的注釋，故為「筆」，非純文學創作。但他曾「訪瀆搜渠」，有實地探勘經驗，又能旁徵博引，參考許多風土、掌故文獻。因此，已超越「注」的範圍，成為一部內容豐富、文采出眾的地理散文名著。如描寫三峽景致：

> 春冬之時，則素湍綠潭，迴清倒影。絕巘多生檉柏，懸泉瀑布，飛漱其間，清榮峻茂，良多趣味。每至晴初霜旦，林寒澗肅，常有高猿長嘯，屬引淒異，空谷傳響，哀轉久絕。

摹景精工，雋永傳神，為柳宗元、蘇軾山水遊記散文之先聲。

楊衒之《洛陽伽藍記》

楊衒之（？~？），北平（今河北滿城）人。他行役途經洛陽，見城郭、宮室毀壞，寺觀、廟塔殘破，故作《洛陽伽藍記》；試圖透過記錄洛陽佛寺盛衰，寄託對北魏淪亡的慨嘆。書中間接反映出北魏政治、經濟、文化、宗教等種種風貌。如寫法雲寺，記劉白墮善釀酒事，謂其所釀美酒，使人一醉經月不醒。後刺史毛鴻賓攜酒赴任，途中遭竊，賊人盜飲後大醉，悉被擒獲，故更名「擒奸酒」。本書以散文寫成，駢儷成分較《水經注》多，文學成就堪與《水經注》相比，故《四庫提要》評云：「其文穠麗秀逸，煩而不厭，可與酈道元《水經注》肩隨。」

質樸無華雜文學

范曄

《後漢書》

★首度出現〈文苑列傳〉，開為文學家立傳之先河，為後世正史寫作的典範。

★該書與《史記》、《漢書》及陳壽《三國志》，並稱「四史」，足見地位之重要。

如〈范滂傳〉，寫范滂遇害前，與母訣別，慷慨悲壯，令人動容。難怪東坡幼時讀後，立志以之為榜樣。

酈道元

《水經注》

★該書乃為注釋《水經》而作，屬於「筆」，非純文學創作。

★但《水經注》已超越「注」的範圍，成為1部內容豐富、文采出眾的地理散文名著。

如描寫三峽景致，素湍綠潭，空谷猿鳴，摹景精工，雋永傳神，堪稱柳宗元、蘇軾山水遊記散文之先聲。

楊衒之

《洛陽伽藍記》

★試圖透過記錄洛陽佛寺盛衰，寄託對北魏淪亡的慨嘆。

★本書以散文寫成，記佛寺沿革之餘，間接反映出北魏政治、經濟、文化、宗教等種種風貌。

如記劉白墮善釀美酒，刺史毛鴻賓攜酒赴任，途中遭竊，賊人飲後大醉，悉被擒獲，故更名「擒奸酒」。

UNIT 6-11 四傑燕許霸駢體

袁黃《群書備考》云：「唐之文章，……王、楊始霸，如麗服靚妝、燕歌趙舞，雖綺麗盈前，而殊乏風骨。燕、許繼興，波瀾頓暢，而駢儷猶存。」唐初文章，仍襲六朝餘風，綺靡穠豔；逮王、楊、盧、駱「四傑」出，稍振以清麗之風，猶承徐、庾之衣缽，氣象高華，神韻緜遠，典正有餘，卻傷之纖巧。至盛唐，燕國公張說、許國公蘇頲繼起，胎息漢、魏，華縟盡去，故氣味深厚，典雅精潔，且具風骨。

王子安〈滕王閣序〉

上元二年（765），王勃隨父赴任，途經洪州。都督閻伯嶼於滕王閣上大宴賓客，預先讓女婿作好序文，擬當場誇示文才。會中又佯請諸君撰序，唯王勃不知情，慨然允諾。閻都督大怒退席，後暗中拜讀王勃之作，至「落霞與孤鶩齊飛，秋水共長天一色」，乃嘆服，遂極歡宴而罷。文云：「勃三尺微命，一介書生。無路請纓，等終軍之弱冠；有懷投筆，慕宗愨之長風。……他日趨庭，叨陪鯉對；今茲捧袂，喜托龍門。楊意不逢，撫凌雲而自惜；鍾期既遇，奏流水以何慚？」全文從宇宙盈虛之悲慨，寫到才士偃蹇困頓，再及自身之失意，襟懷壯闊，情感澎湃，故以意境深遠見稱。

駱臨海〈討武曌檄〉

駱賓王〈為徐敬業討武曌檄〉，簡稱〈討武曌檄〉。文云：「公等或居漢地，或叶周親，或膺重寄於話言，或受顧命於宣室，言猶在耳，忠豈忘心？一抔之土未乾，六尺之孤何託？……請看今日之域中，竟是誰家之天下！」先動之以情，再誘之以利，復恫之以禍，說得斬釘截鐵，鏗鏘有力，令人熱血沸騰。據司馬光《資治通鑑》載：武后讀之，感嘆道：「宰相之過也。人有如此才，而使之流落不偶乎！」該文無疑為初唐四六之極品。

燕國公〈唐昭容上官氏文集序〉

張說（667~730），字道濟，一字說之，原籍范陽（今河北涿州）。開元名相，封燕國公，著有《張燕公集》。如他為上官婉兒文集所撰序文，云：

> 上官昭容者，故中書侍郎儀之孫也。……古者有女史記功書過，復有女尚書決事宮閣。昭容兩朝專美，一日萬機，顧問不遺，應接如響。雖漢稱班媛，晉譽左嬪，文章之道不殊，輔佐之功則異。

〈唐昭容上官氏文集序〉，據張仁青《中國駢文發展史》評云：「典故極少，屬對自然，不但含散文之精神，有時且兼散文之形式，……行文疏簡凝重，涵演深遠，……盛唐文章，允推壓卷。」

許國公〈授張說中書令制〉

蘇頲（670~727），字廷碩，陝西武功人。唐玄宗宰相，封許國公。文章與燕國公張說齊名，時號「燕許大手筆」。李德裕《文章論》云：「近世誥命，唯蘇廷碩敘事之外，自為文章，才實有餘，用之不竭。」如〈授張說中書令制〉云：「燕國公張說，含和育粹，特表人師，懸解精通，見期王佐，立言布文武之用，定策勵忠公之典，才冠代而不有，功至大而若虛。」雖為應制之作，臺閣氣甚重，然結體森密，屬辭淳雅，頗有可觀。

初唐四傑和燕許

初唐駢文，王、楊始霸

氣象高華，承徐、庾之衣缽　【缺失】典正卻傷之纖巧

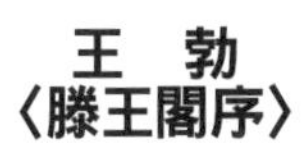

本文從滕王閣的地理、參加宴會的緣由切入，接著描述周遭景色，而後興起對人生際遇的感懷。

文中先指責武后的禍國殃民，再誇示徐軍的勝利在望，復恫嚇徘徊觀望之臣，字句鏗鏘有力，讀之使人群情激憤。

盛唐駢文，燕、許繼興

胎息漢、魏，氣味深厚典雅　【改善】去華縟而具風骨

燕國公
張　說
〈唐昭容上官氏文集序〉

許國公
蘇　頲
〈授張說中書令制〉

為上官婉兒文集撰序，稱讚其文才堪與班昭、左棻相比。故張仁青評此文為盛唐駢文的壓卷之作。

本文雖為應制之作，然結體森密，屬辭淳雅，頗有可觀。故李德裕評蘇頲之駢文，謂才學有餘，用之不竭。

UNIT 6-12

宣公奏議趨平易

中唐駢文，上承盛唐燕、許漸趨散文化傾向，下開晚唐、宋四六文之先河，其義理之精，堪與宋代理學家相比，其氣勢之盛，足以和韓、柳等古文家並論。其中佼佼者，首推陸贄。

感人肺腑的詔書

陸贄（754~805），字敬輿，浙江嘉興人。唐德宗宰相，後遭流放，贈兵部尚書，諡曰「宣」，人稱「陸宣公」。大曆五年（770）進士，歷授華州鄭縣尉，渭南縣主簿，遷監察御史。德宗即位，召為翰林學士，對之倚重有加；時雖有宰相，然國家大事多出其手，號為「內相」。建中四年（783），朱泚作亂，宣公曾上奏建議德宗下詔罪己，以感動人心，如此一來，平寇始能事半功倍。德宗於是命之草詔。詔書始下，武士悍夫，無不矢志效忠，痛哭流涕，足見其文章之感人肺腑。及還長安，李抱真來朝，奏曰：「陛下在奉天、山南時，赦令至山東，士卒聞者皆感泣思奮。臣是時知賊不足平。」

宣公身受皇恩，故言政論事每直言不諱，對於戶部侍郎裴延齡恃寵妄為，更感深惡痛絕，屢上書言其弊事。朋友勸他明哲保身，他卻回答：「吾上不負天子，下不負所學，他無所恤。」為官風骨頗受人敬重，故歷來將之比喻為漢代賈誼。貞元十年（794），果然受誣，降為太子賓客。隔年，又遭裴延齡構陷，再貶為忠州別駕。他在州十餘年，韜光養晦，深居簡出，為了避人毀謗，不再著書，唯抄集藥方成《陸氏集驗方》五十卷。

順宗立，召還。詔書未至而卒，享年五十二歲。著有《翰苑集》（《陸宣公集》）。其駢文，如張仁青《中國駢文發展史》評云：「今觀《翰苑集》中，率以四六陳說時事，明白曉暢，精闢無儔，理勝而將以誠，詞直而出以婉，忠懇如聞於太息，曲折殆盡於事情，故能辭無險易，灑翰即工，文無精粗，敷言輒儷。」

奉天改元大赦制

自古以來，章、表、奏、議之文，多用駢體。陸贄居官數十年，上書陳事，暢論時政之奏議文字，不勝枚舉。如〈收河中後請罷兵狀〉，極言偃旗息鼓之議；〈論兩河及淮西利害狀〉，大談治邊馭將之方；〈論裴延齡奸蠹書〉，闡明去小人以除民患之主張。又名震中外的〈奉天改元大赦制〉（平朱泚後改建中五年為興元元年）云：

> 然以長於深宮之中，暗於經國之務，積習易溺，居安忘危，不知稼穡之艱難，不察征戍之勞苦，……天譴於上而朕不悟，人怨於下而朕不知，馴致亂階，變興都邑，賊臣乘釁，肆逆滔天，曾莫愧畏，敢行凌逼，萬品失序，九廟震驚，上辱於祖宗，下負於黎庶，痛心靦貌，罪實在予，永言愧悼，若墜深谷。

此即前述令武夫悍卒感動落淚，軍中士氣為之一振的德宗皇帝罪己詔，出自陸贄手筆。句句從肺腑中流出，情真意摯，感人至深，難怪具有如此強大之感染力。故《中國駢文發展史》評云：「全文二千餘言，一氣呵成，無復斧鑿之跡，所謂舒卷之態自然，襞積之痕盡化者也。」良有以也！

承先啟後陸宣公

盛唐駢文，燕許大手筆

中唐駢文，宣公為代表

❶ 漸趨散文化 ❷ 義理之精湛 ❸ 氣勢之盛大

宣公陸贄

生平

★朱泚之亂，陸贄代德宗草詔罪己；詔書始下，前線兵士無不痛哭流涕，矢志效忠。果如他所料，不久便平定亂寇。

★後遇讒，謫居忠州10餘年，韜光養晦，唯考驗醫方，著《陸氏集驗方》50卷。

作品

那篇賺人熱淚的詔書，即〈奉天改元大赦制〉，以德宗的口吻，坦承此次引起戰亂的罪魁禍首不是別人，正是皇帝自己：一切都是「朕」不具治國才能、不知民間疾苦，才會導致天怒人怨、干戈四起，真是上愧祖宗，下負黎民，罪孽深重。

晚唐駢文，「三十六體」

兩宋駢儷，四六文

UNIT 6-13 古文運動呼聲起

所謂「古文」，相對於時文（駢文）而言，指形式上不必講求對偶、不重辭藻與音律之美、用典與否毫無限制之散文；內容上，則指言之有物，具備思想情意，不流於浮華空洞的文章。

初唐文壇，齊、梁駢風已臻登峰造極之境。詩歌方面，陳子昂首倡復古，提出「漢魏風骨」主張；文章方面，駢文大盛，雖有蕭穎士、李華、柳冕等提倡復古宗經之論，但始終未成氣候；直到中唐韓愈、柳宗元大聲疾呼，始吹響古文運動的號角。

古文運動之先聲

西魏大統年間，宇文泰命蘇綽仿《尚書》作〈大誥〉，文字簡練流暢，一洗六朝以降華靡之風。當時試圖以此為範本，大力推廣；然成效不彰。

隋文帝時，李諤曾上書抨擊輕浮華偽的時文；開皇四年（584），下詔「公私之翰，並宜實錄」。後因煬帝崇尚華美文風，而功虧一簣。隋末，王通仿《論語》語錄體撰《中說》，亦主張文章為貫道濟義之工具，力斥六朝唯美文風，然終不能振溺於一時。

入唐後，蕭穎士（707~765）〈贈韋司業書〉云：「經術之外，略不嬰心。」李華（715~778？）〈贈禮部尚書清河孝公崔沔集序〉云：「文章本乎作者，而哀樂繫乎時。本乎作者，《六經》之志也；繫乎時者，樂文、武而哀幽、厲也。」都強調宗經，提倡古文。如李華〈弔古戰場文〉，抨擊窮兵黷武之害，闡明施行仁義、綏化四夷的主旨。

尚有獨孤及、元結、梁肅諸人，亦倡言復古宗經。而柳冕〈與徐給事論文書〉云：「文章本於教化，形於治亂，……故在君子之心為志，形君子之言為文，論君子之道為教。」〈答荊南裴尚書論文書〉云：「有其道必有其文。道不及文則德勝，文不知道則氣衰。」主張文教合一、儒道一體之說。

以上諸君力倡復古，反對駢儷，已開韓、柳古文運動之先河。

古文運動之主力

在韓愈（768~824）、柳宗元（773~819）等古文家的倡導下，中唐為古文運動蓬勃發展的時期。此時，古文澈底擊敗駢文，躍居文壇主流地位。據《舊唐書・韓愈傳》載：

> 大曆、貞元之間，文字多尚古學，效揚雄、董仲舒之述作，而獨孤及、梁肅最稱淵奧，儒林推重。愈從其徒遊，銳意鑽仰，欲自振於一代。

《新唐書・韓愈傳》亦載：「其徒李翱、李漢、皇甫湜從而效之。」又方苞〈書柳文後〉云：「子厚自述為文，皆取原於《六經》，……記柳州近治山水諸篇，縱心獨往，一無所依藉，乃信可肩隨退之。」故知古文運動以韓愈、柳宗元為首，上承獨孤及、梁肅等前輩古文家之主張，韓氏提出「文以載道」，柳氏強調「文以明道」，相互呼應。下啟李翱、李漢、皇甫湜等後生晚輩，旁及當代文士，一時間風起雲湧，遂形成古文勃興之局面。

綜觀古文運動之成功，主要原因有三：一、韓、柳能提出具體的古文理論；二、韓、柳能創作優秀的散文作品；三、當時有一群響應的文人、士子。

中唐古文推韓柳

古文運動之先聲

北朝

★西魏蘇綽仿《尚書》作〈大誥〉，一洗六朝華靡文風。

★當時，試圖以此為範本，大力推廣；然成效不彰。

隋代

★李諤上書抨擊時文，期以儒家實用文學取而代之。

★王通《中說》主張文章為貫道濟義之工具。

唐代

★蕭穎士、李華、獨孤及、元結、梁肅諸人皆倡言復古宗經。

★柳冕主張文教合一、儒道一體。

★如李華〈弔古戰場文〉，闡明施行仁義、綏化四夷的主旨。

古文運動之主力

韓愈

★提出「文以載道」思想。

★提倡古文，反對浮豔的駢文。

★強調「詞必己出」與「文從字順」。

★要求「不平則鳴」與反映現實。

★既繼承傳統，又能別開生面。

柳宗元

★強調「文以明道」思想。

★可從《詩》、《書》、《莊》、〈騷〉等古籍汲取創作養分。

★重視獨創性與實事求是的精神。

★非常注重文章的藝術技巧。

★要求具備嚴肅的創作態度。

啟迪李翱、李漢、皇甫湜等晚輩，旁及當代文士，一時風起雲湧，遂形成古文勃興之局面。

古文運動成功之主因

❶ 韓、柳能提出具體的古文理論；

❷ 韓、柳能創作優秀的散文作品；

❸ 當時有1群響應的文人、士子。

UNIT 6-14 退之古文起八代

韓愈一生的文章功業，誠如蘇軾〈潮州韓文公廟碑〉所云：「文起八代之衰，道濟天下之溺，忠犯人主之怒，而勇奪三軍之帥。」是說他推行古文，振興東漢、六朝、隋以來的衰敗文風；又提倡儒道，拯救了天下陷溺於佛、老的人們；他耿耿忠心，曾諫迎佛骨入宮，不惜觸怒唐憲宗；又勇敢過人，曾奉詔宣撫王廷湊，曉以大義，折服三軍統帥，不動刀槍便平息一場動盪。

文學主張

韓愈的文學主張，可分為三方面：

一、文以載道：如其〈原道〉云：「吾所謂道也，……堯以是傳之舜，舜以是傳之禹，禹以是傳之湯，湯以是傳之文、武、周公，文、武、周公傳之孔子，孔子傳之孟軻。軻之死，不得其傳焉。」又李漢〈昌黎集序〉云：「文者，貫道之器也。」可見他主張古文必須與儒家聖人之道結合，「道」是文章的主體，而「文」的作用在於「載道」。

二、復古宗經：如其〈進學解〉云：「上規姚姒，渾渾無涯；周誥殷盤，佶屈聱牙；《春秋》謹嚴，《左氏》浮夸；《易》奇而法，《詩》正而葩。下逮《莊》、〈騷〉，太史所錄，子雲、相如，同工異曲。先生之於文，可謂閎其中而肆其外矣！」強調古文的根源在《六經》。他試圖將古代記錄歷史、闡述思想的文體，用來從事文學創作。

三、創作理論：他重視文章思想內容的同時，也不輕忽其藝術技巧。在古文作法上，提出四項原則：1.「物不平則鳴」，反對無病呻吟。2.「文窮而後工」，文章是苦悶的象徵。3.「唯陳言之務去」，遣辭用字要能「自鑄偉詞」，貴在創新。4.「氣盛言宜」，留意文章的組織，使內容緊湊，氣勢萬千。

散文藝術

其散文藝術，可歸納為四：

一、氣勢雄健：他非常重視文章的氣勢，如〈張中丞傳後敘〉，高度肯定張巡、許遠死守睢陽的不朽事跡，強烈抨擊見死不救的文臣武將。義正辭嚴，理直氣壯，無以復加。足見其卓見、勇氣和膽識。

二、感情真摯：除了氣盛，尚須情真，始能感人肺腑。如〈祭十二郎文〉，描寫悼念亡姪的無限哀慟之情。吳楚材《古文觀止》評云：「讀此等文，須想其一面哭一面寫，字字是血，字字是淚，未嘗有意為文，而文無所不工。」謝枋得《文章軌範》引安子順語：「讀諸葛亮〈出師表〉不墮淚者不忠，讀李密〈陳情表〉不墮淚者不孝，讀韓愈〈祭十二郎文〉不墮淚者不慈。」

三、立意深遠：習見的內容，韓愈往往能寫出新意。如〈送李愿歸盤谷序〉本為應酬文字，文中卻刻劃三種人形貌：得志的顯宦、失意的隱士及鑽營的小人，同時揭露官場腐敗、對隱者的同情，及抒發自身懷才不遇的滿腹牢騷，具有深刻的社會意義。

四、構思新穎：韓愈為文，注重立意的同時，亦講求構思之新穎。如〈送董邵南序〉，貌似送之，實則留之，將難以明說的本意，蘊藏在冠冕堂皇的送別文字中，如此既無損於友誼，又不違己意，真可謂妙手天成！

復古宗經韓愈文

文學主張

一、文以載道

主張古文必須與儒家聖人之道結合，「道」是文章的主體，而「文」的作用在於「載道」。

二、復古宗經

強調古文的根源在《六經》。試圖將古代記錄歷史、闡述思想的文體，用來從事文學創作。

三、創作理論

提出「物不平則鳴」、「文窮而後工」、「唯陳言之務去」及「氣盛言宜」等古文創作法則。

散文藝術

一、氣勢雄健

〈張中丞傳後敘〉肯定張巡、許遠死守睢陽的不朽事跡，義正辭嚴，理直氣壯，無以復加。

如描寫其部將南霽雲討救兵不成，「即馳去。將出城，抽矢射佛寺浮屠……曰：『吾歸破賊，必滅賀蘭，此矢所以志也！』」

二、感情真摯

〈祭十二郎文〉描寫悼念亡姪韓老成的無限哀慟之情，字字血淚，讀之令人不禁淚濕衣襟。

如寫聞十二郎死訊之不敢置信，「吾兄之盛德而夭其嗣乎？汝之純明而不克蒙其澤乎？少者彊者而夭歿，長者衰者而存全乎？」

三、立意深遠

〈送李愿歸盤谷序〉刻劃得志者、失意者及逢迎者3種人形貌，並抒發懷才不遇的牢騷。

如刻劃伺候於公卿門下的逢迎者，「足將進而趑趄，口將言而囁嚅，處穢汙而不羞，觸刑辟而誅戮」，真是寡廉鮮恥之徒！

四、構思新穎

〈送董邵南序〉貌似送之，實則留之，意在言外，言簡意賅，通篇構思新穎，妙手天成！

如請董邵南為他寄語燕趙昔時屠狗輩：「明天子在上，可以出而仕矣。」間接道出反對友人遊河北託身藩鎮之舉，飽含弦外之音。

文學歇腳亭

歐陽修〈記舊本韓文後〉，寫幼時對韓愈文章的仰慕，及為官後學習古文、提倡韓文，歷時30年，而使韓文重新顯耀於世，且臻於盛，「學者非韓不學」。

蘇軾〈潮洲韓文公廟碑〉氣勢磅礴，堪稱評騭韓愈道德文章的壓卷之作。如云：「公之精誠，能開衡山之雲，而不能回憲宗之惑；能馴鱷魚之暴，而不能弭皇甫鎛、李逢吉之謗；能信於南海之民，廟食百世，而不能使其身一日安之於朝廷之上。蓋公之所能者，天也，其所不能者，人也。」化用韓愈〈謁衡岳廟遂宿岳寺題門樓〉詩及〈祭鱷魚文〉等作品，說明其精誠足以感動天人，卻不能回昏君之惑、弭奸臣之謗。

UNIT 6-15

子厚妙筆記永州

據穆修〈河東先生文集後序〉云：「唐之文章，……至韓、柳氏起，然後能大吐古人之文，其言與仁義相華實而不雜……能崒然聳唐德於盛漢之表，蔑愧讓者，非二先生之文則誰與？」從此，柳宗元與韓愈被公認為唐代古文運動的兩大領袖。

文學主張

柳宗元文學主張，可歸納成四點：

一、文者以明道：如其〈答韋中立論師道書〉云：「始吾幼且少，為文章，以辭為工。及長，乃知文者以明道。」提倡「文」、「道」合一，認為文章形式應該為儒道思想服務；與韓愈「文以載道」之說，不謀而合。

二、文以行為本：其〈報袁君陳秀才避師名書〉，提出「文以行為本」的主張；強調作家的道德修養，為文章優劣之關鍵。他一生坎坷，在黑暗的官場上，始終潔身自愛；在悲慘的際遇裡，仍舊關懷民瘼。憂國憂民之心不減，形諸文章，自然有可觀之處，此正是「文以行為本」的最佳印證。

三、道假辭而明：文章之「道」（精神），必須透過「辭」（語言）來實現。在語言藝術方面，他主張「道假辭而明」，認為文章在「立言狀物」、「引筆行墨」上，應力求「快意累累，意盡便止」，絕不能流於辭藻的堆砌。

四、為文皆有法：如〈答韋中立論師道書〉云：「吾每為文章，……抑之欲其奧，揚之欲其明，疏之欲其通，廉之欲其節，激而發之欲其清，固而存之欲其重。」指出古文的作法，要做到「奧、明、通、節、清、重」，文章始能臻於清新高潔之境界。

散文成就

柳宗元散文的成就，主要表現在山水遊記、寓言小品兩大方面。

一、山水遊記：其謫居永州期間，所作〈始得西山宴遊記〉、〈鈷鉧潭記〉、〈鈷鉧潭西小丘記〉、〈至小丘西小石潭記〉、〈袁家渴記〉、〈石渠記〉、〈石澗記〉及〈小石城山記〉，總稱《永州八記》。堪稱繼酈道元《水經注》之後，描寫山水景物的能手。如〈小石城山記〉云：「噫！吾疑造物者之有無久矣。及是，愈以為誠有。又怪其不為之於中州而列是夷狄，更千百年不得一售其伎，是固勞而無用；神者儻不宜如是，則其果無乎？」以美景不在中原而在邊陲，暗喻賢士不為朝廷所用而遠謫蠻荒，藉以抒發自身懷才不遇、壯志難酬的悲憤。因此，其山水遊記往往隱藏著藉山水抒憤的弦外之音。

二、寓言小品：其寓言名篇，有《三戒》（〈臨江之麋〉、〈黔之驢〉、〈永某氏之鼠〉）、〈蝜蝂傳〉、〈羆說〉、〈種樹郭橐駝傳〉、〈梓人傳〉、〈捕蛇者說〉等，思想深刻，形象鮮明，隱含強烈的諷世意味，足以發人省思。如〈蝜蝂傳〉，似為嗜取小蟲「蝜蝂」作傳，實則刻劃出名利薰心、貪得無厭者的醜陋嘴臉。全文僅百餘字，短小警策，描寫細膩，諷刺辛辣，既含蓄又犀利，十分耐人尋味。又〈種樹郭橐駝傳〉，藉種樹之理喻治民之道，強調順其本性，切勿干擾；否則，「雖曰愛之，其實害之」，終將勢得其反。足見作者未嘗忘懷其政治理想，希望透過改革，重建社會秩序，使百姓得以安居樂業。

文以明道柳宗元

文學主張

1 文者以明道

提倡「文」、「道」合一，認為文章形式應該為儒道思想服務；與韓愈「文以載道」之說，不謀而合。

2 文以行為本

強調作家的道德修養為文章優劣之關鍵。他1生坎坷，憂國憂民之心不減，形諸文章自有可觀之處。

3 道假辭而明

認為文章在「立言狀物」、「引筆行墨」上，應力求「快意累累，意盡便止」，不能流於辭藻的堆砌。

4 為文皆有法

柳氏進一步指出古文的作法，如能做到「奧、明、通、節、清、重」，文章始能臻於清新高潔之境界。

散文成就

一、山水遊記

其《永州八記》堪稱繼酈道元《水經注》之後，描寫山水景物、自然風光的極品之作。

其遊記往往隱藏藉山水抒憤的弦外之音。如〈小石城山記〉以美景位處邊陲，暗喻賢士遠謫蠻荒，藉以抒發自身懷才不遇的悲憤。

二、寓言小品

其寓言作品，以思想深刻、形象鮮明著稱，其中隱含強烈的諷世意味，足以發人省思。

他希望透過政治改革，重建社會秩序，使百姓得以安居樂業。如〈種樹郭橐駝傳〉藉種樹之理以喻治民之道，強調順其本性，切勿干擾。

文學歇腳亭

〈臨江之麋〉為柳宗元《三戒》之一。話說臨江有個獵人某日打獵捕獲1頭麋鹿，於是把小鹿帶回家當寵物養。但他家養了1群狗，當狗看見麋鹿只想到美味的鹿肉大餐；沒想到獵人竟嚴格訓練眾狗，要他們把麋鹿當成玩伴，從此，1家子快樂地生活在一起。在主人的淫威下，那群狗每天陪伴麋鹿嬉戲，但經常暗地裡吞著口水。

3年後，麋鹿離家，突然遇見路邊的野狗，他衝上前去想一起玩耍。誰料野狗居然撲過來將他生吞活剝了？麋鹿至死都搞不懂狗不是自己最好的朋友嗎？怎麼翻臉不認人呢？

UNIT 6-16

後繼乏力翺與湜

《新唐書・文藝傳》云：「唐有天下三百年，文章無慮三變。」蓋以王勃、楊炯為一變，張說、蘇頲為一變，韓愈、柳宗元為一變也。但吾人以為韓、柳之後，駢文復甦，實又一變也。

綜觀韓、柳古文僅流行十餘年，晚唐便為駢文所淹沒，原因不外乎：一、韓愈官位不高，影響力有限。二、柳宗元早逝，又屢遭貶謫，以戴罪之身，不願收受弟子，故有後繼無人之憾。三、韓愈雖廣收門徒，然李翺、李漢、皇甫湜、沈亞之等後學，才力不足，未能在古文理論、創作上繼以發揚光大，因此出現後繼乏力、一蹶不振的窘境。如《新唐書・韓愈傳》云：「至其徒李翺、李漢、皇甫湜從而效之，遽不及遠甚。」

韓門弟子之文風，可概分為平易與奇崛兩派：前者以李翺為首，後者則以皇甫湜為代表。故清人《四庫提要》云：「其（皇甫湜）文與李翺同出韓愈。翺得愈之醇，而湜得愈之奇崛。」

習之古文主平易

李翺（774~836），字習之，汴州陳留（今河南開封）人。貞元十四年（798）進士。元和初，任國子博士、史館修撰；後授考功員外郎，並兼任史職，一度貶為朗州、廬州刺史。其人生性耿介，嫉惡如仇，曾經當面斥責宰相李逢吉。最後，卒於湖北襄陽，人稱「李襄陽」。

據《新唐書・李翺傳》云：「翺始從昌黎韓愈為文章，辭致渾厚，見推當時。」其古文平易近人，以〈平賦書序〉、〈答皇甫湜書〉為代表作。《四庫提要》評云：

> 翺……學皆出於愈。……才與學雖皆遜愈，不能鎔鑄百氏皆如己出，而立言具有根柢。大抵溫厚和平，俯仰中度……。蘇舜欽謂其詞不逮韓，而理過於柳，誠為篤論。

謂李翺文風溫厚和平，於鎔鑄辭句方面，不如韓愈；但在議事論理方面，勝過柳宗元。因此，北宋歐陽修等再倡古文運動，文風趨於平易自然，即承自李翺一派。

持正古文尚奇崛

皇甫湜（777~835），字持正，睦州新安（今浙江淳安）人。擢進士第，為陸渾尉，仕至工部郎中。此人恃才傲物，放蕩不羈；曾為裴度幕僚。修福先寺成，將立碑，裴度擬求文於白居易；皇甫湜認為捨近求遠，氣得要辭職。裴度於是請他喝酒賠罪；他痛飲之後，撰〈福先寺碑〉一篇，援筆而成。隨即贈以車馬、繒綵等，稿酬甚豐；但他一看，大怒說：「我寫了三千字，怎麼只得到這一點東西？」裴度笑道：「好個不羈之才！」再加碼奉上酬勞。

其古文風格奇崛，以〈唐故著作佐郎顧況集序〉、〈朝陽樓記〉為代表作。在當時較李翺之平易文風盛行；發展至晚唐，則有孫樵、劉鋭輩，趨奇走怪，變本加厲，為古文運動之末流。《四庫提要》評云：「今觀三家之文，韓愈包孕群言，自然高古。而皇甫湜稍有意為奇；（孫）樵則視湜益有努力為奇之態。其彌有意於奇，是其所以不及歟！」晚唐駢文復興，可視為對皇甫湜一派奇崛文風之反動。

平易奇崛出韓門

平易

★貞元 14 年（798）進士。後任國子博士、史館修撰。生性耿介，嫉惡如仇，曾面斥宰相李逢吉。

★他是韓愈的姪婿，曾從韓愈習古文，辭致渾厚，為時人所重。

★其古文平易近人，以〈平賦書序〉、〈答皇甫湜書〉為代表作。

★李翱於鎔鑄辭句方面，不如韓愈；但在議事論理方面，勝過柳宗元。

★歐陽修等再倡古文運動，文風趨於平易自然，即承自李翱 1 派。

如〈平賦書序〉云：「人皆知重斂之可以得財，而不知輕斂之得財愈多也，何也？……輕斂則人樂其生，……人日益富，兵日益強，……是以與之安而居，則富而可教。」闡述其獨到的財政思想，提出薄賦斂，可以使國人富足之道。

奇崛

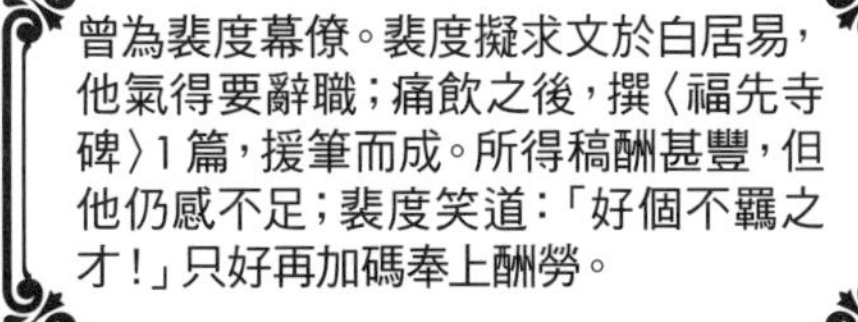

曾為裴度幕僚。裴度擬求文於白居易，他氣得要辭職；痛飲之後，撰〈福先寺碑〉1 篇，援筆而成。所得稿酬甚豐，但他仍感不足；裴度笑道：「好個不羈之才！」只好再加碼奉上酬勞。

★其古文風格奇崛，以〈唐故著作佐郎顧況集序〉為代表作。

★較李翱平易文風盛行；發展至晚唐，則有孫樵、劉鋭輩，趨奇走怪，為古文運動之末流。

★晚唐駢文復興，可視為對此一奇崛文風之反動。

如〈唐故著作佐郎顧況集序〉云：「湜以童子見君揚州孝感寺，君披黃衫，白絹鞜頭，眸子瞭然，炯炯清立，望之真白圭振鷺也。既接歡然，以我為揚雄、孟子，顧恨不及見。」描寫 30 年前兩人相見的情景，歷歷如繪。

UNIT 6-17 三十六體極瑰麗

《新唐書・文藝傳下》載：「商隱初為文瑰邁奇古，及在令狐楚府，楚本工章奏，因授其學。商隱儷偶長短，繁縟過之。時溫庭筠、段成式俱用是相夸，號『三十六體』。」可見李商隱初工古文，後入令狐楚幕府，盡傳其學，遂一變成為駢文大家。至溫庭筠、段成式相與唱和，往往對偶連篇，藻飾穠麗，晚唐唯美文風捲土重來，韓、柳古文運動成果蕩然無存。由於溫、李、段三人，家族排行皆為十六，故號曰「三十六體」。

段成式駢文風格，與李商隱、溫庭筠相似，均以穠麗見長。如其寄溫庭筠諸書，丰姿秀逸，極富才思之美；然缺字甚多，故不錄。而李商隱師傳自令狐楚，因此以下簡述令狐楚、李商隱、溫庭筠三家。

令狐楚

令狐楚（766~837），字殼士，宜州華原（今陝西耀縣）人。憲宗時，擢職方員外郎、知制誥，累官至翰林學士、中書侍郎。與皇甫鎛、李逢吉等結黨，逐退裴度，頗受非議。其駢文，據孫梅《四六叢話》云：「詳觀文公（令狐楚）所作，以意為骨，以氣為用，以筆為馳騁出入，殆脫盡裁對、隸事之跡，文之深於情者也。」如〈為五臺山僧謝賜袈裟等狀〉云：「伏以推恩之義，法雨露而必均；受施之心，戴邱山而不墜。伏惟皇帝陛下為人心印，得佛髻珠，垂衣於空寂之門，倒屣於清涼之境。每因令月，常降信臣，輦珍寶於九天，散芳馨於十地。」足見其表奏制令，爾雅俊麗，堪稱一時之選也。

李商隱

李商隱著有《樊南四六》甲、乙集各二十卷，是第一位以「四六」為文集命名的作家，從此「四六文」成為駢文的代稱，駢文發展隨之邁入新紀元。據瞿兌之《中國駢文概論》云：「徐陵……陸贄……商隱尤其能融合他兩家之長，一個善於敘事，一個善於說理，都被他兼收並蓄了。後來宋朝人的四六，都是承他的衣缽，而再參以變化的。」如其〈祭小姪女寄寄文〉云：

> 自爾歿後，姪輩數人，竹馬玉環，繡襜文褓，堂前階下，日裡風中，弄藥爭花，紛吾左右，獨爾精誠，不知所之。

思念姪女之心，情深意切，溢於言表。故《四庫全書簡明目錄》評其駢文風格，云：「李商隱駢偶之文，婉約雅飭，於唐人為別格。」點出李商隱駢文兼具繁縟之美、深婉之情，故以善述哀思著稱，娓娓道來，無不令人鼻酸！

溫庭筠

據張仁青《中國駢文發展史》云：「飛卿之文，宛轉動宕，不如義山，而句之堅卓過之，藻采穠麗，亦足相埒。」說明溫、李駢文的特色，雖然辭藻之美，約略相當；若論宛轉多姿，則比李商隱略遜一籌。如溫庭筠〈上學士舍人啟〉其二：「某步類壽陵，文慚渙水，……在蜀郡而唯希狗監，溯河流而未及龍門。常嘆美玉在山，但揚異彩；更恐崇蘭被逕，每隔殊榛。徒自沉埋，誰能攀擷？」道出懷才不遇的心酸。故張仁青評云：「曰深美，曰嚴妝，曰句秀，皆飛卿作品之特色，固不僅詩餘一道已也。」所言甚是！

晚唐駢文之代表

令狐楚

★他與皇甫鎛、李逢吉等結黨，逐退裴度，頗受非議。

★其駢文首重意、氣，馳騁筆端，加以裁對自然，用典渾成，無斧鑿之跡，故以深情著稱。

★所作表、奏、制、令爾雅俊麗，堪稱一時之選。

如〈為五臺山僧謝賜袈裟等狀〉1文，代五臺山和尚感謝皇帝御賜袈裟而作，情辭並茂，風格俊麗。

★著有《樊南四六》甲、乙集各20卷，使駢文發展邁入新紀元。

★他融合徐陵、陸贄2家之長，敘事說理，兼收並蓄，為宋代四六文之始祖。

★其駢文，兼具繁縟之美、深婉之情，以善述哀思見長。

如〈祭小姪女寄寄文〉，寫出對夭折小姪女的思念，情深意切，溢於言表，使人不覺為之鼻酸。

★儘管溫、李駢文皆以藻采穠麗聞名；然庭筠駢文之宛轉動宕，較商隱略遜一籌。

★其駢文與詞作風格相似，具有「深美」、「嚴妝」及「句秀」等特色，不愧是晚唐駢文1大名家！

如〈上學士舍人啟〉中，藉壽陵少年邯鄲學步、司馬相如與狗監楊得意之典故，道出懷才不遇的心酸。

UNIT 6-18 宋初四六氣象新

張仁青《中國駢文發展史》云：「自唐令狐楚傳章表之法，而樊南（李商隱）遂有四六之集。宋之作者，尤別為一體，故有宋四六之稱。」何謂宋四六？相較於六朝至唐代駢文而言，即駢文中之散文。其氣韻生動，辭語清新，雖極雕琢之功，卻臻於自然之妙，此宋人之長也；而造句過長，措語纖巧，以致氣格卑下，又為其所短。

宋朝開國至慶曆年間，仍承襲晚唐、五代唯美文風，駢儷之體，蔚然稱盛。代表作家，初有南唐遺老徐鉉，稍後楊億、劉筠、錢惟演繼之，時號「江東三虎」，從此，臺閣體皆用四六。至其末流，往往入於險僻，故石介作〈怪說〉詆之：「今楊億窮妍極態，綴風月，弄花草，淫巧侈麗，浮華纂組；刓鎪聖人之經，破碎聖人之言，離析聖人之意，蠹傷聖人之道。」茲介紹徐鉉、楊億及宋祁三家如次：

沉博絕麗徐鉉文

徐鉉（916~991），字鼎臣，廣陵（今江蘇揚州）人。其代表作〈大宋左千牛衛上將軍追封吳王隴西公墓誌銘〉云：

> 然而果於自信，怠於周防，東鄰起釁，南箕遘禍，投杼致慈親之惑，乞火無里婦之辭，始勞因壘之師，終後塗山之會。

為李後主撰墓誌銘，將南唐興師之過推向鄰國，絕口不提舊主之非，仍存君臣之義，時人君子無不敬服。其駢文，如張仁青所評：「卓然為宋初一大家，以其才華掩映，一變五代衰陋之習。館閣諸作，追蹤燕、許，沉博絕麗，風神駘蕩，六朝渾厚之氣，三唐蘊藉之風，其時猶未盡失也。」

典雅精麗楊億文

綜觀楊億之駢文，如《中國駢文發展史》云：「大致宗法李義山，音節鏗鏘，詞采精麗，而時際昇平，久居館閣，遂又益以春容典雅，唐末五代衰颯之氣，掃除淨盡矣。」其〈駕幸河北起居表〉云：

> 臣聞涿鹿之野，軒皇所以親征；單于之臺，漢帝因之耀武。……是用親御戎車，躬行天討，勞軍細柳之壁，巡狩常山之陽。師人多寒，感恩而皆同挾纊；匈奴未滅，受命而孰不忘家？

由是可見，其文對偶精工、風格典雅與藻采華麗，三美盡括。後來古文家對楊億文雖大表不滿，然朝廷典策、誥命文書始終未脫離此範疇。

溫雅瑰麗宋祁文

宋祁（998~1061），字子京，湖北安陸人。天聖初，與兄宋庠同舉進士。後與歐陽修同修《新唐書》。他本無意為駢文，然出入館閣數十年，與兄宋庠俱以四六擅名天下，時號「二宋」。張仁青評宋祁駢文云：「今觀其集，多廟堂之作，溫雅瑰麗，渢渢乎治世之音，……方駕燕、許之軌。」如〈賀乾元節表〉云：「恭惟皇帝陛下膺符受籙，出震體元，乘火運以興王，生正陽之令月，體萬物之長，治三光之廷，俗樂成康，刑措文景。梯山航海，咸知中國之聖人；就日望雲，悉禱後天之遐算。」雖然為了向皇帝祝壽而作，是一篇官場應酬文章，但文辭雍容典麗，自有可觀之處。

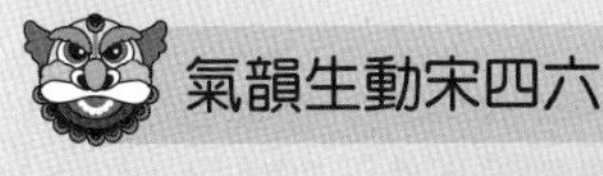

氣韻生動宋四六

★所謂「宋四六」，相較於前代駢文而言，算是駢文中的散文。
【優點】 氣韻生動，辭語清新，雖極雕琢之功，卻臻於自然之妙。
【缺點】 造句過長，措語纖巧，以致氣格卑下。

★流行期間：宋朝開國至慶曆年間。

★代表作家：徐鉉、楊億、劉筠、錢惟演。

徐鉉文 沉博絕麗

★代表作如〈大宋左千牛衛上將軍追封吳王隴西公墓誌銘〉，徐鉉撰李後主墓誌銘，將南唐興師之過，推向鄰國挑釁，不提舊主之非，仍心存昔日君臣之義。

★其駢文，保有六朝渾厚之氣、三唐蘊藉之風，沉博絕麗，風神駘蕩，卓然為宋初1大家。

★其駢文宗法李商隱，音節鏗鏘，辭采精麗，又益以春容典雅，一掃唐末、五代衰颯之氣。儘管後來古文家對其文大表不滿，然朝廷典策、誥命文書始終未脫離此範疇。

★如〈駕幸河北起居表〉1文，對偶精工、風格典雅與藻采華麗，三美盡括。

★他本無意為駢文，然出入館閣數10年，與其兄宋庠俱以四六擅名天下，時號「二宋」。

★其駢文多廟堂之作，溫雅瑰麗，為治世之音。

★如〈賀乾元節表〉，雖為慶祝乾元節（指當朝皇帝生日）的賀表，但雍容典麗，頗有可觀。

UNIT 6-19 古文再興風雲湧

唐、宋二代皆曾反對華美詩文，提出以復古為革新的主張。然唐代詩歌改革始於陳子昂、古文運動起於韓柳；北宋初之詩文革新，則在歐陽修手中完成，蘇軾繼以發揚光大，宋代詩、文的風貌於焉定形。

綜觀宋代古文運動，始於太祖開寶年間，止於哲宗元符年間。期間可分為三個階段：

第一階段：掃蕩五代以來弊習

古文運動的第一階段，以柳開、王禹偁為代表。此期著重在掃蕩五代以來的綺靡文風。

柳開（948~1001），字仲塗，自號東郊野夫，河北大名人。強調「文惡辭之華於理，不惡理之華於辭也」，並指責時文「華而不實，取其刻削為工，聲律為能」，試圖扭轉宋初的華美文風。此外，他提倡文道合一的古文，所謂「道」，即儒家孔子、孟軻、揚雄、韓愈之道；所謂「文」，亦儒家聖賢之文。然而，由於過分強調「古道」，輕忽文辭，故其創作出現「詞澀言苦」之弊，不利於古文運動發展。

王禹偁（954~1001），字元之，山東巨野人。他與柳開都推崇韓愈，反對時文，提倡古道。但他兼重文采，論文主張「句易道」、「義易曉」；詩風則明白曉暢，古雅簡淡，一掃五代以來華靡風氣。其筆力不足，又無功名，故聲望不高，影響力有限。

第二階段：反對西崑與太學體

古文運動的第二階段，以石介、歐陽修為代表。此期主要著眼於反對西崑體、太學體。

石介（1005~1045），字守道，袞州奉符（今山東泰安）人。曾作〈怪說〉三篇，將楊億之道，與佛、老並論，稱之為三「怪」。如云：「楊億之窮妍極態，綴風月，弄花草，淫巧侈麗，浮華纂組，其為怪大矣！」他攻擊西崑體，不遺餘力；但由於生性狂狷，有重道輕文傾向，喜標新立異，又曾任職於太學，故對慶曆以後太學體漸趨艱澀險怪的文風，多少要負點責任。

歐陽修於慶曆年間主盟文壇時，西崑體之遺毒未清，又有太學體流行，宋代文壇積弊已深，非一時之間可以改頭換面。直到嘉祐二年（1057），他知禮部貢舉，不顧社會壓力，凡雕琢、怪僻之作，一概不取；而以「平淡典要」為選文標準，拔擢蘇軾、蘇轍、曾鞏、王安石等，自此文風為之丕變。誠如其〈記舊本韓文後〉回顧推行古文運動的歷程：從三十年前，「是時天下學者，楊、劉之作，號為『時文』，……未嘗有道韓文者。」到「其後天下學者亦漸趨於古，而韓文遂行於世。」再到英宗治平年間，「學者非韓不學也，可謂盛矣。」在他大力提倡之下，古文終於大行於世。

第三階段：鞏固成果並求發展

古文運動的第三階段，以蘇軾為代表。此期重點在於鞏固先前取得的成果，並繼續求發展。

繼歐公之後，蘇軾成為文壇新盟主。他強調「文理自然」，並以如行雲流水般的散文創作，結合了理論與實踐，使古文運動立於不敗之地。同時提攜黃庭堅、秦觀、晁補之、陳師道等新秀，鞏固了古文運動的輝煌成果。

古文運動三階段

第1階段　掃蕩五代以來弊習

★代表：柳開、王禹偁。　★任務：掃蕩五代以來的綺靡文風。

柳開

★強調「理之華於辭」，試圖扭轉宋初以來華美文風。

★他提倡「文道合一」的古文，亦即儒家之道、之文。

★由於他過分強調「古道」而輕忽了文辭，故其創作出現「詞澀言苦」之弊，反不利於古文運動的發展。

王禹偁

★他與柳開都推崇韓愈，反對時文，提倡古道。但他兼重文采，論文主張「句易道，義易曉」；詩風則明白曉暢，古雅簡淡，一掃五代以來的華靡風氣。

★礙於他的筆力不足，又無功名，故影響力十分有限。

第2階段　反對西崑與太學體

★代表：石介、歐陽修。　★任務：反對「西崑體」、「太學體」。

石介

★作〈怪說〉3 篇，將楊億之道與佛、老並論，稱為 3「怪」。攻擊「西崑體」，不遺餘力。

★生性狂狷，有重道輕文的傾向，喜標新立異，又曾任職於太學，故對「太學體」漸趨艱澀險怪的文風，多少要負點責任。

歐陽修

★嘉祐 2 年，他知禮部貢舉時，以「平淡典要」為選文標準，拔擢蘇軾、蘇轍、曾鞏、王安石等，自此文風為之丕變。

★如其〈記舊本韓文後〉中，回顧 30 多年來，推行古文運動的歷程，終於使韓愈古文得以大行於世。

第3階段　鞏固成果並求發展

★代表：蘇軾。　★任務：鞏固先前取得的成果，並繼續求發展。

蘇軾

★繼歐公之後，蘇軾成為文壇新盟主。

★強調「文理自然」，並以行雲流水般的散文創作，結合了理論與實踐，使古文運動立於不敗之地。

★同時提攜黃庭堅、秦觀、晁補之、陳師道等新秀，成功鞏固了古文運動的輝煌成果。

UNIT 6-20

一代文宗歐陽修

明人茅坤編選唐宋古文家作品，將唐代韓愈、柳宗元，加上宋代歐陽修、曾鞏、王安石、蘇洵、蘇軾、蘇轍，合稱為「唐宋八大家」。

其中宋代六大家，以歐陽修為首。其散文力求創新，語言平易曉暢，結構嚴謹縝密，風格遒勁清逸，加以情韻綿邈，婉轉跌宕，具陰柔之美，形成獨特的「六一風神」。

文學主張

關於歐公的文學主張，概述如次：

一、文道統一：認為文、道並重，先「道」而後「文」。如〈答祖擇之書〉云：「道純則充於中者實，中充實則發為文者輝光。」〈答吳充秀才書〉提出：「大抵道勝者，文不難而自至也。」若以文勝，工麗之文，如〈送徐無黨南歸序〉所云：「無異草木榮華之飄風，鳥獸好音之過耳也」，終究無法傳之不朽。

二、平易自然：繼承韓愈「文從字順」的觀點（按：韓愈雖有此論，但其文部分仍歸於怪奇；遂開門人李翺主平易，皇甫湜尚奇崛二派），反對拙澀險怪的文字，如歐公〈與石推官第二書〉云：「書雖末事，而當從常法，不可以為怪。」強調文章當取法自然、平易，不可以怪為名。

三、文簡意深：所謂「文簡意深」，指文辭簡練明快，意味深婉含蓄。如歐公在〈論尹師魯墓誌〉中，稱讚尹洙的古文「文簡而意深」。其實這正是他對自己文章的要求。可說是對韓愈「豐而不餘一言，約而不失一辭」及柳宗元強調文筆峻潔的進一步發展。

散文成就

歐公的散文成就，可從議論文、雜記文、碑祭文三方面來看：

一、議論文：其議論文以觀點新穎明確、議論雄辯透闢見稱。如〈朋黨論〉，引用史實，闡明朋黨有君子、小人之分。親君子之朋，遠小人之朋，則國興；用小人之朋，斥君子之朋，則國亡。通篇論據充足，義正辭嚴，加以前後照應，環環相扣，更具有無與倫比的說服力。又〈五代史伶官傳序〉一文，藉後唐莊宗寵信伶官而亡國的史事，歸結出「憂勞可以興國，逸豫可以亡身」、「禍患常積於忽微，而智勇多困於所溺」的歷史教訓。論證明確，簡潔明快，格外發人省思。

二、雜記文：歐公文中以雜記文為多，名篇亦不少。其中亭臺樓閣記，最為膾炙人口，如〈醉翁亭記〉，全文緊扣「樂」字，寫禽鳥之樂、眾賓之樂、太守之樂，層層深入，最後點出與民同樂的主旨。筆墨酣暢淋漓，情景交融無間，以情韻取勝，極其雋永。又〈相州晝錦堂記〉，全篇未述及晝錦堂景物，而著筆於衛國公韓琦一生的志向與德業，並稱讚他不以「晝錦」（衣錦還鄉）為榮反以為戒的識見。唯其如此，豐功盛烈始可長保，錦衣輝耀足以懾人，更切合於「晝錦」之意。

三、碑祭文：其墓誌銘、神道碑、墓表之類的碑祭文，亦頗為傑出。如〈瀧岡阡表〉，透過母親之口，勾勒出父親為官處世，宅心仁厚；母親勤儉持家，含辛茹苦；作者幼年喪父，端賴父親之遺訓、母親之教養，始能卓然自立，而有今日。文中略敘一二瑣事，信手拈來，語語入情，娓娓動人。

歐公古文承韓柳

歐陽修散文語言平易，結構嚴謹，風格遒勁清逸，加以情韻綿邈，婉轉跌宕，具陰柔之美，形成獨特的「六一風神」。

文學主張

一、文道統一

★認為文、道並重，先「道」而後「文」。

★主張「大抵道勝者，文不難而自至也。」反之，若以文勝，文章雖然工麗，卻無法傳之不朽。

二、平易自然

★繼承韓愈「文從字順」觀點，反對拙澀險怪的文字。

★強調文章當取法自然、平易，不可以怪為名。

三、文簡意深

★所謂「文簡意深」，指文辭簡練明快，意味深婉含蓄。

★可說是對韓愈「豐而不餘一言，約而不失一辭」及柳宗元強調文筆峻潔的進一步發展。

散文成就

一、議論文

★以觀點新穎明確、議論雄辯透闢見稱。

★如〈五代史伶官傳序〉，藉後唐莊宗寵信伶人而亡國的史事，闡明憂勞興國、逸豫亡身之理。

二、雜記文

★歐公雜記文，以亭臺樓閣記最為膾炙人口。

★如〈醉翁亭記〉，全文緊扣「樂」字，寫禽鳥、眾賓、太守之樂，最後點出與民同樂的主旨。

三、碑祭文

★其墓誌銘、神道碑、墓表之類的碑祭文，亦十分傑出。

★如〈瀧岡阡表〉中，透過母親之口，略敘父親生前一二瑣事，信手拈來，真摯動人。

UNIT 6-21 曾王古文相輝映

據《宋史・文苑傳》云：「廬陵歐陽修出，以古文倡，臨川王安石、眉山蘇軾、南豐曾鞏起而和之，宋文日趨於古矣。」曾、王同為歐公入門弟子，又同年登科，情誼深厚。又同書〈曾鞏傳〉云：「曾鞏立言於歐陽修、王安石間，紆徐而不煩，簡奧而不晦，卓然自成一家，可謂難矣。」可見三家各具特色：歐文平易自然，富於情韻；曾文古雅平正，敘事簡潔；王文則拗折峭拔，議論正大。以下介紹曾、王二家：

古雅平正子固文

曾鞏（1019~1083），字子固，江西南豐人。其散文上追《六經》、漢學，下啟元、明、清代各文派，承韓、柳、歐公載道之主張，開唐宋派、桐城派「義法」的先河。如〈墨池記〉云：

> 臨川之城東，有地隱然而高，以臨於溪，曰新城。新城之上，有池窪然而方以長，曰王羲之之墨池者。

記墨池形勝，僅用寥寥數十字：「臨川之城東」、「新城之上」，以示其方位；「臨於溪」，以示其環境；「方以長」，以摹墨池之形狀。概括精當，言簡意賅，而使墨池形貌歷歷在目；足見曾鞏文辭之洗鍊，風格之峻潔。

又〈贈黎安二生序〉云：「知信乎古，而不知合乎世；知志乎道，而不知同乎俗。此余所以困於今而不自知也。世之迂闊，孰有甚於予乎！」他將「守道」說成是「迂闊」，藉以闡明自己堅守「迂闊」的志向。此贈序之作，卻從反面立說，出人意表，隱含弦外之音，委婉道出自身見解，言有盡而意無窮。歷來屢獲散文選家青睞，成為膾炙人口的傳世名篇。

拗折峭拔介甫文

王安石（1021~1086），字介甫，號半山，江西臨川人。據方元珍《王荊公散文研究》云：「早年為蘊蓄時期，……流露出作者意氣風發之氣概，與經邦淑世之熱忱。位居宰輔之變法時期，……〈答司馬諫議書〉……顯現荊公無畏流俗，擇善固執之氣質。迨乎罷政以後之退隱時期，……詩文因而日趨深婉高古，時露禪機。」

其名篇，如〈讀孟嘗君傳〉云：「孟嘗君特雞鳴狗盜之雄耳，豈足以言得士？不然，擅齊之強，得一士焉，宜可以南面而制秦，尚何取雞鳴狗盜之力哉？夫雞鳴狗盜之出其門，此士之所以不至也。」一百字以內，推翻《史記・孟嘗君列傳》所稱孟嘗君能得士的說法，短小精悍，語出驚人，加以見解超卓，是知其寫作功力了得！

又〈傷仲永〉一文，藉由神童方仲永的故事，闡明天賦聰明不足恃，後天的學習更不可或缺。如云：

> 仲永之通悟，受之天也。其受之天也，賢於材人遠矣；卒之為眾人，則其受於人者不至也。彼其受之天也，如此其賢也，不受之人，且為眾人。今夫不受之天，固眾人；又不受之人，得為眾人而已邪？

方仲永天縱英明，才名遠播，後因不肯力學，而淪為普通人；何況天生平凡者，若再不努力向學，恐怕連當個普通人都辦不到！寓意深遠，發人省思。

子固介甫二大家

曾鞏（字子固）

古雅平正

曾鞏散文，上追《六經》、漢學，下啟元、明、清代各文派，承韓、柳、歐公載道之主張，開唐宋派、桐城派「義法」的先河。

如〈墨池記〉，僅用寥寥數 10 字，便使墨池形貌歷歷在目。

又〈贈黎安二生序〉，將「守道」說成是「迂闊」，隱含弦外之音。

王安石（字介甫）

拗折峭拔

王安石散文，早年流露出淑世之熱忱；居宰輔時，顯現擇善固執的氣質；退隱後，詩文日趨深婉高古，時露禪機。

如〈讀孟嘗君傳〉，推翻《史記》論點，認為「孟嘗君特雞鳴狗盜之雄耳」，非真正能「得士」。因為任用雞鳴狗盜之士，而令真正的賢士裹足不前，不為他所用。

又〈傷仲永〉，藉神童方仲永的故事，闡明後天學習之重要。

UNIT 6-22 蘇氏父子三文豪

蘇軾與其父蘇洵、其弟蘇轍，合稱為「三蘇」。他們父子、兄弟，世稱父為老蘇、兄為大蘇、弟為小蘇，三人同受歐陽修拔擢，皆以古文名家，且躋身「唐宋八大家」之列。據李李《三蘇散文研究及其他》云：「三蘇文論主立意，貴實用，尚氣重辭達，強調自然成文，反模擬雕琢、炫奇逞怪，乃紮根於實者；然並未輕忽文學之藝術性，與突破形式拘縻，以追求神似，妙在法度筆墨之外的重要。」以下分述三蘇散文之特色。

筆力堅勁老蘇文

蘇洵（1009~1066），字明允，號老泉，四川眉山人。年二十七始發憤讀書，博通經史百家之書。後經推薦為校書郎。他為文長於策論，筆力堅勁。如〈管仲論〉云：「仲之疾也，公問之相。當是時也，吾以仲且舉天下之賢者以對，而其言乃不過曰豎刁、易牙、開方三子，非人情，不可近而已。……嗚呼！仲可謂不知本者矣。因桓公之問，舉天下之賢者以自代，則仲雖死，而齊國未為無仲也，夫何患三子者？不言可也。」指責管仲未舉賢者自代，以致其身後齊國陷入動盪。老蘇文受《戰國策》影響，充滿縱橫捭闔思想，滔滔雄辯，議論風發。此對蘇軾〈鼂錯論〉、〈范增論〉一類文章，頗具啟發。

汪洋恣肆大蘇文

蘇軾〈文說〉云：「吾文如萬斛泉源，不擇地而出。……隨物賦形，……常行於所當行，常止於不可不止。」李塗《文章精義》評云：「韓如海，柳如泉，歐如瀾，蘇如潮。」點出韓文浩瀚恢宏，柳文澄澈雋永，歐文平淡自然，大蘇文則如錢塘潮般，汪洋恣肆，不拘一格。如〈超然臺記〉云：

> 凡物皆有可觀。苟有可觀，皆有可樂，非必怪奇瑋麗者也。餔糟啜醨，皆可以醉；果蔬草木，皆可以飽。推此類也，吾安往而不樂？

由於安貧樂道，超然物外，故無往而不樂。通篇先議後敘，布局靈動，加以見解獨到，故能別開生面。又〈賈誼論〉云：「非才之難，所以自用者實難。惜乎賈生王者之佐，而不能自用其才也。……古之賢人，皆有可致之才，而卒不能行其萬一者，未必皆其時君之罪，或者其自取也。」認為賈誼懷才不遇的責任在他自已，他不能愛惜自身，靜待時機，才會落得抑鬱而終的下場。故王慎中評云：「文字翻覆變幻，無限煙波。」足見大蘇文之立意新穎，姿態橫生。

淡蕩有致小蘇文

蘇轍（1039~1112），字子由，十九歲與兄蘇軾同登進士，晚年自號潁濱遺老。小蘇文章，才思不如其父兄，然議論平正，文致淡蕩，非其父兄所能及。如〈黃州快哉亭記〉云：「士生於世，使其中不自得，將何往而非病？使其中坦然不以物傷性，將何適而非快？今張君不以謫為患，竊會計之餘功，而自放山水之間，此其中宜有以過人者。將蓬戶甕牖，無所不快，而況乎濯長江之清流，挹西山之白雲，窮耳目之勝以自適也哉？」闡明心中坦然，不以物傷性，實為快樂的泉源。全文氣勢汪洋壯闊，曲折有致。

三蘇古文甲天下

筆力堅勁 老蘇文

★長於策論，筆力堅勁。

★其文受《戰國策》影響，充滿縱橫捭闔思想，滔滔雄辯，議論風發。

如〈管仲論〉，指責管仲未舉賢者自代，以致其身後齊國陷入動盪。

汪洋恣肆 大蘇文

其文如行雲流水，自然靈動，姿態橫生，常行於所當行、止於不可不止；又如錢塘潮般，汪洋恣肆，不拘一格。

如〈超然臺記〉，先議後敘，闡發安貧樂道，超然物外，無往而不樂之理。

又〈賈誼論〉，提出賈誼不能靜待時機、珍重自身，才會落得抑鬱而終。

淡蕩有致 小蘇文

他才思不如父兄，然議論平正，文致淡蕩，非父兄所能及。故蘇軾評云：「其文……汪洋澹泊，有一唱三嘆之聲，而其秀傑之氣終不可沒。」

如〈黃州快哉亭記〉，闡明心中坦然，不以物傷性，實為快樂的泉源。

文學歇腳亭

蘇洵〈名二子說〉，闡述為蘇軾、蘇轍2子命名之含義。「軾」為車前橫木，可瞻望遠方，故告誡子瞻要懂得掩飾外表，避免鋒芒太露。「轍」為車道，凡車必由之前進，故勉勵子由須學「轍」之善於處乎禍福之間，車仆馬斃，而車道毫髮無傷。

據稗官野史記載，蘇洵還有1個女兒蘇小妹，外貌不是特別出色，但博學多聞、才華洋溢，個性更是古靈精怪，經常和兄長蘇軾、詩僧佛印一塊兒吟詩作對，後嫁秦觀為妻。當然蘇小妹是小說虛構的人物，明代馮夢龍撰有〈蘇小妹三難新郎〉。

UNIT 6-23 古文駢文一把罩

據張仁青《中國駢文發展史》云：「宋代為散文盛行之世，斯時之駢文，名為與古文對立，而實不免於古文化。……此等風氣，蓋變自歐陽修，而王安石、蘇軾實為之羽翼。……自歐陽修出，始以古文之氣勢，運駢文之詞句，而其體乃一變。王安石文能標精理於簡嚴之內、蘇軾文能藏曲折於排蕩之中。」茲論此三位古文家之駢文：

歐公駢文散體化

陳善《捫蝨新話》云：「以文體為詩，自退之（韓愈）始；以文體為四六，自歐公始。」《中國駢文發展史》亦云：「歐公……內容漸趨充實，色彩漸趨平淡，清空流轉，別具風格，宋四六之弘基，從是遂奠。……就中國駢文史地位而言，歐公實為宣公（陸贄）後提倡駢文散體化之第一偉大作家，亦即宋四六之開山祖師也。」如〈謝致仕表〉云：

> 至於頭垂兩鬢之霜毛，腰束九環之金帶，雖異負薪之里，何殊衣錦之歸？使閭巷咨嗟，共識聖君之念舊，縉紳感悅，皆希後福之有終。豈惟愚臣，獨受大賜？

造語平易，情意真摯，雖為官場文章，卻極膾炙人口。故吳子良《荊溪林下偶談》云：「本朝四六，以歐公為第一，蘇、王次之。然歐公本工時文，早年所為四六，見別集，皆排比而綺靡。自為古文後，方一洗去，遂與初作迥然不同。」綜觀歐公駢文，縱橫議論，辭趣典雅，兼而有之。

荊公四六成一家

張仁青云：「昔王銍修纂《四六法海》，於宋人四六，抄所著錄，獨於荊公之作，選其〈謝手詔令視事〉、〈謝朱炎傳聖旨令視事〉二表，以此二篇最足以具王之體也。」如〈謝朱炎傳聖旨令視事表〉云：

> 臣某言，使指遄臻，訓詞俯逮，敢圖衰疾，尚誤眷存。伏念臣曲荷搜揚，久孤付屬，有能必獻，未嘗擇事而辭難，亡力可陳，乃始籲天而求佚。然方焦思有為之日，以此懷恩未報之身，苟營燕安，豈免慙悸？

王安石四六文，筆力峭勁，結構嚴謹，往往言隨意遣，精悍雄偉之氣，溢於言表，故卓然為北宋一大家。

東坡駢體創新格

張仁青將蘇軾駢文分為兩大類：一、「居兩制時，所作館閣文字，典贍高華，渾厚和雅。」二、「遷謫諸表啟，則幾於和淚代書，字字俱從至性中流出，而一肚皮不合時宜，亦每每見諸筆端而不自覺，至文情斐亹，手神秀逸，猶其餘事已。」如〈謝丁連州朝奉啟〉云：「七年遠謫，不知骨肉之存亡；萬里生還，自笑音容之改易。久恬颶霧，稍習蛙蛇。自疑本儋崖之人，難復見魯衛之士。……遠移一紙之書，何啻百朋之錫？過情之譽，雖知無其實而愧於中；起廢之文，猶欲藉此言以華其老。窮途易感，永好難忘！」他遠謫海南，胸中憤鬱，噴薄而出，卻蘊藉如許，令人更加同情其遭遇。據曾罼《後耳目志》云：「東坡〈過海謝表〉，蕭然出四六畦畛之外。」是知東坡駢文於北宋諸家之外，獨創新格。

宋代駢文散體化

歐陽修

宋代第一

★以古文體來創作四六文，從歐陽修開始。

★歐公是唐代陸贄之後，提倡駢文散體化的第1人，也是宋朝四六文的開山祖師。

★吳子良《荊溪林下偶談》認為，宋代四六文，歐公為第1，蘇軾、王安石居其次。

★綜觀歐公四六文，縱橫議論，辭趣典雅，兼而有之。

如〈謝致仕表〉，是他一再上章告老，請求致仕（退休），終於獲得恩准後，向皇上謝恩的官場文章。造語平易，情意真摯，頗有可觀。

王安石

★王安石駢文中，以〈謝手詔令視事表〉、〈謝朱炎傳聖旨令視事表〉2篇最具代表性。

★王安石四六文，筆力峭勁，結構嚴謹，往往言隨意遣，精悍雄偉之氣，溢於言表。

如〈謝朱炎傳聖旨令視事表〉：「有能必獻，未嘗擇事而辭難；亡力可陳，乃始籲天而求佚。」道出必定竭盡所能，貢獻一己之力，為社稷、蒼生謀福利，絕不推卸責任。

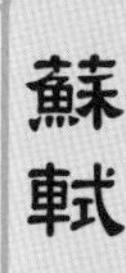

蘇軾

蘇軾駢文，大致可分為2大類：

1. 居兩制時，所作館閣文字，典贍高華，渾厚和雅。
2. 遷謫諸表啟，則字字心酸血淚，真情流露，丰神秀逸。

如〈謝丁連州朝奉啟〉云：「七年遠謫，不知骨肉之存亡，萬里生還，自笑音容之改易。久恬颶霧，稍習蛙蛇。自疑本儋崖之人，難復見魯衛之士。」寫遠謫海南，骨肉乖隔，舟車勞頓，形容憔悴；胸中憤鬱之情，噴薄而出，卻蘊藉如許。

UNIT 6-24 明道致用的散文

宋代道學（亦稱理學）始盛，道學家為了闡述其思想、體會，亦投身散文創作之列。北宋時，為了與駢文區別，特別標榜為「古文」；至南宋，散文大為流行，故不再稱為古文。

北宋理學家之文

周敦頤（1017~1073），字茂叔，號濂溪，湖南道縣人。其論文主張「文以載道」，如《通書》云：「文辭，藝也；道德，實也。篤其實，而藝者書之，美則愛，愛則傳焉。……不知務道德而第以文辭為能者，藝焉而已。」由於注重藝術技巧，所以其文雖善議論、好說理，但頗具情致。如〈愛蓮說〉，藉傳統香草美人的比興手法，闡明對君子與俗士的愛憎之情，辭約意豐，清新雋永，十分耐人尋味。

另如程顥、程頤輩，視文章為玩物喪志者，為理學家重道輕文之代表。如《二程遺書》云：

> 問：「作文害道否？」曰：「害也。……書云：『玩物喪志。』為文亦玩物也。……今為文者，專務章句，悅人耳目；既務悅人，非俳優而何？」

理學家之文少文采，充其量僅是論道之載體，而非動人的文學作品。與韓、歐兼顧文、道的主張，不可同日而語。

周敦頤、二程與北宋古文六大家時代相當。當時道學雖盛，然六大家之文尤為風靡，故北宋散文尚能卓然自立。

南宋道學家之文

時至南宋，道學一枝獨秀，影響所及，散文遂告衰微。故周密《癸辛雜識後集》云：「南渡以來，太學文體之變：乾（道）、淳（熙）之文師淳厚，……至端平，……文體幾於中復。淳祐甲辰，……全尚性理，時競趨之，即可以釣致科第功名。自此非《四書》、〈東西銘〉、〈太極圖〉、《通書》、《語錄》，不復道矣。」可見道學成為士子必鑽研之術，散文亦淪為論道之媒介，自然逐漸邁向衰途。

南宋道學家之文，以朱熹、葉適、陳亮三人較著名。誠如葉慶炳《中國文學史》云：「雖朱熹之醇雅，葉適之雄贍，陳亮之才辯縱橫，三家散文均有可觀，然究不足與北宋抗衡矣。」

朱熹（1130~1200），字元晦，號晦庵，江西婺源人。他論文主張文道合一，文自道出。如《朱子語類》云：「道者，文之根本；文者，道之枝葉。唯其根本乎道，所以發之於文，皆道也。」朱子散文說理精實、論事明晰，或以為堪稱南宋第一大家；但平心而論，其明道致用之文，實較陸游的詩人之文平淡，且不具情韻，故略遜一籌。

葉適（1150~1223），字正則，號水心，永嘉（今浙江溫州）人。其文以書序尤具特色。奏議之作，如〈論四屯駐兵〉云：「夫以地言之，則北為重；以財言之，則南為多。運吾之多財，兵強士飽，勢力雄富，以此取地於北，不必智者而後知其可為也。」議論風發，自成一家。

陳亮（1143~1194），字同甫，號龍川，浙江永康人。他素懷抗金之志，縱論天下事，為一出色的政論家。其文宏富典麗，如〈書作論法後〉所云：「意與理勝，則文字自然超眾。」展現出「堂堂之陣，正正之旗」的風格。

論道說理兩宋文

北　宋

★代表作家：周敦頤、程顥、程頤。

★主張：

❶ 文以載道——周敦頤重視藝術技巧，故其文雖善議論、好說理，但頗具情致。

❷ 重道輕文——二程視文章為玩物喪志，故其文缺少文采，充其量只是論道之載體，而非動人的文學作品。

代表作

周敦頤〈愛蓮說〉：「予獨愛蓮之出淤泥而不染，濯清漣而不妖，中通外直，不蔓不枝，香遠益清，亭亭淨植，可遠觀而不可褻玩焉。」

南　宋

★南宋時，道學一枝獨秀，成為士子必鑽研之術；而散文淪為論道之媒介，逐漸邁向衰途。

★代表作家：朱熹、葉適、陳亮。

朱熹

★朱熹散文，風格醇雅。

★論文主張文道合一，文自道出。

★其散文，說理精實、論事明晰，或以為堪稱南宋第1大家；但平心而論，實較陸游散文為平淡，略遜一籌。

葉適

★葉適散文，風格雄贍。

★其文以書序尤具特色。

★如〈論四屯駐兵〉奏議，論駐兵攻伐之策，議論風發，見解獨到。

陳亮

★陳亮散文，才辯縱橫。

★他平生縱論天下事，是1位出色的政論家。

★其散文，宏富典麗，「意與理勝，則文字自然超眾」，展現出「堂堂之陣，正正之旗」的風格。

文學歇腳亭

元代白珽〈陳讜冒名謁韓侂冑〉1文，描寫有位書生假冒葉適之名，拜謁宰相韓侂冑。當天，葉適恰巧是宰相府的座上嘉賓；韓侂冑不說破，故意請這位「假葉適」入內，以禮相待。

席間，韓侂冑拿出葉適新寫的詩文向他請教，他都說：「那是舊作，如今改了。」然後，立刻說出現在改成什麼內容，而他所說的竟比葉適原作還好，讓在座眾人無不瞠目結舌。

最後，韓侂冑偷偷告訴他：「葉適本尊也在場，怎麼會鬧雙胞？」「假葉適」笑說：「我如果不冒名，您會接見我嗎？」韓侂冑十分欣賞他的膽識與才學，於是決定好好栽培他。此人正是——陳讜。

UNIT 6-25

獨步一時陸放翁

陸游精通詩、詞、文章，其詩名列南宋四大家之首；其詞無論婉約或豪放之作，皆獨樹一格，卓然成家；其文章，如明人吳寬〈新刊渭南集序〉所云：「集中如表、啟、狀、劄、記、序、銘、贊、碑誌、題跋……皆具……。若斯集之渾成，讀之新妙可愛，而又何有於厭倦哉！」可謂兼擅眾體，駢文雍容典雅，散文俊逸清妙，令人愛不釋手。其散文成就尤高，如徐志嘯〈論陸游的散文〉云：「可稱南宋第一大家，人說他是『南宋獨步』恐不為過。」綜觀陸氏散文，橫跨單篇散文、筆記散文及史傳散文三大範疇。

單篇散文

陸游單篇散文今存五百一十五篇；以誌、銘、記、序之文較為出色，深得文家三昧。如〈費夫人墓誌銘〉，敘夫人與其夫歸蜀，途中船行觸礁，舟人大駭，夫人曰：「與君平生皆俯仰無愧，何至溺死！」歸結出她所以如此，乃源於孝敬本性，孝而能事姑無怨無悔；敬而能臨危沉著以對。〈書巢記〉，以鶻鳥之巢名其書齋，寫出終日與書為伍，安貧樂道的生活況味。又〈梅聖俞別集序〉，評述梅堯臣詩歌「非待學而工，然學亦無出其右者」，認為梅氏詩渾然天成，已臻出神入化之境。故朱迎平《宋文論稿》評云：「注重抒寫真情，注重人文情趣，注重獨特風格，構成了陸游散文的主要特色。」

筆記散文

陸游筆記散文，有《入蜀記》、《老學庵筆記》、《家世舊聞》等八種。《入蜀記》六卷，為一日記體遊記，文字精鍊，風格清新。如《四庫提要》云：「於山川風土，敘述頗為雅潔；而於考訂古跡，尤所留意……。非他家行記徒流連風景，記載瑣屑者比也！」如過三峽一段，無論寫景致，敘人情，考古事，信手拈來，皆饒富趣味。

又《老學庵筆記》十卷，為隨筆式散文，或記軼聞，或述掌故，或論人物，或評詩文，筆墨精簡，內容豐富，在平實敘述中，不時流露出動人的情韻。毛晉跋語云：「真足補史之遺，而糾史之謬！」足見其文史價值。

《家世舊聞》，記錄其家先世人物之言行事跡，用以緬懷先人遺風。所記多出於親身經歷或實地考察，且從陸軫到陸宰，歷經八朝，凡百餘年，搜羅宏富，信實有據，故被視為宋代史料筆記中的珍品。

史傳散文

陸游史傳散文，以《南唐書》最具代表性。《宋史・藝文志》不題作者名諱，然一般公認出自陸游手筆。該書體例謹嚴、內容精要，是撰述南唐史的權威之作；加以思想賅備、史筆超卓，亦是首屈一指的史傳散文。如〈浮屠傳〉開宗明義，云：「南唐偏國短世，無大淫虐，徒以寖衰而亡，要其最可為後世鑑者，酷好浮屠也。」一針見血指出迷信佛法，為南唐亡國之關鍵，足供後世治國者借鏡。又〈朱令贇傳〉云：「然則江南雖弱，曹彬等所以成功者，獨乘其任人乖剌而已。」點明任人乖剌為金陵城破之主因，言簡意賅，獨具史識。故毛晉跋語云：「陸獨遒邁，得史遷家法。」可見陸游《南唐書》風格遒勁，深得史法，堪與歐陽修《新五代史》相媲美。

陸游散文成就高

單篇散文

★陸游單篇散文今存 515 篇；以誌、銘、記、序之文較為出色。

★朱迎平《宋文論稿》評云：「注重抒寫真情，注重人文情趣，注重獨特風格，構成了陸游散文的主要特色。」

如〈書巢記〉云：「吾室之內，或栖於櫝，或陳於前，或枕藉於床，俯仰四顧，無非書者。吾飲食起居，……未嘗不與書俱。……間有意欲起，而亂書圍之，如積槁枝，或至不得行。」以鶻鳥之巢名其書齋，寫出終日與書為伍，安貧樂道的生活況味。

筆記散文

★陸游筆記散文，有《入蜀記》、《老學庵筆記》、《家世舊聞》等 8 種。

★《入蜀記》6 卷，為 1 部日記體遊記，文字精鍊，風格清新。

★《老學庵筆記》10 卷，為隨筆式散文，或記軼聞、掌故，或評人物、詩文，筆墨精簡，內容豐富，頗具文史價值。

★《家世舊聞》，記其家先世人物之言行事跡，用以緬懷先人遺風。

如《入蜀記》，描寫過三峽 1 段，無論寫景致，敘人情，考古事，信手拈來，皆饒富趣味。

史傳散文

★陸游史傳散文，以《南唐書》最具代表性。

★《宋史・藝文志》不題該書之作者名諱，然一般公認出自陸游手筆。

★陸游《南唐書》體例謹嚴、內容精要，是撰述南唐史的權威之作；加以思想賅備、史筆超卓，亦是首屈一指的史傳散文。

★陸游《南唐書》風格遒勁，深得史法，堪與歐陽修《新五代史》相媲美。

如《南唐書・浮屠傳》中，一針見血指出迷信佛法，為南唐亡國之關鍵，足供後世治國者借鏡。

UNIT 6-26

南宋駢體成風尚

由於北宋亡於靖康之禍，南宋偏安江左，經此政治劇變，士大夫發為文章，多山河易色之悲，直抒胸臆，不假雕琢，故前期五十年間的作品，猶帶慷慨悲壯之音也。至南宋後期約一百年間，君臣已習於苟安，文士莫不醉心駢儷，追逐聲律藻采，駢風又大盛。南宋駢文，姑舉楊萬里、陸游、周必大三家為例：

誠齋四六，精妙絕倫

楊萬里駢文，據張仁青《中國駢文發展史》云：「至其四六駢體，亦以自然勝人，用古皆如己出，絕無牽綴之痕，蓋能以散行之氣勢潛運之者也。……然究不失為南宋一作手。」如〈除吏部郎官謝宰相啟〉云：

> 方攬牛衣而袁臥，驚聞騶谷之馮招。蓬門始開，山客相慶，載命呂安之駕，旋彈貢禹之冠。搔白首以重來，問青綾之無恙。玄都之桃千樹，花復蕩然，金城之柳十圍，木猶如此。慨其顧影於朝躋，從此寄身於化工。

可見其用典平實，文辭佳妙，屬對精工，渾然天成。如孫梅《四六叢話》所評：「《誠齋集》四六小篇，俱精妙絕倫，往往屬對出自意外，妙若天成。」

放翁書啟，俊句獨絕

陸游駢文，張仁青以為：「四六駢體則邊幅少狹，不及詩才之壯闊，而亦不失典型。……今觀《渭南集》中，蓋以書啟為獨多，亦以書啟為獨絕，名章俊句，層見疊出，令人應接不暇，使事熨貼，對仗工整，不落纖巧，不事塗澤，當時罕與比埒。」如〈謝葛給事啟〉云：

> 伏念某學由病廢，仕以罪歸。冥心鵷鷺之行，投跡雞豚之社。海三山之縹緲，釣鼇已愧於初心；楚七澤之蒼茫，殪兕亦成於昨夢。但欲負耒慕許行之學，豈復叩角歌甯戚之詩？偶逢公朝使過之時，躐畀近郡承流之寄，所蒙過矣，自揆茫然。天際鬱蔥，望九重之雲氣；道周蔽芾，掃四世之棠陰。得遂此行，孰為之地？

陸游身為一代愛國詩人，發為文章，篇中自然多神州赤化、故國覆亡之嘆，充滿了慷慨激昂的豪情，不致淪為雕章鏤句之作。

益公典冊，措辭溫雅

周必大（1126~1204），字子充，廬陵（今江西吉安）人。紹興進士。孝宗時任命為左相。晚年封益國公，自號平園老叟。據張仁青云：「孝宗時，朝廷大詔令典冊，多出其手，措詞溫雅，周盡事情，洵足以笙簧燕許、馳騄歐蘇。」如〈岳飛敘復元官制〉云：

> 思其姓氏，既仍節制於岳陽；念爾子孫，又復孤惸於嶺表。欲盡還其寵數，乃下屬於眇躬，是用峻升孤棘之班，疊畀齋壇之組。近畿禮葬，少酬魏闕之心；故邑追封，更慰轅門之望。不徒發幽光於既往，庶幾鼓義氣於方來。

為岳飛平反冤屈，讀之大快人心，加以文辭醇雅，不愧出自大家手筆！

駢風復盛於南宋

★楊萬里四六文，以自然取勝；運用古人典故，彷彿皆從己出，毫無斧鑿之跡。——不失為南宋1代駢文高手。

★孫梅《四六叢話》評云：「《誠齋集》四六小篇，俱精妙絕倫，往往屬對出自意外，妙若天成。」

如〈除吏部郎官謝宰相啟〉，用袁安臥雪、馮唐白首見招、呂安千里命駕及劉禹錫詠玄都觀桃花、桓溫木猶如此等典故，文辭佳妙，屬對精工，渾然天成。

★陸游四六駢體，雖邊幅稍狹，不及其詩才壯闊，但亦不失典型。綜觀其《渭南文集》中，以書啟為獨多、獨絕。

★張仁青《中國駢文發展史》謂其特色：「使事熨貼，對仗工整，不落纖巧，不事塗澤，當時罕與比埒。」

如〈謝葛給事啟〉云：「天際鬱葱，望九重之雲氣，道周蔽芾，掃四世之棠陰，得遂此行，孰為之地？」感嘆神州赤化、中原淪陷，充滿了愛國詩人慷慨激昂的豪情。

★周必大駢文，措辭溫雅，周盡事情，足以追步燕、許，並與歐、蘇相媲美。

★南宋孝宗時，朝廷大詔令典冊，多出其手。

如〈岳飛敘復元官制〉云：「近畿禮葬，少酬魏闕之心，故邑追封，更慰轅門之望。不徙發幽光於既往，庶幾鼓義氣於方來。」文中為岳飛昭雪冤屈，正氣凜然，備覺大快人心；加以文辭醇雅，不失大家風範。

UNIT 6-27

元代散文承唐宋

元代散文仍承襲唐宋古文。元初作家約分為三派：一、郝經、王惲等，為文不離其師元好問矩矱。二、許衡、吳澄等，師法宋代理學家；吳澄之文較重華采，堪稱為散文正宗。三、戴表元為王應麟門生，力振宋末以來頹勢，人稱「東南文章大家」。

元代中葉，則以虞集、姚燧和馬祖常較著名，仍承沿元初文風。

中葉以後，柳貫、黃溍、吳萊等，既承繼元初，又有所開創。

元代初期散文

郝經（1223~1275），字伯常，江西陵川人。師事元好問，為文主張實用而明理。如〈文弊解〉云：「天人之道以實為用，有實則有文，未有文而無其實者也。」〈續後漢書序〉亦云：「古之為書，大抵聖賢道否，發憤而作，屈平〈離騷〉、馬遷《史記》皆是也。」強調文章要有真情實感，並彰顯聖賢之道，因此反對言之無物的浮誇之辭。如〈班師議〉、〈立政議〉等奏議之文，皆引經據史，議論得失，深獲朝廷稱許。

許衡（1209~1281），字仲平，懷州河內（今河南沁陽）人。吳澄（1249~1333），字幼清，號草廬，江西崇仁人。許衡、吳澄皆為理學大師，兩人時代相當，一北一南，前者「主篤實以化人」，為文無意修飾，而自然明白雅正；後者「主詞華以布教」，其文典雅華美，為元初第一大家。

戴表元（1244~1310），字帥初，號剡源，浙江奉化人。其文師承南宋王應麟，以清深雅潔見稱。他一心拯救宋末以降之疲弊文風。

元代中期散文

據黃宗羲《明文案・序》云：「唐之韓、柳，宋之歐、曾，金之元好問，元之虞集、姚燧，其文皆非有明一代作者所能及。」足見虞集、姚燧在文學史上的地位。

虞集（1272~1348），字伯生，祖籍四川仁壽。曾受業於吳澄，文風嚴謹醇正，筆力勁健，一時朝中典冊多出其手。《元史》本傳云：「學雖博洽，……其經緯彌綸之妙，一寓諸文，藹然慶曆、乾（道）淳（熙）風烈。」

姚燧（1239~1314），字端甫，號牧庵，河南洛陽人。為許衡弟子，以古文聞名，所撰碑誌、墓銘、序跋之文，皆恰如其分，絕無溢美之弊。故《元史》本傳云：「為文閎肆該洽，豪而不宕，剛而不厲，舂容盛大，有西漢風。」

元代後期散文

吳萊（1297~1340），字立夫，浙江浦江人。為文宗奉秦、漢，雄深卓絕。主張「作文如用兵」，認為文法當如兵法須有法度、富變化，相輔相成，始能創作出好文章。和柳貫、黃溍齊名，三人中他雖較晚出，成就卻最高。

黃溍（1277~1357），字文晉，浙江義烏人。學識淵博，《元史》本傳評云：「文辭布置謹嚴，援據精切，俯仰雍容，不大聲色。」並將其文風格比喻成澄湖不波，一碧萬頃，淵然不可犯。

柳貫（1270~1342），字道傳，浙江浦江人。與黃溍、虞集、揭傒斯，號稱「儒林四傑」。其文縝而不繁，工而不鏤，沉鬱舂容，為時人所重。

唐宋遺風元散文

初期

元初散文家可分為 3 派：

1. 郝經、王惲等，為不離其師元好問矩矱。
2. 許衡、吳澄等人，師法宋代理學家；吳澄之文較重華采，堪稱為散文正宗。
3. 戴表元為王應麟門生，力振宋末以來頹勢，人稱「東南文章大家」。

郝經

★為文主張實用明理，強調真情實感，且能彰顯聖賢之道，反對空洞、浮誇。

★如〈班師議〉、〈立政議〉等奏議，皆引經據史，議論得失，深獲稱許。

許衡、吳澄

★許衡「主篤實以化人」，其文自然明白而雅正。

★吳澄「主詞華以布教」，其文典雅華美，為元初第 1 大家。

戴表元

★其文師承南宋王應麟，以清深雅潔見稱。

★一心拯救當時疲弊文風。

中期

★元代中葉，以虞集、姚燧和馬祖常之散文較著名，承沿元初文風。

★黃宗羲《明文案・序》：「唐之韓、柳，宋之歐、曾，金之元好問，元之虞集、姚燧，其文皆非有明一代作者所能及。」足見虞集、姚燧在文學史上的地位。

虞集

★曾受業於吳澄，文風嚴謹醇正，筆力勁健，一時朝中典冊多出其手。

★學識博洽，頗能研精探微，故其文具有慶曆、乾（道）淳（熙）之風烈。

姚燧

★為許衡弟子，名重一時，多撰碑誌、墓銘、序跋文，皆恰如其分，絕無溢美之弊。

★為文閎肆該洽，豪而不宕，剛而不厲，舂容盛大，頗有西漢遺風。

後期

中葉以後，柳貫、黃溍、吳萊等，既承繼元初散文，又有所開創。

吳萊

★為文宗秦、漢，雄深卓絕。有「作文如用兵」之論，強調文法當如兵法，法度、變化須相濟為用。

★他和柳貫、黃溍齊名，較晚出，但成就最高。

黃溍

★其人學識淵博，其文布置謹嚴，援據精切，俯仰雍容，不重聲色。

★其文如澄湖不波，一碧萬頃，淵然不可犯。

柳貫

★柳貫與黃溍、虞集、揭傒斯，號稱「儒林四傑」。

★其文縝而不繁，工而不鏤，沉鬱舂容，為時人所重。

UNIT 6-28 明初文壇勢再起

黃宗羲《明文案・序》云：「當大亂之後，士皆無意於功名，埋身讀書，而光芒卒不可掩。」這時期的作家，多半由元入明，學問根柢深厚，故其文章彷彿光芒萬丈，照亮明初文壇。

宋景濂：醇深渾穆

宋濂（1310~1381），字景濂，號潛溪，浙江浦江人。元末，以薦授翰林院編修，辭不就，閉門讀書。明初召修《元史》，累官至翰林學士承旨、知制誥。後遭流放茂州，卒於途中。據謝冰瑩等《新譯古文觀止》云：「宋濂出於元末散文家吳萊、柳貫門下，其文章醇深渾穆，自中節度，為明初古文大家。」如〈送東陽馬生序〉云：

> 余幼時即嗜學，……每假借於藏書之家，手自筆錄，……天大寒，硯冰堅，手指不可屈伸，弗之怠。錄畢走送之，不敢稍逾約……。當余之從師也，負篋曳屣，行深山巨谷中，窮冬烈風，大雪深數尺，足膚皸裂而不知，……。同舍生皆被綺繡，……燁然若神人；余則縕袍敝衣處其間，略無慕豔意。以中有足樂者，不知口體之奉不若人也。蓋余之勤且艱若此。

追述昔時在貧寒中求學之艱苦，真實生動，語言曉暢，堪稱散文中之佳作。

劉伯溫：文氣昌奇

據《明史・劉基傳》云：「所為文章，氣昌而奇，與宋濂並為一代之宗。」綜觀劉基散文，文氣昌奇，用辭簡潔，不失雄邁之風。然劉基的學養不如宋濂醇厚，故他曾論文，自擬第二，而推宋濂為第一。

明末，劉基棄官還鄉，隱居青田山中，著《郁離子》十八篇以諷世。如〈虞孚〉，藉賣假貨的漆商，被人識破後，落得客死異鄉的寓言故事，諷刺貪小便宜吃大虧的人。其他散文，如〈賣柑者言〉云：「今夫佩虎符、坐皋比者，……盜起而不知禦，民困而不知救，吏姦而不知禁，法斁而不知理，坐糜廩粟而不知恥。觀其坐高堂、騎大馬、醉醇醴而飫肥鮮者，孰不巍巍乎可畏，赫赫乎可象也！又何往而不金玉其外、敗絮其中也哉！今子是之不察，而以察吾柑。」藉「金玉其外，敗絮其中」的柑橘，嘲諷當時坐享富貴、庸碌無能的文武百官，文筆犀利，格外發人省思。

方希直：縱橫豪放

方孝孺（1357~1402），字希直，號正學，浙江海寧人。師事宋濂，甚受推獎。惠帝時，累官文學博士；國家大政，往往諮詢之。燕王朱棣（明成祖）自立為帝，命他草詔；不從，抗節死。

其文章縱橫豪放，論政議事，自有一股澄清天下的恢宏氣度。如〈深慮論〉第一篇：「古之聖人，知天下後世之變，非智慮之所能周，非法術之所能制，不敢肆其私謀詭計，而唯積至誠、用大德，以結乎天心，使天眷其德，若慈母之保赤子而不忍釋。故其子孫，雖有至愚不肖者足以亡國，而天卒不忍遽亡之，此慮之遠者也。」闡明治天下不可倚賴智術，唯有積德用誠，始為萬世不易之理。通篇用語平淺，論點精湛，可謂深謀遠慮，故極具說服力。

學養醇厚明初文

宋濂

出於元末散文家吳萊、柳貫門下，其文章醇深渾穆，自中節度，為明初古文大家。

劉基

文氣昌奇，用辭簡潔，不失雄邁之風；然學養不如宋濂，故他曾自擬第2，推宋濂為第1。

方孝孺

他師事宋濂，甚受推獎。其文章縱橫豪放，論政議事，自有1股澄清天下的恢宏氣度。

如〈送東陽馬生序〉中，追述昔時在貧寒中求學之艱苦，真實生動，語言曉暢，堪稱散文中之佳作。

如〈賣柑者言〉，藉「金玉其外，敗絮其中」的柑橘，嘲諷坐享富貴、庸碌無能的文武百官，文筆犀利，發人省思。

如〈深慮論〉中，闡明治天下唯有積德用誠，「使天眷其德，若慈母之保赤子而不忍釋」，始為萬世不易之理。

文學歇腳亭

明洪武31年（1398），太祖駕崩，遺詔傳位皇太孫（惠帝），並遺命方孝孺立刻進京輔佐新君。建文元年（1399），方孝孺時年43歲，遷授侍講學士；惠帝每有疑惑，即召見諮詢。

建文4年，燕王發動靖難之變，意圖奪取大明江山。南京城破之際，燕王命方孝孺起草即位詔書。他只寫下「燕賊篡位」4字，隨即破口大罵：「死就死了，詔書我絕不草擬！」燕王厲聲道：「你哪能死得如此痛快？就算死了，難道不考慮你的九族親人嗎？」他回答：「就是誅十族，我也不起草，您又能奈我何！」燕王盛怒之下，下令斬了方孝孺，並誅連十族。【按：所謂「九族」有2說：1.指父族四、母族三、妻族二，即異姓親族。2.即罪人之父、祖、曾祖、高祖，及子、孫、曾孫、玄孫直系親屬，旁及其兄弟、堂兄弟、表兄弟等。而「十族」，則加上他的朋友、門生。】其大義凜然形象，足為人臣楷模，萬古流芳！

UNIT 6-29 前後七子倡擬古

明代從永樂至成化八十多年間，政局安定，於是文壇出現以楊寓（字士奇）、楊榮、楊溥為代表的臺閣體文章；其風格雍容平易，然內容平正有餘，思想深度不足。如清人《四庫提要》云：「其始也必能自成一家，其久也亦無不生弊。」及其末流，終至膚廓冗長，千篇一律，遂為擬古文士所攻訐。

明代立國，以八股文取士。士子自幼習八股文，及第仕宦後，又專作臺閣體詩文，嘽緩冗沓，空洞無物。到了成化年間，文壇出現暮氣沉沉的景象。於是，有以李夢陽、何景明為代表的「前七子」，提出「文必秦漢，詩必盛唐」的復古主張。

嘉靖初年，王慎中、唐順之、歸有光等，提倡學歐、曾古文，以矯李、何等專模擬秦漢文之弊，天下翕然宗之。至嘉靖末年，又出現以李攀龍、王世貞為首的「後七子」，重提前七子的復古論調，一時之間，風靡海內，聲勢之大，從者之多，遠勝於前七子。

前七子的擬古運動

李夢陽（1472~1529），字獻吉，號空同子，祖籍河南扶溝。生性狂傲，如〈大梁書院田碑〉云：「寧偽言欺世，不可使天下無信道之名；寧矯情干譽，不可使天下無仗義之稱。」可見品行之低劣。他論文強調亦步亦趨，如邯鄲學步般，模擬秦漢文之形式、字句等。至於末流，作品空洞，了無生氣，彷彿行屍走肉，無足為觀。

何景明（1483~1521），字仲默，號大復，河南信陽人。雖與李夢陽一起倡言復古，但二人品行，不可同日而語。何景明重氣節，曾犯言上疏：「義子不當畜，邊軍不當留，番僧不當寵，宦官不當任。」足見其大義凜然。成名後，李、何又互相詆毀，各有擁護者，擬古風潮遂盛極一時，無與倫比。

平心而論，李、何的擬古思想大同小異，由於後者才氣較高，故一般認為無論詩、文之作，皆何優於李。

另有徐禎卿、邊貢、王廷相、康海、王九思五子，亦主「文必秦漢」，為李、何之羽翼。

後七子的擬古運動

李攀龍（1514~1570），字于鱗，號滄溟，山東歷城人。他勤奮向學，曾辭官，於樓中讀書，十年不見賓客。其詩文雖享盛名，然所論不出李夢陽範圍，不過拾人牙慧而已。如〈送趙處士還曹序〉云：「趙子為獲鹿者垂三年矣，則處士自曹來問獲鹿狀也。曰：『爾為獲鹿則良哉。將下車視事而百姓姁姁自昵乎？寧能悶悶侔去後思也？維此多士，從遊甚歡，而亦諤諤不可致乎？』」語意晦澀，令人生厭。

王世貞（1526~1590），字元美，號鳳洲，又號弇州山人，江蘇太倉人。於李攀龍辭世後，獨掌文壇二十年，才最高，地位最顯，一時文人士子莫不奔走其門下。他對詩文的看法，多見於《藝苑卮言》；擬古論調，則與何景明相近。晚年，論詩文轉而推崇陳獻章、宋濂，逐漸與擬古派脫節。

另有謝榛、宗臣、梁有譽、徐中行和吳國倫，同為後七子之列。此外，尚有「後五子」、「廣五子」、「續五子」、「末五子」等，故知此派之聲勢浩大。

文必秦漢學古人

臺閣體

★永樂至成化 80 多年間政局安定，文壇則出現以楊士奇、楊榮、楊溥為代表的臺閣體文章。
★其風格雍容平易，然內容平正有餘，思想深度不足。
★及其末流，終至膚廓冗長，千篇一律，為擬古文士所攻訐。

前七子

★以李夢陽、何景明為代表。
★平心而論，李、何的擬古思想大同小異，由於後者才氣較高，故一般認為無論詩、文之作，皆何優於李。
★另有徐禎卿、邊貢、王廷相、康海、王九思五子，亦主「文必秦漢」，為李、何之羽翼。

李夢陽論文，強調亦步亦趨，模擬秦漢文之形式、字句等。至於末流，作品空洞，了無生氣，無足為觀。

★何景明重氣節，曾犯言上疏，大義凜然。
★李、何互相詆毀，各有擁護者，擬古風潮遂盛極一時，無與倫比。

邯鄲學步

前、後七子擬古運動

鸚鵡學舌

後七子

★以李攀龍、王世貞 2 人為代表。
★另有謝榛、宗臣、梁有譽、徐中行和吳國倫，同為後七子之列。
★此外，尚有「後五子」、「廣五子」、「續五子」、「末五子」等，故知此派之聲勢浩大。

李攀龍詩文雖享盛名，但所論不出李夢陽範圍，不過拾人牙慧而已。如〈送趙處士還曹序〉，語意晦澀而拗口。

★王世貞獨掌文壇 20 年，才最高，地位最顯，一時文士群起響應。
★他對詩文的看法，多見於《藝苑卮言》；擬古論調，則與何景明相近。
★晚年，論詩文轉而推崇陳獻章、宋濂，逐漸與擬古派脫節。

綜觀有明一代文壇

★明代以八股文取士；官場又專作臺閣體詩文，嘽緩冗沓，空洞無物。
★成化年間，李、何等「前七子」，提出「文必秦漢，詩必盛唐」的復古主張，試圖挽救死寂的明代文壇。
★嘉靖初年，王慎中、唐順之、歸有光等，提倡學歐、曾古文，以矯「前七子」專模擬秦漢文之弊。
★至嘉靖末年，又出現李、王等「後七子」，重提「前七子」的復古論調，其影響力遠勝於「前七子」。

UNIT 6-30

一往情深歸震川

前七子獨領風騷時，不與李、何同流者，有王鏊、馬中錫、王守仁等。以王守仁（1472~1529）最為重要。其散文上承宋濂、方孝孺，下啟唐宋派諸人，在明代文學史上占有一席之地。如〈瘞旅文〉，乃他謫為貴州龍場驛丞時，為弔祭去國離鄉的吏目、其子及其僕而作，同是天涯淪落人，故感同身受，別有寄託。待王慎中、唐順之出，始提出反擬古主張，進而推尊唐宋古文，世稱「唐宋派」。同時，有李開先、陳束、趙時春、熊過、任瀚、呂高為其羽翼，合稱「嘉靖八才子」。

後七子擬古運動再起，王世貞掌文壇時，則有茅坤、歸有光標榜唐宋散文，與之相頡頏。

王慎中、唐順之

王慎中（1509~1559），字道思，號遵岩居士，福建泉安人。早年深受前七子遺毒，亦認為秦漢以下文章不足取。後來漸喜唐宋諸家古文，如〈寄道原弟書九〉云：「學《六經》、《史》、《漢》最得旨趣根源者，莫如韓、歐、曾、蘇諸名家。」尤其推崇曾鞏之文，如〈曾南豐文粹序〉云：「信乎能道其中之所欲言，而不醇不該之蔽亦已少矣。」其文得力於曾鞏者最多。

唐順之（1507~1560），字應德，號荊川，江蘇武進人。與王慎中齊名，世稱「王唐」。其論文受王慎中影響，然在理論、創作上，後出轉精，較王氏略勝一籌。如〈答茅鹿門知縣書〉，主張直抒胸臆，具有內容與情感，才是好文章；反對字句模擬，翻來覆去的婆子舌頭語。又〈信陵君救趙論〉，論信陵君竊兵符救趙，反駁《史記．魏公子列傳》稱其禮賢下士，急人之難的說法；而提出信陵君此舉出於徇私，使人「知有信陵，不知有王也」，無視於魏王的存在，其心可誅。熟諳史實，層層辯證，見解獨到，非常精彩。

茅鹿門、歸震川

茅坤（1512~1601），字順甫，別號鹿門，歸安（今浙江吳興）人。曾編選《唐宋八大家文鈔》，後世「唐宋八大家」之說，即源於此。據《明史》本傳云：「其書盛行海內，鄉里小生無不知茅鹿門者。」是知《唐宋八大家文鈔》一書，讓茅坤享譽古今。他平生最敬佩唐順之，論文則反對擬古，見於《唐宋八大家文鈔》之「總序」、「文旨」中，諸論點均較唐順之更為具體且全面。然其根柢稍薄，在散文創作上不如唐順之、歸有光等人。

歸有光（1507~1571），字熙甫，別號震川，江蘇崑山人。屢試不第，讀書談道，從者甚眾。他在理論上，繼承韓愈「文以載道」思想；在創作上，則發揮唐順之直抒胸臆之說，因此是唐宋派最傑出的作家。其名篇，如〈先妣事略〉、〈女如蘭壙志〉、〈女二二壙志〉、〈寒花葬志〉、〈項脊軒志〉等，或追憶先母、愛女、亡婢，或描寫家居生活瑣事，皆以情真意摯、清淡自然取勝，信手拈來，無不委婉細緻，神韻自出。故黃宗羲〈張節母葉孺人墓誌銘〉云：「余讀震川文為女婦者，一往情深，每以二、三細事見之，使人欲涕。蓋古今來事無鉅細，唯此可歌可泣之精神，長留天壤。」道出這類作品的特色，在於以淺白流暢的文字，抒發最平凡、真摯的情感。

標榜唐宋反七子

王守仁

其散文上承宋濂、方孝孺，下啟唐宋派諸人，在明代文學史上占有1席之地。

如〈瘞旅文〉，寫他因觸怒閹宦劉瑾，貶為貴州龍場驛丞時，為弔祭去國離鄉的吏目、其子及其僕而作，同是天涯淪落人，故能感同身受，別有寄託。

王慎中、唐順之

★待王慎中、唐順之出，始提出反擬古的主張，進而推尊唐宋古文，世稱「唐宋派」。

★同時，有李開先、陳束、趙時春、熊過、任瀚、呂高為其羽翼，合稱「嘉靖八才子」。

王慎中早年深受「前七子」遺毒，亦認為秦、漢以下文章不足取。後來，逐漸喜愛唐、宋諸家古文，尤推崇曾鞏文；其文得力於曾鞏之處最多。

唐順之論文受王慎中影響，然在理論、創作上，後出轉精，較王慎中略勝一籌。如〈答茅鹿門知縣書〉，主張直抒胸臆，具有內容與情感，才是好文章；反對字句模擬，翻來覆去的婆子舌頭語。

茅坤、歸有光

「後七子」擬古運動再起，王世貞掌文壇時，則有茅坤、歸有光標榜唐、宋散文，與之相頡頏。

★茅坤曾選唐宋八家古文為《唐宋八大家文鈔》，「唐宋八大家」之說源於此。

★他平生最敬佩唐順之，論文則反對擬古，見於《唐宋八大家文鈔》之「總序」、「文旨」，諸論點均較唐順之更為具體且全面。

★然其根柢稍薄，在散文創作上卻不如唐、歸等人。

寒花葬志

★歸有光在理論上，繼承韓愈「文以載道」思想；在創作上，則發揮唐順之直抒胸臆之說，因此是唐宋派最傑出的作家。

*如〈先妣事略〉、〈女二二壙志〉、〈寒花葬志〉、〈項脊軒志〉等，或追憶先母、愛女、亡婢，或描寫家居生活瑣事，皆以情真意摯見稱。

UNIT 6-31 公安竟陵主性靈

由於唐宋派僅談散文，對詩歌毫無建樹，故未能撼動前、後七子根深柢固的擬古主張。何況前、後七子強調「文必秦漢」，而唐宋派尊奉唐宋文，始終未脫離復古的範疇。直到公安三袁標榜性靈，明代詩文才走出仿古的迷宮。早在公安派之前，徐渭、李贄、焦竑、湯顯祖等已反對擬古，可視為公安派先驅。公安派稍後，尚有鍾惺、譚元春所倡之竟陵派，同樣主張性靈，卻流於「幽深孤峭」一途。

公安派的先驅

徐渭〈葉子肅詩序〉云：「今之為詩者，……徒竊於人之所嘗言，……此雖極工逼肖，而已不免於鳥之為人言矣。」針對前、後七子擬古思潮而發。其詩文俱佳，自認詩高於文。

李贄（1527~1602），字宏甫，號卓吾，福建晉江人。其文學主張，主要見於〈童心說〉一文。又〈答耿中丞〉云：「夫天生一人，自有一人之用，不待取給於孔子而後足也。」強調「天生我材必有用」，又何必擬古仿孔？

焦竑（1540~1620），字弱侯，號澹園，江寧（今江蘇南京）人。善於散文，如〈與友人論文〉云：「脫棄陳骸，自標靈采，實者虛之，死者活之，臭腐者神奇之。」此論調啟迪了袁宏道。

湯顯祖《合奇・序》云：「予謂文章之妙，……自然靈氣，恍惚而來，不思而至。怪怪奇奇，莫可名狀，非物尋常得以合之。」謂文章從靈氣（靈性）而來，就能感染人心。

三袁與公安派

袁宗道（1560~1600），字伯修。袁宏道（1568~1610），字中郎。袁中道（1570~1623），字小修。至他們三兄弟開始反對擬古，並形成流派；由於都是湖北公安人，故世稱「公安派」。

公安派以袁宏道為代表。他論詩文，提出「獨抒性靈，不拘格套」說，影響極大。據《明史・文苑傳》云：「至宏道，益矯以清新輕俊，學者多舍王、李而從之，目為『公安體』。」如〈晚遊六橋待月記〉，寫西湖春景，或遊人如織，豔冶之極；或月光下，「花態柳情，山容水意，別是一種趣味」。〈初至西湖記〉云：「山色如娥，花光如頰，溫風如酒，波紋如綾，才一舉頭，已不覺目酣神醉。」善用擬人法，描摹出自然景物的個性與靈氣。其文無論在思想或言辭上，皆以清新脫俗見長，注重個人品味、生活情趣，可說具體實踐了公安派的文學理論。

鍾譚與竟陵派

鍾惺（1581~1624），字伯敬，號退谷。譚元春（1586~1637），字友夏。兩位同為湖北竟陵人，他們為了矯治公安詩文淺俗之弊，而創竟陵派。其詩文時稱「竟陵體」，或「鍾譚體」。竟陵散文呈現出「幽深孤峭」的風格，如鍾惺〈夏梅說〉云：「夫世固有處極冷之時之地，而名實之權在焉。巧者乘間赴之，有名實之得，而又無赴熱之譏，此趨梅於冬春冰雪者之人也，乃真赴熱者也。苟真為熱之所在，雖與地之極冷，而有所必辨焉。」全文圍繞著梅花的冷熱際遇，以諷刺世態炎涼。把踏雪尋梅者，比喻為趨炎附勢的俗人，立意新穎，使文章具有出人意表的張力。

直抒胸臆反擬古

先驅

早在公安派之前，徐渭、李贄、焦竑、湯顯祖等已反對擬古，可視為公安派先驅。

徐渭

〈葉子肅詩序〉云：「今之為詩者，……徒竊於人之所嘗言，……此雖極工逼肖，而已不免於鳥之為人言矣。」針對前、後七子擬古思潮而發。

李贄

李贄的文學主張，主要見於〈童心說〉。又〈答耿中丞〉，強調「天生我材必有用」，又何必擬古仿孔？

焦竑

善於散文，如〈與友人論文書〉云：「脫棄陳骸，自標靈采，實者虛之，死者活之，臭腐者神奇之。」此論調啟迪了袁宏道。

湯顯祖

湯顯祖《合奇・序》云：「予謂文章之妙，……自然靈氣，恍惚而來，不思而至。怪怪奇奇，莫可名狀，非物尋常得以合之。」謂文章從靈性而來，就能感染人心。

公安派

湖北公安袁宗道、袁宏道、袁中道三兄弟，反對擬古，並形成流派，世稱「公安派」。

袁宏道

★公安派之代表作家。

★他論詩文，提出「獨抒性靈，不拘格套」說。

★他以清新輕俊力矯擬古文風，學者多捨王、李而從之。

★其文無論在思想或言辭上，皆以清新脫俗見長，注重個人品味、生活情趣，可說具體實踐了公安派的文學理論。

如〈晚遊六橋待月記〉，寫西湖春景，或遊人如織，豔冶之極；或月光下，「花態柳情，山容水意，別是一種趣味」。

竟陵派

公安派稍後，尚有鍾惺、譚元春所倡之竟陵派，同樣主張性靈，卻流於「幽深孤峭」1途。

★鍾惺、譚元春為矯治公安詩文淺俗之弊，而創竟陵派。

★他們的詩文，時稱「竟陵體」，或「鍾譚體」。

★竟陵派散文，皆呈現出「幽深孤峭」的風格。

如鍾惺〈夏梅說〉，寫梅花的冷熱際遇，以諷刺世態炎涼。把踏雪尋梅者，比喻為趨炎附勢的俗人。

UNIT 6-32 晚明小品競芳華

公安、竟陵派反擬古，重性靈的主張，帶動了晚明小品文的蓬勃發展。所謂「小品」，原指佛經節略本（完整本稱「大品」）；後取其篇幅短小之意，引申為語言簡潔，文短意長的文章，即所謂小品文。

晚明小品文的內容，以寫山水遊記、閒情逸趣及寓言故事為主。

山水遊記小品

徐弘祖（1587~1641），字振之，號霞客，江蘇江陰人。科場失利後，徜徉於名山大川，長達三十餘年，足跡遍及華北、江南各省。所著《徐霞客遊記》，為我國日記體遊記之名作。如〈遊雁蕩山日記〉云：「一轉山腋，兩壁峭立亙天，危峰亂疊，如削如攢，如駢筍，如挺芝，如筆之卓，如幞之欹。洞有口如捲幕者，潭有碧如澄靛者。雙鸞、五老，接翼聯肩。」連用六個比喻，將層巒疊嶂的千姿百態，渲染得氣勢崢嶸，十分壯觀。如清人楊名時序中所云：「形容物態，摹繪情景，時復雅麗自賞，足移人情。」

張岱（1597~1679），字宗子，別號陶庵，山陰（今浙江紹興）人。他是晚明小品最後一位大家，代表作《陶庵夢憶》、《西湖夢尋》等，寫於明亡入清之後，多眷戀故國河山的作品。其中不乏山水遊記，如〈爐峰月〉、〈西湖七月半〉、〈西湖香市〉、〈白洋潮〉等，都是膾炙人口的佳作。而〈湖心亭看雪〉更是名篇中的名篇，描寫天地之間一片銀白世界，文末，以船伕的話：「莫說相公痴，更有痴似相公者」作收，餘韻無窮，耐人尋味。

閒情逸趣小品

陳繼儒（1558~1639），字仲醇，號眉公，華亭（今江蘇上海）人。時代與公安、竟陵諸公相當。他是一位書畫家，工詩能文，重視生活情趣，著有《晚香堂小品》等，頗能反映晚明小品文的特色。如〈花史跋〉云：「若果性近而復好焉，請相與偃曝於林間，諦看花開花落，便與千萬年興亡盛衰之轍何異？雖謂二十一史盡在《左編》一史中可也。」他為王仲遵《花史左編》撰跋，謂從花開花落，便能印證人類歷史的興亡盛衰；如此一來，可將數千年史事涵蓋在《花史》一書裡。

又張岱〈閔老子茶〉，記作者與茶道專家閔汶水定交的經過，從冷漠以待到一起品論茶道，結下深厚情誼。信手拈來，自然生動，妙趣橫生。

寓言故事小品

江盈科（1553~1605），字進之，號逸蘿，湖南桃源人。與公安三袁同時，皆主張抒發性靈，崇尚真實、奇趣；所著《雪濤小說》、《雪濤諧史》等，有不少精彩的寓言小品。如〈鼠技虎名〉，借「老蟲」一名，楚地指虎，吳地指鼠；楚人入吳，聽人謂有老蟲，聞風喪膽。隱含對時下「挾鼠技，冒虎名」的文武官員，予以辛辣的嘲諷與無情的批判。

趙南星（1550~1627），字夢白，號儕鶴，河北高邑人。為東林黨人，與鄒元標、顧憲成，號稱「東林三君」。其《笑贊》為笑話集，內有許多幽默小故事，如〈秀才買柴〉，與《顏氏家訓》中「博士買驢」相似，都是諷刺讀書人喜好賣弄學問、咬文嚼字的惡習，敘述生動，形象鮮明，令人絕倒！

意味深長小品文

★徐弘祖《徐霞客遊記》，形容物態，情景交融，風格雅麗，感人甚深。

★如〈遊雁蕩山日記〉中，將層巒疊嶂的千姿百態，渲染得氣勢崢嶸，十分壯觀。

★張岱《陶庵夢憶》、《西湖夢尋》中，收錄不少眷戀故國山河的山水遊記小品。

★〈湖心亭看雪〉1文，透過湖心亭賞雪遇知音事，突顯出作者遺世獨立、卓然不群的高雅情趣。

★陳繼儒《晚香堂小品》等，頗能反映晚明小品文的特色。

★如〈花史跋〉，為王仲遵《花史左編》1書的跋語。文謂從花開花落，便可印證人類數千年興亡盛衰的歷史。

★張岱〈閔老子茶〉，記他與茶道專家閔汶水定交的經過，信手拈來，妙趣橫生。

寓言故事小品

★江盈科《雪濤小說》、《雪濤諧史》中，有不少精彩的寓言小品。

★如〈鼠技虎名〉，藉楚人到吳地，一聽有「老蟲」，聞風喪膽。原來老蟲楚地指虎，吳地指鼠，才會造成如此驚恐。譏諷時下文武官員，個個何嘗不是「挾鼠技，冒虎名」呢？

★趙南星《笑贊》中，〈秀才買柴〉1則，旨在諷刺讀書人食古不化，只會賣弄學問的惡習。

UNIT 6-33

開科取士八股文

八股文定義

「股」即對偶之意。因一篇文章有四段，要求每段必須有兩股排比、對偶的文字，共八股，故稱「八股文」、「八比文」。又稱《四書》文、「制義文」，因為從《四書》、《五經》中出題，須「代聖賢立言」，是傳統「文以載道」思想的極致表現。明代開國後，由明太祖、劉基所定，從此成為明、清時代科舉考試的主要文體。

八股文簡史

鄧之誠《中華二千年史》云：「宋熙寧中，王安石始廢詩賦用經義；元祐後復罷。迨元仁宗延祐中，定科舉考試法。於是王充耘始選八比一法，名《書義矜式》，遂為八股濫觴。」可見科舉考八股文，最早可推至北宋王安石改試經義；至元人王充耘《書義矜式》一出，始確立八股文的雛形。

據《明史．選舉志》載：「科目者，沿唐、宋之舊，而稍變其試士之法，專取《四子書》及《易》、《書》、《詩》、《春秋》、《禮記》五經命題試士。蓋太祖與劉基所定。其文略仿宋經義，然代古人語氣為之，體用排偶，謂之『八股』，通謂之『制義』。」是知明洪武初詔開科舉，對於制度、文體有明確的要求。至成化年間，經王鏊、謝遷等提倡，八股文始趨於成熟。成化二十三年（1487），正式由「經義」變為開考八股文，規定為文分八股，格式嚴格，字數限定，不能違背經注，不許自由發揮。

清順治三年（1646），宣布恢復科舉考試，沿用明朝八股文，只稍作改變。直至光緒二十八年（1902）起，停止科舉用八股；三年後，連科舉也一併廢除。從此，八股取士便走入了歷史。

八股文範例

蔡元培《我在教育界的經驗》說：「八股文的作法，先作破題，用兩句，把題目大意說一說。破題作得及格了，乃試作承題，約四五句。承題作得合格了，乃試作起講，大約十餘句。起講作得合格了，乃作全篇。全篇的作法，是起講後，先作領題，其後分作八股（六股亦可）。每兩股都是相對的。最後作一結論。」

如俞樾〈不以規矩〉一文，先以「規矩而不以也，唯恃此明與巧矣。」二句「破題」。再以「夫規也、矩也，不可不以者也；不可不以而不以焉，殆深恃此明與巧乎？」四句「承題」。接著，「嘗聞古之君子，周旋則中規，折旋則中矩」等十句是「起講」。乃作全篇：首以「有如離婁之明，公輸子之巧，誠哉明且巧矣。」領題。然後文分八股（起二股、中二股、後二股、束二股），兩兩對偶，以論題旨。篇末：「夫人之於離婁，不稱其規矩，稱其明也。人之於公輸，不稱其規矩，稱其巧也。則規矩誠為後起之端。然離婁之於人，止能以規矩示之，不能以明示之也。公輸之於人，止能以規矩與之，不能以巧與之也。則規矩實為當循之準。不以規矩，何以成方圓哉？」為「結論」，以總結全文。如此一來，一篇結構完整的八股文便大功告成了。

八股文範例，可參考方苞《欽定四書文》、俞樾《曲園課孫草》等書。

八股文範例詳析 俞樾〈不以規矩〉

	段落	說明	範例
	破題	以 2 句散行文字，釋破題面字意。	規矩而不以也，唯恃此明與巧矣。
	承題	用 4、5 散句，將重點承接而下。	夫規也、矩也，……殆深恃此明與巧乎？
	起講	又稱「原起」，以散行渾寫題意。	嘗聞古之君子，……而漫曰捨旃捨旃也。
全篇	領題	作用在於從上文，過渡到本題。	有如離婁之明，公輸子之巧，誠哉明且巧矣。
全篇	 起股	又稱為「起比」、「前股」。用雙行文字，開始發議論。	夫有其明，而明必有所麗，非可曰睨而視之已也，則所麗者何物也？夫有其巧，巧必有所憑，非可曰仰而思之已也，則所憑者何器也？ 亦曰規矩而已矣。【過接】
全篇	 中股	句式雙行，多少無定制。2 股內容為全篇之重心。	大而言之，則天道為規，地道為矩，雖兩儀不能離規矩而成形。小而言之，則袂必應規，袷必如矩，雖一衣不能捨規矩而從事。 孰謂規矩而不可以哉？【出題】
全篇	 後股	句式雙行，多少無定制。重在發揮中股所未盡者。	而或謂規矩非為離婁設也，……則有目中無定之規矩，何取乎手中有定之規矩？ 而或謂規矩非為公輸子設也，……則有意中無形之規矩，何取乎手中有形之規矩？
全篇	 束股	雙行，用 2、3 句或 4、5 句來回應並收束全文。	誠如是也，則必無事於規而後可，則必無事於矩而後可。……如欲規而無規何？如欲矩而無矩何？ 誠如是也，則必有以代規而後可，則必有以代矩而後可。……如規而不規何？如矩而不矩何？
全篇	結論	為結束語，散行，不一定用對偶。可以發揮自己的意思。	夫人之於離婁，不稱其規矩，稱其明也。……不以規矩，何以成方圓哉？

UNIT 6-34 四六爭勝在清初

據清人《四庫提要》云:「國朝以四六名者，初有（陳）維崧及吳綺，次則章藻功《思綺堂集》亦頗見稱於世。然綺才地稍弱於維崧，藻功欲以新巧勝二家，又遁為別調。……維崧導源於庾信，氣脈雄厚，……綺追步於李商隱，風格雅秀，……藻功刻意雕鐫，純為宋格。」可見清初駢文，陳維崧以雄厚馳名，吳綺以雅秀取勝，而章藻功素以雕鐫著稱。

其年之文最雄厚

陳維崧（字其年）以詞名家，詩亦極工，嘗自負曰:「吾胸中尚有駢文千篇，特未暇寫出耳。」其四六文，雖說淵源於徐、庾，體格實近於「初唐四傑」，文風雄健渾厚，典麗有則，辭藻博贍，在當時備受好評。如汪琬評云:「自開寶後七百年，無此等作矣！」可知其享譽文壇於一斑。也因為傳誦者多，模擬者眾，以致此類文風大盛，流於陳腔濫調，使他成為眾矢之的，飽受攻擊。如〈陸懸圃文集序〉云:

> 爾其枯杉怪石，貌以醜而能奇；瘦竹蒼藤，勢以危而得秀。……郭翁伯形容眇小，居然閭里之雄；嵇叔夜狀貌傀俄，信是仙靈之器。更有黏天盪日，洋洋辯道之篇；裂石崩沙，杰杰哀時之論。發皇萬態，風雷踸踔於行間；籠罩千秋，衮鉞砰訇於字裡。……洵哉，墨海之洪濤；展矣，文峰之鉅嶽矣！

為隱士文集作序，由於此君貌醜，故喻之為枯杉怪石、瘦竹蒼藤，形象十分鮮明。隨即，話鋒一轉，古今貌寢才優者，大有其人，又比之為遊俠郭解、詩人嵇康，並盛讚其文章，足以發皇萬態、籠罩千秋，永垂不朽！

園次之文尚雅秀

吳綺（1619~1694），字園次，號綺園，江都（今江蘇揚州）人。工於詩、詞、文章，尤擅長四六文。其駢文得力於晚唐李商隱者為多，風格秀雅，雕章琢句，是繼西崑體後一位極出色的駢文家。如〈峴山逸老堂記〉云:「苕城南五里，有逸老堂焉。雲飛畫棟，踞峴嶺之一峰；水近朱欄，瞰碧湖之千頃。昔為高風堂之遺址，今則逸老堂之勝遊。」描寫逸老堂風光，摹景秀麗，令人神往。故《四庫提要》評云:「國初以四六名者，推（吳）綺及宜興陳維崧二人，均原出徐、庾。維崧泛濫於初唐四傑，以雄博見長;綺則出入於樊南（李商隱）諸集，以秀逸擅勝。」

豈績之文重雕鐫

章藻功（？~？），字豈績，浙江錢塘人。康熙四十二年（1703）進士。其駢文為世所重，如許汝霖序其集云:「豈績以四六擅名於時久矣，《思綺堂》一集不脛而走者三十年，海內操觚家，有志於妃青儷白者，莫不輾轉購之，祕為鴻寶。」張仁青《中國駢文發展史》評云:「今觀《思綺堂》文三百篇，格律精嚴，雕琢曼藻，故是南宋本色。」如〈康熙四十四年四月初九日皇上南巡駐蹕西湖行宮恩賜御書恭紀〉云:「臣藻功玉筍新班，甎花初直，方蓬池兮倖廁，旋梓里以遄歸。隔紫陌之紅塵，經年夢繞;隨黃童與白叟，萬歲歡呼。袖攜則饒有香煙，筆落則乍聞風雨，邁劉德昇草行之法，寫施肩吾蘭渚之詩。」雕鏤之甚，可見一斑。

清初四六極興盛

陳維崧最雄厚

★其四六文，源於徐、庾，體格近乎初唐四傑，文風雄健渾厚，典麗有則，辭藻博贍，備受好評。

★因其駢文傳誦者多，模擬者眾，而流於陳腔濫調，使他成為眾矢之的，飽受攻擊。

如〈陸懸圃文集序〉為隱士文集作序，由於此君貌醜，故喻之為枯杉怪石、瘦竹蒼藤，形象鮮明。又謂古今貌寢才優者，大有其人，並盛讚其文章，足以永垂不朽。

吳綺尚雅秀

★工於詩、詞、文章，尤擅長四六文。

★其駢文，得力於晚唐李商隱者為多，風格秀雅，雕章琢句，是繼西崑體後1位極出色的駢文家。

如〈峴山逸老堂記〉，描寫逸老堂風光，飛雲畫棟，朱欄碧波，從前為高風堂遺址，如今成為逸老堂勝景。精雕細琢，設色精工，彷彿1幅秀麗山水圖畫，令人悠然神往。

章藻功重雕鐫

★其駢文格律精嚴，雕琢曼藻，具有南宋之本色。

★康熙末，章藻功編輯、注釋自己的駢文作品，為《注釋思綺堂四六文集》10卷，計284篇。

如〈康熙四十四年四月初九日皇上南巡駐蹕西湖行宮恩賜御書恭紀〉云：「隔紫陌之紅塵，經年夢繞；隨黃童與白叟，萬歲歡呼。袖攜則饒有香煙，筆落則乍聞風雨，邁劉德昇草行之法，寫施肩吾蘭渚之詩。」雕鏤滿紙，辭采斑斕，眩人耳目。

UNIT 6-35 清初散文三大家

據清人《四庫提要》云:「古文一脈,自明代膚濫於七子,纖佻於三袁,至(天)啟、(崇)禎而極敝。國初風氣還淳,一時學者始復講唐、宋以來之矩矱。而(汪)琬與寧都魏禧、商邱侯方域稱為最工。」一般亦公認侯方域、魏禧、汪琬為清初散文三大家。

才士之文——侯雪苑

侯方域(1618~1654),字朝宗,號雪苑,河南商丘人。生性豪放,不拘小節,為復社文士之一。少有才名,與冒襄、陳貞慧、方以智並稱「明末四公子」。孔尚任《桃花扇》傳奇,即演他和李香君的愛情故事。其文尊韓、歐,詩學老杜(杜甫)。如〈李姬傳〉一文,較能展現其個人風格:

> 李姬者名香,母曰貞麗。……姬為其養女,亦俠而慧,略知書,能辨別士大夫賢否。……雪苑侯生,己卯來金陵,與相識。……未幾,侯生下第,姬置酒桃葉渡,歌〈琵琶〉詞以送之,曰:「……公子豪邁不羈,又失意,此去相見未可期,願終自愛,無忘妾所歌〈琵琶〉詞也。妾亦不復歌矣!」

為紅粉知己名妓李香君作傳,文字簡潔,敘事生動,人物形象,躍然紙上,頗具短篇小說風貌。因此,被桐城派譏為不純粹。平心而論,這正是侯文的特色,不該以傳統觀點而貶低之。

志士之文——魏叔子

魏禧(1624~1681),字冰叔,號裕齋,江西寧都人。與其兄魏祥、弟魏禮,皆有文名,號稱「寧都三魏」。魏禧才氣縱橫,尤享盛名,時人稱之「魏叔子」。入清不仕,隱居鄉里,和同道友人相與論學。他主張創作「志士之文」,反對寫「文人之文」。如〈大鐵椎傳〉云:「子房得力士,椎秦皇帝博浪沙中;大鐵椎其人歟?天生異人,必有所用之。予讀陳同甫(陳亮)《中興遺傳》,豪俊、俠烈、魁奇之士,泯泯然不見功名於世者,又何多也?豈天之生才,不必為人用歟?抑用之自有時歟?」足見其對博浪沙大力士行刺秦始皇之事,心生嚮往。由於他曾歷經亡國之痛,文中應別有寄託。

儒士之文——汪堯峰

汪琬(1624~1691),字苕文,晚號堯峰,長洲(今江蘇蘇州)人。清順治年間進士。康熙時,授翰林院編修。《四庫提要》云:「琬學術既深,軌轍復正,其言大抵原本《六經》,與二家迥別。其氣體浩瀚,疏通達暢,頗近南宋諸家……要之接跡唐(順之)、歸(有光)無愧色也!」以為其文深於經術,典雅純正,故高於侯、魏二家。——此乃清代館臣之偏見。如〈書沈通明事〉云:「如通明之屬,率倜儻非常之人,此皆余之所習聞也。其他流落湮沒,為余所不及聞而不得載筆以紀者,又不知幾何人。然而卒無補於明之亡也,何歟?當此之時,或有其人而不用,或用之而不盡。至於廟堂秉事之臣,非淫邪朋比即懷祿耽寵之流。……及一旦僨決潰裂,束手無策,則概誣天下以乏才。嗚呼!其真乏才也耶?」為明末奇士沈通明作傳,卻將明朝亡國視為天意。雖然也用哀悼語氣,但與魏禧的志向、膽識等,不可同日而語。二家文之風骨,高下立判矣!

志士之文重寄託

侯方域	魏禧	汪琬
才士之文	志士之文	儒士之文
★為「復社」文士之一。少有才名，與冒襄、陳貞慧、方以智並稱「明末四公子」。 ★其文尊韓、歐，詩學老杜，有《壯悔堂文集》、《壯悔堂詩集》行世。	★魏禧才氣縱橫，在「寧都三魏」中，尤享盛名，時稱「魏叔子」。 ★入清後不仕，隱居鄉里，和同道友人相與論學。 ★他主張要創作「志士之文」，而反對寫「文人之文」。	其散文深於經術，典雅純正。據《四庫提要》認為，高於侯方域、魏禧2家之上，可上接明代唐順之、歸有光之文而毫無愧色。——此乃清代館臣之偏見。

其散文，如〈李姬傳〉為紅粉知己名妓李香君作傳，文字簡潔，敘事生動，人物形象，躍然紙上，頗具短篇小說風貌。

如〈大鐵椎傳〉，對張良曾買通博浪沙大力士行刺秦始皇之事，心生嚮往。由於他親身歷經明代覆亡的悲痛，故文中應別有寄託。

如〈書沈通明事〉，記敘明末奇士沈通明事跡，卻將明代亡國視為天意。雖也用哀悼語氣，但與魏禧的志向、膽識不可同日而語。

文學歇腳亭

李香君（1624~1654），又名李香，明末蘇州人，為秦淮八豔之一。她是名士侯方域的愛妾，也是孔尚任《桃花扇》的女主角。在戲曲中，歌頌了這位生性風雅、豪爽正直、大義凜然的奇女子。

而現實裡的香君，隨侯生返回歸德（今河南商丘）老家後，卻因出身風塵而被公婆嫌棄，將她趕至城外莊園居住。清順治11年（1654），香君鬱抑而終。侯生為她立1石碑，上有「李香君之墓」5個大字，下方小字寫道：「卿含恨而死，夫慚愧終生」。不久，時年37歲的侯生，落落寡歡，亦不慎染病身亡。他們倆愛情故事的結局竟是在同1年先後辭世，比《桃花扇》以雙雙了悟修道收場，更加淒美！

UNIT 6-36 雲蒸霞蔚乾嘉文

乾隆、嘉慶以來，數十年之間，國家承平無事，文壇逞才鬥麗之風又大為流行，因此，出現乾嘉時期駢文蓬勃發展的盛況。其中以袁枚、汪中、洪亮吉三家最著名。

溢氣坌涌子才文

袁枚（字子才）是全方位的文學家，工詩能詞，又精通駢、散之文，兼善眾體，天才橫溢。張仁青《中國駢文發展史》評云：「至所為四六駢體，亦皆鶴翥龍驚，奇想天外，飛辯騁辭，溢氣坌涌，……誠詞人中之孑然者歟！」如〈上尹制府乞病啟〉云：

> 伏念枚東浙之鄙人也，世守一經，家徒四壁，對此日琴堂之官燭，憶當年丙舍之書燈。授稚子之經，畫殘荻草；具先生之饌，撤盡環簪。餘膽罷含，斷機尚在，未嘗不指隨心痛，目與雲飛。……枚欲再行迎養，則衰年有恙，難涉關河；倘遠訊平安，則隅坐無人，誰調湯藥？在親闈喜少懼多之日，實人子難進易退之時，瞻望鄉關，何心簪笏？

因母病乞歸，孺慕之情，溢於言表，使人為之動容。誠如張仁青所云：「從此駢儷之文又獲得一次全面性的大解放，天壤間任何難言之理、難狀之情、難寫之事，已不愁無處發賣矣。」

淵雅醇茂容甫文

汪中（1745~1794），字容甫，號頌父，江都（今江蘇揚州）人。他學問淵博，卻憤世嫉俗，素有「狂生」之名。如〈自序〉云：「余幼罹窮罰，多能鄙事，賃舂牧豕，一飽無時。……余久歷艱屯，生人道盡，春朝秋夕，登山臨水，極目傷心，非悲則恨。……余藥裹關心，負薪永曠，鰥魚嗟其不瞑，桐枝唯餘半生，鬼伯在門，四序非我。……余簪筆傭書，倡優同畜，百里之長，再命之士，苞苴禮絕，問訊不通。……余著書五車，數窮覆瓿，長卿恨不同時，子雲見知後世，昔聞其語，今無其事。」道盡命運坎坷，懷才不遇之悲慨，句句肺腑之言，感人至深。故王念孫〈述學序〉評其文：「容甫澹雅之才，跨越近代，……其為文則合漢魏晉宋作者，而鑄成一家之言，淵雅醇茂，無意模仿，而神與之合，蓋宋以後無此作手矣！」

情深文至稚存文

洪亮吉（1746~1809），字稚存，號北江，安徽歙縣人。據陳耀南《清代駢文通義》云：「觀稚存眾作，雖亦間有斧鑿圓熟之句，出於其間，而大抵所歸，情深文至，蓋亦以其存稚子之赤心也。」如〈與孫季逑書〉云：「每覽子桓之論：『日月逝於上，體貌衰於下，忽然與萬物遷化。』……感此數語，掩卷而悲，並日而學。又傭力之暇，餘晷尚富；疏野之質，本乏知交。鷄膠膠，則隨暗影以披衣；燭就跋，則攜素冊以到枕。……非門外入刺，巷側過車，不知所處在京邑之內，所居界公卿之間也。」自述襟懷，舒卷自如。故謝無量《中國大文學史》評云：「洪文疏縱，汪文狷潔，然或又以汪、洪並稱。汪不逮洪之奇，洪不逮汪之秀。綜清代駢體，或無出汪、洪之右者也。」以汪中、洪亮吉為清代駢文的兩大巨星，實至名歸也。

乾嘉駢文風雲湧

袁枚

溢氣坌涌

★袁枚是全方位的文學家，工詩能詞，又精通駢、散之文，兼善眾體，天才橫溢。

★其四六駢文，奇想天外，飛辯騁辭，溢氣坌涌，誠詞人之孑然者。

如〈上尹制府乞病啟〉1文，因母病乞歸，孺慕之情，溢於言表，使人為之動容。本文善於言難言之理、狀難狀之情、寫難寫之事，皆能娓娓道來，曲盡其妙。

汪中

淵雅醇茂

★汪中學問淵博，卻終生抑鬱孤貧，故而憤世嫉俗，素有「狂生」之名。

★王念孫〈述學序〉中，評其文合於漢魏晉宋作者，而鑄成一家之言，淵雅醇茂，無意模仿，而神與之合。

如〈自序〉1文，自敘自幼家貧，曾賃舂牧豕；及長，又鬻筆傭書，倡優同畜。道盡命運坎坷，懷才不遇之悲慨，句句肺腑之言，感人至深。

洪亮吉

情深文至

★洪亮吉之駢文，以情深文至取勝，蓋亦以其存稚子之赤心也。

★大抵而言，洪亮吉文疏縱，汪中文狷潔，然汪不逮洪之奇，洪不逮汪之秀。汪、洪2人實為清代駢文的兩顆明星。

如〈與孫季逑書〉中，自敘交遊不廣，一天到晚，閉門讀書，如果不是有人來訪，或車馬經過，他幾乎忘了置身在繁華京城之中；所謂「大隱隱於市」，即是如此。

文學歇腳亭

大才子袁枚24歲進士及第，曾任溧水、沭陽、江寧等地知縣，不到40歲便辭官歸里。罷官後，他靠著投資致富，累積了萬貫家財。又於金陵小倉山築「隨園」，結交騷人墨客，搜集金石圖籍，坐擁嬌妻美妾，日日詩酒自娛，悠閒愜意地度過下半生。

據說袁枚以沒有生兒子為由，廣納姬妾，夜夜笙歌。因此，他的好朋友趙翼曾揶揄說：如果有來生，袁枚這傢伙一定會投胎成蜜蜂或蝴蝶，這樣就可以日日在花叢下盡情地採花了。袁枚天性風流，才不在意別人怎麼說，甚至還公然表示推崇古代名妓蘇小小，刻了1枚「錢塘蘇小小是鄉親」的私印，有事沒事四處蓋章。

UNIT 6-37

天下文章在桐城

據王先謙《續古文辭類纂・序》云：「自桐城方望溪（方苞）氏，以古文專家之學，主張後進；海峰（劉大櫆）承之，遺風遂衍。姚惜抱（姚鼐）稟其師傳，覃心冥追，益以所自得，推究闔奧，開設戶牖，天下翕然號為正宗。」可見方苞、劉大櫆、姚鼐為桐城派開山祖，後世尊為三祖。桐城派聲勢浩大，支配有清文壇二百餘年，曾國藩〈歐陽生文集序〉嘗引歷城周永年語：「天下之文章，其在桐城乎？」

方望溪：義法說

方苞（1668~1749），字鳳九，晚號望溪，安徽桐城人。他平生致力於學術研究、古文創作，並以「學行繼程朱之後，文章介韓歐之間」自許。其論文主張「義法」，如〈又書貨殖傳後〉云：「《春秋》之制義法，自太史公發之，而後之深於文者亦具焉。義即《易》之所謂『言有物』也，法即《易》之所謂『言有序』也，義以為經而法緯之，然後為成體之文。」其實「義法」指文章的內容和形式而已。

此外，他強調為文務求「雅潔」，如沈廷芳〈書方望溪先生傳後〉云：「南宋、元、明以來，古文義法不講久矣，……古文中不可入語錄中語、魏晉六朝人藻麗俳語、漢賦中板重字法、詩歌中雋語、《南北史》佻巧語。」方氏之文尚雅潔，不拖泥帶水，如〈左忠毅公軼事〉，藉由左光斗與史可法間師生情誼，描繪出左公的形象與性格，敘述雅潔，具體而生動，足見其筆力深刻。

劉海峰：神氣說

劉大櫆（1698~1779），字才甫，號海峰，安徽桐城人。他窮居江上，因善為古文，深得方苞推許，又是姚鼐的老師，故為桐城派三祖之一。其論文主張「奇」、「變」，因此，特別欣賞莊子與韓愈之文；又強調為文以神氣高妙為上，以音節抑揚為佳。總之，他較重視「法」，偏於修辭，講究文章的音節、字句而已。認為在音節、字句的抑揚頓挫、起承轉合之間，可以求得文章的神氣和奇變。他對桐城派的貢獻不在創作上，而在教學上，循循善誘，啟迪不少後輩古文家。

姚惜抱：精粗說

姚鼐（1731~1815），字姬傳，世稱惜抱先生，安徽桐城人。他論文強調義理、考據、詞章，三者不可偏廢。編有《古文辭類纂》一書，將古文分為十三體，並融合方苞、劉大櫆觀點，提出「精粗說」。其序云：「神、理、氣、味者，文之精也；格、律、聲、色者，文之粗也。」以文章的內容、精神為「文之精」，以文章的形式、技巧為「文之粗」。故劉大杰《中國文學發展史》云：「比起方苞空談義理，強調雅潔；比起劉大櫆以義理為材料，專談音節、字句的法則；姚鼐在這方面的理論，有了一些提高和發展。」

再者，他提出陰陽、剛柔之論，如〈復魯絜非書〉云：「文者天地之精英，而陰陽、剛柔之發也。……其得於陽與剛之美者，則其文如霆如電，如長風之出谷……。其得於陰與柔之美者，則其文如升初日，如清風，……。」把文章風格分為陽剛、陰柔二種，即所謂豪放、婉約之別。

義理詞章兼考據

方苞　義法說

★自許「學行繼程朱之後，文章介韓歐之間」。

★論文主張「義法」，「義」即言有物，講內容；「法」即言有序，重形式。

★強調為文務求「雅潔」，不可摻雜語錄中語、六朝藻麗俳語、漢賦中板重字法、詩歌雋語、《南北史》佻巧語。

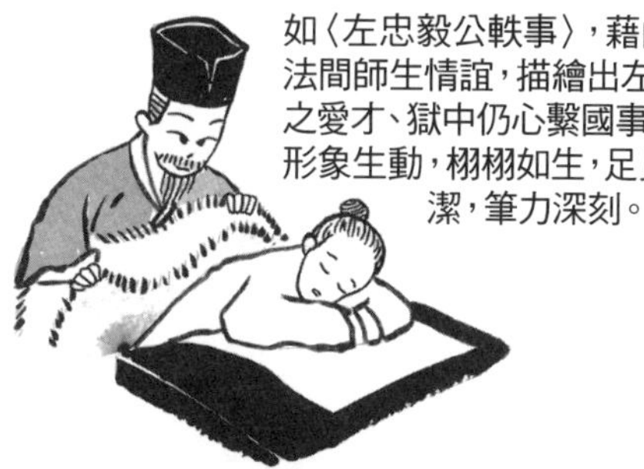

如〈左忠毅公軼事〉，藉由左光斗與史可法間師生情誼，描繪出左公「解貂覆生」之愛才、獄中仍心繫國事之忠肝義膽，形象生動，栩栩如生，足見敘述雅潔，筆力深刻。

劉大櫆　神氣說

★他窮居江上，因善為古文，深得方苞推許，又是姚鼐的老師，故為「桐城三祖」之一。

★他對桐城派的貢獻不在創作上，而在教學上，循循善誘，啟迪了不少後輩古文家。

★他論文主張「奇」、「變」，平生欣賞莊子與韓愈之文；又強調為文以神氣高妙為上，以音節抑揚為佳。

★他較重視「法」，偏於修辭，講究文章的音節、字句而已。認為在音節、字句的抑揚頓挫、起承轉合之間，可以求得文章的神氣和奇變。

姚鼐　精粗說

★論文強調義理、考據、詞章，3 者不可偏廢。

★編《古文辭類纂》1 書，將古文分為 13 體，並融合方苞、劉大櫆的觀點，而提出「精粗說」。

★「神、理、氣、味者，文之精也；格、律、聲、色者，文之粗也。」他以文章的內容、精神為「文之精」，以文章的形式、技巧為「文之粗」。

另有陰陽、剛柔之論，如〈復魯絜非書〉云：「文者天地之精英，而陰陽、剛柔之發也。……其得於陽與剛之美者，則其文如霆如電，如長風之出谷……。其得於陰與柔之美者，則其文如升初日，如清風，……。」把文章風格分為「陽剛」與「陰柔」2 種，即所謂豪放、婉約之別。

UNIT 6-38 陽湖湘鄉繼而起

繼三祖之後，桐城派文章，得到清代文士二百多年間的擁護，主要與其兩大支流文派息息相關：先是乾、嘉年間，由惲敬、張惠言所倡的陽湖派；後為道、咸年間，由曾國藩領導的湘鄉派。他們莫不傾心於桐城古文，極力宣揚，相互標榜，影響廣泛，可見「天下文章在桐城」之說，絕非虛言！

陽湖派古文

陽湖派為桐城派之支流，因為其兩大首腦人物惲敬、張惠言，均為江蘇常州人，且不諱言受桐城派影響。如惲敬〈上曹儷笙侍郎書〉云：「後與同州張皋文（惠言）、吳仲倫，桐城王悔生遊，始知姚姬傳之學出於劉海峰，劉海峰之學出於方望溪。」又陸繼輅〈七家文鈔序〉云：「乾隆間，錢伯坰魯斯親受業於海峰之門，時時誦其師說於其友惲子居（惲敬）、張皋文。二子者，始盡棄其考據駢儷之學，專志以治古文。」既然同屬桐城派，為何另立派別？無非是他們一面寫古文，一面也作駢體；為文取法於《六經》、唐宋八大家，亦兼採諸子、史傳與雜家之說。

古文成就上，惲敬高於張惠言。惲敬（1757~1817），字子居，號簡堂，陽湖（今江蘇常州）人。據《清史稿》云：「（惲）敬既罷官，益肆其力於文，深求前史興壞治亂之故，旁及縱橫、名、法、兵、農、陰陽家言。……其文蓋出於韓非、李斯，與蘇洵為近。」雖然他想跳脫桐城派窠臼，自立門戶，也有一些追隨者如陸繼輅、李兆洛等，但這些人除了籍貫不同，就文章風格而言，其實仍然大同小異。

湘鄉派古文

道光、咸豐以後，桐城派、陽湖派古文皆呈現中衰之勢；自曾國藩一出，其友人、僚屬、弟子、再傳弟子等，紛紛響應，古文又為文士所重。由於曾國藩是湖南湘鄉人，他雖然推尊桐城派古文，但畢竟不是嫡系，故後世稱他與其同派古文家為「湘鄉派」。

曾國藩（1811~1872），字伯涵，號滌生，道光年間進士。曾訓練「湘軍」，平定太平天國之亂。諡文正；有《曾文正公全集》傳世。他對姚鼐，可謂推崇備至，如王先謙《續古文辭類纂・序》云：「曾文正公以雄直之氣，宏通之識，發為文章，冠絕古今。其於惜抱遺書，篤好深思，雖謦欬不親，而途跡並合。」雖說如此，但曾國藩編《經史百家雜鈔》一書，試圖修正姚鼐《古文辭類纂》的某些論點，據王忠林等《中國文學史初稿》歸納：一、他不死守古文家法，主張駢、散互用。如〈送周荇農南歸序〉云：「一奇一偶者，天地之用也；文字之道，何獨不然！」二、認為詞章家也須有小學根柢，如〈家書〉云：「余於古文，志在效法此三人（司馬相如、揚雄、班固），並司馬遷、韓愈五家。以此五家之文，精於小學訓詁，不妄下一字也。」三、建立「陽剛」、「陰柔」理論，以區分文學風格。如〈日記〉云：「余昔年嘗慕古文境之美者，約有八言：陽剛之美，曰雄、直、怪、麗；陰柔之美，曰茹、遠、潔、適。」

其門人以張裕釗、吳汝綸較著名。經湘鄉派諸君力挽狂瀾，使桐城古文的影響力，延續至清末民初，形成與新學對抗的局面。

桐城遺風二文派

陽湖派古文

★乾隆、嘉慶年間，陽湖派由惲敬、張惠言所倡導。

★陽湖派為桐城派之支流，他們都不諱言受到桐城派的影響。

★既然同屬桐城派，為何另立派別？無非是他們一面寫古文，一面也作駢體；為文取法於《六經》、唐宋八大家，亦兼採諸子、史傳與雜家之說。

惲敬

★在古文成就上，惲敬高於張惠言。

★惲敬罷官後，致力於文章創作，其「深求前史興壞治亂之故，旁及縱橫、名、法、兵、農、陰陽家言。」

★「其文蓋出於韓非、李斯，與蘇洵為近。」雖然他想跳脫桐城古文的窠臼，自立門戶；也有一些追隨者如陸繼輅、李兆洛等，但是這些人除了籍貫不同，就文章風格而言，其實仍與桐城派大同小異。

湘鄉派古文

★道光、咸豐年間，湘鄉派古文由曾國藩所領導。

★由於曾國藩是湖南湘鄉人，他雖然推尊桐城派古文，但畢竟不是嫡系，故後世稱他與其同派古文家為「湘鄉派」。

曾國藩

他對姚鼐可謂推崇備至，但編有《經史百家雜鈔》1書，試圖修正姚鼐《古文辭類纂》的某些論點：

❶ 曾氏不死守古文家法，主張駢、散互用。

❷ 他認為詞章家也須有小學根柢。

❸ 建立「陽剛」、「陰柔」的理論，以區分文學風格。

★其門人以張裕釗、吳汝綸較著名。

★經湘鄉派諸君力挽狂瀾，使桐城古文的影響力延續至清末民初，形成與新學對抗的局面。

文學歇腳亭

相傳曾國藩小時候資質愚鈍，他是靠著鍥而不捨的努力，1步1腳印，穩紮穩打，慢慢才走出自己的路來。

某天晚上，曾國藩進書房溫習功課。誰知此時剛好有個小偷溜進屋內，他卻渾然不察；偷兒見狀，無處可逃，先躲起來再說。他就這樣與那宵小共處1室，背了整晚的書，翻來覆去，記了又忘，忘了再記，老是背不熟。

最後，藏身暗處的小賊實在按捺不住了，因為從來沒見過這麼笨的人，光是用耳朵聽都記住了，怎麼這呆瓜還背得支支吾吾？於是，小偷跳出來倒背如流，隨即揚長而去。看得曾國藩目瞪口呆，但他並不灰心，有什麼關係，多背幾次，總有記住的時候！

UNIT 6-39 駢體殿軍王闓運

清代駢文發展至乾、嘉時代，臻於鼎盛；道、咸以後，則逐漸沒落。其間詩人龔自珍、古文家曾國藩雖也偶爾染指四六之文，且時有佳作；但清末駢體要以李慈銘、王闓運二人為優。誠如張仁青《中國駢文發展史》所云：「湘潭王氏，則其殿焉者也。」謂王闓運實為清季駢文之殿軍。

淵雅絕麗蓴客文

李慈銘（1830~1895），字悉（「愛」之古字）伯，號蓴客，浙江紹興人。博學多聞，自謂於經史子集、稗官佛典、詩詞戲曲，無不涉獵；然於史學用力最深，以詩最為得意，而《越縵堂日記》卻流傳最廣。光緒年間進士；體弱多病，生性孤傲，有名士之風。著作甚富，有《越縵堂文集》、《湖塘林館駢體文鈔》等傳世。

其四六文，據陳耀南《清代駢文通義》云：「悉伯精思閎覽，……憂國傷時，……其文沉博絕麗，富妍練之美。蓋取徑漢魏，而淵雅純淨。」如〈沅江秋思圖序〉云：

> 蓋聞楚天為結恨之鄉，秋水實懷人之物。白雲無盡，蒼波卷空。……當其朝霞在嶺，夕月臨江，哀猿一鳴，棹謳閒發。故將秋絕，誰曰能堪？僕本恨人，何時不憶？……春風若采，誰尋白蘋之花？微波可通，永證斑竹之淚！

藻采明麗，情景交融，搖曳生姿。故《中國駢文發展史》評云：「其駢文之善者，有東漢、魏晉間人風格，然色采平淡，清空流轉，似又出入於趙宋諸家。世之論駢文者，或謂六朝以綺麗失元氣，趙宋以平衍乏英華，蓴客則兼有其長而無其失。」認為李慈銘駢文兼具六朝綺麗、兩宋平易之風格。

華實並茂湘綺文

王闓運（1833~1916），字壬秋，號湘綺，湖南湘潭人。咸豐年間舉人。早年為曾國藩幕僚，議論不合，罷去。後講學於成都、長沙、衡州等地書院；更於自家湘綺樓，下帷授徒，長達三十餘年。鼎革以後，任中華民國國史館館長，兼任參議院參政；溥儀復辟，乃辭歸故里，逍遙自適。

其四六之作，據《清代駢文通義》評云：「湘綺博通經史，才華富豔，卓冠一時，駢體則歷開府（庾信）而上窺魏晉。……然文運將嬗，雖有善者，亦如晚照矣！」《中國駢文發展史》亦云：「逮湘綺王氏出，而六朝駢文之迴光，始又再度返照，幾有開拓萬古心胸，推倒一時豪傑之勢。」如〈秋醒詞序〉云：

> 筍一旬而成竹，松百年而參天，遲速之效也。人或以百年為促，而不知積損之已久；或以耄期為壽，而不知悟佚我之無多。是猶夏蟲之疑冰，冬鶡之忌雪矣。一年已來，偶有斯覺，未覺之頃，相習為安。況同景異情，覺而仍夢，庸得不即機自警，依影冥心者哉？

陳耀南評云：「理深文妙，華實相扶。」張仁青總評其文：「模仿之作多，創作之意少，……然其上繼駢文之正軌，延續駢文之命脈，……則有大功在焉。」肯定其延續駢文命脈之功。

清末駢文仍可觀

李慈銘

★博學多聞，自謂於經史子集、稗官佛典、詩詞戲曲，無不涉獵；然於史學用力最深，以詩最為得意，而《越縵堂日記》卻流傳最廣。

★其四六文，沉博絕麗，具妍練之美；由於取徑漢魏，故淵雅純淨。

★其駢文後出轉精，兼具東漢、魏晉風格，然色采平淡，清空流轉，又出入於宋代諸家。

如〈沅江秋思圖序〉云：「當其朝霞在嶺，夕月臨江，哀猿一鳴，棹謳閒發。故將秋絕，誰曰能堪？僕本恨人，何時不憶？」秋日懷思之作，藻采明麗，情景交融，真是搖曳生姿！

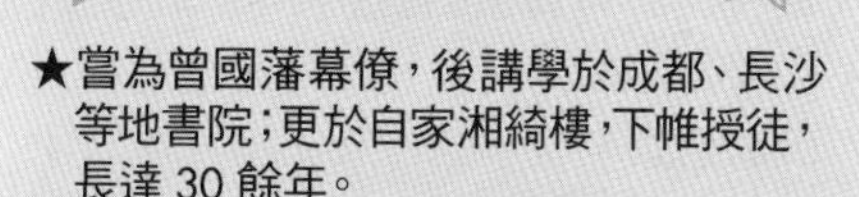

王闓運

★嘗為曾國藩幕僚，後講學於成都、長沙等地書院；更於自家湘綺樓，下帷授徒，長達 30 餘年。

★鼎革後，任中華民國國史館長；溥儀復辟，乃辭歸故里，逍遙自適。

★其四六之作，卓冠一時，歷庾信，而上窺魏晉。

★總之，其文「模仿之作多，創作之意少」，但對於延續駢文命脈仍功不可沒。

如〈秋醒詞序〉云：「人或以百年為促，而不知積損之已久；或以耄期為壽，而不知悟佚我之無多。」對人生壽命長短的感慨，以隔句對手法為之，理深文妙，華實並茂。

文學歇腳亭

從前有 1 位書生王致和參加順天府鄉試，那年的考題是「知味下車」，讓他想起家中豆腐作坊的臭豆腐，於是，寫下 1 首〈國香臭豆腐〉：

明言臭豆腐，名實正相當。自古不釣譽，於今無偽裝。撲鼻生奇臭，入口發異香。

素醇饒回味，黑臭蘊芬芳。……餐饌若有你，宴飲亦無雙。省錢得實惠，賞心樂無央。

主考官讀後非常生氣，認為此人玩世不恭，下令要拿他問罪。誰知大臣張之洞一看，倒覺得這位考生有創意，不像別人寫來寫去都是詠酒，千篇一律，枯燥乏味。加上同僚李慈銘等人也贊同張之洞的意見，最後，王致和便以此詩考中舉人。臭豆腐得到了朝廷命官的認可，從此身價大增。

UNIT 6-40 清末古文異國風

清末古文家試圖振作，王先謙編《續古文辭類纂》、黎庶昌承《經史百家雜鈔》之精神創作，但都成效不彰。西風東漸以後，一些古文家索性以其清新雅正之筆，轉而為國人介紹西洋文化、學術思想等作最後掙扎。不過仍欲振乏力，被白話文運動斥為「選學妖孽，桐城謬種」的古文，終於結束了自韓、歐以來獨領風騷的局面。

薛叔耘記錄國外見聞

薛福成（1838~1893），字叔耘，號庸庵，江蘇無錫人。清朝外交官，曾出使英、法、義、比各國，並用古文將在國外之見聞，寫成《出使英法義比四國日記》。如〈觀巴黎油畫記〉云：

> 則見城堡、岡巒、溪澗、樹林，森然布列，兩軍人馬雜遝：馳者、伏者、奔者、追者、開槍者、燃炮者、搴大旗者、挽炮車者，絡繹相屬。每一巨彈墮地，則火光迸裂，煙焰瀰漫；其被轟擊者，則斷壁危樓，或黔其廬，或赭其垣。而軍士之折臂斷足，血流殷地，偃仰僵仆者，令人目不忍睹。

旨在臨摹畫中所見普法戰爭失敗之慘狀，意在激勵國人「毋忘在莒」，千萬引以為戒。在古文創作中，出現此類描寫異國風情，寄寓遙深之作，確實令人耳目一新。

林琴南翻譯西洋小說

林紓（1852~1924），字琴南，號畏廬，別署冷紅生，福建閩縣（今福州）人。光緒年間舉人；民國以後，曾任教於北京大學。他不諳西文，卻透過旁人口述，以古文翻譯了百餘部西洋小說，如《巴黎茶花女遺事》、《塊肉餘生記》、《黑奴籲天錄》等，其中某些西方名著，更傳誦一時。據《巴黎茶花女遺事》開篇云：「曉齋主人歸自巴黎。與冷紅生談巴黎小說家均出自名手，生請述之；主人因道仲馬父子文字，於巴黎最知名；茶花女馬克格尼爾遺事，尤為小仲馬極筆。暇輒述以授冷紅生，冷紅生涉筆記之。」不過，隨著白話文運動興起，這些用古文翻譯的小說逐漸銷聲匿跡。

嚴又陵翻譯西方學術

嚴復（1854~1921），字又陵，一字幾道，福建閩縣（今福州）人。光緒年間，曾被派到英國學海軍；回國後，任水師學堂總教習十五年。他嘗追隨吳汝綸研習古文，故堅持用古文翻譯西方學術名著，譯有赫胥黎《天演論》、斯賓塞《群學肄言》、約翰·穆勒《群己權界論》、亞當·斯密《國富論》等，是最早有系統為國人介紹西洋學術思想的人。其譯作在當時極具影響力，不過，後來終究為白話文譯著所取代；僅有少數術語如「物競天擇，適者生存」等被保留下來，原書已乏人問津。

此外，他曾提出「信、達、雅」為翻譯三大原則，至今仍為譯者所奉行。如《天演論》開篇云：「夏與畏日爭，冬與嚴霜爭，四時之內，飄風怒吹，或西發西洋，或東起北海，旁午交扇，無時而息，上有鳥獸之踐啄，下有蟻蝝之齧傷。憔悴孤虛，旋生旋滅。菀枯頃刻，莫可究詳。是離離者亦各盡天能，以自存種族而已。」文辭典雅，駢儷雕琢，的確是大手筆！

西風東漸求轉變

薛福成

他曾出使英、法、義、比各國，並用古文將在國外所見所聞，寫成《出使英法義比四國日記》1書。

如〈觀巴黎油畫記〉，臨摹畫中所見普法戰爭失敗的景況，人仰馬翻，斷足折臂，滿地鮮血，煙焰瀰漫，慘不忍睹。作者意在激勵國人，千萬要以此為戒！

林紓

他不諳西文，卻透過旁人口述，以古文翻譯了百餘部西洋小說，如《巴黎茶花女遺事》、《塊肉餘生記》、《黑奴籲天錄》等，其中某些西方名著更傳誦一時。

如《巴黎茶花女遺事》，自敘有朋友從巴黎回國，跟他談起巴黎著名小說家小仲馬的大作《茶花女》故事。他備感興趣，於是，請朋友口述，然後把它用文字記錄下來。

嚴復 提出翻譯 3 大原則「信、達、雅」

光緒年間，曾被派到英國學海軍；回國後，任水師學堂總教習 15 年。

★嘗追隨吳汝綸習古文，堅持用古文翻譯，譯有《天演論》、《群學肄言》、《群己權界論》、《國富論》等，是最早有系統介紹西洋學術的人。

★其譯作在當時極具影響力；不過，僅少數術語如「物競天擇，適者生存」等保留下來，原書已被白話文譯著所取代。

如《天演論》云：「四時之內，飄風怒吹，或西發西洋，或東起北海，旁午交扇，無時而息，……是離離者亦各盡天能，以自存種族而已。」文辭典雅，駢儷雕琢，確為大手筆！

第7章

小　說

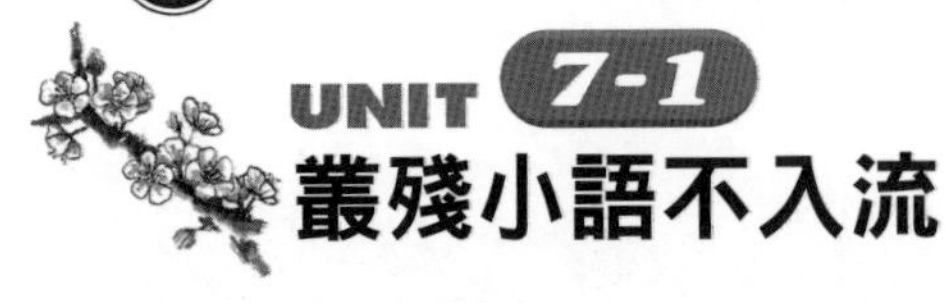

叢殘小語不入流

據葉慶炳《中國文學史》云：「近世所謂小說，講究故事完整，人物生動，布局嚴密，主題正確，想像豐富；凡此皆為一篇成功小說所必備。」但古代對小說的看法，與今人不盡相同。

「小說」的定義

「小說」一辭，首見於《莊子・外物》：「飾小說以干縣令，其於大達亦遠矣。」《荀子・正名》云：「故知者論道而已矣，小家珍說之所願者皆衰矣。」所謂「大達」、「道」指治國治民的大論，「小說」與之對稱，係屬微不足道、難登大雅之堂的瑣碎言論。足見先秦哲人對小說之輕視。

至東漢，《漢書・藝文志》有九流十家之說，「諸子略」列小說十五家一千三百八十篇於諸子十家中，而不入流派。是知小說在班固心中，純屬「芻蕘狂夫之議」，不足為觀。其序云：

> 小說家者流，蓋出於稗官，街談巷語，道聽塗說者之所造也。孔子曰：「雖小道，必有可觀者焉。致遠恐泥，是以君子弗為也。」然亦弗滅也。

「稗官」是古代採訪並記錄民間瑣事的小官，後來成為小說家的代稱。可見小說起源於街談巷語、道聽塗說之言，自然無足輕重，不值一提了。不過，也並非毫無價值，畢竟連孔子都說雖是小道，卻不容滅絕。

桓譚《新論》則云：「若其小說家合叢殘小語，近取譬喻，以作短書，治身理家，有可觀之辭。」進一步指出小說的體製為「叢殘小語」，然其中「有可觀之辭」，故可作為「治身理家」的借鏡。

據《隋書・經籍志》載：「《小說》十卷……殷芸撰。梁目，三十卷。」殷芸《小說》一書，不論南朝梁時的三十卷，或後來流傳的十卷，今皆已亡佚，僅能從《說郛》、《太平廣記》等書窺知一二；內容不出軼聞掌故、奇人異事等，亦雜入論學之語。自此，「小說」成為文學中獨立的一體。

「小說」的分類

一般正史往往承沿《漢志》，列小說於子部。至明代胡應麟《少室山房筆叢》析小說為志怪、傳奇、雜錄、叢談、辯訂及箴規六類。清代陳世熙《唐人說薈》，將唐代小說分為別傳、劍俠、豔情、神怪四類。清人《四庫提要》則別小說為三派：一曰敘述雜事，二曰記錄異同，三曰綴輯瑣語。

然各種分法皆有其侷限，不足以包含全體，故魯迅《中國小說史略》又分為十類：鬼神志怪、傳奇、話本、神魔、人情、諷刺、才學、狹邪、俠義及公案、譴責。李曰剛《中國文學史》則綜合前人說法，主張「以體裁分：筆記、傳奇、平話、章回」，「以內容分：神怪、言情、俠義、神魔、人情、諷刺、狹邪、才學、譴責」。

葉慶炳將我國小說發展分為四階段：「一、魏晉南北朝志怪及志人小說。二、唐代傳奇小說。三、宋代話本小說。四、明、清章回小說。就文體言，一、二階段為文言，三、四階段為語體。就篇幅言，一、二階段為短篇，第三階段有長有短，第四階段全為長篇。」言簡意賅，一目瞭然。

街談巷語有可觀

「小說」的定義

構成「小說」的必要條件

❶ 故事完整 ❷ 人物生動 ❸ 布局嚴密 ❹ 主題正確 ❺ 想像豐富

現代觀點

古人對「小說」的看法

時代	出處	說法	態度
先秦	《莊子・外物》	「飾小說以干縣令,其於大達亦遠矣。」	甚輕視
先秦	《荀子・正名》	「故知者論道而已矣,小家珍說之所願者皆衰矣。」	甚輕視
先秦	「小說」與「大達」、「道」相對,指微不足道、難登大雅之堂的瑣碎言論。		甚輕視
兩漢	班固《漢書・藝文志》	★小說源於街談巷語、道聽塗說之言,自然無足輕重。 ★「諸子略」列「小說」於諸子 10 家中,而不入流派。	不重視
兩漢	桓譚《新論》	謂小說體製為「叢殘小語」,但具「治身理家」的功用。	不重視
兩漢	「小說」雖屬「小道」,其中仍「有可觀之辭」,非毫無價值,故不容滅絕。		不重視
六朝	殷芸《小說》	★南朝梁時,凡 30 卷;後來流傳為 10 卷;如今均佚。 ★內容不出軼聞掌故、奇人異事等,亦雜入論學之語。	具雛形
六朝	★從南朝梁起,「小說」儼然成為文學中獨立的 1 體。 ★六朝「志怪」、「志人」小說盛行,屬無意識的創作。		具雛形

魏晉南北朝,我國小說初具雛形。

時代	出處	說法	態度
隋唐	《隋書・經籍志》	南朝梁殷芸《小說》至隋代仍可見。	真小說
隋唐	唐代傳奇	為文人有意識創作「小說」的開端。	真小說

我國真正的小說到了唐代才出現。

「小說」的分類

依體裁分

類別	代表	語言	篇幅
筆記	六朝志怪、志人小說	文言	短篇
傳奇	唐代傳奇小說	文言	短篇
平話	宋代話本小說	白話	長、短
章回	明、清章回小說	白話	長篇

依內容分

分類者	類別
明代胡應麟	志怪、傳奇、雜錄、叢談、辯訂、箴規
清代陳世熙	神怪、劍俠、豔情、別傳
四庫提要	記錄異同、敘述雜事、綴輯瑣語
近代魯迅	鬼神志怪、神魔、俠義及公案、傳奇、話本、人情、才學、諷刺、狹邪、譴責
李曰剛	神怪、神魔、俠義、言情、人情、才學、諷刺、狹邪、譴責

各種分法皆有侷限,都不足以包含全體。

UNIT 7-2

神話傳說與野史

承前文葉慶炳之說，吾人認為：六朝志怪、志人小說為中國小說之胚胎期；至唐傳奇，真正的小說始誕生；經宋、元話本之成長期；到明、清章回小說，終於茁壯、成熟，大放異彩。然在先秦兩漢時，小說發展處於混沌階段，無論神話、傳說、野史或寓言等，只能算是中國小說的源頭。

神話

據魯迅《中國小說史略》云：「初民見天地萬物，變異不常，……則自造眾說以解釋之；凡所解釋，今謂之神話。……以一『神格』為中樞，又推演為敘說，……從而信仰敬畏之。」神話是先民對大自然現象的想像與解釋，由於蒙昧無知，所以一以神格為中心，充滿了敬畏之意。如解釋世界如何形成，有「盤古開天」的故事：

> 天地混沌如雞子，盤古生其中，……一日九變，神於天，聖於地。天日高一丈，地日厚一丈，盤古日長一丈。

想像天地原本混沌如雞蛋般，盤古生在其中，神奇地快速成長，長成巨人，同時撐出天高地厚的空間，於是開闢出天和地。然而，萬物又如何產生呢？《繹史》載有「盤古化身」之說：

> 首生盤古，垂死化身：氣成風雲，聲為雷霆，左眼為日，右眼為月，四肢五體為四極五嶽，血液為江河，……身之諸蟲，因風所感，化之黎甿。

盤古是世上第一個神人，他死後身體變化為日月山河，而身上無數的小蟲子化生成黎民百姓。於是，有了天地萬物的存在。另《風俗通議》載有「女媧造人」故事：女媧剛開始捏黃土作人，但太費工了；改將繩子投入泥中，舉繩甩出點點泥漿，即成一個個人類。因此，黃土人即世上少數富貴者，而大量生產的泥人便是貧賤、凡庸之輩。

傳說

《中國小說史略》云：「迨神話演進，則為中樞者漸近於人性，凡所敘述，今謂之傳說。……所道或為神性之人，或為古英雄，其奇才異能神勇為凡人所不及。」傳說的主角是人，但必須是能力非凡的英雄或超人。如《山海經》所載「夸父逐日」故事：

> 夸父不量力，欲追日景，逮之於禺谷，將飲河而不足也，將走大澤，未至，死於此。

夸父追太陽，卻渴死於途中；展現出先民希望征服大自然的雄心壯志。又《淮南子》有「后羿射日」傳說：天上原有十個太陽，作物都被晒焦了；地上又有猰貐、鑿齒、修蛇等為害，人們不堪其苦。后羿射日、除害，而成為一位大英雄。此類傳說象徵初民不再事事仰賴神靈，相信憑藉自身力量可以戰勝自然，是一種進化的表現。

野史

「野史」是富於小說色彩的歷史故事，主角為歷史人物，但其際遇卻彷彿「神蹟」一般。如〈燕丹子〉載，在秦當人質的太子丹想回國，秦王刁難道：「令烏白頭，馬生角，乃可許耳。」太子丹仰天長嘆，誰料「烏即白頭，馬生角」。野史軼聞中這種「奇蹟」，常為後世小說家所樂於取材。

中國小說的起源

神話

神話是先民對大自然現象的想像與解釋，由於蒙昧無知，所以一以神格為中心，充滿了敬畏之意。

如：解釋世界如何形成，有「盤古開天」故事。

想像天地原本混沌如雞蛋一般，盤古生在其中，神奇地快速成長，長成巨人，同時撐出天高地厚的空間，於是開闢出天和地來。

又：如何產生萬物？《繹史》中載有「盤古化身」之說。

謂盤古是世界上第1個神人，他死後身體變化為日月山河，而他身上無數的小蟲子，居然化生成黎民百姓。於是，有了天地萬物的存在。

傳說

傳說的主角是人，必須是能力非凡的英雄或超人。

如：《山海經》載「夸父逐日」故事。

夸父想追逐太陽，卻意外渴死於半途中；此傳說展現先民希望征服大自然的雄心壯志。

又：《淮南子》有「后羿射日」傳說。

天上原有10個太陽，作物都被晒焦了；地上又有猰貐、鑿齒、修蛇等為害，人們不堪其苦。后羿射日、除害，成為大英雄。

象徵初民不再事事仰賴神靈，相信憑藉自身力量可以戰勝自然。

野史

「野史」是富於小說色彩的歷史故事，主角為歷史人物，但其際遇卻彷彿「神蹟」一般。

如：〈燕丹子〉記載，在秦國當人質的太子丹想回國，秦王刁難道：「令烏白頭，馬生角，乃可許耳。」太子丹仰天長嘆，誰料「烏即白頭，馬生角」。

野史軼聞中這種「奇蹟」，常為後世小說家所樂於取材。

UNIT 7-3 諸子寓言述哲理

先秦諸子百家爭鳴，是學術思想的黃金時代。儒、道、墨、法、陰陽等各家著作，既是成一家之言的精彩學術論著，也是一篇篇充實、生動的哲理散文；其中藉故事以「隱含哲理、寄寓諷意」的寫法，更是一則則雋永有味的寓言，言簡意賅，耐人尋思。

日攘一雞

《孟子・滕文公下》載宋國大夫戴盈之對孟子說，他明知該免去關市之稅，但現在還辦不到，先減稅，希望延至明年才完全廢止。孟子隨口說：好比有個人每天偷鄰居一隻雞，有人告誡他這是不正當的行為；他就說那以後改為每月偷一隻，過一年後，才完全停止偷雞的行為。藉偷雞之舉以喻免稅之事，取譬貼切，妙趣橫生，這是「寓言」。而後托出：「如知其非義，斯速已矣！何待來年？」便是此寓言之寓意所在：如果知道那是不對的事，應該趕快停止，怎麼可以拖到明年呢？

鴟得腐鼠

《莊子・秋水》載惠子到大梁當丞相，聽說好友莊子將前來探望。有人說：「莊子要來取代您的相位。」惠子害怕了，派人到處搜尋莊子，找了三天三夜。莊子見到惠子時，說：

> 南方有鳥，其名鵷鶵，子知之乎？夫鵷鶵，發於南海而飛於北海，非梧桐不止，非練實不食，非醴泉不飲。於是鴟得腐鼠，鵷鶵過之，仰而視之曰：「嚇！」今子欲以子之梁國而嚇我邪？

此寓言以鴟喻惠子、腐鼠借指名位，自比為鵷鶵；謂己身天性高潔，不屑於世俗的名利，區區一個相位他根本沒放在眼裡，所以惠子的擔憂完全是多餘的。莊子藉此闡明道家超然物外、逍遙自得的處世哲學。

愚公移山

《列子》中，有「愚公移山」寓言：北山愚公年近九十，有感於太行、王屋二高山阻隔，出入不便，於是召集家人合力鏟平險峻大山。其妻首先提出質疑：憑我們的力量，連小山都無法遷移，能奈這兩座大山何？說服妻子後，愚公率領全家人開始挑土移山，鄰居也來共襄盛舉。河曲智叟見狀，跑來阻止愚公。愚公長嘆一聲說：

> 汝心之固，固不可徹，……雖我之死，有子存焉，子又生孫，孫又生子，子又有子，子又有孫，子子孫孫無窮匱也；而山不加增，何苦而不平？

道出「人定勝天」的愚公精神，真是令人敬佩！難怪最後感動了天帝，遂令夸娥氏的兩個兒子把二山背走。

塞翁失馬

至西漢，《淮南子》仍藉寓言以闡述理念。如「塞翁失馬」故事：塞翁的兒子無故丟了馬，人們安慰他；塞翁覺得也許不是壞事。不久，馬兒帶著一群胡馬回來，人們爭相道賀；塞翁覺得也許不是好事。接著，兒子摔馬瘸了腿，人們來慰問，塞翁覺得事情也沒那麼糟。果然，戰爭爆發，兒子因行動不便，不必應召出征，保住了小命。後世濃縮成「塞翁失馬，焉知非福」一語，為老子「禍福相倚」人生觀的延伸。

寄寓哲理小故事

日攘一雞

★《孟子‧滕文公下》載宋國大夫戴盈之對孟子說，他明知應免去關市之稅，但現在還辦不到，先減稅，希望延至明年才廢止。

★孟子隨口說:好比有個人每天偷鄰居1隻雞，有人告誡他這是不正當的行為；他就說那以後改為每月偷1隻，過1年後，才完全停止偷雞的行為。

愚公移山

《列子》敘年近90的愚公，有感於太行、王屋兩座高山阻隔，出入不便，於是召集家人合力鏟平大山。最後感動了天帝，下令夸娥氏的兩個兒子把2山背走。

鴟得腐鼠

★《莊子‧秋水》記載：惠子到大梁當丞相，深怕好友莊子來取代自己的相位；因此，派人到處搜找莊子。

★莊子見到惠子時，說鴟得腐鼠，沾沾自喜，怕被搶走；殊不知鵷鶵生性高潔，根本不屑吃死老鼠，所以這些擔心完全是多餘的。莊子以鴟喻惠子、腐鼠借指名位，自比為鵷鶵。

塞翁失馬

《淮南子》敘塞翁之子無故丟了馬，塞翁覺得也許不是壞事。不久，馬兒帶著一群胡馬回來；塞翁覺得也許不是好事。接著，兒子摔馬瘸了腿，他覺得事情也沒那麼糟。果然戰爭爆發了，兒子因腿疾不必從軍，而保住小命。

UNIT 7-4

搜奇志怪記鬼神

就形式言，六朝短篇文言小說乃逐條記錄之叢殘小語，又稱為「筆記小說」。就內容言，六朝筆記小說以志怪為大宗，志人次之。就創作動機言，六朝志怪、志人小說出於人們「好聞奇異」的通性，文士隨筆記錄，非有意識之創作，故還不是真正的小說。

魏晉南北朝志怪小說上承先秦神話、具神異色彩之傳說與寓言，下啟唐人傳奇，承先啟後，地位十分重要。

干寶《搜神記》二十卷

在六朝志怪小說中，以干寶《搜神記》成就最高。干寶（286~336），字令升，東晉河南新蔡人。所著《搜神記》二十卷，如〈自序〉所說，旨在「發明神道之不誣」。如「干將莫邪」故事：干將、莫邪夫婦為楚王作劍，三年方成，楚王怒，殺干將。赤比立志為父報仇，楚王亦重賞欲緝拿他。赤比巧遇見義勇為的山中客，遂自刎而死，請山中客帶著他的頭入宮，趁機行刺楚王。山中客晉見楚王，慫恿將此頭放進鍋裡煮。結果，「三日三夕不爛。頭踔出湯中，瞋目大怒。」他復請楚王親自來觀看此怪現象。楚王一到，山中客快劍一揮，斬下楚王頭，再砍斷自己的頭，二頭皆墜入熱鍋。隨即，三頭俱爛，無法分辨。人們於是撈起骨肉，合葬，通稱「三王墓」。

又「吳王小女」故事：紫玉與韓重私訂終生，吳王不允；紫玉幽憤身亡。韓重前往哭墳，紫玉與之在墓中結為夫婦，並以明珠為信物，請他去見吳王。吳王誤認韓重盜墓，捏造謠言，將治他的罪。紫玉現身向吳王說明真相；隨即，化為一縷輕煙飛散。

吳均《續齊諧記》一卷

吳均（469~520），字叔庠，南朝梁吳興故鄣（今浙江安吉）人。著有《齊諧記》七卷，已佚。現存續編一卷，以「陽羨書生」故事最著名：許彥山中行，遇見一書生，說腳痛，請求寄身鵝籠裡。許彥不置可否。書生自己入籠，與雙鵝並坐，籠不變大，人亦不變小。樹下歇息時，書生口吐銅奩，滿盛山珍海味，與許彥共餐。稍後，他再吐一女子，三人對酌。書生醉臥；女子又吐一男子，與許彥喝酒閒聊。女子伴書生眠；男子復吐一女子，三人談天嬉笑。不久，聞書生處有動靜，男子先吞回所吐女子；伴眠女子出，吞下所吐男子；書生起，吞了所吐女子及諸器皿，只留大銅盤給許彥作紀念。書生遂與許彥道別。

無名氏《列異傳》三卷

《列異傳》的作者，據《隋書・經籍志》題魏文帝曹丕，兩《唐書・藝文志》作張華，二說皆不可考；實為作者未詳也。但裴松之《三國志注》、酈道元《水經注》均引用此書，可見應為魏晉人之作無疑。該書已亡佚，但古籍中多有徵引，據其遺文，內容如《隋志》所云：「以序鬼物奇怪之事」為主。如「定伯賣鬼」故事：定伯夜行遇鬼，自言亦是鬼，於是與鬼結伴同往宛市。途中，他與鬼互背，鬼察其重；渡河，鬼聞其聲；他皆託言剛死，未熟悉鬼界事物。又從中得知鬼最畏忌人類的口水。天快亮，他故意將鬼高高舉起，急摔於地，鬼遂化為一頭羊；又恐其變化，直朝牠吐口水。最後，他將羊牽至宛市變賣，賣得一千五百錢。

六朝筆記志神怪

就**形式**言，六朝短篇文言小說乃逐條記錄之叢殘小語，又稱為「筆記小說」。
就**內容**言，六朝筆記小說以志怪為大宗，志人次之。
就**創作動機**言，出於人們「好聞奇異」的通性，文士隨筆記錄，非有意識之創作。

干寶《搜神記》

成就最高

★干將、莫邪鑄劍成，干將被楚王殺害。多年後，兒子赤比請山中客帶其頭去見楚王。山中客慫恿楚王烹煮赤比頭。

★然此頭久煮不爛，山中客請楚王來觀看此怪事；再趁機斬下楚王頭，而後斷自己頭。2頭皆墜熱鍋中。

★隨即3頭俱爛；人們撈起骨肉，合葬，通稱「三王墓」。

吳均《續齊諧記》

★許彥遇見1書生，說腳痛，請寄身鵝籠裡。書生自己入籠，與雙鵝並坐。

★樹下歇息，書生口吐山珍海味，與許彥共餐。再吐1女子，3人對酌。

★書生醉臥。女子又吐出1男子，與許彥一起喝酒閒聊。

★女子伴書生眠。男子復吐1女子，3人談天嬉笑。

★書生處有動靜，男子先吞回女子；伴眠女子出，吞下男子；書生起，吞了女子及諸器皿，只留大銅盤給許彥作紀念。書生遂與許彥道別。

無名氏《列異傳》

★定伯夜行遇鬼，自言亦是鬼，遂與鬼結伴同往宛市。

★途中，他與鬼互背，鬼察其重；渡河，鬼聞其聲；他皆託言剛死，未熟悉鬼界事物。又從中得知鬼最畏忌人類的口水。

★天快亮，他故意將鬼高舉急摔於地，鬼遂化為1頭羊；又恐其變化，直朝牠吐口水。最後，他將羊牽至宛市變賣，賣得1千5百錢。

UNIT 7-5 品藻人物有世說

六朝志人小說盛行，與當時社會品評人物的清談風尚密不可分。志人小說的源頭，可上推至先秦史書如《左傳》、《國語》、《戰國策》等，或諸子著作如《論語》、《孟子》、《莊子》等，這些書中關於人物言行的記載，都直接啟迪魏晉南北朝志人小說的發展。

葛洪《西京雜記》

葛洪（283~343），字稚川，號抱朴子，東晉江蘇句容人。為一陰陽家、醫學家、博物學家，著名的道教人士。《西京雜記》內容龐雜，記錄人物軼聞只是其中一部分，如〈王嬙〉，記畫師毛延壽向王昭君索賄不成，故意醜化美人圖，害她不得漢元帝召幸，最後遠嫁匈奴。由於正史不載毛延壽其人、其事，昭君故事略顯單調，故後世文學創作多取材於此，影響極為深遠。

劉義慶《世說新語》

劉義慶（403~444），彭城（今江蘇徐州）人。南朝宋臨川王，曾集文士門客編《世說新語》、《幽明錄》等書，前者為志人小說，後者為志怪小說，皆文筆簡潔，為人所重。尤以《世說新語》一書，純粹記錄人物之言行軼事，為六朝志人小說的代表作。如〈言語〉，寫謝道韞詠雪故事：

> 謝太傅寒雪日內集，……俄而雪驟，公欣然曰：「白雪紛紛何所似？」兄子胡兒曰：「撒鹽空中差可擬。」兄女曰：「未若柳絮因風起。」公大笑樂。

謝道韞以「柳絮因風起」喻白雪紛飛之潔白與輕盈，取譬生動，情境優美，「詠絮」一辭成為後世才女之代稱。又〈任誕〉，寫劉伶病酒一事：劉伶嗜酒如命，妻子勸他戒酒，甚至摔壞他的酒瓶。他卻央求妻子準備一桌酒肉，祈求神明助他戒酒成功。妻子依其言，備好祭品。誰知他竟跪在案前，祝禱說：「天生我劉伶，以愛喝酒聞名，一喝就要喝一斛，喝夠五斗才能醉醒。我老婆婦道人家的話，神明千萬別聽信啊！」於是，大口吃肉、喝酒，不一會兒，又醺然醉倒了。劉伶的酒鬼形象，於焉活靈活現。另〈儉吝〉，錄吝嗇鬼王戎諸事，以此則最經典：「王戎有好李，賣之，恐人得其種，恆鑽其核。」寥寥幾字，便刻劃出王戎貪鄙的性格，足見其概括精當，文字功力了得！

邯鄲淳《笑林》

邯鄲淳（132？~221），一名竺，字子淑，三國曹魏潁川陽翟（今河南禹州）人。《笑林》是我國最早的笑話集，原書三卷，已佚。今可從《太平廣記》、《太平御覽》等書略窺一二。如「魯人執竿」故事：魯人執長竿進城門，無論豎拿橫拿，皆因竿子太長，不得其門而入。一位自認為有見識的老人教他把長竿砍成兩截，果然順利進了城。——真是兩個自以為是的「聰明人」！

裴啟《語林》

裴啟（？~？），名榮，字榮期，東晉河東聞喜（今山西運城）人。《語林》一書，亡佚；然唐、宋類書引用頗多。如隋代《北堂書鈔》引：「何平叔美姿儀，面純白。魏文帝疑其傅粉。後正夏日，以湯餅食之。大汗出，隨以朱衣拭面，色轉皓然也。」謂何晏撲粉使臉色白皙，然粉下皮膚更為潔白，後人遂以「敷粉何郎」代指美男子。

世說新語記人物

葛洪

《西京雜記》

★《西京雜記》內容龐雜，記錄人物軼聞只是其中1部分。

★如〈王嬙〉，記畫師毛延壽向王昭君索賄不成，故意醜化美人圖，害她不得漢元帝召幸，最後遠嫁匈奴。

邯鄲淳

《笑林》

如魯人執長竿進城，無論豎拿橫拿，皆因竿子太長不得其門而入。1位自認見多識廣的長者教他把竿砍成兩截，果然順利進了城。諷刺之意，盡在其中。

劉義慶

《世說新語》

★如〈言語〉，載謝道韞詠雪。她以「未若柳絮因風起」，比喻白雪紛飛輕盈之狀，故贏得「詠絮才子」的美譽。

★又〈任誕〉，寫劉伶病酒。他跪在案前祝禱：「天生我劉伶，以愛喝酒聞名，一喝就要喝1斛（10斗），喝夠5斗才能醉醒。我老婆婦道人家的話（勸他戒酒），神明千萬不可聽信！」又喝得醺然醉倒了。

裴啟

《語林》

如「敷粉何郎」故事：謂何晏皮膚十分白皙，曹丕懷疑他臉上撲粉，故意在酷暑裡請他吃熱食；結果他滿頭大汗，拭去妝粉後，竟發現底下肌膚更加潔白，膚質好到令人嫉妒！此則亦見於《世說新語‧容止》。

UNIT 7-6 干投行卷唐傳奇

據胡應麟《少室山房筆叢》云：「凡變異之談，盛於六朝，然多是傳錄舛訛，未必盡幻設語。至唐人乃作意好奇，假小說以寄筆端。」可見六朝筆記「傳錄舛訛」，非出於有意識之創作；至唐代傳奇，傳述奇聞，文辭頗有可觀之作，始為文士自覺撰述小說的開端，真正的小說終於誕生了。

至唐末裴鉶（？~？）《傳奇》一書問世；「傳奇」遂成為唐人文言短篇小說的通稱。唐傳奇脫胎於六朝志怪、志人小說，無論內容、形式均較六朝筆記更為完整，象徵中國古典小說成熟的標誌。唐代傳奇興盛之因，詳述如次：

一、科舉考試風氣

科舉考試，成為唐代士子晉身仕途的必經之路。由於當時「溫卷」風氣盛行，直接鼓舞了傳奇小說的創作。何謂「溫卷」？就是考生於考前向主考官投刺詩文，先贏得青睞，以盼來日考場上承蒙賞識、拔擢，增加金榜題名的機會。因此，「文備眾體」的傳奇小說，可展現考生史才、詩筆、議論等能力，又可引起主考官閱讀的興趣，此一文體便應運而生。如元稹在未及第前所作〈會真記〉（一名〈鶯鶯傳〉），其中有記、有詩、又有議論，既是言情的傳奇小說，也是一篇典型的溫卷之作。

此外，文士科場失意之際，往往藉由寫作傳奇小說，以自諷、諷世，或宣洩牢騷。如沈既濟〈枕中記〉、李公佐〈南柯太守傳〉，便是功名幻滅，由儒入佛、道的動人傳奇故事。

二、古文運動餘波

中唐韓、柳古文運動提倡以先秦記學術、寫歷史的素樸散文從事文學創作，而出現一篇篇載道、寫實的古文佳作。影響所及，文士用這種散文撰述傳奇小說，更適合描寫各種社會現象，表達自身的歷史觀點、時事見聞等，從而帶動唐傳奇的蓬勃發展。值得一提的是時至晚唐，古文運動銷聲匿跡了，傳奇小說卻依舊昌盛。如鄭振鐸《中國文學史》所云：「唐代『傳奇文』是古文運動的一支附庸；卻由附庸而蔚成大國。其在我們文學史上的地位，反遠較蕭、李、韓、柳的散文更為重要。」

三、城市經濟繁榮

唐代國力強盛，促進城市經濟的繁榮，為傳奇小說提供了豐富的寫作素材。隨著城市興起，產生了市民階層，為了滿足他們對文化、娛樂的需求，於是出現「市人小說」。如蔣防〈霍小玉傳〉、白行簡〈李娃傳〉均以倡家妓院為背景，描寫士子與妓女間的愛恨情仇；陳鴻〈東城老父傳〉，寫鬥雞走馬的紈褲子弟生活；裴鉶〈聶隱娘〉，則反映出藩鎮之間的惡鬥。凡此種種，皆為城市發展下的產物。

四、通俗文學勃興

中唐以降，元白新樂府運動力倡淺顯易懂、「老嫗能解」的平易詩風；加上民間流行講唱文學，敦煌變文、俗賦、話本、通俗詞文日益普及，足見文學通俗化之趨勢。傳奇小說難免也受到通俗文學勃興的感染，取材於社會現實、市井生活，透過文人親身感受，以豐富的想像力、洗鍊的文筆，創作出一篇篇精彩絕倫的故事。

唐代傳奇之興盛

科舉考試風氣

★科舉考試「溫卷」風氣盛行，直接鼓舞了傳奇小說的創作。

★「溫卷」就是考生於考前向主考官投刺詩文，以盼來日考場上承蒙賞識、拔擢。

★傳奇小說「文備眾體」，可展現作者的史才、詩筆、議論等，又可引起他人閱讀的興趣，故應運而生。

★科場失意的士子，往往藉寫作傳奇小說，以宣洩滿腹牢騷。

古文運動餘波

★受古文運動影響，文士用散文撰述傳奇小說，更適合描寫各種社會現象，表達自身的歷史觀點、時事見聞等。

★至晚唐，古文運動銷聲匿跡，傳奇小說卻依舊昌盛。唐傳奇是古文運動的附庸，終由附庸而蔚成大國。

城市經濟繁榮

★唐代國力強盛，促進城市經濟的繁榮，為傳奇小說提供了豐富的寫作素材。

★市民階層興起，為滿足他們對文化、娛樂的需求，於是出現「市人小說」：或寫士子與妓女的愛情，或寫鬥雞走馬的紈褲子弟生活，或反映藩鎮間的惡鬥。

通俗文學勃興

★中唐以降，新樂府運動倡平易詩風；民間流行講唱文學，敦煌變文、俗賦、話本等日益普及，足見文學通俗化之趨勢。

★傳奇小說也受通俗文學感染，取材於市井生活，透過文人親身感受、豐富的想像力、洗鍊的文筆，創作出精彩的故事。

UNIT 7-7 六朝志怪的延續

唐代傳奇小說，多收在《太平廣記》，部分散見於《太平御覽》、《文苑英華》、《全唐文》等類書或總集。初、盛唐時，傳奇小說未脫六朝志怪餘習，作品不多，故為唐傳奇之醞釀期。

古鏡記

王度（585？~625）〈古鏡記〉，自謂隋朝大業年間，從侯生處得到一面古鏡。此通靈寶鏡原為北周蘇綽所有，能降妖伏魔、消災治病。某年冬，瘟疫蔓延，屬下張龍駒家中十幾口皆染病，王度讓他帶寶鏡回去；當他用寶鏡一照，患者全都不藥而癒。王度得知後，命人拿著寶鏡，四處去替人看病。夜裡，鏡匣發出清亮的聲音。隔天清晨，張龍駒來報，說昨夜夢見寶鏡精靈，請他轉達：百姓有罪，所以天降瘟疫以懲罰，不可違逆天意再拿寶鏡去治療病患了。後來，弟弟王績要雲遊四海，向王度借了寶鏡，一路上伏獸顯靈、斬鬼除怪；某夜，寶鏡精靈來託夢，說將永別了，想與主人辭行。於是，王績帶寶鏡返回長安，把它還給王度。不久，鏡匣發出悲鳴聲，隨即寶鏡失去了蹤影。足見〈古鏡記〉一文，內容詭異，辭藻綺麗，實承六朝志怪餘風，為唐人傳奇的開山之作。

白猿傳

〈補江總白猿傳〉，即續補江總〈白猿傳〉之意，作者不可考。寫梁將歐陽紇率軍出征，行經深山，嬌妻忽然失蹤了。他悲痛萬分，冒險入山搜救。一個多月後，終於在竹叢間找到妻子的繡鞋，更加堅定他尋回愛妻的決心。又過十幾天，他帶壯士們跋山涉水，發現絕巖翠竹間，有數十位美婦人嬉鬧；向她們打聽，才知妻子和她們都被白猿俘擄至此。其妻此刻臥病在床；婦人們把白猿的習性、獸行全告訴他，並與他合謀試圖宰殺此惡獸。十天後，他帶著醇酒、狗肉和麻繩赴約。婦人們讓他先躲起來；她們哄白猿喝酒吃肉，一番打情罵俏後，設法將白猿綁在床頭。隨即，由他帶兵器上場，痛宰白猿。白猿臨終說：「爾婦已孕，勿殺其子，將逢聖帝，必大其宗。」言畢，氣絕身亡。歐陽紇順利救出妻子和諸婦人。事後，其妻果然產下一子，即歐陽詢，天資聰穎過人，長大後更是光宗耀祖，但長相酷似白猿。相傳此篇傳奇小說影射唐代書法家歐陽詢，可能出自其仇家手筆，是典型的志怪作品。

遊仙窟

張鷟（658？~730）〈遊仙窟〉，自敘奉使河源，途經積石山，「日晚途遙，馬疲人乏」，投宿神仙窟，與崔十娘、五嫂相與飲酒賦詩、調笑取樂的故事。由於唐人慣稱妓為仙，其實「神仙窟」即妓院也。作者以第一人稱描寫狎妓冶遊之事，是唐傳奇第一篇豔情小說，在某種程度上啟迪了中唐的才子佳人之作。據《新唐書・張鷟傳》云：「新羅、日本使至，必出金寶購其文。」是知〈遊仙窟〉當時風靡海內外，連外邦使臣也愛不釋手。不過，或許因為其內容粗鄙，對於兩性情愛有大膽的描繪，且體近駢儷，夾雜變文「韻散相生」的形式，以致後來中土失傳。直到清末，才從日本抄印回國。這篇傳奇小說對日本文壇深具影響力，從鹽谷溫《中國文學概論講話》稱之為「日本第一淫書」，可見一斑。

初唐傳奇尚神怪

王度〈古鏡記〉

★王度於隋朝大業年間，從侯生處得到1面古鏡。此通靈寶鏡能降妖伏魔、消災治病。

★瘟疫蔓延，王度讓屬下張龍駒帶寶鏡為家人治病；當他用寶鏡一照，患者全都不藥而癒。王度再命人拿寶鏡，四處去替人看病。張龍駒說夢見寶鏡精靈，請他轉達：百姓有罪，所以天降瘟疫以懲罰，不可違逆天意再拿寶鏡去治療病患了。

★後來，弟弟王績要雲遊四海，向王度借了寶鏡，一路上伏獸顯靈、斬鬼除怪；某夜，寶鏡精靈託夢，說將永別了，想與主人辭行。於是，王績帶寶鏡返回長安。

★不久，鏡匣發出悲鳴聲，隨即寶鏡失去了蹤影。

〈補江總白猿傳〉

★歐陽紇率軍出征，行經深山，嬌妻忽然失蹤了。

★他入山搜救，發現絕巖翠竹間的數10位美婦人；得知妻子和她們都被白猿俘擄至此。婦人們與他合謀試圖宰殺此惡獸。

★他依約帶來了醇酒、狗肉和麻繩；婦人先哄白猿喝酒吃肉，打情罵俏後，將牠綁在床頭。

★他帶兵器上場痛宰白猿。白猿臨終告訴他：「你老婆已懷孕，不要殺害孩子，將來他能為你家光宗耀祖。」言畢，氣絕身亡。於是，歐陽紇救出了妻子和諸婦人。

★事後，其妻果然產下1子，即歐陽詢，天資聰穎，後更光耀門楣，但長相酷似白猿。

★作者自敘奉使河源，途經積石山，「日晚途遙，馬疲人乏」，投宿神仙窟，與崔十娘、五嫂相與飲酒賦詩、調笑取樂的故事。由於唐人慣稱妓為仙，故「神仙窟」即妓院也。

★作者以第1人稱描寫狎妓冶遊之事，是唐傳奇第1篇豔情小說，在某種程度上啟迪了中唐的才子佳人之作。

★該篇傳奇小說內容粗鄙，對兩性間情愛描繪過於大膽；且體近駢儷，夾雜變文「韻散相生」的形式，以致後來在中土失傳。直到清末，才又從日本抄印回國。

UNIT 7-8 富貴榮華一夢中

中唐以來，受到新樂府運動平易風格的激勵、古文運動用散文創作的啟發，以及在種種社會氛圍薰染之下，傳奇小說蔚為發展，無論警世、愛情、歷史等題材的作品，如雨後春筍般湧現，可謂盛況空前。如以科舉考試為背景，受佛、道思想影響，寫功名夢碎、人生虛幻的諷世小說，以〈枕中記〉、〈南柯太守傳〉為代表。

黃粱一夢

沈既濟（750？~797？）〈枕中記〉，取材於干寶《搜神記》之〈焦湖廟祝〉（或《幽明錄》之〈楊林〉）。話說將到田中耕作的盧生，與道士呂翁相遇於邯鄲道上的旅舍。盧生感慨精通六藝，只能耕種度日，平生不得意。隨後，突然昏昏欲睡；呂翁從袋中取出一顆青瓷枕，對他說：「不妨睡一會兒，這枕頭能讓你美夢成真！」盧生枕藉而眠，於是進入夢境：幾個月後，他娶名門崔氏女，妻子美貌無雙，他家產日益雄厚。隔年，進士及第，官場上更是春風得意，一路步步高升；幾年後，蒙皇上拔擢為京兆尹。又奉命率軍出征，大破戎虜，居功厥偉，受爵封賞，聲勢正隆。卻無端遭宰相妒嫉，流言中傷，貶調外地。三年後，受召還朝，不久榮登相位。他執掌朝政十餘年，人稱賢相；卻又被人誣陷，皇上下令將他關進大牢。盧生感慨說：「我家有良田五頃，足以禦寒防飢，何苦求官受祿？如今落到這般地步，想再穿褐衣、騎青馬走在邯鄲道上，已是不可能了！」數年後，洗刷冤屈，官復原職。他的兒子個個才能出眾，身居要職。富貴榮華，不可一世；最後，八十多歲病逝。睡醒後，他伸了伸懶腰，發現呂翁坐在自己身邊，景物一切如昔，睡前旅舍主人正在蒸黃粱飯，此刻還沒蒸熟呢！後世遂濃縮成「黃粱一夢」之語。

南柯一夢

李公佐（770？~850）〈南柯太守傳〉，取材上受干寶《搜神記》中〈盧汾夢入蟻穴〉影響；內容思想則與〈枕中記〉大同小異。寫淳于棼與朋友在宅南古槐樹下痛飲；醉後，友人送他回屋內歇息。隨即，恍惚入夢：槐安國王的使者偕同車馬儀隊前來迎接他；到了大槐安國，國王非常賞識他，決定把金枝公主許配給他，並為他們舉行盛大的婚禮。婚後，他在國王幫助下，與身陷匈奴的父親取得書信上的聯繫，讓他感動不已。在公主引薦下，他奉命出任南柯郡太守。二十多年來，他在南柯郡政績卓著，深受百姓愛戴；國王對他更是器重有加，封爵受賞，無限殊榮。他的兒女們亦富貴雙全，門第顯赫，無人能比。某年，檀蘿國舉兵進犯南柯郡，國王派他出師討伐，結果吃了敗仗。此時，金枝公主病歿。他辭去南柯太守一職，護送妻子靈柩回京城；於是滯留京都，與朝中權貴交遊不輟，終於引起國王的猜忌。國王對他說：「你本來在人世間，我讓人送你回去，幾個外孫留下來，你不必掛念他們！」之前的紫衣使者、車馬侍從又把他送回家。甦醒後，他發現友人剛餵完馬，坐在床邊洗腳，東窗下沒喝完的酒還擱在那兒，而他卻在夢中彷彿過了一輩子。接著，他帶友人出門尋找夢中的南柯郡，誰知竟是古槐樹下的一個蟻穴？而後出現了「南柯一夢」的成語。

人生如幻舉世同

沈既濟〈枕中記〉

★敘盧生耕田途中，於路旁旅舍巧遇道士呂翁，兩人相談甚歡。盧生感慨懷平生失意；隨即，感到昏昏欲睡。呂翁取出1顆青瓷枕，說能讓他美夢成真。此時，旅舍主人正在蒸黃粱飯。

★盧生入夢：先娶名門女為妻，家產日益雄厚。再進士及第，官場平步青雲。後無端遭中傷，貶調外地。

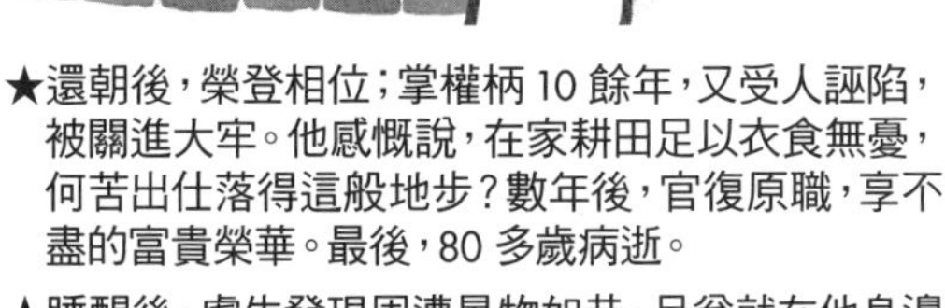

★還朝後，榮登相位；掌權柄10餘年，又受人誣陷，被關進大牢。他感慨說，在家耕田足以衣食無憂，何苦出仕落得這般地步？數年後，官復原職，享不盡的富貴榮華。最後，80多歲病逝。

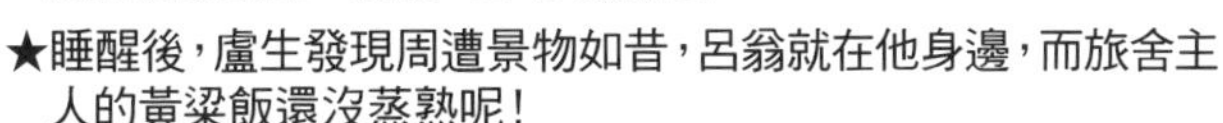

★睡醒後，盧生發現周遭景物如昔，呂翁就在他身邊，而旅舍主人的黃粱飯還沒蒸熟呢！

李公佐〈南柯太守傳〉

★寫淳于棼與朋友在古槐樹下痛飲；醉後，友人送他回屋內歇息。

★隨即，恍惚入夢：槐安國王派人來接他。由於國王的賞識，把公主許配給他。婚後，他與身陷匈奴的父親互通書信，並出任南柯郡太守。

★20多年來，他在南柯郡深受百姓愛戴，國王對他更是器重。兒女們亦富貴雙全，門第顯赫。

★某年，檀蘿國舉兵進犯南柯郡，他出師討伐，吃了敗仗。後公主病歿；他辭去南柯太守之職，護送靈柩返京。滯留京都期間，引起國王猜忌。國王決定派人護送他回家。

★甦醒後，他發現友人剛餵完馬，坐在床邊洗腳，東窗下沒喝完的酒還擱在那兒，而他卻在夢中彷彿過了1輩子。

★他又帶友人出門尋找夢中的南柯郡，誰知竟是古槐樹下的1個蟻穴？

UNIT 7-9 佳人才子情意濃

唐代社會風氣開放，才子佳人、文士妓女間的悲歡離合，不時在現實中上演著，傳奇小說自然樂於渲染、鋪陳此類題材，進而創作出一篇篇悽惋動人的作品。其中以〈霍小玉傳〉、〈李娃傳〉、〈鶯鶯傳〉（一名〈會真記〉）為代表；愛情小說堪稱唐傳奇最有成就者。

由愛生恨霍小玉

蔣防（792~835）〈霍小玉傳〉，寫李益考中進士，在長安準備參加吏部複試；透過鮑十一娘介紹，結識了名妓霍小玉。終因「小娘子愛才，鄙夫重色」，雙雙墜入愛河。兩年後，李益將赴任，順道回洛陽探親。臨行前，小玉提出八年之約，願兩人再廝守八年，到時李益可娶名門女為妻，她將遁入空門。李益回到家，母親已替他安排好婚事；他不敢推辭。由於對方盧氏是望族，李家貧困，所以他四處借貸，籌措婚聘費用。小玉相思成疾，不惜典當衣物，打聽李益的消息；此事鬧得人盡皆知，她逐漸臥病不起，李益卻避不見面。黃衫客挾持李益來見小玉最後一面，小玉臨終誓言必化為厲鬼，讓李益妻妾不得安寧。後李益果然疑心病大發，不時虐殺妻妾。胡應麟《少室山房筆叢》評云：「此篇尤為唐人最精彩動人之傳奇。」

為愛付出的李娃

白行簡（776~826）〈李娃傳〉，敘滎陽公子進京趕考，卻意外邂逅名妓李娃。他在李家住了一年多，終因銀兩散盡，遭鴇母與李娃設計，被逐出倡門。後流落到替人辦喪事的店鋪，靠著唱輓歌維生。某日，滎陽公到京城辦事，恰巧遇見落難的公子。當老僕帶回公子，滎陽公盛怒下，將他毒打一頓；公子痛得昏死過去。滎陽公走後，同行來收屍，卻發現他還有一口氣。之後因傷口潰爛，發出陣陣惡臭，而被丟棄路邊；他為了生活，只好拄著拐杖，沿街乞討。冬日大雪，公子行乞至李家。李娃見狀，痛哭失聲，決定為自己贖身，賃屋與他同住，照顧他的飲食起居，督促他用功讀書。後來，公子高中，赴任前，李娃一心求去；他以死相逼，才暫時把李娃留在身邊。到了劍門，公子往謁上司，即滎陽公，父子合好如初；並由父親作主，正式迎娶李娃為妻。婚後，過著幸福美滿的生活。故事纏綿悱惻，足以感人肺腑，誠為唐傳奇之傑作！

大膽追愛崔鶯鶯

元稹〈鶯鶯傳〉，記述蒲州亂兵四起，崔家孤兒寡母三人無依無靠；賊首又覬覦鶯鶯美貌，兵圍普救寺。所幸同樣寄宿寺中的張生與當地將領素有交情，才能化險為夷，保全崔氏一家。事後，崔母設宴款待張生，並要兒女以兄長之禮拜見張生。張生初見鶯鶯，驚為天人；之後，多次向丫鬟紅娘表明心事，請她代為轉達。紅娘建議張生不妨寫情詩打動小姐，他立刻作二詩交給紅娘。當晚，紅娘帶著小姐的詩來，內容是約張生明晚西廂相會。張生翻牆赴約，卻換來鶯鶯無情的謾罵。幾日來，他澈底絕望；某夜，卻見紅娘扶著鶯鶯來，他整個人飄飄欲仙。將近一個月，他倆沉浸在情愛的歡愉中。後來，張生赴長安應試，期間兩人仍有書信往返；但最後張生卻以紅顏禍水為由，毅然與她斷絕關係。結局則各自嫁娶，張生對鶯鶯「始亂終棄」。

中唐傳奇寫情愛

蔣防〈霍小玉傳〉

★寫李益中進士，在長安準備參加吏部複試；與名妓霍小玉墜入愛河。

★ 2 年後，李益將赴任，並回洛陽探親。小玉希望兩人再廝守 8 年；8 年後，李益可聘娶名門女，她將遁入空門。

★李益抵家，母親已安排好婚事；他不敢推辭。由於李家貧困，他四處借貸，籌措婚聘費用。

★小玉相思成疾，逐漸臥病不起，李益卻避不見面。黃衫客挾持李益來見最後 1 面，小玉臨終誓言必為厲鬼，讓其妻妾不得安寧。

★後來，李益果然疑心病大發，虐殺妻妾，時有所聞。

白行簡〈李娃傳〉

★敘滎陽公子進京趕考，邂逅名妓李娃。銀兩散盡，被逐出倡門。

★他流落到替人唱輓歌維生。某日，滎陽公到京城辦事，父子巧遇。老僕帶回公子，滎陽公盛怒下，將他毒打到昏死過去。

★同行發現他未死，將人帶回。後因傷口潰爛，又將他丟棄；為了生活，他只好沿街乞討。

★雪天，他行乞至李家。李娃痛哭失聲，決定為自己贖身，賃屋與他同住，並督促他用功讀書。

★公子高中，李娃一心求去。最後，父子合好如初，由父親作主，正式迎娶李娃為妻。

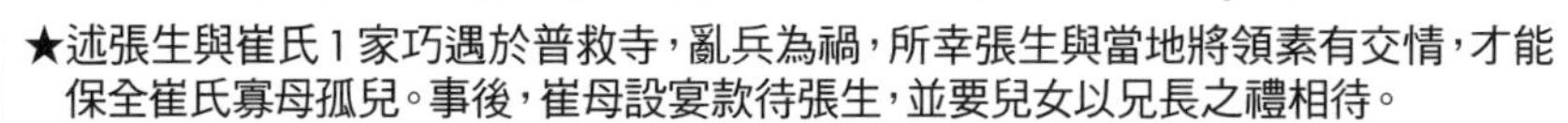

元稹〈鶯鶯傳〉

★述張生與崔氏 1 家巧遇於普救寺，亂兵為禍，所幸張生與當地將領素有交情，才能保全崔氏寡母孤兒。事後，崔母設宴款待張生，並要兒女以兄長之禮相待。

★張生初見鶯鶯，驚為天人；紅娘建議不妨寫情詩打動小姐。鶯鶯寫詩約張生西廂相會。張生翻牆赴約，卻換來無情的謾罵。

★幾日來，他澈底絕望；某夜，卻見紅娘扶著鶯鶯來，他整個人飄飄欲仙。將近 1 個月，他倆沉浸在情愛的歡愉中。

★張生赴長安應試，期間 2 人仍有書信往返；但他卻以「紅顏禍水」為由，毅然與鶯鶯絕交。結局則各自嫁娶。

UNIT 7-10 歷史小說戒世人

玄宗朝是唐代由盛而衰的關鍵，開元之治，國力如日中天；後因安史之亂，動搖國本，中、晚唐逐漸邁向衰亡之路。傳奇小說往往取材於歷史舊事，試圖透過文學創作，達到以史為鑑、借古諷今的作用。如陳鴻（？~？）〈長恨歌傳〉、〈東城老父傳〉二篇，均為中唐歷史小說之佳作。

貴妃明皇歌長恨

元和年間，陳鴻與白居易、王質夫同遊仙遊寺，談及楊貴妃遺事，相與感嘆。於是，白居易賦〈長恨歌〉，陳鴻為之作傳，即此篇〈長恨歌傳〉。敘天下太平無事，玄宗讓高力士到處徵求美女，終於在壽王府發現了美麗非凡的楊家女。玄宗以金釵、鈿盒與她定情，後封為貴妃。從此，貴妃專寵；楊氏一家皆蒙聖恩，顯赫無比。天寶末，堂兄楊國忠以丞相之尊，把持朝政，結果引起安史之亂。潼關失守，玄宗倉皇逃出長安，至馬嵬坡，禁軍請誅楊國忠，左右復請殺貴妃，玄宗只能眼睜睜看著貴妃送死。亂平後，玄宗為太上皇，退居西宮養老，卻日夜思念貴妃。派四川道士上天下地尋找貴妃魂魄，終於在海外仙山尋獲貴妃芳蹤。貴妃將定情物金釵、鈿盒各一半交給道士，並說出當年七夕夜的密誓：願生生世世為夫妻。請道士代為轉達：兩人緣分未盡，無論天上、人間，一定還會再相見！道士把話帶回，玄宗聽了，嘆息感傷許久。文中對於貴妃來自壽王府、楊氏一家皆蒙恩受寵、楊國忠亂政及玄宗荒淫無度等，一律直言不諱，足見其史筆所在，諷刺之意，盡在其中。

東城老父憶當年

〈東城老父傳〉，又名〈賈昌傳〉，寫元和年間，陳鴻祖和友人拜會了九十八高齡的賈昌，從這位老人口中，聽到許多開元之治的盛況，那時已大不如前，今昔之異，令人不勝唏噓！文中陳鴻祖，正是作者陳鴻本人。東城老父賈昌七歲時，便身手靈活，能言善道，還聽得懂鳥語。玄宗為親王時，就喜歡民間鬥雞的遊戲；當皇帝後，更是沉迷於此。上行下效，京中權貴不惜傾家蕩產買雞、鬥雞，老百姓開始做起鬥雞生意，因為連窮人都會玩弄假雞。賈昌就是在路邊玩木雞，被皇上發掘，召為宮中馴雞少年，待遇優於禁軍兵士。由於賈昌馴雞的本領深受皇上倚重，得以時時隨侍君側；十三歲那年，被人稱為「神雞童」。當時有一首歌謠云：「生兒不用識文字，鬥雞走馬勝讀書。賈家小兒年十三，富貴榮華代不如。」他二十三歲，娶梨園弟子潘大同之女為妻，後來生了兩個兒子。其妻能歌善舞，頗得楊貴妃歡心。夫婦倆承寵四十年，始終如一。直到安史之亂爆發，賈昌護送皇上逃難時傷了腳，便拄著拐杖入南山；日後，他每想到昔時鬥雞種種，便面朝西南放聲痛哭。亂平後，他回到家中，人去樓空，什麼也沒有了。後來，在路上遇見妻小，與他們抱頭痛哭後，他決定永遠離開。從此，賈昌入了佛門。聽說他的妻子後來不知去處，長子入伍從軍，次子做生意，他不願意跟他們往來，也不接受奉養。讀完此篇傳奇，玄宗開元之治全盛時期，宛然在目；至於賈昌離宮一段，栩栩如繪，盛極而衰，備感淒涼。

東城老父長恨歌

陳鴻〈長恨歌傳〉

★敘玄宗到處徵求美女，在壽王府發現了美麗的楊家女。玄宗以金釵、鈿盒與她定情，後封為貴妃。貴妃專寵；楊氏1家皆蒙聖恩。

★天寶末，她堂兄楊國忠把持朝政，引起安史之亂。潼關失守，玄宗逃出長安，至馬嵬坡，禁軍請誅楊國忠，復殺貴妃。

★亂平後，玄宗退居西宮養老，日夜思念貴妃。派道士四處尋找貴妃魂魄，終於在海外仙山尋獲貴妃。貴妃將定情物交給道士，並說出七夕密誓；請道士轉達：兩人緣分未盡，無論天上、人間，一定還會再相見！

★道士把話帶回，玄宗聽了，嘆息感傷許久。

陳鴻〈東城老父傳〉

★玄宗為親王時，就喜歡玩鬥雞；當皇帝後，更是沉迷於此。上行下效，京中權貴不惜傾家蕩產買雞、鬥雞，百姓開始做起鬥雞生意。

★賈昌在路邊玩木雞，被皇上發掘，召為宮中馴雞少年，待遇優於禁軍兵士。從此，深受皇上倚重；13歲，被稱為「神雞童」。

★他23歲，娶梨園弟子潘大同之女為妻，後來生了2個兒子。其妻能歌善舞，頗得楊貴妃歡心。夫婦倆承寵40年，始終如一。

★安史之亂時，他傷了腳，便拄拐杖入南山；每想起昔時鬥雞種種，便面朝西南放聲痛哭。

★亂平後，他在路上遇見妻小，全家人抱頭痛哭。此後，他入了佛門；其妻不知去處，長子從軍，次子做生意，他堅決不接受兒子奉養。

UNIT 7-11

行俠仗義愛英雄

晚唐，中央有牛李黨爭，地方有藩鎮割據，邊疆外族又蠢蠢欲動，朝野不靖，內憂外患頻仍。在此動盪時局中，社會秩序紊亂，攻戮殺伐、逞凶鬥狠之事自然層出不窮。因此，人們期盼英雄豪士挺身而出，行俠仗義，濟弱扶傾，以維護公平正義。形諸小說創作，則出現一批俠義題材的傳奇作品，如〈紅線傳〉、〈謝小娥傳〉、〈虬髯客傳〉等。

身懷絕技紅線女

袁郊（？~？）〈紅線傳〉，敘潞州節度使薛嵩家的婢女紅線，不但善彈阮琴，博通經史，還身懷絕技。當她得知主人的親家魏博節度使田承嗣有意併吞潞州，主人正為此憂煩不已時，主動請纓前往魏城處理此事。她在頭上寫著太乙神名，一更時整裝出發；連夜趕路，潛入魏博田府，悄悄進入田承嗣的臥室。趁他熟睡，偷出枕畔寫有生辰八字和北斗神名的金盒，神不知鬼不覺。五更便回到潞州。薛嵩再派人將金盒及一封信送交田承嗣手中。田承嗣見識到薛嵩的「厲害」，便打消併吞潞州的念頭。事成後，薛嵩原想重賞紅線，但她說自己前世是個大夫，因誤診害死三條人命，如今化解兩藩鎮之間的恩怨，拯救了無數生靈，可將功折罪。最後，選擇默默離開薛府。

報仇雪恨謝小娥

李公佐〈謝小娥傳〉，寫少婦謝小娥一家渡江途中遭逢變故，父親、夫婿遇害身亡，她雖折足墮水，所幸獲救，棲身尼庵。其父、其夫分別來託夢，以「車中猴，門東草」、「禾申走，一日夫」之玄語，暗示凶手姓名。她四處求解，終於遇到李公佐，順利解出謎底為「申蘭」、「申春」二人。於是小娥女扮男裝，混進凶嫌家當傭人，靜待時機，手刃仇人，並報官捕獲餘黨。太守念她節義，上書向皇帝求情，赦免了她的死罪。門閥世族感其貞烈，紛紛向她求婚；她卻選擇遁入空門，長伴青燈古佛旁。謝小娥事見於《新唐書 ‧ 列女傳》，此傳奇小說或據真人真事改編，亦未可知。

豪氣干雲虬髯客

杜光庭（850~933）〈虬髯客傳〉，記隋末布衣李靖到司空府獻策，其策論雖未打動楊素，但他的談吐卻擄獲府中歌妓紅拂女的芳心。紅拂女連夜來奔，兩人結為連理，一起離開京城。靈石旅舍中，滿臉蜷曲鬍子的俠士虬髯客闖入窺視紅拂女梳頭，紅拂女慧眼識英雄，又因兩人皆姓張，與之結義。再引薦李靖，三人義結金蘭。虬髯客取出仇家的首級、心肝，邀李靖夫婦共食，三人相談甚歡。虬髯客與他們分別時，定下太原之約。太原相會，一行人透過劉文靜見到李世民，虬髯客看出李世民具真命天子相，於是放棄了逐鹿中原的意圖。虬髯客邀李靖、紅拂女至家中，將全部家產贈與李靖，讓他助李世民爭天下；自己則帶著妻子、僕人離去。李世民君臨天下後，李靖擔任左丞相，主持國政。某日，得知有人率軍進入扶餘國，攻占城池，自立為王。他知必是虬髯客建國成功，趕緊回家告訴紅拂女，夫婦倆朝東南方灑酒，遙相慶賀。〈虬髯客傳〉中，「風塵三俠」形象栩栩如生，對後世武俠題材創作頗具影響力，故被金庸譽為武俠小說的鼻祖。

晚唐傳奇重俠義

袁郊〈紅線傳〉

★敘潞州節度使薛嵩家婢女紅線，身懷絕技。當她得知魏博節度使田承嗣有意併吞潞州，主人正為此憂煩不已時，主動請纓往魏城處理此事。

★紅線1更整裝出發；連夜趕路，潛入魏博田府，進田承嗣臥室。趁他熟睡，偷出枕畔寫有生辰八字和北斗神名的金盒，神不知鬼不覺。她5更便回到潞州。

★薛嵩再派人將金盒及1封信送交田承嗣手中。田承嗣見識到薛嵩的「厲害」，便打消併吞潞州的念頭。

★薛嵩想重賞紅線，她說自己前世是大夫，因誤診害死3條人命，如今化解了兩藩鎮間恩怨，拯救無數生靈，可將功折罪。最後，默默離開薛府。

李公佐〈謝小娥傳〉

★寫少婦謝小娥1家渡江途中遭逢變故，父親、夫婿遇害身亡，她雖折足墮水，所幸獲救，棲身尼庵。

★其父、其夫分別來託夢，各以兩句玄語，暗示凶手姓名。她四處求解，終於遇到李公佐，順利解出謎底為「申蘭」、「申春」2人。

★小娥女扮男裝，混進凶嫌家當傭人，靜待時機，手刃仇人，並報官捕獲餘黨。太守念她節義，上書請求皇帝赦免她的死罪。

★門閥世族感其貞烈，紛紛向她求婚；她卻選擇看破紅塵，青燈黃卷，度過餘生。

杜光庭〈虬髯客傳〉

武俠小說鼻祖

★記隋末李靖到司空府獻策，他雖未打動楊素，卻擄獲了府中歌妓紅拂女芳心。紅拂女連夜來奔，兩人結為連理，一起離開京城。

★旅舍中，虬髯客、紅拂女與李靖義結金蘭，人稱「風塵三俠」。虬髯客邀李靖夫婦共食仇家心肝，3人相談甚歡，並定下日後的太原之約。

★虬髯客看出李世民具真命天子相，於是放棄逐鹿中原的意圖。他邀李靖、紅拂女至家中，將全部家產贈與李靖，讓他助李世民爭天下；自己則默默地離開。

★李世民稱帝，李靖任左丞相。某日，得知有人率軍進入扶餘國，自立為王。他知必是虬髯客建國成功，回家與紅拂女朝東南方灑酒，遙相慶賀。

UNIT 7-12

敦煌出土俗文學

清光緒二十五年（1899），敦煌莫高窟道士王圓籙大規模清掃寺院。助手楊果無意間聽見泥牆後有空洞回音，於是兩人半夜破壁探察，發現一個方形窟室（現編號為第十七窟），內有歷代文書、紙畫、絹畫、刺繡等文物五萬多件，此即著名的「藏經洞」。王圓籙向官方報備，卻只收到就地封存的指示。之後，他把部分經卷當符咒出售給附近居民，宣稱可以治病。此舉引起西方探險家的興趣，英國斯坦因、法國伯希和等人先後前來採購，導致大量敦煌文物或遭破壞，或流落海外。

在倖存敦煌卷中，保留不少唐代俗文學的資料，其中以變文、曲子詞為大宗，另有俗賦、話本、詞文等，雖然文學成就不高，但可以一窺唐人講唱文學、民間歌謠等風貌。對中國古典小說、戲曲、詞的起源及發展而言，別具意義。

變文

何謂「變文」？寺院僧侶透過講一段、唱一段的方式，向社會大眾宣揚佛法，所寫成的稿本就是「變文」。內容通俗易懂，充滿佛教色彩；形式韻散夾雜，是典型的講唱文學。而描繪佛經中故事的圖畫，俗稱「變相」。

變文因聽眾不同，又有僧講、俗講之分：前者是對出家人宣講佛經；後者即向俗家眾宣傳教義。由於俗講的流行，造成變文勃興。唐代變文可概分為四類：一、衍繹佛教故事，如〈維摩詰經變文〉、〈大目乾連冥間救母變文〉等。二、改編歷史故事，如〈伍子胥變文〉、〈王昭君變文〉等。三、鋪述民間故事，如〈孟姜女變文〉、〈董永變文〉等。四、渲染時事傳聞，如〈張義潮變文〉、〈張淮深變文〉等。尤以第四類報導當時大事件，如唐將率領軍民擊退外族的事跡，佛教教義相對淡薄，較具現實意義。

俗賦

「俗賦」與辭賦無涉，而是唐人俗文學的作品。今收錄於《敦煌變文》一書，如〈韓朋賦〉、〈晏子賦〉、〈燕子賦〉等屬之；另〈孔子項託相問書〉、〈茶酒論〉雖不以賦名篇，仍可歸於廣義的俗賦之列。〈韓朋賦〉，寫韓朋到宋國做官，不慎遺失妻子貞夫的家書，被宋王拾獲，因此愛上貞夫；派人騙她入宮。韓朋憤而自殺身亡。貞夫傷心欲絕，請求為亡夫上墳，亦殉身墓中。宋王多行不義，終至身死國滅。又〈晏子賦〉，寫晏子出使大梁，因面貌醜陋、身材短小，慘遭譏笑。結果他予以反駁，說得對方自取其辱，無地自容；足見其機智與口才。

話本

敦煌卷中如〈廬山遠公話〉、〈韓擒虎話本〉等，或記慧遠和尚到廬山學佛修道的故事，或附會隋將韓擒虎事跡而成，皆據民間傳說改寫，情節曲折離奇，實為宋人話本之先聲。

詞文

所謂「詞文」，即通俗的長篇敘事詩。今收錄於《敦煌變文》中。如〈下女夫詞〉，寫一少年夜訪女友，以男女對答方式，用詩句傳情，十分浪漫。又〈季布罵陣詞文〉，寫季布於陣前罵退漢王。漢興後，緝捕季布；他逃亡，每每絕處逢生，出人意表，無限驚奇。

通俗文學在民間

變文

「變文」，即僧侶透過講唱向大眾宣揚佛法，所寫成的稿本。

如〈大目乾連冥間救母變文〉，講佛教目連救母的故事。

話本

「話本」，通俗故事也。據民間傳說改寫，為宋話本之先聲。

如〈廬山遠公話〉，記慧遠和尚到廬山修道的故事。其中添加了慧遠被擄為奴、賣身為僕等情節，完全顛覆佛教史記載，展現出民間文學的特色。

俗賦

「俗賦」，唐人俗文學作品，以講述故事為主。

如〈晏子賦〉，寫晏子出使外邦，因貌醜、人矮遭譏笑。他機伶以對，讓對方無地自容。

詞文

「詞文」，通俗長篇敘事詩也。

如〈季布罵陣詞文〉，寫季布於陣前罵退漢王。漢興後，緝捕季布；他逃亡，每每絕處逢生。

UNIT 7-13 勾欄瓦舍聽說書

唐代通俗文學之俗講、變文，至宋代，演變成說話、話本。所謂「說話」，指演說故事，是宋代一種新興的行業。而專門為群眾演說故事的人，即「說話人」，俗稱說書人。至於「話本」，即說話人演說故事的底本。由於此底本以白話或口語寫成，內容除了講述故事，且有評有議，故又有「平話」之稱。可見「話本」、「平話」異名同實，都是宋代白話小說的專稱。

話本小說的內容

唐代民間講唱文學的俗講，從寺院僧侶向普羅大眾宣傳佛教思想，到宋代，在四海昇平、城市繁榮、俗文學發達等條件推波助瀾之下，發展成市民階級閒暇時至「瓦舍勾欄」聽說話人演說故事的風氣。從此，說話成為一門專業，而聽說書更是當時時髦的市井娛樂之一。

宋代說話的內容，可分為四類：一曰小說，出自民間傳說，多為愛情、公案等題材。二曰說經，講說佛經故事，與唐代變文一脈相承。三曰講史，細數歷史興亡舊事，表演形式通常只說不唱。四曰合生，兩人合作演出，採一問一答的表演方式。其中以小說、講史二類較受歡迎。據簡恩定等《中國文學專題》云：「現存宋代話本小說，長篇、短篇均有，長篇多屬講史，短篇多屬小說。長篇大都以淺近文言及不甚成熟的白話寫成，二者夾雜使用，讀來較不順暢；短篇則都以熟練白話寫成，讀來暢快自然。比較而言，短篇之藝術成就優於長篇。」是知宋代小說類話本成就遠高於講史類。大概與話本初興，無論謀篇布局、遣辭用字等方面，短篇均較長篇容易掌握有關。

宋人話本的結構

宋人話本，不論長篇或短篇，皆具有固定的結構。通常一篇話本，可分為三部分：

一曰入話，在定場詩之後，正文之前，會有一段「入話」。說話人為了等候觀眾到齊、坐定位，常常先吟誦幾首詩詞，或講一個小故事。入話又稱「得勝頭迴」，取其先睹為快、引人入勝之意，往往講述與正文相關的情事，以引起聽眾興趣，作為掌控全場、安撫群眾的變通辦法。

二曰正文，即話本的主體，以白話文為主，經常出現「話說」、「且說」、「看官」、「諸公」等字眼，保留了說話人演說故事時的習慣用語。此外，在描述故事場景、勾勒人物形象時，多半會插入駢文、詩詞或聯語，藉以營造氛圍。說話人還會有感而發，隨時打斷故事，加入一段評論，言畢，以「閒話休提」一語，言歸正傳。

三曰結尾，長篇話本經常在故事最精彩處突然停止，出現「欲知後事如何，且聽下回分解」的字樣，故意吊人胃口，作為說話人留住聽眾、招攬生意的手段。可知講史話本已形成分章節、立回目的雛形。短篇話本多在結尾加上一段評論，對觀眾進行道德勸說，隱惡揚善，教忠教孝，此即古代俗文學寓教於樂的功能所在。

話本原為說書人的講稿，內容簡單，全賴臨場發揮；後來演變成案頭小說，文字技巧始臻於完善。

說話底本成小說

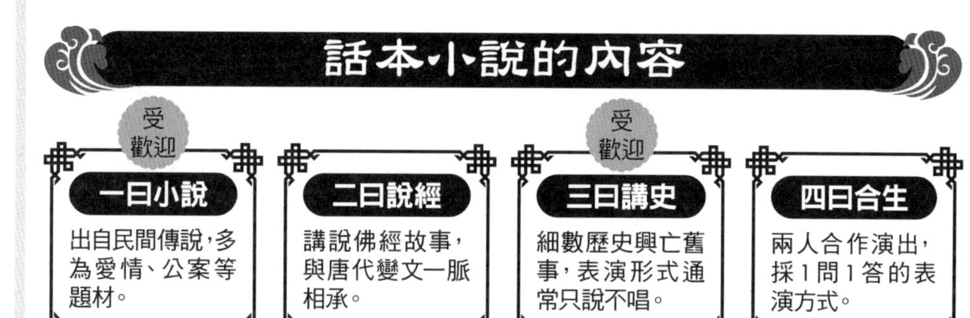

宋代話本小說

長篇	講史	文白夾雜
優 短篇	小說	純熟白話

宋人話本的結構

一曰入話

★又稱「得勝頭迴」，在定場詩之後、正文之前。

★說話人為了等候觀眾到齊、坐定位，通常先吟誦幾首詩詞，或講1個小故事。

二曰正文

★話本的主體，以白話文為主。

★描述故事場景、勾勒人物形象時，多半插入駢文、詩詞或聯語，藉以營造氛圍。

三曰結尾

★長篇在最精彩處停止，作為留觀眾的手段。短篇於結尾加上評論，寓教於樂也。

★講史話本已形成分章節、立回目的雛形。

★話本原為說書人的講稿，內容簡單，全賴臨場發揮。

★後來演變成案頭閱讀的小說，文字技巧始臻於完善。

UNIT 7-14

章回小說的始祖

宋代說話盛行，但現存宋人話本數量甚少，主要原因有二：一、說書人的底稿往往記述簡略，對一般人而言，無法引起閱讀興趣，故缺乏流傳的價值。二、由於說話一行競爭激烈，底本自然不輕易示人，代遠年湮，終於失傳了。

宋人長篇話本，如今僅存《新編五代史平話》（殘本）、《大宋宣和遺事》和《大唐三藏取經詩話》三種；前二本為「講史」平話，後一本則是「說經」的話本。

《新編五代史平話》

《新編五代史平話》，敘述五代梁、唐、晉、漢、周之歷史，每代各分二卷；而今後梁、後漢二史，僅存上卷，下卷已亡佚。所敘史事，多以正史為依歸，但也摻雜不少民間傳說、軼聞瑣事等，內容豐富，渲染誇張，筆調靈活而生動，實開後世演義小說風氣之先。其缺點在於：一、文白夾雜，使人讀之不能怡然理順。通篇試圖以白話講述故事，又受到正史文言文的影響，而出現白話、文言相互為用，夾雜不清的亂象。二、字多訛舛，可見非出於文人雅士之手。如「魏徵」作「魏證」，「貞觀」作「正觀」等，錯誤不少，為民間說書人底稿之間接證據。

《大宋宣和遺事》

《大宋宣和遺事》，敘述宋朝歷代帝王荒淫之事、王安石變法、蔡京當權、梁山泊好漢、名妓李師師、靖康之禍、高宗南渡等故事。大抵以文言文轉錄史書上記載，用白話文描述民間傳聞，文白夾雜，造成閱讀上的缺憾。另組織不甚嚴密，全書分為前、後二集，採編年體記事，依序錄北宋徽、欽二帝及金朝舊史，然於金主完顏亮遇害後，又用南宋年號記事，體例紊亂，立場偏頗。故葉慶炳《中國文學史》推斷：「原書當止於正隆六年金主亮被弒，以下文字則南宋亡後遺民所補。」又云：「原書固成於北宋亡後不久。補入之文字殊少，則仍以為宋人作品，固無礙也。」其中關於宋江等三十六人聚義梁山之事，取材於當時的民間傳說，為日後《水滸傳》之所本。

《大唐三藏取經詩話》

《大唐三藏取經詩話》，一名《大唐三藏法師取經記》。據葉慶炳《中國文學史》云：「卷末有『中瓦子張家印』六字。王國維（《觀堂別集》卷三〈宋槧大唐三藏取經詩話跋〉）考訂中瓦子為宋臨安府街名，張家為宋時臨安書鋪，可信為宋人作品。」又云：「全書三卷，共分十七章，可稱之為我國章回小說之祖。」本書文學價值雖然不高，卻是中國第一本具有「回目」的古典小說，故為章回小說之始祖，在文學發展史上別具意義。

通篇衍繹唐三藏西天取經故事，乃據辯機《大唐西域記》，慧立、彥悰《大唐大慈恩寺三藏法師傳》二書，玄奘法師西行取經的紀錄，及民間口耳相傳的奇聞異事，敷衍而成。文中出現三藏法師、猴行者和深沙神等主要人物，尤以神通廣大的猴行者為敘述中心，加上取經途中歷經種種磨難，已粗具《西遊記》的雛形。

長篇話本多失傳

《新編五代史平話》

敘述五代梁、唐、晉、漢、周之歷史，以正史為依歸，但也摻雜不少民間傳說、軼聞瑣事等，內容豐富，渲染誇張，筆調靈活生動，開後世演義小說風氣之先。

其缺點為：❶ 文白夾雜；❷ 字多訛舛。

《大宋宣和遺事》

其缺點為：
❶ 文白夾雜，行文不夠流暢；
❷ 體例紊亂，立場失之偏頗。

其中關於宋江等 36 人聚義梁山之事，取材於當時的民間傳說，為日後《水滸傳》之所本。

敘述宋朝歷代帝王荒淫之事、王安石變法、蔡京當權、梁山泊好漢、名妓李師師、靖康之禍、高宗南渡等故事。

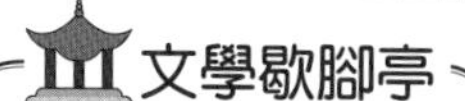

文學歇腳亭

名妓李師師（？～？），北宋汴京（今河南開封）人。事跡多見於野史、文人筆記、小說等；《水滸傳》中有所著墨。

相傳其父因罪下獄，論死；師師 4 歲，被倡家李姥收養。經過一番培訓，於政和年間，成為炙手可熱的歡場名花。她與宋徽宗、周邦彥等的風流韻事，始終為人所津津樂道。

據說欽宗曾下令籍沒師師家。不久，北宋覆亡，她不知去向。1 說她後來流落民間，憔悴蒼老，風華不再。

《大唐三藏取經詩話》

★ 1 名《大唐三藏法師取經記》。文學價值雖不高，卻是中國第 1 本具有「回目」的古典小說，故為章回小說之始祖。

★ 通篇衍繹唐三藏西天取經故事，乃據《大唐西域記》、《大唐大慈恩寺三藏法師傳》玄奘西行取經的紀錄，及民間相傳的奇聞異事，敷衍而成。

★ 文中出現三藏法師、猴行者和深沙神等主要人物，尤以神通廣大的猴行者為敘述中心，加上取經途中歷經種種磨難，已粗具《西遊記》的雛形。

UNIT 7-15 錯斬崔寧拗相公

現存宋人短篇話本，以《京本通俗小說》殘卷最重要。《京本通俗小說》編者不詳，全書久佚。殘卷為繆荃孫（1844~1919）所發現，如今僅剩九篇：〈碾玉觀音〉、〈菩薩蠻〉、〈西山一窟鬼〉、〈志誠張主管〉、〈拗相公〉、〈錯斬崔寧〉、〈馮玉梅團圓〉、〈定州三怪〉和〈金虜海陵王荒淫〉。後二篇或殘缺不全，或內容猥褻，故《煙畫東堂小品》只收錄七篇。據葉慶炳《中國文學史》考證：「〈志誠張主管〉……，故事並無遭異族統治跡象，應為北宋之作。〈錯斬崔寧〉……，其中有臨安府地名，應為南宋作品。……〈菩薩蠻〉、〈拗相公〉、〈馮玉梅團圓〉三篇，亦均出南宋。其餘〈碾玉觀音〉、〈西山一窟鬼〉……亦高宗以後作品。」

至明代，馮夢龍（1574~1646）整理宋、元話本小說時，這些宋人話本皆被改寫，收入《三言》。如〈錯斬崔寧〉改成〈十五貫戲言成巧禍〉，見於《醒世恆言》。其餘諸篇也都改了題目，被賦予新生命。又明人洪楩（？~？）《清平山堂話本》還收進若干宋人話本，如〈簡帖和尚〉、〈西湖三塔記〉等。只是文字經過後人潤飾，不似《京本通俗小說》殘卷，保留較多宋人原貌。

姑舉〈錯斬崔寧〉、〈拗相公〉二篇如次：

三條人命十五貫

〈錯斬崔寧〉，作者不詳。寫劉貴向丈人借來十五貫錢，準備做生意。他喝了點酒回家，見小妾陳二姐應門，姍姍來遲，故意謊稱十五貫正是她的賣身錢。二姐信以為真，偷偷溜出家門。誰知劉貴熟睡之際，山賊闖入家中，不慎驚醒了他；情急下，將他殺害，並拿走十五貫錢。二姐離家途中，遇見做買賣得十五貫錢的青年崔寧，兩人結伴同行。官府獲報緝捕凶嫌，竟誤認崔寧與二姐是一對姦夫淫婦，謀財害命後，連夜逃走，於是，不分青紅皂白將兩人送官嚴辦。糊塗的府尹不明究理，將二人屈打成招，崔寧與二姐雙雙被處以斬刑，無辜喪命。後來，劉貴的妻子被山賊搶去當壓寨夫人，無意間發現山大王才是她的殺夫仇人。劉妻報官，山大王依法論斬，整起冤案終於水落石出。可見當時吏治腐敗，輕率斷案，草菅人命之事，時有耳聞。作者善於刻劃人物，形象鮮明，栩栩如生；又成功運用「巧合」來編織故事，使通篇情節曲折，高潮迭起，十分引人入勝！

變法失敗惹民怨

〈拗相公〉，作者不詳。以王安石變法為寫作背景，旨在訴說新法擾民，百姓怨聲載道，而王安石成為眾矢之的。當然這不是實情，只是一篇話本小說，經誇大、渲染，加油添醋而成。說王安石為相，推行新政，任用小人，斥逐忠良；由於此人剛愎自用，主意一定，菩薩也勸不動他，故人稱「拗相公」。王安石對於民間觀感，原不知情，直到告老還鄉時，才深刻感受到民怨沸騰：沿途有人辱罵他、詛咒他；那些諷刺、詆毀他的題詩，隨處可見；民間老嫗竟稱雞豬為「拗相公」、「王安石」，視他為畜生；大家對他恨之入骨，甚至想挖他的心肝來吃。他又驚又怒，最後憂憤而卒。此篇馮夢龍改寫為〈拗相公飲恨半山堂〉，收在《警世通言》中。

短篇話本最精彩

〈錯斬崔寧〉

★劉貴向丈人借15貫錢。他喝了酒回家，見小妾陳二姐應門來遲，謊稱15貫是她的賣身錢。二姐信以為真，離家出走。

★劉貴熟睡中，山賊闖入偷竊；見他被驚醒，隨手將他殺害，並取走15貫錢。

★二姐欲回娘家，途中遇見做買賣賺得15貫錢的崔寧，兩人結伴同行。官府獲報緝凶，竟誤認崔寧與二姐謀財害命後，連夜逃走。府尹將2人屈打成招，崔寧與二姐雙雙喪命。

★後來，劉貴之妻被擄至山寨，無意間發現山大王才是殺人凶手。劉妻報官，山大王被斬，事情總算真相大白。

〈拗相公〉

★以熙寧變法為寫作背景，誇大、渲染新法之惡，終至民怨沸騰，而王安石成為眾矢之的。

★王安石為相，推行新政，任用小人，斥逐忠良；由於他剛愎自用，主意一定，菩薩也勸不動，故人稱之為「拗相公」。

★王安石告老還鄉時，辱罵他、詛咒他的人，諷刺他、詆毀他的題詩，如影隨形。老嫗竟稱雞豬為「拗相公」、「王安石」，可見對他恨之入骨，甚至想挖他的心肝來吃。他又驚又怒，最後憂憤而卒。

★故事為虛構，或出自反對新法文士之手。馮夢龍改寫為〈拗相公飲恨半山堂〉。

UNIT 7-16 文言小說宋筆記

宋代小說，分為文言、白話兩個系統：前者出自士大夫之手；後者無論長篇或短篇，皆為民間文學作品。

話本小說，即以白話寫成的通俗之作。宋人筆記小說，乃文士承六朝志怪、唐代傳奇餘緒，用文言文創作的短篇小說。宋人筆記，據王忠林等《中國文學史初稿》云：「在內容和文體方面也都是沿襲舊風，很少新意，所以在文學史上不是宋代小說的主流。」

志怪類

宋代志怪類筆記小說，以徐鉉（916~991）《稽神錄》為最早，內容不出神鬼怪異、因果報應之事。後徐鉉參與編纂《太平廣記》，經李昉等人同意，收錄其中二百餘事。原書已佚，今可從《太平廣記》一窺梗概。吳淑（947~1002）《江淮異人錄》，多記道流、俠客、術士等奇人異事。該書不傳，後人從《永樂大典》輯出二十五則。如寫南唐中主宮人「耿先生」為女道士，她能烹糞、煉雪為白金，爛麥粒成圓珠，後得幸於中主（李璟），懷有身孕。將臨盆，忽然雷雨交加，隨即流產，她亦不見蹤影。由於徐鉉、吳淑為翁婿，皆好鬼神，喜談怪力亂神之事，故有這兩部筆記小說集傳世。

洪邁（1123~1202）《夷堅志》最享盛名。內容記諸多奇聞趣事、三教九流的人物、五花八門的思想，搜羅宏富，卷帙浩繁（原書四百二十卷），為後世話本、戲曲所樂於採用。如凌濛初（1580~1644）從中取材三十餘篇，幾占《二拍》篇幅的一半。《夷堅志》，已出現類似「幽浮」的記載，如乾道三年（1167）中秋夜，天空烏雲密布，卻有半個月亮大小的不明物體，依稀可見；形狀像圓盤，還會發出小光點，照亮天空，和現在幽浮傳聞極相似。魯迅《中國小說史略》評云：「偏重事狀，少所鋪敘」，可見未脫六朝志怪擇要敘述、條錄其事的傳統。

傳奇類

宋人傳奇類筆記小說，在唐傳奇的基礎上繼續發展，成就當然遠不如唐代。如樂史（930~1007）〈綠珠傳〉，寫石崇有愛妾綠珠，能吹笛、善歌舞，豔名遠播。孫秀使人求之，石崇不肯，而獲罪。石崇被捕前，綠珠跳樓身亡；後石崇亦遭殺害。樂史另有〈太真外傳〉，寫楊貴妃與唐明皇的愛情故事。

〈梅妃傳〉，據魯迅《唐宋傳奇集》考證：「出《說郛》三十八，亦見於《顧氏文房小說》……二本皆不云何人作。《唐人說薈》……題曹鄴者，妄也。……今即次之宋人著作中。」梅妃江采蘋妝容淡雅，美慧能文，善吹笛，作《驚鴻舞》，加上愛梅成痴，故玄宗戲稱之為「梅妃」。她一度寵冠後宮，但在楊貴妃入宮後備受冷落，遷居上陽東宮。皇上思念她，曾在夜裡滅燭召見；不料被楊妃發覺，引起軒然大波。皇上念及舊情，又將外邦所貢珍珠一斛密賜與梅妃；她賦詩道：「柳葉雙眉久不描，殘妝和淚汙紅綃。長門盡日無梳洗，何必珍珠慰寂寥？」退還所有珍珠。安祿山叛亂，玄宗西逃，楊妃縊死於馬嵬坡。亂平後，玄宗回宮，於梅樹下挖得梅妃屍首，大慟，以妃禮改葬。梅妃是否真有其人，不可考。明代吳世美據此改編成戲曲《驚鴻記》，情節稍有不同。

宋人筆記乏新意

志怪類

吳淑《江淮異人錄》

★敘女道士「耿先生」能烹糞、煉雪為白金，煼麥粒成圓珠，後得幸於南唐中主，有孕。

★耿先生將臨盆之際，雷雨交加，遂流產。她隨即不見蹤影。

洪邁《夷堅志》

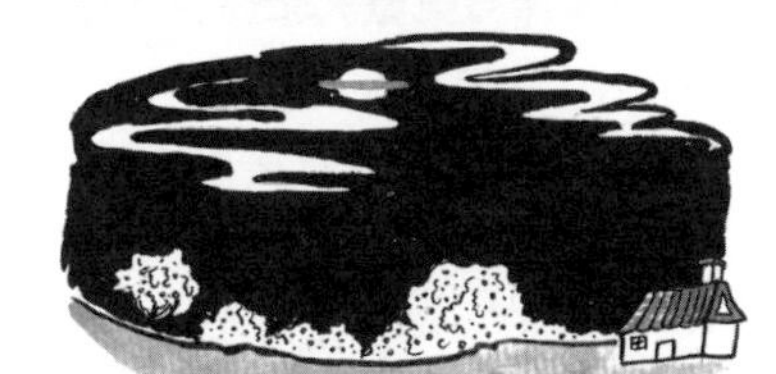

乾道 3 年的中秋夜，烏雲密布，天空卻出現半個月亮大小的不明物體，形狀像圓盤，會發出小光點，照亮大地，極類似現在「幽浮」的傳聞。

傳奇類

樂史〈綠珠傳〉

★寫石崇有愛妾綠珠，能吹笛、善歌舞，色藝無雙，世所罕見。

★孫秀慕名求之；石崇不肯，因而獲罪。石崇被捕前，綠珠跳樓殉情；石崇隨即慘遭殺害。

無名氏〈梅妃傳〉

★江采蘋作《驚鴻舞》，且愛梅成痴，故玄宗戲稱之「梅妃」。她一度寵冠後宮，但楊貴妃入宮後備受冷落，遷居上陽東宮。

★玄宗曾夜裡滅燭召見她，引起軒然大波；密賜 1 斛珍珠，她賦詩婉拒。

★安史之亂後，玄宗回宮，於梅樹下挖得梅妃屍首，大慟，以妃禮改葬。

UNIT 7-17 元明短篇襲前代

元代無論話本小說、筆記小說，多為擬宋人之作，其時代意義自不及宋代作品，故併入明人小說討論。

元、明小說仍分白話與文言二大系統：白話小說，指長篇、短篇話本小說；文言小說，即短篇筆記小說，仍承唐宋傳奇小說遺風，以描寫怪力亂神、才子佳人故事為主要題材。

瞿佑《剪燈新話》

瞿佑（1341~1427），字宗吉，號存齋，元末明初浙江錢塘人。所著《剪燈新話》，為一部文言短篇小說創作集。如〈水宮慶會錄〉，敘南海龍王新建靈德宮，苦無文士代撰上梁文，遂請寒儒余善文至龍宮。善文「一揮而就，文不加點」，龍王大喜；他再獻〈水宮慶會詩二十韻〉，所獲賞賜甚厚。返家後，攜帶龍王所贈奇珍異寶至波斯變賣，得財數以億萬計，因而致富。從此，不把功名放心上，離家修道，遍遊名山，不知所終。此神怪傳奇，多少反映出落魄文人不切實際的幻想，也不乏對於賢才見棄、知音難覓的深沉喟嘆。

又〈秋香亭記〉一篇，寫商生與青梅竹馬的表妹楊采采相戀，兩人中秋夜曾私會秋香亭，吟詠賦詩，情投意合。後張士誠造反，兵荒馬亂，人各一方，從此斷絕了音訊。十年後，采采已嫁作人婦，亦為人母。商生託僕人探望，采采修書致表哥，期待來生再與他結伉儷，一句「好姻緣是惡姻緣，只怨干戈不怨天。」道盡亂世兒女的悲情與無奈。據凌雲翰《剪燈新話・序》云：「至於〈秋香亭記〉之作，則猶元稹之〈鶯鶯傳〉也；余將質之宗吉（瞿佑），不知果然否？」質疑該故事或為作者的親身遭遇。此亦不無可能，否則，為何將它附錄於全書之末？

李禎《剪燈餘話》

李禎（1403~1424），字昌祺，廬陵（今江西吉安）人。所著《剪燈餘話》，效法瞿佑《剪燈新話》而作，藉以抒發胸臆，亦屬文言短篇小說集。書中各篇小說，不外乎藉靈怪、煙粉諸事，來宣揚忠孝節義等美德。如〈泰山御史傳〉，敘宋珪懷才不遇，隱居田野，自食其力，但風骨凜然，非義不為，人們都敬畏他。他生前屢薦不報，無緣仕進；死後，卻被東嶽大帝召為司憲御史。幾年後，秦軫在旅舍遇到他，明知人鬼殊途，他倆卻相談甚歡。他為秦軫講述陰間種種，例如文人為了賺稿費，替人寫逢迎拍馬的墓誌銘，「使善惡混淆，冥官最所深惡，往往照依綺語妄言律科罪，付拔舌地獄施行。」還為秦軫預言吉凶禍福，並揮毫寫下八句箴言；隨即，銷聲匿跡。之後，他的預言一一應驗了。該故事旨在闡述人之壽夭禍福皆有一定之數，莫得改移，充滿「宿命論」思想。

又〈瓊奴傳〉，記吳指揮欲娶瓊奴為妾；她不從，受盡折磨，甚至被逼迫自縊未遂，又遭驅逐。瓊奴在驛站，與未婚夫相遇成婚；吳指揮竟以逃軍罪名，杖斃其夫，並將屍首埋進磚窯內。忽然，御史大人駕到，瓊奴上狀申冤。審訊時，一陣怪風引眾人來到磚窯前，隨即吹開炭灰，露出屍體；經查證後，吳指揮只好認罪。瓊奴葬夫之後，亦投水自盡。最後，皇帝為她立牌坊，題曰「賢義婦之墓」。

文言小說承唐宋

瞿佑《剪燈新話》

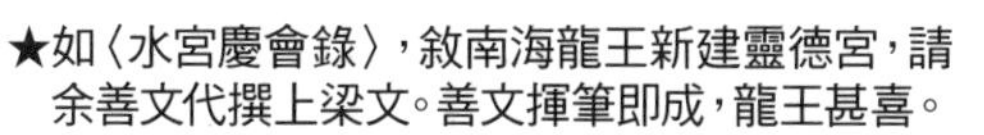

★如〈水宮慶會錄〉，敘南海龍王新建靈德宮，請余善文代撰上梁文。善文揮筆即成，龍王甚喜。

★後他攜帶龍王所贈珍寶至波斯變賣，因而致富。從此，離家修道，遍遊名山，不知所終。

★又〈秋香亭記〉，寫商生與表妹楊采采青梅竹馬，中秋夜私會秋香亭。

★後因戰亂，斷了音訊。10年後，采采已結婚生子。

★商生託僕人探望，采采期盼來生再結姻緣。

李禎《剪燈餘話》

★如〈泰山御史傳〉，敘宋珪坎壈失志，但非義不為，備受人敬畏。死後，被召為司憲御史。

★幾年後，秦軫在旅舍遇到他，兩人相談甚歡。他為秦軫講述陰間種種，還預言吉凶禍福，並揮毫寫下8句箴言；隨即，銷聲匿跡。之後，預言都一一應驗了。

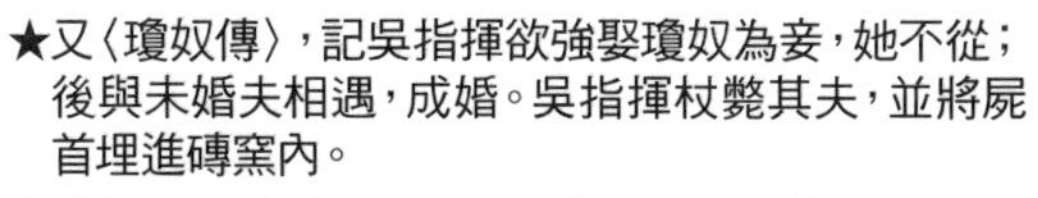

★又〈瓊奴傳〉，記吳指揮欲強娶瓊奴為妾，她不從；後與未婚夫相遇，成婚。吳指揮杖斃其夫，並將屍首埋進磚窯內。

★瓊奴向御史大人申冤。審訊時，經1陣怪風指引，終於揭開謎底；吳指揮被迫認罪。

★瓊奴葬夫後，投水自盡；皇帝為她立「賢義婦之墓」牌坊。

UNIT 7-18

三言二拍擬話本

明人白話小說最豐收，無論短篇擬話本小說、長篇章回小說，皆佳作如林，蔚為奇觀。

洪楩《清平山堂話本》，原名《六十家小說》，是現存刊印最早的擬話本小說集。今存二十九篇，其中〈翡翠軒〉、〈梅杏爭春〉二篇殘缺不全。該書許多故事被《三言》、《二拍》等短篇小說集採用、改寫，對後世文學創作頗具影響力。如〈快嘴李翠蓮〉，寫心直口快的李翠蓮，能說善道，又不肯逆來順受，婚後照樣快人快語，動不動就訓斥丈夫，頂撞公婆，因而被休棄送回娘家。返家後，又不見容於父母、兄嫂，落得出家為尼的下場。此篇題材新穎，文中李翠蓮對話多以韻語寫成，活潑生動，前所未見。

馮夢龍《三言》

馮夢龍（1574~1646），字猶龍，號墨憨齋主人，長洲（今江蘇蘇州）人。所著《喻世明言》（一名《古今小說》）、《警世通言》、《醒世恆言》，合稱《三言》。這三部短篇小說集，收錄馮夢龍改編宋、元以來話本，或獨自創作的擬話本作品，共一百二十篇。其中《醒世恆言》刊行最晚、流傳最廣，所含原創小說也最多。如〈賣油郎獨占花魁〉，莘瑤琴逃難途中與家人失散，被賣入妓院，她憑著美貌與才藝，成為臨安名妓，人稱「花魁娘子」。她也想從良嫁人，但「易求無價寶，難得有情郎」，一直找不到合適的對象。秦重賣油時，巧遇美麗的花魁娘子，於是努力存錢，只想買她一夜春宵。誰知花魁娘子嫌貧愛富，刻意醉酒而回；秦重整晚服侍不省人事的她，毫無怨言。事後她深受感動，回贈雙倍嫖資，作為答謝。一年後，她被紈褲子弟吳八公子羞辱，流落荒野，寸步難行。此時，出門掃墓的秦重，正好出手搭救，護送她回青樓。她於是以身相許，為自己贖身，嫁給賣油郎。婚後，她發現自己的父母竟在秦重的油店當夥計，一家團聚，皆大歡喜。

凌濛初《二拍》

凌濛初（1580~1644），字玄房，號初成，別號即空觀主人，浙江烏程（今吳興）人。所著《初刻拍案驚奇》、《二刻拍案驚奇》，合稱《二拍》。由於舊傳話本小說幾乎被馮夢龍改寫殆盡，因此《二拍》中作品大部分是凌濛初擬話本而創作的短篇小說。今本《二拍》共八十篇，但〈大姊魂遊完宿願，小姨病起續前緣〉一篇重複，又〈宋公明鬧元宵雜劇〉非小說，故實為七十八篇。依數量來看，凌濛初是明代擬話本小說創作最多的作家。其創作多取材於古今史料、民間傳說等，再經過自己的構想、組織，加油添醋，寫出獨創的短篇小說。但其作品亦不乏缺點：一、描寫社會人生不夠深刻；二、充滿神鬼迷信、輪迴報應等思想；三、受《金瓶梅》影響，書中色情文字充斥。如今刊本〈任君用恣樂深閨，楊太尉戲宮客館〉，因內容褻穢，全文被刪去；其餘篇章「下刪若干字」的地方，也時常可見。

抱甕老人《今古奇觀》

抱甕老人取《三言》、《二拍》之精華，編《今古奇觀》四十篇。此書一出，成為明人擬話本小說的典範，《三言》、《二拍》從此變得黯然失色。

今古奇觀成典範

洪楩《清平山堂話本》

★原名《六十家小說》，是現存刊印最早的擬話本小說集。

★許多故事被《三言》、《二拍》採用、改寫，頗具影響力。

★如〈快嘴李翠蓮〉，寫李翠蓮心直口快，訓斥丈夫，頂撞公婆，被休棄回娘家，又不見容於父母、兄嫂，最後出家為尼。

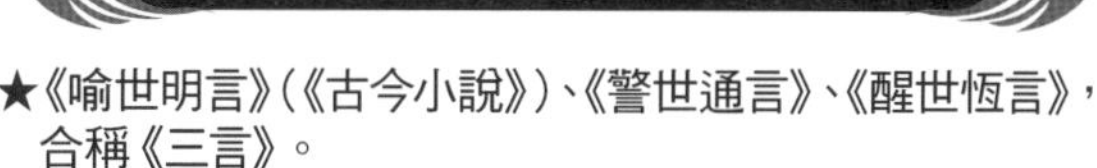

馮夢龍《三言》

★《喻世明言》(《古今小說》)、《警世通言》、《醒世恆言》，合稱《三言》。

★馮夢龍這 3 部短篇小說集，收錄改編宋、元以來話本，或獨創的擬話本作品，共 120 篇。

★如〈賣油郎獨占花魁〉，敘花魁娘子歷經種種磨難之後，終於體會出「易求無價寶，難得有情郎」的真諦，拋下世俗成見，嫁給真心愛慕自己的賣油郎，並與親生父母團聚，從此苦盡甘來。

凌濛初《二拍》

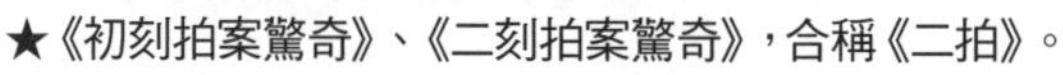

★《初刻拍案驚奇》、《二刻拍案驚奇》，合稱《二拍》。

★其中作品多為凌濛初擬話本而創作的短篇小說。

★今本《二拍》共 80 篇，但〈大姊魂遊完宿願，小姨病起續前緣〉1 篇重複，又〈宋公明鬧元宵雜劇〉非小說，實為 78 篇。就數量言，凌濛初是明代擬話本小說創作最多的作家。

其缺點為：

❶ 描寫社會人生不深刻；❷ 充滿迷信、果報思想；❸ 充斥大量的色情文字。

如〈任君用恣樂深閨，楊太尉戲宮客館〉，內容褻穢，被刪。

抱甕老人《今古奇觀》

★作者取《三言》、《二拍》精華，編《今古奇觀》40 篇。

★《今古奇觀》成為明人擬話本小說的典範，《三言》、《二拍》從此乏人問津。

UNIT 7-19

落草為寇上梁山

有明一代，大多數小說，無論長篇或短篇，都是一再刪改前人的作品，集思廣益，增補潤飾而成。改寫前人之作，成為明人小說的特色，也使我國小說邁向新的里程碑。

在長篇章回小說方面，《水滸傳》、《三國演義》、《西遊記》與《金瓶梅》，合稱為「四大奇書」。

《水滸傳》成書

《水滸傳》不是一時、一地、一人的創作，它從民間演說故事的形態發展到金聖嘆（1608~1661）評點、「腰斬」成今日流行的七十回本，其間經歷了長達四百年左右的演進過程。

相傳元末明初施耐庵（1296~1372）是第一個將民間流傳的水滸故事加以整理，並進行創作的人。又經其門人羅貫中（1320~1400）的改編，而後問世；可惜該書已亡佚，無法詳其面貌。繼施、羅之後，有人改良、加工水滸故事，而成百回本《忠義水滸傳》。據沈德符《萬曆野獲編》云：

> 武定侯郭勳……，今新安所刻《水滸傳》善本，即其家所傳。前有汪太涵序，……。

這部出於郭勳家的百回本《水滸傳》，篇幅較施、羅著作增加兩三倍；結構上則在招安之後，征方臘之前，插入一段征遼的敘述。然而，郭氏百回本的成就，在於「將一部不大有情致的《水滸傳》改成一部生龍活虎似的大名作」（鄭振鐸《中國文學研究》）。之後，書商為了圖利，任意增減百回本內容，造成雅俗雜陳、結構鬆散等亂象。於是，出現楊定見在百回本基礎上，添加田虎、王慶及破遼征寇等情節，改編成《忠義水滸傳全書》一百二十回。至此，水滸故事已臻完整。

但真正精彩的是前七十回，所以到了清初，金聖嘆便砍去七十回以後他所謂的「惡札」，補上一回「忠義堂石碣受天文，梁山泊英雄驚惡夢」，總結全篇；又將第一回「張天師祈禳瘟疫，洪太尉誤走妖魔」移前，作為楔子，湊成整數。從此，七十回本《水滸傳》取代了所有舊本，廣泛流傳。

《水滸傳》故事

水滸故事中宋江等三十六人事跡，在正史和宋人筆記、雜錄中略有記載；可見雖出自民間傳說，卻不是憑空捏造。宋代長篇話本《大宋宣和遺事》有一節專寫梁山泊聚義之始末，今本《水滸傳》前六十回許多重要情節，即據此演化而來。又元雜劇不乏搬演水滸人物的故事，如《黑旋風喬斷案》、《黑旋風鬥雞會》等，今已亡佚；但元末明初時，這些戲曲應仍見存，亦為施、羅編寫《水滸傳》的重要素材來源。

《水滸傳》某些精彩片段，十分膾炙人口，如「拳打鎮關西」，魯智深為解救被逼婚的歌女，當眾揮拳打死惡霸鎮關西，圍觀者暗自叫好，大快人心！又「翠屏山」，楊雄妻潘巧雲與和尚裴如海有染，被結拜兄弟石秀發現。楊雄醉後，不慎走漏口風；巧雲反誣石秀調戲自己。楊雄信以為真，趕走了石秀。石秀暗中埋伏在楊家門口，趁機殺害姦夫裴如海。楊雄得知真相，向石秀道歉。石秀獻計將巧雲騙至翠屏山，楊雄親自手刃這淫婦。

水滸英雄人人愛

成書經過

1
水滸故事不是一時、一地、一人的創作，它從民間演說故事演變發展而成今日 70 回本《水滸傳》，期間歷經 400 年左右。

2
元末明初施耐庵是整理、改寫水滸故事的第 1 人；又經其門人羅貫中改編，而有《水滸傳》1 書問世；然該書已佚。

3
之後，又有人改良、加工水滸故事，而成百回本《忠義水滸傳》。此百回本《水滸傳》將 1 部不太有情致的長篇小說，改寫成 1 部活潑生動的大著作。

4
書商為了圖利，任意增減百回本的內容情節，而造成雅俗雜陳、結構鬆散等亂象。

5
楊定見又改編成《忠義水滸傳全書》120 回。至此，水滸故事已臻完整。

6
清初金聖嘆評點、「腰斬」成今日流行的 70 回本。從此，70 回本《水滸傳》取代了所有舊本，成為流傳最廣的本子。

水滸故事

★水滸故事宋江等 36 人事跡，在正史和宋人筆記、雜錄中略有記載。

★今本《水滸傳》前 60 回中重要情節，據《大宋宣和遺事》載梁山泊聚義事，演化而來。

★元雜劇搬演水滸人物的故事，如《黑旋風喬斷案》、《黑旋風鬥雞會》等，亦為施、羅編寫《水滸傳》的重要素材來源。

《水滸傳》精彩片段

★如「拳打鎮關西」，魯智深嫉惡如仇，先放走被逼婚的歌女父子，後揮拳擊斃惡霸鎮關西，仰面而去，大快人心！

★又「翠屏山」，石秀發現嫂子潘巧雲與和尚裴如海的姦情，卻遭嫂子誣陷，而被結義兄長楊雄逐出家門。後石秀殺死姦夫，再獻計騙巧雲主僕倆上翠屏山；他們先逼婢女迎兒說出真相，楊雄 1 刀砍死迎兒，再斬殺不忠的妻子。殺妻後，楊雄聽從石秀建議，到梁山落草。

UNIT 7-20 三分天下話興亡

明代是白話小說的全盛時期，就作品而言，長篇章回小說的成就達於巔峰，較短篇擬話本小說略勝一籌。

以《三國演義》為例，雖屬於白話小說，但不是用純粹的白話寫成，而是以淺近的文言文，呈現半文半白的狀態。此或為全書美中不足之處，但為了引用史書文獻，不得不如此；所幸行文流暢，使人讀來怡然理順。

《三國演義》成書

在唐代民間講唱文學中，已出現衍繹三國英雄人物的故事，如李商隱〈驕兒詩〉:「或謔張飛鬍，或笑鄧艾吃。」到了宋朝，講史說書風氣更加興盛，孟元老《東京夢華錄》載「霍四究說三分」,「說三分」已成為說書的一門專業。蘇軾《東坡志林》亦載：

> 塗巷中小兒……與錢，令聚坐聽說古話。至說三國事，聞劉玄德敗，顰蹙有出涕者；聞曹操敗，即喜唱快。

連小孩子都聽得入迷了。元雜劇也有不少取材於三國故事者，如《曹操夜走陳倉道》、《劉關張桃園三結義》等。至正年間，由新安虞氏刊行的《全相三國志平話》，全書三卷，分為上、下二欄，上欄是畫，下欄是文；內容為演說三國史事的底本。雖然文字拙劣，錯誤百出，卻是宋、元以來說話人保留下來最完整的一個話本。

羅本（1320~1400），字貫中，以字行，號湖海散人，出生於山西太原。他在《全相三國志平話》、元雜劇及民間傳說的基礎上，參考陳壽《三國志》，將三國故事改編成《三國志通俗演義》（簡稱《三國演義》）一書。該書問世後，大為風行，三百年間，各種音譯、插圖、批評、增刪本相繼而出，亂象紛呈。至清初，毛宗崗仿金聖嘆評改《水滸傳》、《西廂記》之法，改寫成一百二十回本《三國演義》，從此成為坊間最受歡迎的本子，流傳至今。

《三國演義》故事

《三國演義》是一部家喻戶曉的歷史小說，其忠孝節義思想，深植人心。諸葛亮（孔明）「鞠躬盡瘁，死而後已」的忠臣形象，成為後世人臣楷模；義薄雲天的關公，隨著小說盛行，搖身一變，竟成為中國人信奉的神明。書中精彩片段，如「草船借箭」，寫赤壁之戰時，周瑜故意刁難孔明，限他十天內造出十萬枝箭；孔明卻說三天即可完成，不然甘受重罰。他利用江上煙霧瀰漫、曹操生性多疑等特點，調來二十隻快船，船上皆以青布為幔，各束草人千餘個，連夜駛向曹營。由於視線不明，曹操真以為敵軍來襲，下令放箭還擊。果然成功借得十萬枝箭。事後，周瑜感慨道：「孔明神機妙算，吾不如也！」書中刻意突顯周瑜心胸狹隘，甚至兩人間還有「瑜亮情結」；其實這些都是小說虛構的情節，與正史人物形象不合。而孔明「三氣周瑜」之二，即「賠了夫人又折兵」，寫孫權依周瑜之計，騙劉備到東吳娶親，想趁機將他殺害。誰知被孔明識破，將計就計，劉備不但娶得孫權之妹孫尚香，還在孔明「錦囊妙計」的指引下，偕嬌妻安然返回荊州。周瑜率兵來追殺，卻身中埋伏，聽見蜀漢兵士大喊：「周郎妙計安天下，賠了夫人又折兵！」氣得他吐血，倒地不起。

成書經過

★唐代民間講唱文學中，已出現衍繹三國英雄人物的故事。

★至宋朝，講史說書風氣更興盛，「說三分」成為 1 門專業。

★元雜劇中有不少取材於三國故事者，如《曹操夜走陳倉道》、《劉關張桃園三結義》等。

★元至正年間刊行的《全相三國志平話》，為演說三國史事的底本；是宋、元以來說話人保留最完整的話本。

★羅貫中在《全相三國志平話》、元雜劇及民間傳說的基礎上，參考陳壽《三國志》，將三國故事改編成《三國志通俗演義》。

★該書問世後，大為風行，300 年間，各種音譯、插圖、批評、增刪本相繼而出，亂象紛呈。

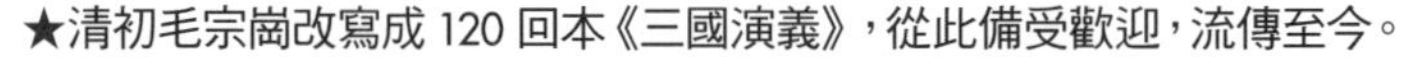

★清初毛宗崗改寫成 120 回本《三國演義》，從此備受歡迎，流傳至今。

三國故事

《三國演義》中，關公的義薄雲天、忠肝義膽，成為中國人信奉的神明；諸葛亮（孔明）「鞠躬盡瘁，死而後已」，成為後世忠臣的典型；而周瑜被塑造成心胸狹隘、和孔明誓不兩立，雖與正史形象不符，但「瑜亮情結」1 語卻因此流傳千古。

書中精彩片段

★如「賠了夫人又折兵」，寫孫權、周瑜想藉和親名義，趁機殺害劉備。在孔明「錦囊妙計」的指引下，劉備不但娶得孫權之妹為妻，還安然返回荊州。此時，漢兵對著身陷埋伏的周瑜大喊：「周郎妙計安天下，賠了夫人又折兵！」氣得他吐血倒地。

★如「草船借箭」，寫周瑜限孔明 10 天內造出 10 萬枝箭。孔明神機妙算，利用夜裡江上大霧，派出快船、紮上草人，駛向曹營，不費吹灰之力，順利向曹操借得 10 萬枝箭。

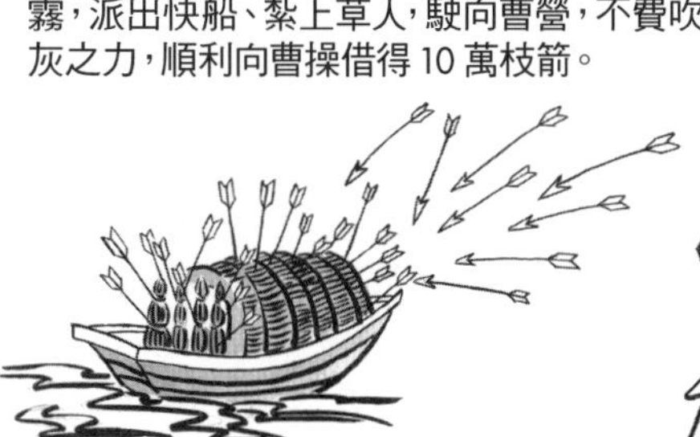

UNIT 7-21
西天取經歷劫難

《西遊記》是一部以玄奘西天取經為背景的長篇神話小說。書中敘述神怪、荒誕故事的同時，往往賦予濃厚的人情味，又出之以詼諧、諷刺的筆調，故能成功吸引讀者的目光，成為老少咸宜的通俗小說作品。《西遊記》的作者，長期不為人所知，直到周樹人、胡適考證，才確定是明代的吳承恩（1501~1582），字汝忠，號射陽居士，江蘇淮安人。

《西遊記》成書

吳承恩《西遊記》，全書可分為三大部分：一至七回敘孫悟空的歷史，八至十二回敘三藏取經之緣起，十三至一百回敘取經的艱險歷程。其內容取材於歷史事實、民間傳說及當時流傳的相關故事，作者運用豐富的想像力、精湛的藝術技巧，去蕪存菁，修訂改寫而成。史實部分，如《大唐西域記》、《大唐大慈恩寺三藏法師傳》等，為玄奘取經的實錄。民間流傳的西遊故事，如唐代變文〈唐太宗入冥記〉、宋人話本《大唐三藏取經詩話》、民間戲曲，及〈魏徵夢斬涇河龍〉等通俗小說。由是可知吳承恩《西遊記》故事來源複雜，其中以〈唐太宗入冥記〉變文、《大唐三藏取經詩話》及殘本小說〈魏徵夢斬涇河龍〉三者最為重要。

唐代玄奘往印度取經，係真人真事；主角自然是玄奘。至吳承恩《西遊記》中，三藏反而成為配角，徒弟孫悟空、豬八戒等才是主角；取經途中，困難重重，所遇光怪陸離之事，無奇不有，又成為全書一大亮點。可見西遊故事經過長時間的醞釀、渲染、增刪，至此終於寫成定本。爾後，雖有人繼續增補、改寫，但成就都無法超越吳承恩。

《西遊記》故事

《西遊記》的精彩片段，如「三調芭蕉扇」，寫唐僧師徒四人來到火焰山，熊熊烈焰，不得通行。孫悟空去找鐵扇公主借芭蕉扇，卻因之前與紅孩兒有過節，鐵扇公主當然不答應，還大扇一揮將他搧至五萬里之外。他二度前往借扇。這次把自己變成小蟲子，飛入茶水中，讓鐵扇公主喝下肚，然後在她的腹中搗蛋；鐵扇公主只好借他扇子。誰知竟是一把假扇？害他越搧火勢越旺。第三次，孫悟空化身成牛魔王，順利從「嬌妻」手中借到寶扇；一時得意忘形，又被牛魔王變的假豬八戒，把扇子騙了回去。最後，孫悟空大戰牛魔王，在眾神幫忙下，收服了牛魔王。孫悟空取得芭蕉扇，搧熄大火，唐僧一行人成功翻越火焰山。

孟瑤《中國小說史》云：「在西行取經的途中，災難危險相乘而來，唐僧以一片愚誠，決不動搖；孫悟空既堅忍又充滿機智，當然決不退縮；唯有豬八戒……一遇困難即萌退志，他腦子裡永遠被這些思想盤踞著：『只恐一時差池，卻不是和尚誤了做，老婆誤了娶？』『沙和尚，你拿將行李來，我兩個分了吧，……你往流沙河還是吃人，我往高老莊，看看我渾家，將白馬賣了，與師父買個壽器送終。』……他好色，看見盤絲洞裡七個蜘蛛精在濯垢泉洗澡，他立刻變成一條鮎魚精進去占便宜。」好色、膽小、怕事的豬八戒始終是書中最具人性化的腳色，雖然他老兄六根不清不淨，酒色財氣樣樣來，卻是個「可愛」的平凡人。

唐僧取經西遊記

成書經過

❶
全書分為3大部分：1~7回敘孫悟空的歷史，8~12回敘三藏取經之緣起，13~100回敘取經的艱險歷程。

❷
作者取材於歷史事實、民間傳說及當時流傳的相關故事，運用豐富的想像力、精湛的藝術技巧，修訂改寫而成。

❸
《西遊記》故事來源極複雜，尤以〈唐太宗入冥記〉變文、《大唐三藏取經詩話》及殘本小說〈魏徵夢斬涇河龍〉最重要。

❹
《西遊記》中，前往西天取經的三藏反而成為配角，其徒弟孫悟空、豬八戒等才是主角。途中所遇各種光怪陸離的奇聞異事，又成為全書1大亮點。

❺
西遊故事經過長時間的醞釀、渲染、增刪，至吳承恩手中，終於寫成定本。爾後，雖有人繼續增補、改寫，但成就都無法超越他。

西遊故事

如「三調芭蕉扇」，寫孫悟空第1次向鐵扇公主借芭蕉扇，非但沒借成，還被搧至5萬里之外。第2次來借扇，他把自己變成小蟲子進入鐵扇公主腹內搗蛋，結果借到1把假扇，火焰山的火越搧越旺。第3次他化身為牛魔王，剛借到寶扇，又被假豬八戒騙走了。最後在眾神幫忙下，終於取得真扇，搧熄大火，成功翻越火焰山。

西行取經途中，各種災難相踵而至。唐僧1片愚誠，絲毫不動搖；孫悟空機智果斷，十八般武藝樣樣精通，當然也毫不退縮。

唯獨豬八戒，一遇到困難就萌生退意，他永遠只想到自己，自私自利；他好色成性，看見盤絲洞裡的蜘蛛精正在濯垢泉洗澡，立刻變成1條鮎魚精進去占便宜。其實，貪婪、怕事、好吃、懶惰的豬八戒是書中最具人情味的腳色，也是普羅大眾的真實寫照。

UNIT 7-22

第一淫書金瓶梅

《金瓶梅》雖為明代章回小說名著，但作者不知何許人也。據《金瓶梅詞話》署名「欣欣子」的序，云：「竊謂蘭陵笑笑生作《金瓶梅傳》，寄意於時俗，蓋有謂也。」蘭陵在今山東省境內，作者為山東人應無疑義，因為書中充斥著山東方言。「笑笑生」顯然是個別號，究指何人，無從考起。甚至連撰序者亦不詳其姓字，為什麼呢？只因這是一部「淫書」、「穢書」，滿紙荒唐事，多少色情語，盡是傷風敗俗的文字，故不敢以真實姓名示人。

《金瓶梅》成書

《金瓶梅》故事，取《水滸傳》潘金蓮私通西門慶，謀害親夫武大郎；武松殺死二人，為兄長報仇一段。作者將此三、四回文字，敷衍、擴充成一部百回本長篇白話小說。其書名，取自西門慶三妾婢名字的其中一字：潘「金」蓮、李「瓶」兒、龐春「梅」。而「金」象徵金錢，「瓶」代表美酒，「梅」則暗示女色。總之，本書以描寫酒色財氣、市井風情為主，是「四大奇書」中最具獨創性的作品。

今傳《金瓶梅》版本有二：一是萬曆年間刊行的《金瓶梅詞話》，一是崇禎年間刊刻的《古本金瓶梅》。兩個版本稍有不同：就「回目」言，《詞話》字數不整齊、文句不對偶；《古本》則對偶工整。就內容言，《詞話》從「景陽岡武松打虎，潘金蓮嫌夫賣風月」寫起；《古本》則從「西門慶熱結十弟兄，武二郎冷遇親哥嫂」開始。另第八十四回，《詞話》為「吳月娘大鬧碧霞宮，宋公明義釋清風寨」；《古本》則作「吳月娘大鬧碧霞宮，普靜師化緣雪澗洞」。可見《詞話》未完全脫離水滸故事，《古本》「後出轉精」，更專注於西門慶的個人因果之上。

今日排印本《金瓶梅》隨處可見，但若干淫穢段落已遭刪除，無法滿足讀者的好奇心。因此，《金瓶梅詞話》、《古本金瓶梅》保留原書風貌，始終是《金瓶梅》愛好者的絕佳選擇。

《金瓶梅》故事

全書以暴發戶西門慶為男主角、淫婦潘金蓮為女主角，旁及其妻妾吳月娘、孫雪娥、孟玉樓、李嬌兒、李瓶兒、龐春梅，和一干豬朋狗友、家中下人等。故事以西門慶約二十八歲與潘金蓮邂逅為開端，至三十三歲左右，因縱慾過度，精乾氣竭，暴斃身亡為止。其間西門慶壞事做盡，除了勾搭潘金蓮，謀殺武大郎，又買通官府將武松發配充軍。他先娶潘金蓮，又騙取寡婦孟玉樓，搶奪友人花子虛之妻李瓶兒，家中妻妾成群，供他逞一時之情慾。後又行賄官府，結交權貴，認奸臣蔡京為義父，藉機謀得一官半職，從此，依仗財勢，橫行鄉里。西門慶死後，其繼室吳月娘攜子至永福寺，夢見丈夫一生的因果。潘金蓮最後慘死於武松刀下，也算罪有應得。

《金瓶梅》歷來毀譽參半，誠如沈德符《萬曆野獲編》云：「此等書……一刻則家傳戶到，壞人心術。」因為其中充滿情慾的描寫，故一直被列為「禁書」。但劉廷璣《在園雜誌》於「東吳弄珠客」序中「為世戒」基礎上，提出「欲要止淫，以淫說法」的論點，認為作者有意藉西門慶淫人妻女，不得善終之事，勸世人務必「戒淫慾」。

以淫止淫戒色慾

成書經過

★《金瓶梅》故事，取《水滸傳》武松殺死西門慶、潘金蓮這對姦夫淫婦，為兄長報仇 1 段。作者將此 3、4 回文字，敷衍、擴充成 1 部百回本的長篇白話小說。

★本書以描寫酒色財氣、市井風情為主，是「四大奇書」中最具獨創性的作品。

今傳《金瓶梅》版本：

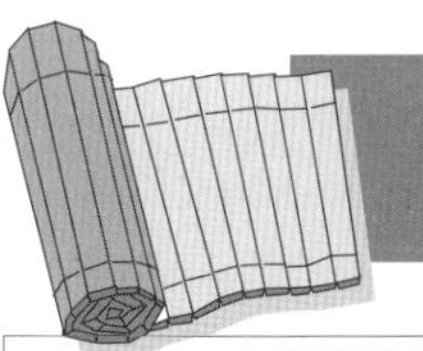

《金瓶梅詞話》（萬曆年間刊行）	《古本金瓶梅》（崇禎年間刊刻）
字數不整齊、文句不對偶	對偶工整
從「景陽岡武松打虎，潘金蓮嫌夫賣風月」寫起。	從「西門慶熱結十弟兄，武二郎冷遇親哥嫂」開始。
第 84 回：「吳月娘大鬧碧霞宮，宋公明義釋清風寨」。	第 84 回：「吳月娘大鬧碧霞宮，普靜師化緣雪澗洞」。
未完全脫離水滸故事	專注於西門慶個人因果上
前修未密	後出轉精

保留較多原書風貌

今日排印本《金瓶梅》隨處可見，但若干淫穢段落已遭刪除，無法滿足讀者的好奇心。

金瓶梅故事

★敘西門慶勾搭潘金蓮，謀殺武大郎，又買通官府將武松發配去充軍。之後，還騙取寡婦孟玉樓，搶奪友人花子虛之妻李瓶兒，家中妻妾成群，供他逞一時之情慾。

★此外，西門慶可說壞事做盡，又行賄官府，結交權貴，認蔡京為義父，藉機謀得官職，狗仗人勢，魚肉鄉民。

★西門慶縱慾過度，暴斃身亡。其繼室吳月娘攜子至永福寺，夢見丈夫 1 生的因果。而潘金蓮慘死於武松刀下，一切都是罪有應得。

《金瓶梅》毀譽參半

詆毀：其中充滿情慾的描寫，會「壞人心術」，故被列為「禁書」。

主此說者，如沈德符《萬曆野獲編》。

稱譽：藉西門慶淫人妻女，不得善終事，勸世人務必要「戒淫慾」。

主此說者，如劉廷璣《在園雜誌》。

UNIT 7-23 愛聽秋墳鬼唱詩

我國文言小說，依體裁不同，可分為筆記體、傳奇體二種；前者成熟於六朝，後者完備於唐代。清人文言小說承此二體繼續發展，傳奇體以蒲松齡《聊齋志異》為代表，筆記體以紀昀《閱微草堂筆記》最出色。如盛時彥《姑妄聽之・跋》云：《聊齋志異》是「才子之筆」，而《閱微草堂筆記》正是學者的「著書之筆」，各具特色。

「才子之筆」抒性情

蒲松齡（1640~1715），字留仙，別號柳泉居士，山東臨川人。平生懷才不遇，費二十年功夫，嘔心瀝血，寫成《聊齋志異》（簡稱《聊齋》）。一說他在路邊擺設茶攤，提供茶水，請人講故事；然後把這些仙狐妖鬼的奇異傳聞，寫成《聊齋》。此說未必可信，因為他功名無成，為生活奔波，恐怕沒錢、沒閒擺攤聽故事。《聊齋》可分為兩部分，一是作者原創作品，旨在藉魑魅魍魎以抒發情性，成就較高；一是加工改寫民間傳說而成，往往篇幅短小，敘述簡略，較不具價值。不過，《聊齋》故事精彩絕倫是不爭的事實，如王士禎就愛不釋手，題詩云：

> 姑妄言之姑聽之，豆棚瓜架雨如絲。料應厭作人間語，愛聽秋墳鬼唱詩。

相傳，王士禎曾出價黃金五百兩想購買《聊齋》手稿，但蒲松齡並未答應。

魯迅《中國小說史略》說：《聊齋》「用傳奇法，而以志怪」，即以寫人的手法寫鬼怪，「使花妖狐魅，多具人情，和易可親，忘為異類，而又偶見鶻突，知復非人。」亦藉鬼事以喻人事之意。如〈翩翩〉，敘羅子浮貧病交迫時，巧遇仙女翩翩，將他帶回山洞治病，為他裁衣作食，與他結婚生子，過著幸福美滿的生活。多年後，翩翩讓他帶著佳兒美媳，風光返鄉。此後，父子倆思念翩翩，相偕探訪，卻迷失在滿山雲霧、遍地黃葉中，悵然而歸。這是落魄士子的願望，只有仙女才能助他美夢成真。又〈促織〉，敘宮中流行鬥蟋蟀，迂儒成名捉到一隻準備交差，卻被九歲的兒子弄死了。兒子嚇得去了半條命，陷入昏迷狀態。隔天，卻發現家門口有隻小蟋蟀，便捉牠交官府。結果，小蟋蟀身手矯捷，戰鬥力十足，成名因而得到許多賞賜。回家後，兒子也完全甦醒，他說幸好化身為蟋蟀，幫家裡逃過一劫；如今達成任務醒來，又獲得無數金銀財寶。從此，他們家買田地、蓋閣樓，成為大富豪。這是平凡百姓的心聲，如果沒有「化身」本領，如何應付得了官府的打壓、現實的黑暗？

「著書之筆」廣見聞

紀昀（1724~1805），字曉嵐，晚號石雲，河北獻縣人。曾任《四庫全書》總纂修官。文筆與袁枚齊名，時稱「北紀南袁」。晚年所作《灤陽消夏錄》、《如是我聞》、《槐西雜志》、《姑妄聽之》及《灤陽續錄》，門人盛時彥合刊五書，題為《閱微草堂筆記五種》。綜觀《閱微草堂筆記》，旨在追錄見聞，故立法謹嚴，敘事簡要。如「獻懸疑案」，記二老道士借宿二老僧處，屋內毫無異狀，四人身無寸傷，俱陳屍於村外枯井。最後官府以疑案了結。作者認為「不解之解」才是正解，不可「自作聰明」，頗具學者實事求是之作風。

怪力亂神述奇聞

傳奇體

蒲松齡《聊齋志異》

《聊齋》可分為 2 部分：一是作者原創作品，藉魑魅魍魎以抒發情性，成就較高；一是加工、改寫的民間傳說，篇幅短小，敘述簡略，較不具價值。

如〈翩翩〉，羅子浮貧病交迫，仙女翩翩為他治病、裁衣作食，與他結婚生子。多年後，翩翩讓他帶著佳兒美媳返鄉。父子倆思念翩翩，相偕探訪，卻迷了路，悵然而返。

又〈促織〉，促織即蟋蟀。成名捉蟋蟀要交官府，卻被 9 歲的兒子弄死了。兒子嚇得去了半條命。隔天，在家門口發現 1 隻小蟋蟀，於是捉牠交差。結果，小蟋蟀神勇善戰，因而得到許多賞賜。成名回家後，兒子醒了，說還好化為蟋蟀，幫家裡度過難關，又獲得無數財寶。從此，他們變成大富豪。

筆記體

紀昀《閱微草堂筆記》

《閱微草堂筆記》，旨在追錄見聞，故立法謹嚴，敘事簡要。

如「獻縣疑案」，記 2 老道士借宿 2 老僧寺院，隔天，4 人俱陳屍於村外枯井；但屋內毫無異狀，他們身上也毫髮未傷。最後，實在查不出死因，官府只好以疑案了結此事。

文學歇腳亭

袁枚《子不語》，又名《新齊諧》，凡 24 卷，另有續集 10 卷，為清代文言筆記志怪小說。書名取自《論語 ‧ 述而》：「子不語，怪力亂神。」後來發現元人已有此書名，更名《新齊諧》，用《莊子 ‧ 逍遙遊》：「《齊諧》者，志怪者也。」之典。與紀昀《閱微草堂筆記》齊名，素有「南袁北紀」之稱。

如〈曾虛舟〉，寫康熙年間有個奇人叫曾虛舟，整天瘋瘋癲癲，但預測吉凶禍福超神準。所以人們遇到他紛紛走避，怕被他講出心中的祕密或痛處。有時他對人客氣，那人卻難過得大哭；有時他辱罵人，那人卻樂得大笑。而他所說的事，只有當事人自己明白，外人根本聽不懂。王子堅罷官返鄉，聽說祖墳不好，想找曾虛舟問遷墳之事。曾虛舟拿著大棒子站在高臺上，臺下群眾圍觀，王子堅擠在人群中過不來。曾虛舟便對著他大喊：「別過來！別過來！你來就想挖死人的屍骨，行不得！行不得！」

UNIT 7-24 潑婦悍妻惡姻緣

《醒世姻緣傳》，又名《惡姻緣》，是清初描寫兩世姻緣、冤冤相報的長篇白話寫實小說。據徐志摩《醒世姻緣傳・序》評云：「這書是一個時代（那時代至少有幾百年）的社會寫生。」胡適〈醒世姻緣傳考證〉亦云：「真是一部最有價值的社會史料。……並且是一部最豐富又最詳細的文化史料。」吾人以為《醒世姻緣傳》，上承《金瓶梅》，下啟《儒林外史》、《紅樓夢》等，承先啟後，在中國小說史上地位重要。

《醒世姻緣傳》作者

《醒世姻緣傳》清刊本，均署名「西周生」所作；然西周生不知何人。後經胡適〈醒世姻緣傳考證〉斷定，出自蒲松齡手筆。據清人楊復吉《夢闌瑣筆》載：「鮑以文（鮑廷博）云：『留仙（蒲松齡）尚有《醒世姻緣》小說。』」李慈銘《越縵堂日記》亦載：「《醒世姻緣》，清蒲松齡撰。」可見此說有所根據。不過，也有其他看法，或謂丁耀亢，或謂賈鳧西，為該書作者。

又王忠林等《中國文學史初稿》云：「我們比較傾向於相信蒲松齡是《醒世姻緣》作者，……（1）鮑廷博……『留仙尚有《醒世姻緣》小說』一語，絕非空穴來風，……（2）蒲松齡……要寫一部百萬字小說來痛陳兩世惡姻緣的因果報應，以及強調誇張河東獅子的慘無人道的虐待狂，是有著他個人的特別感受……。原來蒲松齡有個大嫂，非常凶潑，松齡夫婦曾經在大家庭中被她鬧得雞犬不寧，……只好分了幾畝薄田幾間破屋獨立生活。」另他在《聊齋志異・江城》提到：「天下賢婦十之一，悍婦十之九，亦以見人世之能修善業者少也。」所以不吐不快，創作出這部「悍婦大全」，來刻劃天下潑婦的嘴臉，使之無所遁形。

《醒世姻緣傳》故事

該書凡一百回。前二十二回，寫前世姻緣：晁源為一富家子弟，曾攜妾珍哥出門狩獵，無端射殺狐仙，並剝取狐皮，種下了禍根。珍哥本為倡妓，身分卑微，從良後仗著晁源的寵愛，千方百計，與嫡妻爭權，反卑為尊，悍妒本性，表露無遺。後珍哥汙衊晁妻計氏與人私通，晁源竟信以為真，執意要休妻；計氏不甘受辱，寧可以死捍衛清白，自殺身亡。

二十三回以後，寫今生再續前緣：紈褲子晁源託生為「懼內」大丈夫狄希陳，無辜遇害的狐仙投胎成悍妻薛素姐，含冤莫白的計氏轉世為惡妾童寄姐，而橫刀奪愛的珍哥降生成童寄姐的婢女珍珠。童寄姐對珍珠像有仇似的，百般刁難，千般虐待，折磨得她「三分像人，七分像鬼」，最終自縊而死。童寄姐與薛素姐時時因妒生恨，對丈夫恣意凌虐，或打罵，或掐擰，或煙燻，或火燒，或監禁，無所不用其極。一次，狄希陳將初戀情人所贈信物藏在袖裡，不料被薛素姐發現，打得他血流滿面，還將他拴在床腳，拿來納鞋底的大針扎他。凶悍潑辣的薛素姐，甚至將公婆活活氣死。狄希陳始終敢怒不敢言，逆來順受。作者將這一切解釋成前世孽緣，今生來報，人力無法逃脫。

最後，在高僧胡無翳的指點下，狄希陳才明白這是前世因果，虔心持誦《金剛經》一萬遍，終於消除孽障。

不是冤家不聚頭

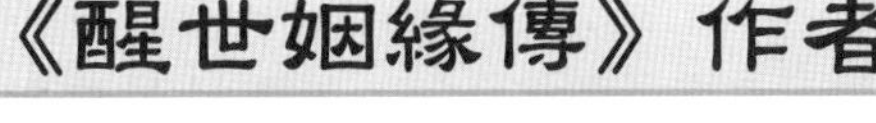

《醒世姻緣傳》作者

❶ 《醒世姻緣傳》清刊本，均署名「西周生」所作；然西周生不知何人。

❷ 後經胡適〈醒世姻緣傳考證〉斷定，該書出自蒲松齡的手筆。

❸ 也有其他的看法：或謂丁耀亢，或謂賈鳧西，為該書作者。

王忠林等《中國文學史初稿》以為：

❶ 蒲松齡撰《醒世姻緣傳》之說，是有所根據，非空穴來風。

❷ 蒲松齡有個潑辣的大嫂，極可能是故事中女主角的樣本，何況他在《聊齋志異》曾提及對「悍婦」的看法。

→因此，較傾向於相信蒲松齡就是《醒世姻緣》的作者。

《醒世姻緣傳》故事

★該書凡 100 回。前 22 回寫前世姻緣：晁源偕妾珍哥狩獵，無端射殺狐仙。後珍哥汙衊晁妻計氏不貞，計氏自殺身亡。

★ 23 回以後，寫今生再續前緣：晁源託生為「懼內」的狄希陳，狐仙投胎成悍妻薛素姐，計氏轉世為惡妾童寄姐，而珍哥降生成童寄姐的婢女珍珠。珍珠受不了童寄姐的虐待，自縊而死。童寄姐與薛素姐不時恣意凌虐丈夫，打罵監禁，煙燻火燒，無所不用其極。狄希陳始終敢怒不敢言，逆來順受。

★最後，在高僧指點下，狄希陳明白這是前世因果，今生來報，無所遁逃。於是，虔心持誦《金剛經》1 萬遍，終於消除孽障。

UNIT 7-25 儒林百態全都錄

清代長篇章回小說，首推吳敬梓《儒林外史》、曹雪芹《紅樓夢》二大名著。如簡恩定等《中國文學專題》所云：此「兩大不朽名著……並非乞靈於大眾，而是源出於作家自身的創作天才。」的確，此二名著為原創小說，與明代「四大奇書」加工、整理前人作品而成，已不可同日而語。

《儒林外史》結構

吳敬梓（1701~1754），字敏軒，一字文木，號粒民，安徽全椒人。其人生性淡泊，不應舉業，平日賣文維生，讀書自娛。所著《儒林外史》，凡五十六回（一說末回非他所作），刻劃科舉制度下讀書人熱衷功名的醜態，是一部長篇章回諷刺小說。

自「五四」以來，《儒林外史》被公認為「成功的長篇小說」，但全書結構鬆散，始終是其白璧微瑕之處。書中描寫了兩百多個人物，卻沒有一人可以貫串全書，而是寫完周進，寫范進；范進結束，嚴貢生、嚴監生等人相繼出場。明明是長篇小說，其實由一個個短篇故事銜接而成；結構散漫無章，內容也是各記其事，彼此間無多大關聯。這是它的缺失，也是特色，如王忠林等《中國文學史初稿》云：「它雖然沒有其他長篇小說構成的那些要素，但卻有一個貫穿全書的思想——攻擊八股文取士之弊。這個思想溝通了那些零星的故事，統一了那些沒有關聯的人物，融化了時間的冗長，而使得它成為一種別緻的長篇。」可見《儒林外史》雖然結構不甚嚴謹，但仍不失為優秀的白話章回小說作品。

《儒林外史》內容

《儒林外史》中的人物，假託明朝，實指清代，十之八九都真有其人、其事。如「嶔崎磊落」的王冕，為元末明初隱士，家貧不仕，靠著替人牧牛、畫荷花，掙錢奉養老母。這是吳敬梓心中讀書人的典範，也是書中少數正面人物之一。

其餘儒林文士，多半面目可憎，醜態百出。如新科秀才梅玖，曾挖苦失意士子周進道：「呆，秀才，吃長齋，鬍鬚滿腮，經書不揭開，紙筆自己安排，明年不請我自來。」後來，周進飛黃騰達了，勢利的梅玖參加考試時，竟說周進是自己的業師，藉此攀龍附鳳。又范進五十四歲才考中秀才，想再邁向舉人之路，卻遭岳父胡屠戶蔑視與羞辱。某日，他到市集上賣雞換米，意外得知自己終於中舉，居然喜極而發狂；庸俗愚昧，可憐可笑。眾人無計可施下，央求胡屠戶一巴掌打醒他；胡屠戶為難道：「雖然是我女婿，如今卻做了老爺，就是天上的星宿。天上的星宿是打不得的！」前倨後恭，世風如此。另有王玉輝之女三姑娘喪夫，要殉節；大家苦口婆心地勸阻，只有其父王玉輝道：「我兒，你既如此，這是青史上留名的事，我難道反攔阻你？你竟是這樣做吧。」三姑娘絕食八日，終於一命歸陰。王玉輝卻仰天大笑道：「死的好，死的好！」為了博取虛名，竟罔顧女兒性命，好個吃人的禮教、迂腐的儒生！誠如劉大杰《中國文學發展史》所云：「吳敬梓……從各個角度上，批判了封建社會文化的虛偽和腐朽，都表現出他進步的思想內容。……而取得了諷刺文學的巨大成就。」言之有理！

腐儒嘴臉最醜陋

《儒林外史》結構

★《儒林外史》，凡 56 回，刻劃科舉制度下讀書人熱衷功名的醜態。

★其缺失在於：全書結構鬆散。書中描寫了 200 多個人物，卻沒有 1 人可以貫串首尾。明明是長篇小說，卻由 1 個個短篇故事組成；結構散漫，內容各記其事，彼此間無多大關聯。這是它的缺失，也是特色。

★全書卻有 1 個中心思想：攻擊八股文取士之弊。這個思想貫穿了那些零星的故事，統一了那些沒有關聯的人物，融化了冗長的時間，而使該書成為極別緻的長篇章回小說。

《儒林外史》內容

★書中人物十之八九真有其人、其事。如「嶔崎磊落」的王冕，為元末明初隱士，靠著一面替人牧牛，一面畫荷花，掙錢奉養年邁的母親。這是作者心中讀書人的典範，也是書中少數正面人物之一。

★如「范進中舉」，寫庸俗愚昧的范進，年過 50，才考中舉人，一時樂得發狂，瘋瘋癲癲。後來，眾人找來他平生最敬畏的岳父胡屠戶賞他 1 巴掌，終於打醒了他。胡屠戶本來瞧不起這女婿，聽說他中了舉，連忙改口說他是天上的星宿，態度 360 度大翻轉。

文學歇腳亭

《儒林外史》中，鮮活刻劃各種讀書人醜惡的嘴臉：如嚴監生病入膏肓，生命垂危之際，頻頻向家人伸出 2 根手指頭，彷彿要交代遺言卻又說不出口。大姪子問道：「叔叔，莫非你還有 2 個親人未曾見面？」二姪子問道：「叔叔，莫非你還有 2 筆銀子未曾交代？」他兒子的奶媽問：「老爺，該不會心裡惦記著 2 位舅爺？」他紛紛搖頭以對。妻子連忙擦擦眼淚說：「老爺，我明白你的意思。你是掛心那盞燈裡點了 2 莖燈草，恐費了油；我去挑掉 1 莖就是了！」果然，當妻子挑掉其中 1 莖燈草，嚴監生點了點頭，把手垂下，頓時斷了氣。──好個慳吝小人！為了 1 莖燈草，竟遲遲不肯嚥下最後 1 口氣，真是迂腐至極！

UNIT 7-26 紅樓好夢竟成空

《紅樓夢》是中國小說史上一顆最閃亮的明星，其成就在於：一、取材上，開拓了嶄新領域，不同於「四大奇書」敷衍舊編而成。二、結構上，全書以寶、黛愛情和賈府興衰為兩大主線，情節發展縱橫交錯，繁而不亂。三、語言上，善用口語敘事、對話手法，使書中人物各肖其口吻，活潑生動。四、主題上，跳脫忠孝節義的窠臼，轉而探討人性、人生的本質，令人耳目一新。五、結局上，勇於突破大團圓的喜劇傳統，改以悲劇收場，更具發人省思之效。故簡恩定等《中國文學專題》云：「《紅樓夢》……不但傲視所有的中國小說，面對全世界古往今來各民族的各種小說名著，也是毫無愧色。」

《紅樓夢》成書

曹雪芹（1715~1763），名霑，字夢阮，號雪芹、芹圃，漢軍正白旗人。多數人從《紅樓夢》第一回云：「後因曹雪芹於悼紅軒中披閱十載，增刪五次，纂成目錄，分出章回。」相信他就是該書作者。據說「書未成，芹為淚盡而逝」，故今日流傳之《紅樓夢》一百二十回，前八十回為曹雪芹原著，後四十回可能是高鶚據曹雪芹所遺留的部分未定稿，續補成書。高鶚（1738~1815？），字雲士，別號蘭墅、紅樓外史，漢軍鑲黃旗人。他續補《紅樓夢》，大致上不失曹雪芹原意，文字雖不如原著優美，但成就亦頗可觀。

《紅樓夢》一書，計有六種異名：最早稱《石頭記》，至高鶚以活字排版印行，才改名《紅樓夢》。另有《情僧錄》、《風月寶鑑》、《金玉緣》和《金陵十二釵》之稱。

《紅樓夢》故事

話說女媧補天剩下的一顆頑石，被丟棄在青埂峰下，後修煉為神瑛侍者，即賈寶玉前身。那靈河岸上有棵絳珠仙草，受神瑛侍者灌溉之恩，得以幻化成人形，想用一生的眼淚報答他，所以轉世為林黛玉。此即寶、黛間所謂的「木石前盟」。

賈寶玉因出生時口含五彩玉，故取名為「寶玉」；他是賈府的小少爺、小祖宗，集富貴榮華、萬千寵愛於一身的公子哥兒。林黛玉先喪母後喪父，孤苦伶仃，依親外祖母，寄居賈府；其人敏慧能文，多愁善感，是個伶牙俐齒、任性、沒心機的閨閣小姐。寶、黛二人心性相似，皆不屑於世俗功名，加上青梅竹馬之誼，格外相知相惜，感情自是非比尋常。後來，薛寶釵出現，美貌端莊，舉止大方，賢淑貞靜，為一典型的大家閨秀。

大觀園落成，元妃省親，是賈府興盛登峰造極時；日後逐漸走下坡，只是富貴中人不易察覺而已。至元妃辭世後，賈府聲勢急轉直下，終至被抄家。其間寶玉失玉，神志昏聵，瘋瘋癲癲。長輩們便為他作主，迎娶身上佩戴金鎖片的寶釵，成就一段金玉良緣。而黛玉本就體弱多病，為此傷心欲絕，日夜啼哭，淚盡而亡。寶玉清醒後，得知黛玉含恨而死，他悲痛萬分，失魂落魄，從此心性丕變，決定考取功名，光宗耀祖，而後遠離紅塵，遁入空門。最後，賈府沒落了，眾人如「樹倒猢猻散」，紛紛謝了幕，寶釵守著偌大的賈府，淒涼過一生。

花落人亡兩不知

《紅樓夢》成書

1
據《紅樓夢》第1回云：「後因曹雪芹於悼紅軒中披閱十載，增刪五次，纂成目錄，分出章回。」可見曹雪芹即《紅樓夢》的作者。

2
又據說「書未成，芹為淚盡而逝」，故今日流傳《紅樓夢》120回：前80回為曹雪芹原著，後40回可能是高鶚據曹氏遺留的部分未定稿，續補成書。

3
《紅樓夢》有6種異名：最早稱《石頭記》，至高鶚以活字排版印行，才改名《紅樓夢》。另有《情僧錄》、《風月寶鑑》、《金玉緣》和《金陵十二釵》之稱。

《紅樓夢》故事

★寶玉前身為青埂峰下的頑石，後修煉為神瑛侍者。黛玉前身為絳珠仙草，受神瑛侍者灌溉之恩而化成人形，因此她想用1生的眼淚來報答。

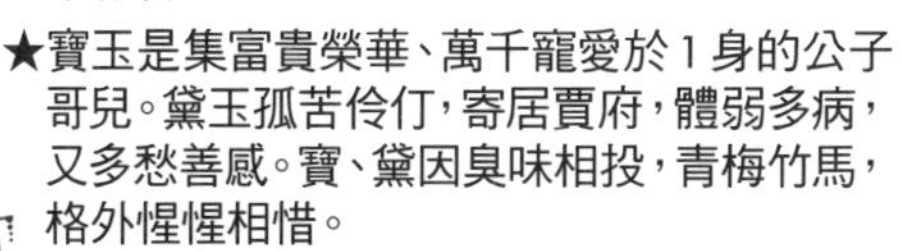

★寶玉是集富貴榮華、萬千寵愛於1身的公子哥兒。黛玉孤苦伶仃，寄居賈府，體弱多病，又多愁善感。寶、黛因臭味相投，青梅竹馬，格外惺惺相惜。

★寶玉出生時口含五彩玉，寶釵身上長期佩戴金鎖片，2人是長輩眼中天造地設的1對。

★元妃省親，是賈府興盛登峰造極之時。至元妃辭世後，賈府聲勢急轉直下，終至被抄家。

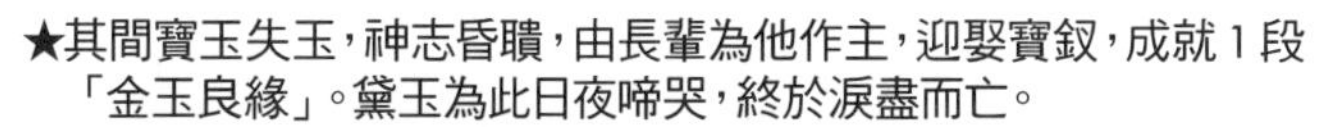

★其間寶玉失玉，神志昏聵，由長輩為他作主，迎娶寶釵，成就1段「金玉良緣」。黛玉為此日夜啼哭，終於淚盡而亡。

★寶玉清醒後，得知黛玉已死，悲痛萬分，從此心性丕變，決定考取功名，光宗耀祖，而後遠離紅塵，遁入空門。

★最後，賈府沒落了，眾人如「樹倒猢猻散」，紛紛謝了幕。寶釵守著偌大的賈府過1生。

文學歇腳亭

《紅樓夢》中有1首〈好了歌〉云：「世人都曉神仙好，唯有功名忘不了；古今將相在何方？荒塚一堆草沒了。世人都曉神仙好，只有金銀忘不了；終朝只恨聚無多，及到多時眼閉了。世人都曉神仙好，只有姣妻忘不了；君生日日說恩情，君死又隨人去了。世人都曉神仙好，只有兒孫忘不了；痴心父母古來多，孝順兒孫誰見了？」道出無論功名、金銀、姣妻、兒孫皆「好便是了，了便是好」；既然如此，人們汲汲營營追求什麼呢？對人情世態大加嘲諷，深具警世意義。

UNIT 7-27 奇人異事鏡花緣

李汝珍（1763？~1830），字松石，號松石道人，直隸大興（今河北北京）人。平生最大成就是花三十年心血，寫成長篇白話章回小說《鏡花緣》。這是一部熔幻想小說、歷史小說、諷刺小說和遊記小說於一爐的傑作，故魯迅《中國小說史略》稱之為能「與《萬寶全書》為鄰比」的奇書。不過，在小說中大肆賣弄學問，固然可誇示其博學，但也引來一些批評。（按：《萬寶全書》為明代陳繼儒所撰，內容多載日常生活知識，酒令、燈謎、博戲、卜筮等。）

《鏡花緣》故事梗概

《鏡花緣》共一百回，可分為三部分：第一部分，敘天星「心月狐」下凡為武則天，稱帝後，在寒冬下令「百花齊放」。此時，百花仙子恰巧不在洞府，眾花神不敢違逆人間聖旨，紛紛綻放，唯有牡丹最後開，被貶到洛陽。天帝以百花仙子錯亂花開時序，有虧職守，將祂和九十九位花神一同貶謫凡間，須歷遍劫難，方可重回仙界。百花仙子託生於嶺南唐敖家，即唐小山；其餘則分散海外各處。

第二部分，敘徐敬業起兵反武氏失敗，唐敖受到牽連，科場失意；心灰意冷下，隨妻兄林之洋、舵工多九公坐船遠遊，遍覽海外奇境。旅途中，唐敖不僅搭救流落海外的「十二名花」，服食多種仙家異草，更堅定出世離塵之念，最後入小蓬萊成仙。唐小山為了尋找父親，與舅父林之洋再度出海，幾經波折，抵達小蓬萊。小山在鏡花嶺下收到父親書信，命她改名「閨臣」，返國參加女科，以續後緣。

第三部分，敘武則天開科，選拔才女；唐閨臣等百名下凡才女皆雀屏中選，齊聚一堂，彈琴賦詩，論學說藝。歡宴後，閨臣再入小蓬萊，遂不歸。最後，提及唐功臣後代起兵勤王，推翻武周，天下復歸李唐，中宗復位。

《鏡花緣》主題內容

全書最精彩處，在於第二部分寫遊歷海外的奇異見聞。其主題內容有三：

一、反映人情世態：如「兩面國」，人人長著兩張臉，一張在前，一張在後，一張和善，一張陰險。他們笑臉迎人的背後，總藏著一張惡臉。這裡的人虛偽狡詐，往往先對你笑呵呵，一轉頭，便是惡臉相向。又「君子國」，城門上寫著「唯善為寶」四個大字。當地的宰相謙恭和藹，使人感到可親可敬；老百姓互讓不爭，個個彬彬有禮。間接反映出中土人士偽善狡黠、好爭不讓的民情風俗。在針砭人性弱點上，可謂是一針見血。

二、批判迷信作風：在君子國中，藉由兩位宰輔之口，痛斥中土人士的迷信行徑，如「因選風水，置父母之柩多年不能入土」，指出因迷信而耽誤下葬的陋習。又「於風鑑卜筮外，有算命合婚之說」，反駁算命合婚之謬論，畢竟幸福掌握在自己的手中。

三、啟蒙女權思想：如「女兒國」裡，其俗「重婦人而輕丈夫」，是一個以女子為中心的國家，從君主到輔臣都是女性，女主外、男主內，男人淪為女人的附庸。林之洋被選作王妃，先是男性宮娥為他塗脂抹粉、穿耳洞、裹小腳等，將他打扮得「如鮮花一枝」，扶到女國王面前叩拜萬福。誠如胡適〈《鏡花緣》的引論〉云：「《鏡花緣》是一部討論婦女問題的小說。」故在女權史上占有舉足輕重的地位。

歷遍劫難返蓬萊

故事梗概

《鏡花緣》100 回，可分為 3 部分：

第 1 部分

寒冬，武則天下令「百花齊放」；百花仙子因錯亂了花開時序，和 99 位花神一同被貶謫至凡間。百花仙子託生為唐小山，其餘花神則分散海外各處。

第 2 部分

唐敖科場失意，隨妻兄林之洋等人遠遊，遍覽海外奇境；後入小蓬萊成仙。唐小山為了尋父，與舅父再度出海。小山在鏡花嶺下收到父親書信，命她改名「閨臣」，返國參加女科，以續後緣。

第 3 部分

武則天開科選拔才女，閨臣等百名下凡才女皆雀屏中選。歡宴後，她再入小蓬萊，遂不歸。

主題內容

第 2 部分描寫海外奇聞，為全書最精彩之處。其主題內容如下：

❶ 反映人情世態 如「兩面國」

在這裡，人人身上都長著 2 張臉，前臉和善，後臉陰險。他們笑臉迎人的背後，總藏著 1 張惡臉。

❷ 批判迷信作風 如「君子國」

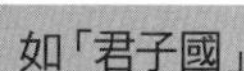

藉由 2 位宰輔之口，痛斥中土人士迷信風水而耽誤下葬，及算命合婚等陋規陋習。

❸ 啟蒙女權思想 如「女兒國」

★其俗「重婦人而輕丈夫」，這裡以女子為中心，女主外、男主內，男人淪為女人的附庸。

★林之洋被選作王妃，男性宮娥為他塗脂抹粉、穿耳洞、裹小腳等，打扮得「如鮮花一枝」，扶到女國王面前叩拜萬福。

《鏡花緣》是 1 部討論婦女問題的小說

UNIT 7-28 長篇平話俠義傳

清代長篇平話小說，以文康《兒女英雄傳》、石玉崑《七俠五義》為代表。按：此處特別標註為「平話小說」，主要在於其故事來源，非如《儒林外史》、《紅樓夢》、《鏡花緣》等出自獨創，而是在民間公案、傳說、話本等基礎上，添油加醋，敷衍成書。

兒女英雄結良緣

文康（？~？），姓費莫氏，字鐵仙，號燕北閒人，滿族鑲紅旗人。所著《兒女英雄傳》，原名《金玉緣》，一名《日下新書》；全書凡四十回，改寫自清康熙、雍正年間的一樁公案。文中熔俠義、言情於一爐，是一部極通俗的社會寫實小說。

十三妹本名何玉鳳，因父親被朝中大臣紀獻唐殺害，她帶著母親浪跡天涯，憑藉一身好武藝，想報此血海深仇。途中她曾拔刀相助，搭救落難的漢八旗子弟安驥。又與萍水相逢的張金鳳結為好姐妹，還撮合安、張締結良緣。事成，她飄然遠去時，發現仇家紀獻唐竟已遭誅滅，復仇計畫落了空，讓她頓失人生方向，無限悵惘。後在安學海的牽線下，經金鳳與眾人的勸說，她答應嫁給安驥，兩女共事一夫。從此，十三妹一改先前英氣外發的俠女形象，轉變成一位端莊賢淑的貴婦人。婦隨夫唱，琴瑟和鳴，幸福快樂過一生。

葉慶炳《中國文學史》云：「作者諸子不肖；而其筆下之安驥則秉性至孝，又高中探花，仕宦顯達。蓋作者聊以自慰者。至如一夫二妻，夫榮妻貴，重視科第，迷信果報，在在可見作者思想之淺俗陳腐。」明揭該作品思想迂腐之弊。不過，也非一無是處，如「結構之細密，人物之生動，及文辭之流利」，正是其優點所在。

七俠五義破奇案

《三俠五義》，原名《忠烈俠義傳》，共一百二十回，是一部據講唱藝術家石玉崑（？～？）之講唱底本改編的長篇章回小說。全書寫包拯得眾俠士之助，屢破奇案的故事。所謂「三俠」，即南俠展昭、北俠歐陽春和雙俠丁兆蘭、丁兆蕙兄弟（兩人算一俠）。而「五義」，為鑽天鼠盧方、徹地鼠韓彰、穿山鼠徐慶、翻江鼠蔣平和錦毛鼠白玉堂。後經俞樾刪改部分章節，將「雙俠」便成二俠，加上書中的「暗俠」黑狐妖智化、「盜俠」小諸葛沈仲元及「小俠」艾虎，一共七人，重新再版定名為《七俠五義》。

包拯進京參加會試途中，結識南俠展昭，共除金龍寺惡僧，助隱逸村李員外擒拿歹徒。後包拯高中進士，任定遠縣令，智斷墨斗案、扇墜案、烏盆案，聲名遠播。在審理烏盆案時，因不慎夾死凶手，而遭革職。他歸隱十載，再度赴京求官，獲丞相王苞拔擢，出任開封府尹。如今流行歌曲〈包青天〉云：「開封有個包青天，鐵面無私辨忠奸。……七俠和五義，流傳在民間。」可見包公審案故事，源遠流長，至今仍為人所喜言樂道。

其中最膾炙人口的部分，當屬「狸貓換太子」一案。包拯於草橋天齊廟巧遇落難的李太后，得知真宗朝劉妃、郭槐狸貓換太子之事。於是，護送太后還朝，夜審郭槐，終於使案情水落石出。包拯榮升為丞相。

加油添醋成小說

文康《兒女英雄傳》

★原名《金玉緣》，1名《日下新書》，凡 40 回。改寫自清康熙、雍正年間的1樁公案。

★文中熔俠義、言情於一爐，是1部極通俗的社會寫實小說。

★十三妹偕母親浪跡天涯，一心想報殺父之仇。途中她曾搭救落難的安驥，又與張金鳳結為好姐妹，撮合安、張締結良緣。

★當十三妹發現仇家已遭誅滅，頓失人生方向。後在安學海等人的拉攏下，她選擇嫁給安驥，與金鳳共事1夫。

★從此，十三妹一改先前的俠女形象，變成1位賢淑的貴婦。婦隨夫唱，幸福快樂過1生。

石玉崑《七俠五義》

《三俠五義》，原名《忠烈俠義傳》，共 120 回，據石玉崑講唱底本改編而成。後經俞樾刪改部分章節，重新再版定名為《七俠五義》。

★包拯進京趕考途中，結識南俠展昭，共除金龍寺惡僧，協助隱逸村李員外擒拿歹徒。包拯高中進士，任定遠縣令，智斷墨斗案、烏盆案等，聲名遠播。

★包拯在審理烏盆案時，因不慎夾死凶手，遭革職。歸隱 10 載，再度赴京，獲丞相王苞拔擢，出任開封府尹。

★以「狸貓換太子」最膾炙人口：包拯巧遇落難的李太后，得知真宗朝劉妃、郭槐狸貓換太子之事。於是，護送太后還朝，夜審郭槐，使案情水落石出。

★包拯榮升為丞相。

UNIT 7-29

蛇鼠一窩怪現象

晚清，以譴責小說為大宗。此期小說蓬勃發展之因，據阿英（錢杏邨）《晚清小說史》歸納：一、印刷事業的發達；二、知識階層認識到小說的重要性；三、內憂外患頻仍，文士藉小說以抨擊時事。

官場黑暗現原形

李寶嘉（1867~1906），字伯元，號南亭亭長，江蘇武進人。所著《官場現形記》，共六十回；最初連載於《世界繁華報》，後才刊印成書。全書體裁仿《儒林外史》，由幾十個獨立的故事銜接而成；旨在揭露吏治敗壞、官場黑暗。小說從中舉捐官的下層士子趙溫、佐雜小官錢典史寫起，披露他們為了升官加爵，不惜逢迎拍馬、趨炎附勢。所敘一百多個大、小官吏，充斥著形形色色的昏官：庸碌無能、寡廉鮮恥、狼狽為奸、勾心鬥角、崇洋媚外……，應有盡有。誠如作者託名「茂苑惜秋生」之〈序〉所云：

> 羊狠狼貪之技，他人所不忍出者，而官出之；蠅營狗苟之行，他人所不屑為者，而官為之。下之聲色貨利，則嗜若性命；般樂飲酒，則視為故常。

將貪官汙吏的醜陋嘴臉，刻劃得酣暢淋漓。此處又仿《儒林外史》，許多故事都以真人真事為藍本，如以周中堂影射翁同龢、華中堂影射榮祿等，採用誇張、渲染的筆調，使小說人物活靈活現，如狀目前。據葉慶炳《中國文學史》評云：「書中對官場黑暗腐敗，暴露無遺，有時且嫌渲染過度。……劍拔弩張，毫無蘊藉。……人物刻劃，亦遠不如《儒林外史》有深度。」道出《官場現形記》上承《儒林外史》，卻有所不及。

九死一生於亂世

吳沃堯（1866~1910），字趼人、繭人，廣東南海佛山鎮人，故筆名「我佛山人」。創作了三十多種小說，人稱「小說鉅子」，為清末傑出小說家之一。所著《二十年目睹之怪現狀》，原載於《新小說》雜誌，後因故中止，由上海廣智書局陸續出版單行本。凡一百零八回，是一部帶有自傳色彩的長篇章回小說。

全書敘「死裡逃生」在上海市集，從大漢手中得到「九死一生」的筆記。「九死一生」即文中第一人稱的主角「我」，自認能僥倖存活於亂世，真是九死一生，故以此為號。故事以「我」為父親奔喪揭開序幕，寫伯父和父親友人覬覦「我」家財產。所幸在同窗學友吳繼之幫助下，「我」後來四處經商，遍遊各地。最後，以經商失敗作收。藉此揭露「我」從光緒十年（1884）中法戰爭前後至光緒三十一年（1905）二十餘年間所見所聞的諸般亂象，如第二回云：「我出來應世的二十年中，回頭想來，所遇見的只有三種東西：第一種是蛇蟲鼠蟻，第二種是豺狼虎豹，第三種是魑魅魍魎。」傳神描繪各種猥瑣、不堪的醜惡臉譜，並反映出當時千瘡百孔的社會問題。尤以西方帝國主義入侵，民族自尊心低落，傳統道德淪喪，世風日下，人心不古，更是時代悲劇的癥結所在。其中當然也不乏有人堅守傳統美德，散播正面能量，但在這動盪的年代裡，卻顯得格格不入，窒礙難行。

豺狼虎豹當路衢

李寶嘉《官場現形記》

❶ 共 60 回；初連載於《世界繁華報》，後才刊印成書。

❷ 全書體裁仿《儒林外史》，由幾 10 個獨立的故事銜接而成；旨在揭露吏治敗壞、官場黑暗。

❸ 小說從中舉捐官的下層士子趙溫、佐雜小官錢典史寫起，披露他們為了升官加爵，不惜逢迎拍馬、趨炎附勢。所敘 100 多個大、小官吏，充斥著形形色色的昏官：庸碌無能、寡廉鮮恥、狼狽為奸、勾心鬥角、崇洋媚外……，應有盡有。

❹ 此處又仿《儒林外史》，許多故事都以真人真事為藍本，如以周中堂影射翁同龢、華中堂影射榮祿等，採用誇張、渲染的筆調，使小說人物活靈活現，如狀目前。

吳沃堯《二十年目睹之怪現狀》

★原載於《新小說》雜誌，後由上海廣智書局出版單行本。

★「九死一生」為文中第 1 人稱的主角「我」。「我」為父親奔喪，伯父和父親友人覬覦「我」家的財產。在同窗學友吳繼之幫助下，「我」後來四處經商，遍遊各地。最後，以經商失敗作收。藉此揭露「我」從中法戰爭前後至光緒年間 20 多年來所見所聞的諸般亂象。

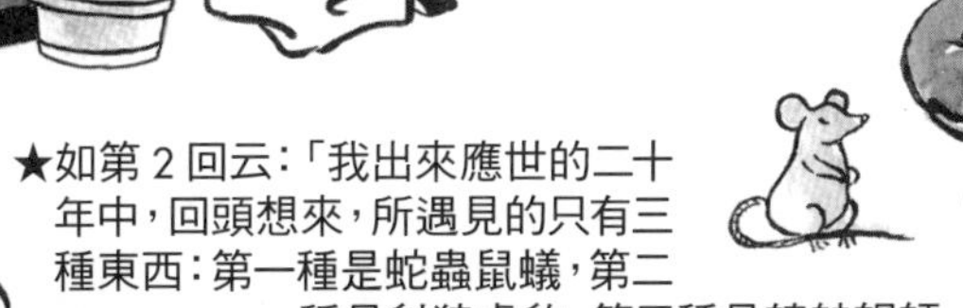

★如第 2 回云：「我出來應世的二十年中，回頭想來，所遇見的只有三種東西：第一種是蛇蟲鼠蟻，第二種是豺狼虎豹，第三種是魑魅魍魎。」描繪各種猥瑣、不堪的醜惡臉譜，同時反映出千瘡百孔的社會問題。

★尤以西方帝國主義入侵，民族自尊心低落，傳統道德淪喪，更是時代悲劇的癥結所在。

UNIT 7-30 棋局已殘人將老

晚清四大譴責小說，為李寶嘉《官場現形記》、吳沃堯《二十年目睹之怪現狀》、劉鶚《老殘遊記》和曾樸《孽海花》。

老殘行醫述見聞

《老殘遊記》，署名「鴻都百鍊生」（或作「洪都百鍊生」），為作者筆名。劉鶚（1857~1909），字鐵雲，江蘇丹徒人。書中「棋局已殘，吾人將老」，正是主角老殘的寫照，亦作者之自況。「老殘」是一位奔走江湖行醫濟世的郎中，也是一位胸懷天下、憂國憂民的書生。全書敘其行醫途中之見聞，如開篇他夢見大海中一艘載浮載沉的破輪船，船上有四種人：掌舵管帆者、水手、演說家和無數男女乘客。藉此隱喻當時的政治、社會情況，破船指中國，象徵滿清國勢風雨飄搖。掌舵管帆者指統治者，作者認為他們很認真，不過各管各的，無法協調。水手指中、下層官吏，他們趁亂打劫，查扣錢糧、搜括財物，藉機魚肉群眾。演說家指革命派，主張讓乘客去掌舵，只會空口說白話，毫無作為。無數乘客指廣大的人民。作者認為船之所以危險，是沒有使用西方的羅盤和紀限儀；當老殘弄來這兩樣東西，卻被革命英雄和群眾大罵：「這是賣船的漢奸！快殺，快殺！」與作者的親身經歷類似，他曾主張引進西方科技、文明以救國救民，因而擔任外商公司經理，結果卻引來漢奸的罵名。此處刻意記上一筆，為自己辯白。

劉鶚有其時代限制和政治立場，如對孫中山所領導的革命黨頗反感，曾罵他們「制犬」、「毒龍」等；又藉莊宮保影射山東巡撫張曜時，所述與事實不符，描寫失之公允。不過，如胡適〈序〉云：「《老殘遊記》最擅長的是描寫的技術，無論寫人寫景，作者都不肯用套語濫調，總想鎔鑄新詞，作實地的描畫。在這一點上，這部書可算是前無古人了。」所言甚是！

孽海浮沉賽金花

曾樸（1871~1935），原名曾樸華，字太樸，筆名「東亞病夫」，江蘇常熟人。其代表作為長篇章回小說《孽海花》，凡三十五回。以隱喻的手法，藉蘇州狀元金汮（雯青）影射禮部侍郎洪鈞，敘他與名妓傅彩雲（賽金花）的愛情故事，附帶提及同治初至甲午戰爭三十年間社會政治、歷史文化的變遷。同治狀元金雯青，與名妓傅彩雲一見鍾情，納為妾室。後雯青攜此豔妾出使德、俄等國，彩雲花名在外，惹出許多風流韻事，令他無力招架。俄國畫家向雯青兜售中俄界圖，雯青重金買下，上呈清廷。回京後，他病中得知，所獻地圖邊界劃分有誤，被御史參奏，皇上震怒。幾經周折，終於平息了風波。某日返家，偶聞愛妾與孫二兒間豔事，竟讓他一病不起。時值中日戰爭，清軍慘敗，朝廷向日本求和，簽訂馬關條約，割地賠款，國勢一蹶不振。雯青死後，彩雲不辭而別，改名曹夢蘭，到上海重新掛牌賣笑。這時，革命黨人陳千秋準備起事，孫波改組青年會為興中會，因走漏消息，起義失敗。全書描寫了二百多個人物，上至慈禧太后、光緒皇帝，到達官名流，以及社會底層的妓女、小廝、小偷等，甚至是德國的交際場，風靡一時，形成一股「賽金花熱」。

譴責小說託諷意

劉鶚《老殘遊記》

★敘「老殘」行醫途中的見聞，如開篇他夢見大海中1艘載浮載沉的破輪船，船上有4種人：掌舵管帆者、水手、演說家和無數男女乘客。藉此隱喻當時的政治、社會情況。

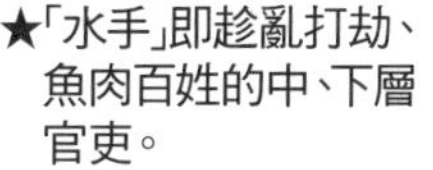

★「水手」即趁亂打劫、魚肉百姓的中、下層官吏。

★「破船」象徵風雨飄搖的中國。

★「掌舵管帆者」指各自為政、步調不一致的統治者。

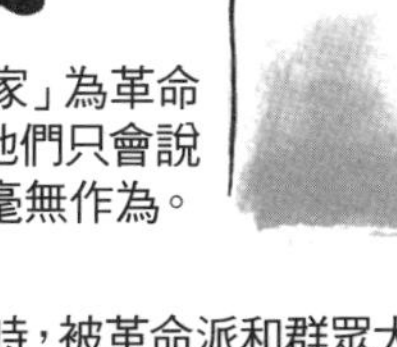

★「演說家」為革命人士，他們只會說大話，毫無作為。

★「無數乘客」乃群眾也。

★當老殘弄來西方的羅盤和紀限儀時，被革命派和群眾大罵：「這是賣船的漢奸！快殺，快殺！」與作者親身經歷類似，他曾主張引進西方科技、文明以救國救民，卻引來罵名。

曾樸《孽海花》

★狀元金雯青對名妓傅彩雲一見鍾情，納為妾室。後雯青出使德、俄等國，彩雲花名在外，惹出許多風流韻事。

★雯青重金買下中俄界圖，上呈清廷。又因所獻地圖邊界劃分有誤，觸怒了皇上。

★雯青某日返家，偶聞愛妾與孫二兒間豔事，竟一病不起。

★中日戰爭，清軍慘敗，求和，割地賠款，國勢一蹶不振。

★雯青死後，彩雲改名曹夢蘭，到上海重新掛牌賣笑。

★革命黨人準備起事，但因走漏風聲，起義失敗。

第8章

結　論

UNIT 8-1 文評詩話說梗概

漢末曹丕〈典論論文〉是我國第一篇文學批評專文，「建安七子」之稱，由此而來。西晉陸機〈文賦〉，是一篇用俳賦寫成的文學批評專論。

劉勰《文心雕龍》

南朝梁劉勰（465？~？）《文心雕龍》十卷，凡五十篇，用駢文寫成，是我國第一部文學理論專著。據劉勰〈序志〉的說法：卷一〈原道〉、〈徵聖〉、〈宗經〉、〈正緯〉、〈辨騷〉五篇，為「本原論」。卷二至卷五，起於〈明詩〉，終於〈書記〉，共二十篇，為「體裁論」。卷六至卷九，計二十篇，為「創作論」；原應起於〈神思〉，終於〈物色〉，但今本〈時序〉與〈物色〉二篇順序錯置。卷十，前四篇〈時序〉、〈才略〉、〈知音〉、〈程器〉，為「批評論」。末篇〈序志〉，為自序，以總括全書。由此可見該書立論周詳，體大而思精。

鍾嶸《詩品》

鍾嶸（？~518）《詩品》是繼劉勰之後，一部專門品評五言詩的文學批評名著。全書分上、中、下三品，評述兩漢至南朝梁間一百二十二位詩人的作品。《文心雕龍》、《詩品》二書，標誌著六朝文學批評理論發展的高峰。

司空圖《二十四詩品》

晚唐司空圖（837~908）《二十四詩品》，將鍾嶸「滋味」說，片面發展成「韻味」論。並把詩歌風格，分為「雄渾」、「沖淡」、「纖穠」等二十四種。其詩論，經南宋嚴羽、清代王士禛等的發揮，對後世影響不小。如清人袁枚仿其形式，作《續詩品》。

嚴羽《滄浪詩話》

南宋嚴羽（？~？）《滄浪詩話》，是一部全面而有系統的詩歌理論；內容分為「詩辨」、「詩體」、「詩法」、「詩評」、「詩證」五部分，末附〈與吳景仙論詩書〉。他以禪喻詩，強調學詩方法在於「妙悟」。論詩宗盛唐，又在司空圖「不著一字，盡得風流」上，發展出「興趣」說，追求詩中如「羚羊掛角，無跡可求」的境界。明代前、後七子主張「詩必盛唐」，多少受其啟發。清人王士禛更因此大倡「神韻」說，致力於追求詩歌中的盛唐韻味。

王世貞《藝苑巵言》

明代王世貞（1526~1590），著有《藝苑巵言》，評詩兼論文，主要發揮其「文必秦漢，詩必盛唐」的文學理論。

王國維《人間詞話》

清末王國維（1877~1927）《人間詞話》，拈出「境界」二字，以判詩詞之優劣，自成一套理論系統。如云：

> 詞以境界為上。有境界則自成高格，自有名句。
>
> 有有我之境，有無我之境。……古人為詞，寫有我之境者為多，然未始不能寫無我之境，此在豪傑之士能自樹立耳。
>
> 境非獨謂景物也。喜怒哀樂，亦人心中之一境界。故能寫真景物、真感情者，謂之有境界，否則謂之無境界。

「境界」包括外界客觀景物、個人主觀情感兩方面，然無論物境或情境在作品中再現，務求其真實，因為唯有情真意切，才能創作出有境界的上乘之作。

知音程器品詩文

單　篇

漢末曹丕〈典論論文〉：我國第1篇文學批評專文。

西晉陸機〈文賦〉：是1篇用**俳賦**寫成的文學批評專論。

專　書

駢文 劉勰《文心雕龍》

《文心雕龍》10卷，50篇，第1部文學理論專著。

卷1	卷2~5	卷6~9	卷10	卷10
5篇	20篇	20篇	4篇	1篇
原道、徵聖、宗經、正緯、辨騷	明詩 ↓ 書記	神思 ↓ 物色	時序、才略、知音、程器	序志 總括全書
本原論	體裁論	創作論	批評論	自序

鍾嶸《詩品》

《詩品》：專門品評**五言詩**的文學批評名著。

全書分上、中、下3品，評述兩漢至南朝梁間122位詩人的作品。

司空圖《二十四詩品》

晚唐司空圖將鍾嶸的「滋味」說，片面發展成為「韻味」論。

司空圖把詩歌風格分為「雄渾」、「沖淡」、「纖穠」、「沉著」等24種。

司空圖的詩論，經南宋嚴羽、清代王士禎等人的發揮，對後世影響不小。

嚴羽《滄浪詩話》

《滄浪詩話》：1部全面而有系統的詩歌理論。

全書內容分為「詩辨」、「詩體」、「詩法」、「詩評」、「詩證」5部分，末附〈與吳景仙論詩書〉1文。

★以禪喻詩，強調學詩方法在於「妙悟」。

★論詩宗盛唐，在司空圖「不著一字，盡得風流」基礎上，發展出「興趣」說，追求詩中如「羚羊掛角，無跡可求」的境界。

★明代前、後七子主張「詩必盛唐」，多少受其啟發。

★清人王士禎倡「神韻」說，追求詩歌的盛唐韻味。

王世貞《藝苑卮言》

明代「後七子」之一的王世貞著《藝苑卮言》，評詩兼論文，發揮「文必秦漢，詩必盛唐」的文學理論。

王國維《人間詞話》

《人間詞話》拈出「境界」2字，以判詩、詞之高下優劣，自成1套理論系統。

如云：「詞以境界為上。有境界則自成高格，自有名句。」

「境界」含外界客觀景物、個人主觀情感2方面，然無論物境或情境在作品中再現，務求其真實，因為唯有情真意切，才能創作出有境界的上乘之作。

UNIT 8-2 中華詩歌耀百代

詩歌是中國文學的璀璨瑰寶，光彩熠熠，照耀千古。就詩歌體裁而言，當以初唐沈佺期、宋之問為界，在此之前，由於詩歌格律未定形，稱為「古體詩」。沈、宋以後，格律儼然形成，如依詩律來創作，便是「近體詩」；當然，此時作詩如不講平仄、自由用韻等，所寫仍為「古體詩」。

古體詩

所謂「古體詩」，指平仄不拘、押韻自由（可換韻）、句數與字數不受限、對仗與否悉聽尊便的詩歌。又可細分為兩類：

1. 古詩

作者多為文人，且姓名一般可考。題目與詩歌內容相符，如陶淵明〈歸園田居〉五首，寫他「開荒南野際，守拙歸園田」回家種田的情形。由於是文人個人的創作，內容自然以抒發一己之情思為主。古詩大部分可吟誦，只有少數配上音樂才可歌唱。依每句字數多寡，還可分為五言、七言和雜言古詩。如上述陶淵明就是寫五言古詩的高手；而杜甫〈寄韓諫議〉:「美人胡為隔秋水？焉得置之貢玉堂？」勸韓諫議出來做官，這是七言古詩；李白〈宣州謝朓樓餞別校書叔雲〉:「棄我去者，昨日之日不可留；亂我心者，今日之日多煩憂。」屬於雜言古詩。

2. 樂府

又稱「樂府詩」，源於民間，為群眾集體創作而成，所以作者多不可考，內容則反映社會大眾共同的心聲。由於樂府合樂可歌，故題目多半與音樂相關，而帶有「歌」、「行」、「吟」、「曲」、「操」、「弄」、「引」等音樂性字眼，如〈長干行〉、〈塞下曲〉、〈江南弄〉等。後來，隨著文人的仿作，於是將從民間蒐集來的樂府詩，稱為「民間樂府」；將文人模仿之作，稱為「文人樂府」。二者最大差別，在於文人樂府與古詩性質較近，作者大多可考，且不可歌，內容或抒發一己情思，或代大眾發聲，兼而有之，如孟郊〈遊子吟〉自注：「迎母溧上作。」是他深受慈母恩情，有感而發之作。

近體詩

近體詩，指一首詩的平仄、用韻（須一韻到底）、字數、句數等，完全受到嚴格的限制。也可分為兩類：

1. 絕句

一首四句，可押平聲韻或仄聲韻，講平仄，每句字數須一致，或五言，或七言，故有五言絕句、七言絕句之別。前者如孟浩然〈春曉〉，後者如王昌齡〈芙蓉樓送辛漸〉，都是不朽的佳作。

2. 律詩

一首八句（兩句為一聯，含首、頷、頸、尾共四聯），頷、頸二聯須對仗，限押平聲韻，講平仄，每句字數要一致，或五言，或七言，故有五言律詩、七言律詩之分。如王維〈山居秋暝〉為五言律詩，蘇軾〈和子由澠池懷舊〉為七言律詩。另有「排律」，又稱「長律」，一首至少十句（五聯）以上，為律詩之變體。一首之中，除了首、尾二聯不必講對仗外，中間各聯務須對仗工整。排律一聯稱為「一韻」，上百韻之作亦有所見；但多作五言。如杜甫〈奉贈韋左丞丈二十二韻〉，除了首、尾二聯之外，就有二十聯對仗，令人嘆為觀止！

格律定形於沈宋

古體詩

古體詩，指平仄不拘、押韻自由（可換韻）、句數與字數不受限、對仗與否完全隨意的詩歌。

古　詩

作者	多為文人，且姓名一般可考。
題目	與詩歌內容相符。
內容	個人創作，多為抒發一己之情思。
音樂	可吟誦，少數配上音樂才可歌唱。
分類	可分為五言、七言和雜言古詩。

樂　府

作者	為民間群眾，多不可考。
題目	多半與音樂相關。
內容	集體創作，反映社會大眾的心聲。
音樂	合樂可歌。
分類	可分為民間樂府、文人樂府。

至初唐，沈佺期、宋之問使詩歌格律定形

近體詩

近體詩，指1首詩的平仄、用韻（須1韻到底）、字數、句數等，完全受到嚴格的限制。

絕　句

★1首4句。對仗與否，不受限制。

★可押平聲韻或仄聲韻。

★每句平仄須遵守「一三五不論，二四六分明」的原則。

★每句字數五言或七言，故有五絕、七絕之別。

律　詩

★1首8句：2句為1聯，包括：首聯、頷聯、頸聯及尾聯。頷、頸2聯須對仗。

★限押平聲韻。

★講平仄，原則與絕句同。

★每句字數五言或七言，故有五律、七律之分。

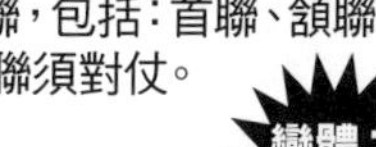

★沈佺期、宋之問以後，詩歌格律已完全定形。自此凡按照格律創作的詩歌，稱為「近體詩」，又名「今體詩」；而從前那些不講平仄、用韻自由的詩，則統稱為「古體詩」。

★然而，沈、宋以後縱使近體詩蓬勃發展，古體詩仍鋒芒未減，佳作迭出。如王維〈渭川田家〉是五古，杜甫〈寄韓諫議〉是七古，李白〈宣州謝朓樓餞別校書叔雲〉屬於雜言古詩；而中唐元稹、白居易等倡「新樂府運動」，則將樂府詩反映社會現實的精神發揮得淋漓盡致。

UNIT 8-3

倚聲而今形貌改

詞是隋、唐以來流行宴樂的歌詞，自然是配樂可歌的音樂文學。時至今日，由於音樂亡佚，詞卻成為僅供案頭閱讀的文學作品，昔時歌女伶人、騷人墨客的吟哦低唱、長嘯高歌，只能憑空想像了。

就風格言，詞可分為婉約、豪放二類，而以婉約為正格，以豪放為別調。但這只是概分，不是絕對的，因為豪放詞人蘇軾，也有〈蝶戀花〉傷春之作；辛棄疾於豪放調外，更有〈摸魚兒〉宮怨之詞。

詞家正宗婉約調

敦煌民間詞中，不乏謳歌愛情、相思之作，自然屬於婉約一派。中唐劉、白〈憶江南〉，或道惜春之情，或憶江南之好，格調柔婉。至晚唐，溫、韋作閨怨、離愁小詞，始終不出花間風韻。南唐李後主或敘宮廷宴樂，或寫亡國血淚，詞至此成為讀書人抒發情思的文體，而非宴會娛賓的歌詞。

宋初晏歐諸公以詞寄託士大夫的閒情逸致，仍未脫離婉約風格。到柳永詞，格調雖屬婉約，但已將高山大水的景物寫進詞中。北宋末，周邦彥詞以審音琢句聞名，內容卻未擺脫閨閣相思的範疇。李清照主張詞「別是一家」，堅守婉約正格。南宋姜夔詠梅花傷舊情、張炎藉孤雁喻飄零、草窗（周密）夢窗（吳文英）的託物寄意、碧山（王沂孫）竹山（蔣捷）的黍離之悲等，或雕鏤精工，或詞意晦澀，同屬於婉約詞。

元人仇遠詞雋雅清新，仍為婉約之作。到清代，納蘭詞宗李後主，純任性靈，極纏綿婉約之致；朱彝尊等浙西詞派尊姜、張，尚清空醇雅之調；張惠言等常州詞派，以〈風〉、〈騷〉為號召，強調比興寄託。乃至晚清，蔣春霖悽怨之詞、王國維「意決而辭婉」之作，皆與溫、韋以來花間詞風，一脈相承，為詞家正宗的婉約情調。

蘇辛別調豪放詞

敦煌曲子詞中，已見描寫長城俠客、蕃家將，或訴說軍旅艱辛，或闡述報國雄心等豪情萬丈的作品。文人詞至柳永，首先把高遠景物填入詞中，拓展了詞的境界，豪放詞始微露端倪。蘇軾進一步擺脫音樂束縛，以詩為詞，將詞的內容、境界與手法等推向另一個高度，開創豪放詞風。

至南宋，陸游作豪放調：「胡未滅，鬢先秋，淚空流。此生誰料？心在天山，身老滄州」（〈訴衷情〉），是他英雄末路的悲歌。辛棄疾筆下充滿豪傑之氣：「把吳鉤看了，欄杆拍遍，無人會，登臨意」（〈水龍吟〉），這般詩、詞、散文合流的忠憤之作，豪壯沉鬱，稼軒不愧是豪放詞的集大成者！

金人元好問填詞，取法蘇、辛，藉以抒發其壯懷激烈。元、明詞極衰落，只承宋詞餘緒，毫無建樹可言。清詞始有復興之勢，如清初以陳維崧為首的陽羨派，崇尚蘇、辛豪放詞風，開宗立派，盛行一時。迦陵詞（陳維崧）沉雄俊爽，氣魄絕大，堪與蘇、辛並駕。珂雪詞（曹貞吉） 雄渾蒼茫，語多奇氣，有不可一世之意。足見清代豪放詞中興，名家輩出。

然儘管如此，豪放之作再好，終究違背了詞婉約柔媚的本質，只能算是詞的別調。

僅供閱讀純歌詞

★詞是隋、唐以來流行宴樂的歌詞，是可搭配音樂演唱的音樂文學。
★時至今日，由於音樂已經亡佚，詞成為僅供案頭閱讀的文學作品。
★詞可分為婉約、豪放 2 種風格，公認以婉約為正格、豪放為別調。
★但豪放詞人蘇軾、辛棄疾，也有〈蝶戀花〉、〈摸魚兒〉等婉約之作；畢竟婉約才是詞的本質。

正宗 婉約詞

隋、唐民間詞	敦煌曲子詞中，所蒐集謳歌美女愛情、相思離別者。	
唐代詞	★中唐劉禹錫、白居易〈憶江南〉詞。 ★晚唐溫庭筠、五代韋莊等人的花間小詞。	
南唐詞	至李後主，詞成為文士抒發情思的文體。	
宋詞	晏歐	以詞寄託士大夫的閒情逸致。
	柳永	將高山大水的景物寫進詞中。
	秦觀	繼續發揚詞之婉約傳統。
	周邦彥	其格律詞，未擺脫閨閣相思範疇。
	李清照	主詞「別是一家」，堅守婉約正格。
	姜張	其詠物詞，詞意晦澀，雕鏤精工。
元、明詞	★仍以婉約之作為宗。 ★仇遠號稱元詞第一。	
清詞	納蘭性德	宗李後主，極纏綿婉約之致。
	浙西詞派	尊姜、張，尚清空醇雅之調。
	常州詞派	以〈風〉、〈騷〉為號召，強調比興寄託。
	晚清詞人	蔣春霖、王國維之作，與溫、韋以來花間詞風，一脈相承。

別調 豪放詞

隋、唐民間詞	敦煌曲子詞中，所蒐集描寫長城俠客、軍旅艱辛者。

拓展了詞的境界，豪放詞始微露端倪。（承柳永）

宋詞	東坡詞	開始擺脫音樂的束縛，以詩為詞，將詞的內容、境界與手法等，推向另 1 個高度，因而開創了豪放詞風。
	南宋初	★岳飛、張孝祥等繼續發展豪放詞。 ★陸游直抒報國赤忱，亦屬豪放調。
	集大成者	辛棄疾進一步將詩、詞、散文合流，填寫請纓殺敵、壯志難酬的忠憤。
	豪放遺風	南宋國勢日衰，劉克莊、戴復古詞淪為粗豪、鄙俚，頓失風雅蘊藉之味。
金詞	元好問取法蘇辛，以詞抒發壯懷激烈。	
元、明詞	雖毫無建樹，但豪放詞仍有人創作。	
清詞	陽羨派	陳維崧之作，沉雄俊爽，氣魄絕大；曹貞吉詞，雄渾蒼茫，語多奇氣。

UNIT 8-4 品讀散曲心感慨

曲與詞同源，均為音樂文學，隨著音樂失傳，而成為案頭文學。曲是元代文學的主流。元人散曲，前期之作充滿通俗性、口語化，展現出北方文學樸實、直率的自然美；後期受到南方文學的影響，以及寫作技巧愈形精進，而使曲作步上騷雅典麗一途。

元末明初，散曲風格已由質樸走向華麗。明代散曲，前期豪放派，遙承馬致遠，至馮惟敏達於頂峰；清麗派，遠宗張可久，至沈仕臻於絢爛。後期可分為辭藻、格律二派及獨樹一幟者。清人散曲，多模擬之作，注重文采，故成就不如元、明。

曲風清麗騷雅

元代前期：曲風「如瓊筵醉客」的關漢卿，是個滑稽多智、蘊藉風流的「浪子班頭」。無論描寫兒女私情，或鄉居情趣，都展現出質樸率真的特色。而「如鵬摶九霄」的白樸，曲風雖屬於清麗派，但清俊飄逸、豪放清新之作，兼而有之。其學問根柢深厚，故曲中多了幾許典麗氣息。

元代後期：風格「如瑤天笙鶴」的張可久，在馬致遠部分清麗散曲之上，加以發揮，又能不落俳諧，工於鍛句，錘鍊自然，而成為名副其實清麗派曲家，終於確立了元曲與唐詩、宋詞並駕齊驅的地位，故與馬致遠並稱為「曲中雙絕」。

明代前期：沈仕開曲中香豔之風，對其後曲壇影響甚大。明代後期：辭藻派散曲家，以梁辰魚為首，他們大多崇尚華麗的辭藻，精雕細琢，專務華美。格律派散曲家，以沈璟為首，他們主要講究格律嚴正，雖也要求文辭典雅，但太遵守韻律的結果，反而喪失了散曲清新活潑的氣息。

清代厲鶚，自稱以詞筆創作散曲，故被視為「詞人之曲」。其曲與詞一樣，皆以清麗俊逸取勝，然時有模擬、堆砌之病，可謂美中不足！

曲風豪放奔逸

元代前期：風格「如朝陽鳴鳳」的馬致遠，雖為豪放派曲家，但豪放奔逸、清麗典雅之作，兼而有之。其小令以〈越調天淨沙・秋思〉曲風清麗最享盛名，專取枯瘦意象，襯托出旅人飄泊無依的淒苦，真是妙極！而套曲〈雙調夜行船套・秋思〉，筆墨縱橫，酣暢淋漓，為其豪放曲風的代表作，也是元人散曲的壓卷之作。

元代後期：鍾嗣成因相貌奇醜無比，自號醜齋。套曲〈南呂一枝花・自序醜齋〉是其成名曲作，通篇從「醜」字大作文章，自嘲醜貌。其餘散曲多表達對黑暗社會的不滿，風格豪放，不時流露出詼諧、頹放的趣味。

明代前期：馮惟敏散曲，氣魄頗大，意境更高，又擅於引用方言俗語，筆鋒犀利，活潑生動，是明代最出色的豪放派曲家。明代後期：嘉靖以後，施紹莘擺脫梁、沈束縛，而自成一家。他融合了元曲的豪放與清麗風格，發展出清麗、蒼莽兼備的新曲風，可謂集明曲之大成。

清代趙慶熺工散曲，小令、套曲兼善。如〈南商調二郎神・謝文節公遺琴〉，傳達對謝枋得愛國精神的無限尊崇，讀之令人心生感慨。

音樂失傳案頭曲

「曲」與「詞」同源，均為音樂文學，隨著音樂失傳，而成為案頭文學。「曲」是元代文學的主流。

時代	分期	說明
元代	前期	曲作充滿通俗性、口語化，展現出北方文學樸實、直率的自然美。
	後期	受南方文學影響，及寫作技巧的精進，使散曲步上騷雅典麗1途。
元末明初		散曲風格已由質樸走向華麗。
明 代	前期	豪放派承馬致遠，馮惟敏為最優；清麗派宗張可久，沈仕達於極致。
	後期	可分為辭藻、格律2派及獨樹一幟者。
清代		作者雖然不少，但多模擬之作，注重文采，故成就不如元、明兩代。

清麗騷雅

元代

前期

★關漢卿曲風如瓊筵醉客，展現前期散曲質樸率真的特色。

★白樸曲風如鵬摶九霄，屬清麗派，但兼具清俊飄逸、豪放清新之作。

後期

張可久曲風如瑤天笙鶴，工鍛句，錘鍊自然，至此確立元曲與唐詩、宋詞鼎足而立的地位。他與馬致遠並稱為「曲中雙絕」。

明代

前期

沈仕開曲中香豔之風，對其後曲壇影響甚大。

後期

★辭藻派以梁辰魚為首，其散曲崇尚華麗的辭藻，精雕細琢，專務華美。

★格律派以沈璟為首，太遵守韻律，反而喪失了散曲清新活潑的氣息。

清代

厲鶚以詞筆創作散曲，被視為「詞人之曲」。其曲與詞，皆以清麗俊逸取勝，然時有模擬、堆砌之病，可謂白璧微瑕。

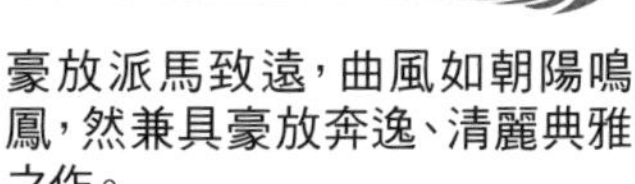

豪放奔逸

元代

前期

豪放派馬致遠，曲風如朝陽鳴鳳，然兼具豪放奔逸、清麗典雅之作。

後期

相貌奇醜，自號「醜齋」的鍾嗣成，其散曲中多表達出對黑暗社會的不滿，風格豪放，且流露出詼諧、頹放的趣味。

明代

前期

馮惟敏散曲，氣魄大，意境高，又善用方言，是出色的豪放派曲家。

後期

★嘉靖以後，施紹莘散曲擺脫梁、沈之束縛，自成一家。

★施紹莘融合了元曲的豪放與清麗風格，發展出清麗、蒼莽兼而有之的新曲風，可謂集明曲之大成。

清代

趙慶熺工散曲，小令、套曲兼善。

元曲包括「散曲」、「雜劇」2類，性質不同：前者只可歌唱抒情；後者即舞臺上代所扮演腳色抒情，以搬演故事的「戲曲」。

UNIT 8-5 戲曲風靡海內外

我國傳統戲曲是一門綜合藝術。它以詩歌為本質，密切配合音樂、舞蹈，加上雜技，以講唱文學的敘述手法和象徵方式，透過俳優以代言體搬演而表現出來。

中國戲曲之演變

1. 戲文：屬於南曲，產生於北宋末，至南宋咸淳年間大盛，為明傳奇之先聲。由於初始流行於浙江溫州，南宋初，名為「溫州雜劇」。到了後代，由於興起於南方民間，故稱「南戲」。

2. 院本：屬於北曲，盛行於金、元之間，故又稱「金元院本」。其唱腔與腳色等，與南戲不太相同。或演而不唱，或唱而不演，表演形式尚未定形。今存作品頗多，如《三笑圖》等。

3. 雜劇：又稱「北曲」，前身即金元院本。元代戲曲的主流，由一人獨唱到底，一本四折，可加「楔子」。至明、清，這種「雜劇」已變成短劇或獨幕劇的別稱，或作一本一折。

4. 傳奇：宋代南曲戲文，至元末明初，受到雜劇的影響，逐漸發展成長篇鉅製、組織嚴密、情節曲折的傳奇。至魏良輔改良崑山腔以後，傳奇大盛，成為明、清戲曲主流，稱霸劇壇長達二百多年。

5. 地方戲：由於中國幅員遼闊，各地間存在著種種隔閡，因此在雜劇與傳奇興起之後，又演變出各種各樣的地方戲曲。如廣東的「粵劇」，浙江的「紹興戲」、「四明戲」等，尚有「徽調」、「漢調」、「秦腔」、「楚劇」、「湘劇」、「川劇」等，都是著名的地方戲。

中國戲曲之主流

1. 雜劇：以「雜劇」為名的戲曲，包括宋雜劇、元雜劇和明、清雜劇，三者雖同屬一個系統，但內容、形式卻大不相同。宋雜劇乃諸戲之總稱，還不算是真正的戲劇。明、清雜劇指南雜劇與短劇，為當時劇壇次要劇種。只有元雜劇是第一個登上主流地位的戲曲。關漢卿公認為元雜劇首創者，與馬致遠、鄭光祖、白樸，號稱「元曲四大家」，皆有優秀作品傳世。

2. 傳奇：唐傳奇，指唐代文言小說；宋傳奇，為諸宮調之代稱；元傳奇，為元人雜劇之別名；明傳奇，則成了南曲戲文的專稱。元末明初五大傳奇之後，傳奇逐漸受觀眾青睞；成化年間魏良輔改良崑山腔，傳奇從此躍居明、清戲曲之主流。梁辰魚《浣紗記》、張鳳翼《紅拂記》、沈璟《義俠記》、湯顯祖《牡丹亭》等，為明傳奇的代表作。至清代，「南洪北孔」更以《長生殿》、《桃花扇》二大傳奇，打響了名號；他們試圖藉由劇中人物的悲歡離合，隱隱道出內心的黍離之思。

3. 京劇：清道光、咸豐年間，由漢調西皮與徽調二黃融合而成的皮黃劇，因帶有北京音腔，被稱為「京戲」或「京劇」。京劇於同治、光緒年間最為興盛，而登上劇壇盟主的寶座。其舞臺藝術，可說是崑曲的通俗化；音樂則以徽、漢二調為主，並吸取崑、弋、秦諸腔之優點。由於京劇以散齣為多，因此劇情內容顯得片段，不夠完整，但好處是各門腳色有其擅長的劇本，所以格外能滿足觀眾口味。民國以降，北京改名北平，又稱「平劇」。更因它是傳統戲曲的精華，故今稱「國劇」。

戲曲是1門綜合藝術；以詩歌為本質，密切配合音樂、舞蹈，加上雜技，以講唱文學的敘述手法和象徵方式，透過俳優以代言體搬演而表現出來。

中國戲曲之演變

★屬於南曲，產生於北宋末，至南宋咸淳年間大盛，為明傳奇之先聲。

★初始流行於浙江溫州，南宋初，名為「溫州雜劇」。

★到後代，因戲文興起於南方民間，故稱「南戲」。

★屬於北曲，盛行於金、元之間，又稱「金元院本」。

★其唱腔與腳色等與南戲不太相同。或演而不唱，或唱而不演，可見表演形式尚未定形。

★又稱北曲，前身即金元院本。

★為元代戲曲主流。1人獨唱到底，1本4折，可加楔子。

★至明、清時，「雜劇」已成短劇或獨幕劇的別稱，或1本1折。

★南曲戲文至元末明初受雜劇影響，漸發展成長篇鉅製、組織嚴密、情節曲折的傳奇。

★至魏良輔改良崑山腔以後，傳奇大盛，成為明、清戲曲的主流，稱霸劇壇長達200多年。

中國幅員遼闊，雜劇、傳奇之後，又演變出各種地方戲曲，如：粵劇、紹興戲、四明戲、徽調、漢調、秦腔等。

中國戲曲之主流

雜劇	宋雜劇	乃諸戲之總稱，還不算是真正的戲劇。
	元雜劇	★第1個登上主流地位的戲曲。 ★關、馬、鄭、白，號稱「元曲四大家」。
	明、清雜劇	指南雜劇與短劇，為當時劇壇次要劇種。
傳奇	唐傳奇	指唐代文言小說。
	宋傳奇	為諸宮調之代稱。
	元傳奇	為元雜劇之別名。
	明、清傳奇	★成為南曲戲文的專稱。 ★五大傳奇之後，傳奇漸受青睞；成化年間，魏良輔改良崑山腔，傳奇躍居明、清戲曲主流。 **★明代傳奇代表作：《浣紗記》、《紅拂記》、《牡丹亭》。** **★清代傳奇代表作：《長生殿》、《桃花扇》。**
京劇	★清道光、咸豐年間，由漢調西皮與徽調二黃融合而成的皮黃劇，因帶有北京音腔，被稱為京戲或京劇。 ★京劇於同治、光緒年間最興盛，而登上劇壇盟主的寶座。	

UNIT 8-6 辭賦風華已不再

「賦」為《詩》「六義」之一，故班固〈兩都賦序〉云：「賦者，古詩之流也。」到了春秋時，外交場合需要賦詩言志，所賦多為古詩，或不入樂的詩，後人便把這種不入樂的詩稱為賦。即《漢書・藝文志》所云：「不歌而誦謂之賦，登高能賦可以為大夫。」

戰國時代

賦在戰國時稱為「辭」，到漢代，辭賦不分。故《史記・屈原列傳》云：「屈原既死之後，楚有宋玉、唐勒、景差之徒者，皆好辭而以賦見稱。」而《楚辭》中，以〈離騷〉影響最大；由於不入樂，只可誦，所以也稱為賦。

荀子是最早寫賦的作家，《漢志》載：「孫卿賦十篇。」今存〈禮〉、〈知〉、〈雲〉、〈蠶〉、〈箴〉五篇小賦，及〈佹詩〉二首，是文學史上最早以賦名篇的作品。故劉勰《文心雕龍》云：「賦也者，受命於詩人，而拓宇於《楚辭》也。於荀況〈禮〉、〈知〉，……爰錫名號。」說明賦脫胎於《詩經》與《楚辭》，得名於荀賦。但賦畢竟不同於《詩》〈騷〉，是一種獨立、創新的文體。

兩漢時代

漢代辭賦發展，大致可分為四期：一、初興期：未脫《楚辭》體形式，帶有「兮」字，通篇用韻，多為抒情短篇；以賈誼、枚乘為代表。二、隆盛期：多為鋪張揚厲的長篇鉅製，內容不出歌功頌德，篇末致以委婉諷諫之意；此期名家輩出，司馬相如象徵漢代古賦的最高成就。三、模擬期：以司馬相如之作為模擬範本，淪為辭藻的堆砌，誇大不實，空洞無物，徒有華麗的外貌；以揚雄、班固為代表。四、轉變期：內容轉為諷刺時政，朝抒情化、小品化發展，且句中逐漸雜有駢偶成分；以張衡、趙壹為代表。

六朝時代

魏晉辭賦，篇幅短小，題材寬廣，多詠物之作，風格華麗，獨具個性，完全擺脫機械模擬的弊病；以曹植、王粲、陸機、潘岳為代表。南北朝將魏晉俳賦繼以發揚光大，講究辭藻、對仗、音韻和用典，一味追求形式技巧的新奇完美。以鮑照、江淹、庾信為代表；〈哀江南賦〉象徵庾信賦的最高成就，也是六朝辭賦的集大成之作。

唐宋時代

由於隋、唐以降，科舉考試以詩賦為主，故而在六朝俳賦的基礎上，形成一種更講限字用韻的應試賦，即律賦。現存最早的律賦為王勃〈寒梧棲鳳賦〉，以「孤清夜月」為韻。宋代律賦，如歐陽修〈殿試藏珠於淵賦〉、蘇軾〈濁醪有妙理賦〉等都是名篇。

以散文筆法創作之散賦，不限韻，不講對偶，形式自由；晚唐杜牧〈阿房宮賦〉已開風氣之先，至歐、蘇大力提倡，散賦始成為宋賦之主流。

金元時代

金、元文學衰落，辭賦隨之一蹶不振，僅少數賦家，如元好問、劉因、楊維楨等有作品流傳。

明清時代

明、清股賦，為因應八股文取士而來，形式僵化，內容空洞，故為辭賦之末流，不為文學史家所重。

明清股賦為末流

★「賦」為《詩經》「六義」之一。

★春秋時，外交場合賦詩言志，所賦多為古詩或不入樂的詩，後人便稱之為「賦」。

戰國時代

★「賦」在戰國時代，稱為「辭」。（從漢代開始，「辭」、「賦」不分。）

★《楚辭》中，〈離騷〉影響最大；由於不入樂，只可誦，也稱為「賦」。

★荀子是最早寫賦的作家，今存〈禮〉、〈知〉、〈雲〉、〈蠶〉、〈箴〉5 篇小賦，篇末又附〈佹詩〉2 首，是文學史上最早以賦名篇的作品。

→可見「賦」脫胎於《詩經》與《楚辭》，得名於荀賦。（至漢賦始成為 1 種獨立的新文體。）

兩漢時代

漢代辭賦發展可分為 4 期

初興期	★未脫《楚辭》體形式，帶有「兮」字，通篇用韻，多為抒情短篇。 ★代表賦家：賈誼、枚乘等。
隆盛期	★多長篇鉅製，喜鋪張揚厲，好歌功頌德，有篇末委婉致諷的傳統。 ★名家輩出；以司馬相如成就最高。
模擬期	★以司馬相如之作為模擬範本，內容空洞無物，徒有華麗的外貌。 ★代表賦家：揚雄、班固等。
轉變期	★內容多諷刺時政，朝抒情化、小品化發展，句中逐漸雜有駢偶成分。 ★代表賦家：張衡、趙壹等。

六朝時代

★魏晉辭賦，篇幅短小，題材寬廣，多詠物之作，風格華麗，獨具個性，擺脫機械模擬的弊病。

★代表賦家：曹植、王粲、陸機、潘岳等。

★南北朝將魏晉俳賦發揚光大，講辭藻、對仗、音韻和用典，一味追求形式技巧的新奇完美。

★代表賦家：鮑照、江淹、庾信等。

→庾信〈哀江南賦〉集六朝辭賦之大成。

唐宋時代

★隋唐以降科舉以詩賦為主，故在六朝俳賦基礎上，形成更講限字、用韻的應試賦，即律賦。

★以散文筆法創作之散賦，不限韻，不講對偶，形式自由；晚唐杜牧〈阿房宮賦〉已開風氣之先，至歐、蘇力倡，散賦始成為宋賦的主流。

金元時代

金、元文學衰落，辭賦隨之一蹶不振，僅少數賦家，如元好問、劉因、楊維楨等有作品流傳。

明清時代

明、清為因應八股文取士，而有股賦。其形式僵化，內容空洞，故為辭賦之末流。

UNIT 8-7 千古文章同一脈

中國文章之演進，分為四期如下：

一、駢散合途時期

先秦散文，可分為三類：一、史傳散文：以《尚書》為最早，文字古樸，如今讀來佶屈聱牙。《春秋》多提綱挈領式紀錄，但已較《尚書》淺白通順。《左傳》雖為注解《春秋》而作，然文字簡明流暢，敘述生動活潑，確是不朽的散文鉅著。二、策論散文：《戰國策》所載皆縱橫捭闔之說，如此滔滔雄辯，氣勢磅礴，對後世散文、辭賦影響深遠。三、諸子散文：《老子》文字簡略質樸，為老子門徒所記的語錄；《論語》則為孔子與弟子、時人應答的語錄，文字亦簡樸直率。《孟子》善用寓言來說理，文氣縱橫，雄辯滔滔，頗有戰國策士之風；《莊子》尤善於以寓言體闡述道家哲思，文筆詭譎變化，妙趣橫生。《荀子》文字簡約質樸，是論辯體散文趨於成熟的代表作；《韓非子》文筆深切，辭鋒犀利，且具邏輯性，推理周密，堪稱先秦諸子散文的登峰造極之作。

二、駢文盛行時期

從秦至隋代，文風漸趨唯美，但到韓柳提倡古文，始有駢文、散文之分。在秦代，李斯文鋪陳排比，氣勢奔放，是難得的佳篇。《呂氏春秋》內容充實，語言簡明，別具文學價值。漢代政論文，如賈誼、鼂錯之作，以批評時局為主；至東漢雖有駢偶化傾向，但王符、仲長統之文，仍承西漢渾樸自然之風。兩漢史傳散文，《史記》敘述簡潔明暢，生動活潑；《漢書》講排偶，尚藻飾，風格較為典麗。單篇之作，鄒陽〈獄中上梁王書〉等，喜用排偶，為駢文起源之初步；至蔡邕〈郭有道林宗碑〉，更重藻采、音節，為六朝駢文之津梁。建安末，駢風盛行。至西晉陸機，駢文發展又向前邁進一步；另〈出師表〉、〈陳情表〉等情深意摯的散文，同樣扣人心弦。南北朝以駢文為正宗，徐陵、庾信最具代表性；但《後漢書》、《水經注》、《洛陽伽藍記》等為當時散文之名著。

三、散文盛行時期

自唐代韓、柳之後，以迄清季，散文獨領風騷千餘年之久。初唐，雖有蕭穎士、李華等提倡復古，但未成風尚；直到中唐韓愈、柳宗元出，古文始擊敗駢文，躍居文壇主流。十餘年後，晚唐又為駢文取代。宋代古文運動，以柳開、王禹偁等為開端，成於歐陽修之手，至蘇軾終於大功告成。元代散文承襲唐、宋古文。明初，科舉考八股文，文壇充斥著臺閣體，暮氣沉沉。於是，有前七子提出「文必秦漢」的擬古主張。王慎中、唐順之、歸有光等，不滿前七子模擬秦漢文，而提倡學歐、曾古文，形成「唐宋派」。又有後七子重提前七子的復古論，一時之間，聲勢浩大。後有公安、竟陵派強調性靈，帶動晚明小品文的興盛。清代古文復興，而有「天下文章在桐城」的說法，桐城派及其支流陽湖、湘鄉派，專擅文壇二百年。至林紓、嚴復等以古文翻譯西洋學術名著，終究無法力挽古文之頹勢。

四、語體文盛行時期

民國以降，白話文運動勃興，提倡以語體入文。從此，傳統的文言散文、駢文一起被淹沒在白話文浪潮中。

駢散語體互消長

中國文章之演進，可分為 4 期：

一、駢散合途時期

先秦散文可分為 3 類：

《左傳》文字流暢，敘述生動，為不朽的散文鉅著。

《戰國策》縱橫捭闔之說，滔滔雄辯，氣勢磅礡，對後世散文、辭賦影響深遠。

❶ 語錄體：以《老子》、《論語》為代表。
❷ 寓言體：以《孟子》、《莊子》為代表。
❸ 論辯體：以《荀子》、《韓非子》為代表。

二、駢文盛行時期

★從秦朝至隋代，文風漸趨唯美，但到韓柳提倡古文，始有駢文、散文之分。

★至兩漢，鄒陽〈獄中上梁王書〉喜用排偶，為駢文起源之初步；蔡邕〈郭有道林宗碑〉更重藻采、音節，為六朝駢文之津梁。

★建安末，駢風盛行，一時間佳作如林。

★至西晉陸機，駢文發展又邁進一大步。

★南北朝以駢文為正宗，以徐陵、庾信之作最具代表性。

三、散文盛行時期

★中唐古文盛行 10 餘年後，隨著韓、柳謝世，晚唐又為駢文所取代。

★宋代的古文運動，以柳開、王禹偁等為開端，成於歐陽修之手，至蘇軾終於大功告成。

★元代文壇，仍承襲唐、宋古文。

★明初，科舉考八股文，臺閣體充斥，暮氣沉沉。前七子先提出「文必秦漢」的擬古主張。後王慎中、唐順之、歸有光等，轉而提倡學歐、曾古文，形成「唐宋派」。又有後七子重提前七子的復古論，一時之間，聲勢浩大。於是公安、竟陵派反對擬古而強調性靈，間接帶動了晚明小品文的興盛。

★清代古文復興，有「天下文章在桐城」的說法，桐城派及其支流陽湖、湘鄉派，專擅文壇 200 年。清末民初，林紓、嚴復等以古文翻譯西洋學術名著，終究無法力挽古文之頹勢。

四、語體文盛行時期

★民國以降，白話文運動勃興，開始提倡以語體入文。

★從此，傳統的文言散文、駢文遂一起被淹沒在白話文浪潮中。

UNIT 8-8 筆記章回久不衰

中國小說起源於神話、傳說，以至後來的稗官野史、寓言故事等，都屬於小說的範疇。但這些都還不是真正的小說，充其量只能算小說之雛形。

筆記小說之源流

六朝以志怪、志人為主的筆記小說，應該是中國小說的胚胎期；因為當時人出於作意好奇而寄寓筆端，並不是有意識地從事創作。直到唐傳奇出現，士子有意藉小說以干祿，故用古文寫作一篇篇「傳述奇異」的文言小說，以展現史才、詩筆與議論才能，期盼贏得主考官青睞，作為晉身仕途的上天梯。自唐人傳奇開始，文人已有意識創作小說，可見是為中國小說成熟的標誌。宋、元以降，文人筆記包羅萬象，流品紛雜，品詩論文者有之，摹山狀水者有之，亦不乏搜奇述怪之作。但繼唐傳奇後，能光大筆記小說之門楣者，必須到清代蒲松齡《聊齋志異》、紀昀《閱微草堂筆記》，才能再度榮登筆記小說之冠冕寶座。

話本小說之始終

宋代話本小說，起源於唐代寺僧講唱佛經，又受到工商經濟繁榮，為因應市井娛樂之需，形式從說講變成小說，內容從佛經變為世俗故事，於是出現了短篇、長篇白話小說。宋代話本小說的成就在於短篇，以〈錯斬崔寧〉、〈拗相公〉最具代表性。明代是俗文學的黃金時代，小說更是蓬勃發展，短篇方面，出現馮夢龍《三言》、凌濛初《二拍》兩大擬話本小說鉅著；長篇方面，《三國演義》、《水滸傳》、《西遊記》、《金瓶梅》並稱為「四大奇書」，為章回小說的代表作，同時象徵明人小說的最高成就。雖然章回小說脫胎於宋、元話本，但畢竟已擺脫說話人的底本，成為案頭閱讀的文學作品，故不可等閒視之。

章回小說之本末

明、清小說之主流——章回小說，既然源於話本小說，前身為說話人之底本，可見仍為白話；保留話本回目，回末附有「欲知後事如何，且聽下回分解」的套語，是知篇幅極大，才須留待下回。因此，章回小說即長篇白話小說之意。

元末明初，施耐庵將民間流傳梁山泊好漢的故事，改寫成《水滸傳》，後來不斷有人加入整理、創作，直到清初金聖嘆「腰斬」成七十回本，終於成定形。羅貫中將集體創作之《三國志平話》，改編成雅俗共賞的《三國志通俗演義》，後經清初毛宗崗刪訂成一百二十回本，流行至今。吳承恩以玄奘取經故事為藍本，創作出《西遊記》，成為一本家喻戶曉的神話小說。蘭陵笑笑生將《水滸傳》中潘金蓮謀害親夫、武松復仇一段，敷衍出《金瓶梅》這部市井風情小說。

清代小說二大經典：一、吳敬梓《儒林外史》，諷刺讀書人熱衷功名的醜態。雖然結構鬆散，二十多個故事之間，人物、情節並無聯繫，但以思想內容取勝，對針砭時俗、端正世風具有一定影響力。二、曹雪芹《紅樓夢》，是中國第一本出於原創的小說，其故事結構、語言藝術、人物典型、民俗文化、園林建築、生活美學等，皆足以傲視群倫。難怪學界曾經掀起一股「紅學」研究的熱潮，歷久不衰。

明清小說猶光彩

小說雛形

中國小說起源於神話、傳說，以至後來的稗官野史、寓言故事等都屬於小說的範疇；但這些都還不是真正的小說。

筆記小說

★六朝以志怪、志人為主的筆記小說，實為中國小說的胚胎期。

★唐傳奇乃文人有意識地創作小說，為中國小說成熟的標誌。

★宋、元以降，文人筆記包羅萬象，流品紛雜，故成就無法超越唐代傳奇。

★至清代，《聊齋志異》、《閱微草堂筆記》2 作，始能光大筆記小說之門楣。

話本小說

★宋代話本小說，起源於唐代寺僧講唱佛經，又受工商經濟繁榮，為因應市井娛樂之需，形式從說講變成小說，內容從佛經變為世俗故事，於是出現了短篇、長篇白話小說。

★宋代話本小說的成就在於短篇，以〈錯斬崔寧〉、〈拗相公〉最具代表性。

★明代小說蓬勃發展，短篇方面，有《三言》、《二拍》2 大擬話本小說鉅著；長篇方面，《三國演義》、《水滸傳》、《西遊記》、《金瓶梅》並稱為「四大奇書」，為章回小說的代表作，同時象徵明人小說的最高成就。

章回小說

章回小說，源於宋代話本小說，前身為說話人之底本，可見仍為白話。其中保留話本回目，回末附有「欲知後事如何，且聽下回分解」的套語，是知篇幅極大，為長篇小說。

明、清小說之主流

元末明初，四大奇書

施耐庵《水滸傳》

作者將民間流傳梁山泊好漢故事，改寫成《水滸傳》，後來不斷有人加入整理、創作之列；直到清初金聖嘆「腰斬」成 70 回本，終於成定形。

羅貫中《三國演義》

作者將集體創作之《三國志平話》，改編成雅俗共賞的《三國志通俗演義》（簡稱《三國演義》）；後經清初毛宗崗刪訂成 120 回本，流行至今。

吳承恩《西遊記》

作者以玄奘取經故事為藍本，創作出《西遊記》，成為 1 本家喻戶曉的神話小說。

蘭陵笑笑生《金瓶梅》

作者將《水滸傳》中潘金蓮謀害親夫、武松復仇 1 段，敷衍出《金瓶梅》這部市井風情小說。

清代小說，兩大經典

吳敬梓《儒林外史》

旨在諷刺讀書人熱衷功名的醜態。雖然結構鬆散，但以思想內容取勝，對針砭時俗、端正世風具有一定影響力。

曹雪芹《紅樓夢》

是中國第 1 本原創小說。其故事結構、語言藝術、人物典型、民俗文化、園林建築、生活美學等，皆足以傲視群倫。

UNIT 8-9 中國文學輝煌史

英國翟理思（Herbert Allen Giles）於1901年以英文出版了《中國文學史》，被視為替數千年中國文學撰史的開端。雖然早在1880年已有俄國瓦西里耶夫（V. P. Vasiliev）作《中國文學史綱》，但尚缺乏有系統的建構。

我國古代並沒有文學史著作，直到清光緒三十年（1904），林傳甲《中國文學史》問世，為國人探究中國文學歷史的起源。此書按日本早稻田大學講義《中國文學史》一帙而編，作為京師大學堂上課的教材。

中國的歷史

俗稱中國有五千年悠久的歷史，這是從遠古「盤古開天」、「女媧造人」等不確定的神話時代算起，為廣義的「歷史」。而史稱「三皇」（伏羲氏、神農氏、黃帝軒轅氏）、「五帝」（少昊、顓頊、帝嚳、堯、舜）、夏、殷商前期，由於缺乏具體的文字紀錄，為傳說時代。狹義的「歷史」，以殷墟出土史上最早的文字甲骨文或陶文為起始，畢竟文字是記錄歷史的重要媒介，見諸載籍文物者，才能屬於真正信實可靠的歷史，亦稱「信史」。根據目前所見殷商甲骨文或陶文記載，中國信史可上推至「盤庚遷殷」（1300B.C.），商代君主盤庚遷都於殷（今河南安陽小屯村），使衰落的商朝再度興盛。自商代遷都於殷算起，經周（1046B.C.~256 B.C.）、秦（221 B.C.~207 B.C.）、兩漢（202 B.C.~220）、魏晉南北朝（220~589）、隋（581~619）、唐（618~907）、五代十國（907~979）、宋（960~1279）、元（1271~1368）、明（1368~1644）、清（1616~1636）代，至中華民國（1911~），歷時三千三百多年之久，其間的朝代興亡、人事變遷構成了一部源遠流長的中國歷史。

文學的歷史

中國文學的歷史，由先秦文學揭開序幕；所謂「先秦」，指秦朝以前，包括上古時期及夏商周三代。以口頭歌謠、神話、傳說發其端，《詩經》、歷史及哲理散文、《楚辭》承其緒，為後世一切文學的源頭。秦朝僅十五年，未暇發展出一代文學之特色，故習慣併入兩漢文學範疇。秦漢文學繼軌先秦，以漢賦為主流，在五言詩、樂府詩及史傳散文方面，皆有進一步的發展。

魏晉南北朝唯美文風盛行，無論古詩和樂府詩、駢文、俳賦均受時代風氣薰染，走上形式主義之途，綺麗而華靡。陶淵明田園詩、酈道元山水散文及初萌芽的筆記小說，質樸清新，一洗綺靡習氣，儼然成為文壇的另一股清流。隋代不到四十年，五代十國長期陷入混亂中，都未出現足以代表當代的文學風潮，故可併入唐代文學討論。此期為詩歌之黃金時代，古文與駢文相互爭勝，曲子詞、傳奇小說逐漸發展成熟。

至宋代，古典文學之詩、詞、曲、賦、文章、小說各體均已完備，綻放異彩。經元曲之當道，俗文學抬頭。有明文壇，總在士大夫文學、通俗文學與復古、創新中搖擺不定，詩、詞、文、賦與戲曲、小說相輝映，前、後七子擬古論與公安、竟陵性靈說互有消長。清代文學中興，無論詩、詞、曲、賦、文章、小說均重現生機，再展風華；雖然璀璨奪目，卻如迴光返照般散發古典文學最後的一點餘輝。

歷代文學一覽表（上）

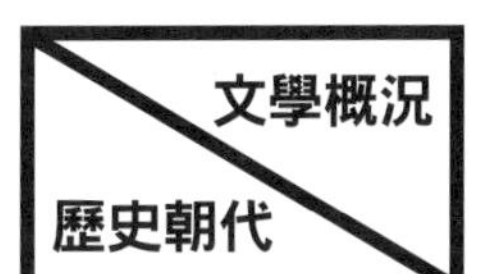

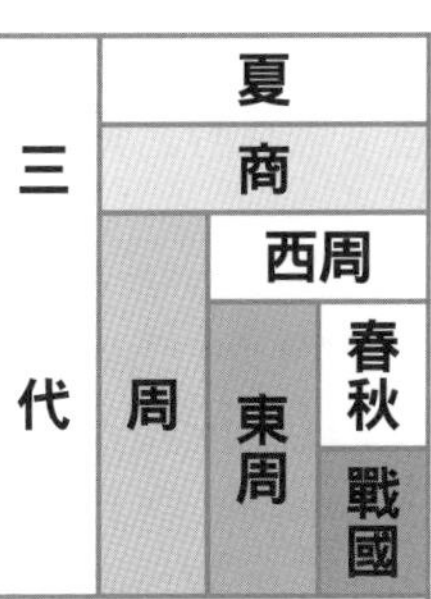

歷史朝代 \ 文學概況	詩歌	詞曲	戲曲	辭賦	文章	小說
三代：夏						
三代：商						
三代：周（西周）					史傳散文 策論散文 諸子散文	
三代：周（東周：春秋、戰國）	《詩經》			《楚辭》	史傳散文 策論散文 諸子散文	
秦					史傳散文 策論散文 諸子散文	
漢（西漢、新莽、東漢）	樂府／古詩			騷體賦／古賦	政論散文／史傳散文／單篇散文	
三國（魏、蜀、吳）	樂府／古詩			俳賦	駢文／散文	
晉（西晉、五胡十六國、東晉）	樂府／古詩			俳賦	駢文／散文	志怪小說／志人小說
南北朝（北朝：北齊→北魏→北周→隋；南朝：宋→齊→梁→陳）	樂府／古詩			俳賦	駢文／散文	志怪小說／志人小說

UNIT 8-10

成果驗收趁現在

終於把整部《中國文學史》介紹完畢，現在，咱們來驗收一下成果，檢視自己是否已經讀熟了。

詩歌題

1.《詩經》是如何編輯而成？何謂「六義」？請詳述之。

2. 何謂「建安風骨」？試述此時期重要作家之成就與風格。

3. 試說明王維、李白、杜甫三家詩之文學成就。

4. 詳述何謂中唐「新樂府運動」。

5. 試述宋代詩歌的發展情況。

詞曲題

1. 黃昇《花庵絕妙詞選》云：「（李白〈菩薩蠻〉、〈憶秦娥〉）二詞為百代詞曲之祖。」其說是否可信？為什麼？

2. 試述柳永、蘇軾在詞體發展史上之貢獻。

3. 稼軒詞有何特色？請舉例說明。

4. 試述散曲「小令」、「摘調」、「帶過曲」、「集曲」、「套曲」之區別。

5. 請說明元人散曲發展之概況。

戲曲題

1.「元雜劇」與「明傳奇」在結構上有何殊異？

2. 何謂「荊、劉、拜、殺」？試述其內容為何？

3. 試述關漢卿生平、雜劇代表作及其戲曲成就。

4. 試比較「吳江派」與「臨川派」之戲曲理論。

5. 何謂「南洪北孔」？其代表作的內容為何？

辭賦題

1. 何謂「楚辭」？其文學藝術價值為何？

2. 請詳述漢賦與魏晉賦之差異。

3. 試述魏晉迄唐、宋賦體之演變。

文章題

1. 比較《史記》與《漢書》之異同。

2. 試述柳宗元散文的特色。

3. 請略述北宋古文運動的始末。

4. 試比較明代唐宋派與前、後七子的文論思想。

5. 試述「桐城三祖」之文學主張。

小說題

1. 唐代傳奇興盛的原因為何？

2. 何謂「三言」、「二拍」？其內容為何？並說明其在小說史上的地位。

3. 試比較明代「四大奇書」之藝術特色。

綜合題

1. 試述崔鶯鶯故事演變的過程。

2. 試述陸游的生平及其文學成就。

3. 試比較「唐傳奇」與「明傳奇」之差別。

4. 何謂「童心說」、「性靈說」、「神韻說」、「義法說」、「格調說」、「肌理說」、「境界說」？

親愛的讀者，您都能應答如流了嗎？——如果還是有些生疏，沒關係，從頭多讀幾遍自然熟能生巧。學問之道無他，努力不懈而已！加油！

歷代文學一覽表（下）

歷史朝代＼文學概況	詩歌	詞曲	戲曲	辭賦	文章	小說
隋／唐／武周／唐／五代（後梁→後唐→後晉→後漢→後周）、十國	古體詩／近體詩	民間詞／文人詞		律賦	駢文／古文	唐人傳奇
宋（北宋、遼、金、南宋）	古體詩／近體詩	曲子詞	樂曲／戲文	散賦	古文／駢文	話本小說
元	古體詩／近體詩	詞／散曲	雜劇	辭賦	古文／駢文	話本小說
明	古體詩／近體詩	詞／散曲	傳奇（崑曲）	股賦	古文／駢文	擬話本小說、章回小說
清	古體詩／近體詩	詞／散曲	傳奇／京劇	股賦	古文／駢文	筆記小說／章回小說

附錄：歷代重要文學家生平簡表

先秦				
序號	文學家	生卒年	字、號	里籍
1	屈原	340 ? B.C.~278 ? B.C.	芈姓，屈氏；名平，字原	楚國（今湖北秭歸）
2	荀子	336 ? B.C.~236 ? B.C.	名況	趙國（今河北邯鄲）

兩漢				
序號	文學家	生卒年	字、號	里籍
1	賈誼	200 B.C.~168 B.C.		河南洛陽
2	司馬相如	179 ? B.C.~117 B.C.	本名犬子；字長卿	四川成都
3	司馬遷	145 B.C.~ ?	字子長	左馮翊夏陽（今陝西韓城）
4	枚乘	? ~140 B.C.	字叔	淮陰（今江蘇淮安）
5	鄒陽	? ~120 B.C.		山東臨淄
6	揚雄	53 B.C.~18 A.D.	字子雲	四川成都
7	班固	32~92	字孟堅	扶風安陵（今陝西西安）
8	張衡	78~139	字平子	河南南陽
9	蔡邕	133~192	字伯喈	陳留圉（今河南杞縣）
10	曹操	155~220	字孟德	沛國譙（今安徽亳縣）
11	王粲	177~217	字仲宣	高平（今山東鄒縣）
12	蔡琰	177 ? ~249 ?	字昭姬，後作文姬	陳留圉（今河南杞縣）
13	陳琳	? ~217	字孔璋	廣陵（今江蘇揚州）
14	劉楨	? ~217	字公幹	山東東平
15	趙壹	不詳	字元叔	漢陽西縣（今甘肅禮縣）

魏晉南北朝				
序號	文學家	生卒年	字、號	里籍
1	邯鄲淳	132 ? ~221	一名竺；字子淑	潁川陽翟（今河南禹州）
2	諸葛亮	181~234	字孔明	瑯琊陽都（今山東臨沂）
3	曹丕	187~226	字子桓	沛國譙（今安徽亳縣）
4	曹植	192~232	字子建	沛國譙（今安徽亳縣）
5	阮籍	210~263	字嗣宗	陳留尉氏（今河南開封）
6	傅玄	217~278	字休奕	北地泥陽（今陝西耀縣）
7	嵇康	223~263	字叔夜	譙國銍（今安徽宿縣）
8	李密	224~287	字令伯	犍為武陽（今四川彭山）

魏晉南北朝				
序號	文學家	生卒年	字、號	里籍
9	張華	232~300	字茂先	范陽方城（今河北固安）
10	潘岳	247~300	字安仁	河南中牟
11	左思	250？~305	字太沖	山東臨淄
12	陸機	261~303	字士衡	吳郡（今江蘇蘇州）
13	劉琨	270~317	字越石	中山魏昌（今河北無極）
14	郭璞	276~324	字景純	山西聞喜
15	葛洪	283~343	字稚川；號抱朴子	江蘇句容人
16	干寶	286~336	字令升	河南新蔡人
17	王羲之	303~361	字逸少	山東臨沂
18	孫綽	314~371	字興公	中都（今山西平遙）
19	陶淵明	365~427	一名潛；字元亮	潯陽柴桑（今江西九江）
20	謝靈運	385~433		陳郡陽夏（今河南太康）
21	范曄	398~445	字蔚宗	順陽（今河南淅川）
22	劉義慶	403~444		彭城（今江蘇徐州）
23	鮑照	414？~466	字明遠	東海（今江蘇漣水）
24	江淹	444~505	字文通	河南考城人
25	謝朓	464~499	字玄暉	陳郡陽夏（今河南太康）
26	丘遲	464~508	字希範	浙江吳興
27	吳均	469~520	字叔庠	吳興故鄣（今浙江安吉）
28	徐陵	507~583	字孝穆	山東郯城
29	王褒	513？~576	字子淵	山東臨沂
30	庾信	513~581	字子山	河南新野
31	何遜	？~518	字仲言	山東郯城
32	酈道元	？~527	字善長	范陽涿縣（今河北涿州）
33	裴啟	不詳	名榮；字榮期	河東聞喜（今山西運城）
34	陰鏗	不詳	字子堅	武陵姑藏（今甘肅武威）
35	楊衒之	不詳		北平（今河北滿城）

隋唐五代				
序號	文學家	生卒年	字、號	里籍
1	虞世南	558~638	字伯施	浙江餘姚
2	李百藥	565~648	字重規	定州安平（今河北深縣）
3	王績	585？~644	字無功	絳州龍門（今山西河津）

隋唐五代				
序號	文學家	生卒年	字、號	里籍
4	上官儀	608~665	字游韶	陝州（今河南陝縣）
5	盧照鄰	634？~689	字昇之	幽州范陽（今河北涿州）
6	駱賓王	640~？	字觀光	浙江義烏
7	王勃	650~676	字子安	絳州龍門（今山西河津）
8	楊炯	650~693		陝西華陰
9	賀知章	659~744		會稽（今浙江紹興）
10	張若虛	660？~720？		江蘇揚州
11	陳子昂	661~702	字伯玉	四川射洪
12	張說	667~730	字道濟、說之	原籍范陽（今河北涿州）
13	蘇頲	670~727	字廷碩	陝西武功
14	王之渙	688~742		并州（今山西太原）
15	孟浩然	689~740	名浩；字浩然	湖北襄陽
16	王昌齡	698~757	字少伯	京兆（今陝西西安）
17	王維	699~759	字摩詰	山西太原祁人
18	李白	701~762	字太白	祖籍隴西成紀（今甘肅天水）
19	高適	702~765	字達夫	滄州渤海（今河北滄縣）
20	劉長卿	709？~780	字文房	河北河間
21	杜甫	712~770	字子美	祖籍湖北襄陽
22	岑參	715~770		河南南陽
23	韋應物	737？~790		京兆長安（今陝西西安）
24	孟郊	751~814	字東野	浙江武康
25	陸贄	754~805	字敬輿	浙江嘉興
26	令狐楚	766~837	字殼士	宜州華原（今陝西耀縣）
27	韓愈	768~824	字退之	河陽（今河南孟縣）
28	劉禹錫	772~842	字夢得	彭城（今江蘇徐州）
29	白居易	772~846	字樂天	下邽（今陝西渭南）
30	柳宗元	773~819	字子厚	河東解縣（今山西永濟）
31	李翺	774~836	字習之	汴州陳留（今河南開封）
32	皇甫湜	777~835	字持正	睦州新安（今浙江淳安）
33	元稹	779~831	字微之	河南洛陽
34	賈島	779~843	字浪仙	范陽（今河北涿州）
35	李賀	790~816	字長吉	河南福昌
36	杜牧	803~852	字牧之	京兆萬年（今陝西西安）

隋唐五代				
序號	文學家	生卒年	字、號	里籍
37	溫庭筠	812~866	原名岐；字飛卿	山西太原
38	李商隱	813~858？	字義山；號玉谿生	懷州河內（今河南沁陽）
39	皮日休	834？~883	字逸少、襲美	湖北襄陽
40	韋莊	836~910	字端己	京兆（今陝西西安）
41	司空圖	837~908	字表聖	河中郡虞鄉（今山西永濟）
42	杜荀鶴	846~904	字彥之	池州石埭（今安徽石台）
43	馮延巳	903~960	又名延嗣；字正中	廣陵（今江蘇揚州）
44	李煜	937~978	原名從嘉；字重光	祖籍彭城（今江蘇徐州）

兩宋				
序號	文學家	生卒年	字、號	里籍
1	徐鉉	916~991	字鼎臣	廣陵（今江蘇揚州）
2	柳開	948~1001	字仲塗；自號東郊野夫	河北大名
3	王禹偁	954~1001	字元之	山東鉅野
4	劉筠	971~1031	字子儀	河北大名
5	楊億	974~1020	字大年	福建浦城
6	錢惟演	977~1034	字希聖	臨安（今浙江杭州）
7	柳永	987~1053	初名三變；字耆卿	福建崇安
8	晏殊	991~1055	字同叔	江西臨川
9	宋祁	998~1061	字子京	湖北安陸
10	梅堯臣	1002~1060	字聖俞	安徽宣城
11	石介	1005~1045	字守道	袞州奉符（今山東泰安）
12	歐陽修	1007~1072	字永叔；號醉翁、六一居士	廬陵（今江西吉安）
13	蘇舜欽	1008~1049	字子美	梓州銅山（今四川中江）
14	蘇洵	1009~1066	字明允；號老泉	四川眉山
15	周敦頤	1017~1073	字茂叔；號濂溪	湖南道縣
16	曾鞏	1019~1083	字子固	江西南豐
17	王安石	1021~1086	字介甫；號半山	江西臨川
18	蘇軾	1036~1101	字子瞻；號東坡	四川眉山
19	蘇轍	1039~1112	字子由；晚號穎濱遺老	四川眉山
20	黃庭堅	1045~1105	字魯直；號山谷	洪州分寧（今江西修水）
21	秦觀	1049~1100	字少游；號淮海居士	江蘇高郵
22	陳師道	1053~1101	字履常、無己；號後山	彭城（今江蘇徐州）

兩宋				
序號	文學家	生卒年	字、號	里籍
23	周邦彥	1056~1121	字美成；號清真居士	浙江錢塘
24	李清照	1084~1141？	號易安居士	山東濟南
25	陸游	1125~1210	字務觀；號放翁	越州山陰（今浙江紹興）
26	范成大	1126~1193	字致能；號石湖居士	吳郡（今江蘇蘇州）
27	周必大	1126~1204	字子充	廬陵（今江西吉安）
28	尤袤	1127~1194	字延之；號遂初居士	江蘇無錫
29	楊萬里	1127~1206	字廷秀；號誠齋	江西吉水
30	朱熹	1130~1200	字元晦；號晦庵	江西婺源
31	辛棄疾	1140~1207	字幼安；號稼軒	歷城（今山東濟南）
32	陳亮	1143~1194	字同甫；號龍川先生	浙江永康
33	葉適	1150~1223	字正則；號水心	永嘉（今浙江溫州）
34	姜夔	1154~1221	字堯章；號白石道人	江西鄱陽
35	徐璣	1162~1214	號靈淵	永嘉（今浙江溫州）
36	戴復古	1167~1248	字式之；號石屏	浙江黃岩
37	趙師秀	1170~1220	號靈秀	永嘉（今浙江溫州）
38	劉克莊	1187~1269	字潛夫；號後村居士	福建蒲田
39	周密	1232~1308	字公謹；號草窗	原籍山東濟南
40	文天祥	1236~1282	字履善；號文山	廬陵（今江西吉安）
41	林景熙	1242~1310	字德暘；號霽山	浙江平陽
42	蔣捷	1245？~1310	字勝欲；號竹山	陽羡（今江蘇宜興）
43	張炎	1248~1320？	字叔夏；號玉田、樂笑翁	甘肅天水
44	謝翱	1249~1295	字皋羽；號晞髮子	長溪（今福建浦霞）
45	徐照	？~1211	字靈暉	永嘉（今浙江溫州）
46	翁卷	不詳	字靈舒	永嘉（今浙江溫州）
47	王沂孫	不詳	字聖與；號碧山	會稽（今浙江紹興）

遼金元				
序號	文學家	生卒年	字、號	里籍
1	趙秉文	1159~1232	字周臣；晚號閒閒老人	磁州滏陽（今河北磁縣）
2	元好問	1190~1257	字裕之；號遺山	太原秀容（今山西忻州）
3	石君寶	1191~1276	名德玉；以字行	平陽（今山西臨汾）
4	許衡	1209~1281	字仲平	河內（今河南沁陽）
5	郝經	1223~1275	字伯常	山西陵川

遼金元				
序號	文學家	生卒年	字、號	里籍
6	白樸	1226~1306	字仁甫；號蘭谷	隩州（今山西河曲）
7	姚燧	1239~1314	字端甫；號牧庵	河南洛陽
8	戴表元	1244~1310	字帥初；號剡源	浙江奉化
9	劉因	1247~1293	字夢吉	河北容城
10	仇遠	1247~1326	字仁近	浙江錢塘
11	吳澄	1249~1333	字幼清；號草廬	江西崇仁
12	馬致遠	1250~1321	號東籬	大都（今河北北京）
13	鄭光祖	1260？~1320？	字德輝	平陽襄陵（今山西襄汾）
14	宮天挺	1260？~1330？	字大用	河北大名
15	王實甫	1260~1336	名德信；以字行	大都（今河北北京）
16	柳貫	1270~1342	字道傳	浙江浦江
17	張可久	1270？~1348？	字小山	浙江慶元
18	虞集	1272~1348	字伯生	祖籍四川仁壽
19	黃溍	1277~1357	字文晉	浙江義烏
20	鍾嗣成	1279？~1360？	字繼先；號醜齋	大梁（今河南開封）
21	王冕	1287？~1359	字元章；號煮石山農	諸暨（今浙江紹興）
22	楊維楨	1296~1370	字廉夫；號鐵崖	會稽（今浙江紹興）
23	吳萊	1297~1340	字立夫	浙江浦江
24	關漢卿	不詳	號一齋、己齋叟	大都（今河北北京）

明代				
序號	文學家	生卒年	字、號	里籍
1	高明	1305~1359	字則誠；號菜根道人	瑞安（今浙江溫州）
2	宋濂	1310~1381	字景濂；號潛溪	浙江浦江
3	劉基	1311~1375	字伯溫	浙江青田
4	羅本	1320~1400	字貫中；號湖海散人	山東東平
5	高啟	1336~1374	字季迪	長洲（今江蘇蘇州）
6	瞿佑	1341~1427	字宗吉；號存齋	浙江錢塘
7	方孝孺	1357~1402	字希直；號正學	浙江海寧
8	李禎	1403~1424	字昌祺	廬陵（今江西吉安）
9	邱濬	1421~1495	字仲深；號深庵	祖籍福建泉州
10	李東陽	1447~1516	字賓之	湖南茶陵
11	李夢陽	1472~1529	字獻吉；號空同子	祖籍河南扶溝

明代				
序號	文學家	生卒年	字、號	里籍
12	康海	1475~1540	字德涵；號對山	陝西武功
13	何景明	1483~1521	字仲默；號大復山人	河南信陽
14	沈仕	1488~1586	字懋學；號青門山人	仁和（今浙江杭州）
15	吳承恩	1501~1582	字汝忠；號射陽居士	江蘇淮安
16	唐順之	1507~1560	字應德；號荊川	江蘇武進
17	歸有光	1507~1571	字熙甫；別號震川	江蘇崑山
18	王慎中	1509~1559	字道思；號遵岩居士	福建泉安
19	馮惟敏	1511~1578	字汝行；號海浮	山東臨朐
20	茅坤	1512~1601	字順甫；別號鹿門	歸安（今浙江吳興）
21	李攀龍	1514~1570	字于鱗；號滄溟	山東歷城
22	徐渭	1521~1593	字文長；號天池山人、青藤道士	山陰（今浙江紹興）
23	梁辰魚	1521？~1594	字伯龍；號少伯、仇池外史	江蘇崑山
24	王世貞	1526~1590	字元美；號鳳洲、弇州山人	江蘇太倉
25	李贄	1527~1602	字宏甫；號卓吾	福建晉江
26	張鳳翼	1527~1613	字伯起；號靈虛	長洲（今江蘇蘇州）
27	焦竑	1540~1620	字弱侯；號澹園	江寧（今江蘇南京）
28	湯顯祖	1550~1616	字義仍；號海若	江西臨川
29	趙南星	1550~1627	字夢白；號儕鶴	河北高邑
30	江盈科	1553~1605	字進之；號逯蘿	湖南桃源
31	沈璟	1553~1610	字伯英；號寧庵	江蘇吳江
32	陳繼儒	1558~1639	字仲醇；號眉公	華亭（今江蘇上海）
33	袁宗道	1560~1600	字伯修	湖北公安
34	袁宏道	1568~1610	字中郎；號石公	湖北公安
35	袁中道	1570~1623	字小修	湖北公安
36	馮夢龍	1574~1646	字猶龍；號墨憨齋主人	長洲（今江蘇蘇州）
37	凌濛初	1580~1644	字玄房；號初成、即空觀主人	烏程（今浙江吳興）
38	鍾惺	1581~1624	字伯敬；號退谷	湖北竟陵
39	施紹莘	1581~1640？	字子野；號峰泖浪仙	華亭（今江蘇上海）
40	譚元春	1586~1637	字友夏	湖北竟陵
41	徐弘祖	1587~1641	字振之；號霞客	江蘇江陰
42	張岱	1597~1679	字宗子；別號陶庵	山陰（今浙江紹興）
43	邵燦	不詳	字文明；號宏治	江蘇宜興

清代				
序號	文學家	生卒年	字、號	里籍
1	錢謙益	1582~1664	字受之；號牧齋	江蘇常熟
2	吳偉業	1609~1671	字駿公；號梅村	江蘇太倉
3	李漁	1610~1680	字謫凡；號笠翁	浙江蘭溪
4	侯方域	1618~1655	字朝宗；號雪苑	河南商丘
5	吳綺	1619~1694	字園次；號綺園	江都（今江蘇揚州）
6	魏禧	1624~1681	字冰叔；號裕齋	江西寧都
7	汪琬	1624~1691	字苕文；晚號堯峰	長洲（今江蘇蘇州）
8	陳維崧	1625~1682	字其年；號迦陵	江蘇宜興
9	朱彝尊	1629~1709	字錫鬯；號竹垞	浙江秀水
10	曹貞吉	1634~1698	字升六；號實庵	山東安丘
11	王士禎	1634~1711	字貽上；號阮亭、漁洋山人	山東新城
12	顧貞觀	1637~1714	字華峰；號梁汾	江蘇無錫
13	蒲松齡	1640~1715	字留仙；別號柳泉居士	山東臨淄
14	洪昇	1645~1704	字昉思；號稗畦	浙江錢塘
15	孔尚任	1648~1718	字聘之、季重；號東塘	山東曲阜
16	查慎行	1650~1727	原名嗣璉；字夏重；號初白	浙江海寧
17	納蘭性德	1655~1685	原名成德；字容若	滿洲正黃旗
18	趙執信	1662~1744	字仲符；號秋谷、飴山老人	山東益都
19	方苞	1668~1749	字鳳九；晚號望溪	安徽桐城
20	沈德潛	1673~1769	字確士；號歸愚	長洲（今江蘇蘇州）
21	厲鶚	1692~1752	字太鴻；號樊榭	浙江錢塘
22	劉大櫆	1698~1779	字才甫；號海峰	安徽桐城
23	吳敬梓	1701~1754	字敏軒、文木；號粒民	安徽全椒
24	楊潮觀	1712~1791	字宏度；號笠湖	江蘇無錫
25	曹雪芹	1715~1763	名霑；字夢阮；號雪芹、芹圃	漢軍正白旗
26	袁枚	1716~1797	字子才；號簡齋	浙江錢塘
27	紀昀	1724~1805	字曉嵐；晚號石雲	河北獻縣
28	蔣士銓	1725~1784	字心餘、苕生；號藏園	江西鉛山
29	姚鼐	1731~1815	字姬傳；世稱惜抱先生	安徽桐城
30	翁方綱	1733~1818	字正三；號覃谿	大興（今河北北京）
31	汪中	1745~1794	字容甫；號頌父	江都（今江蘇揚州）
32	洪亮吉	1746~1809	字稚存；號北江	安徽歙縣
33	惲敬	1757~1817	字子居；號簡堂	陽湖（今江蘇常州）

清代				
序號	文學家	生卒年	字、號	里籍
34	張惠言	1761~1802	字皋文	江蘇武進
35	李汝珍	1763？~1830	字松石；號松石道人	直隸大興（今河北北京）
36	周濟	1781~1839	字保緒、介存；晚號止庵	荊溪（今江蘇宜興）
37	趙慶熺	1792~1847	字秋舲	仁和（今浙江杭州）
38	曾國藩	1811~1872	字伯涵；號滌生	湖南湘鄉
39	蔣春霖	1818~1868	字鹿潭	江蘇江陰
40	李慈銘	1830~1895	字炁伯；號蓴客	浙江紹興
41	王闓運	1833~1916	字壬秋；號湘綺	湖南湘潭
42	薛福成	1838~1894	字叔耘；號庸庵	江蘇無錫
43	黃遵憲	1848~1905	字公度	嘉應州（今廣東梅縣）
44	林紓	1852~1924	字琴南；號畏廬；別署冷紅生	福建閩縣（今福州）
45	嚴復	1854~1921	字又陵、幾道	福建閩縣（今福州）
46	劉鶚	1857~1909	字鐵雲；筆名洪都百鍊生	江蘇丹徒
47	丘逢甲	1864~1912	字仙根；號蟄仙	臺灣彰化
48	吳沃堯	1866~1910	字趼人、薾人	廣東南海
49	李寶嘉	1867~1906	字伯元；號南亭亭長	江蘇武進
50	曾樸	1871~1935	原名曾樸華；字太樸；筆名東亞病夫	江蘇常熟
51	王國維	1877~1927	字靜安；號觀堂	浙江海寧
52	章藻功	不詳	字豈績	浙江錢塘
53	文康	不詳	姓費莫氏；字鐵仙；號燕北閒人	滿族鑲紅旗

主要參考書目

一、古代典籍（依朝代先後排列）

1.〔南朝梁〕劉勰《文心雕龍》，臺北：世界書局景印摛藻堂《四庫全書薈要》本，1988 年
2.〔南朝梁〕蕭統《昭明文選》，臺北：藝文印書館，2003 年
3.〔北宋〕李昉《太平御覽》，上海：上海古籍出版社，2008 年
4.〔北宋〕李昉 《太平廣記》， 北京：中華書局，2011 年
5.〔北宋〕李昉《文苑英華》，北京：中華書局，2003 年
6.〔北宋〕郭茂倩《樂府詩集》，臺北：里仁書局，1999 年
7.〔明〕王世貞《藝苑卮言》，臺北：廣文書局，1967 年
8.〔明〕朱權《太和正音譜》，上海：上海古籍出版社，1995 年
9.〔清〕永瑢《武英殿本四庫全書總目提要》，臺北：臺灣商務印書館，1983 年
10.〔清〕李調元《賦話》，臺北：臺灣商務印書館，1965 年
11.〔清〕沈德潛《說詩晬語》，臺北：新文豐出版公司，1989 年
12.〔清〕周濟《介存齋論詞雜著》，上海：上海古籍出版社，2002 年據中國科學院圖書館藏清光緒四年（1878）刻本影印《續修四庫全書》本
13.〔清〕陳廷焯《白雨齋詞話》，臺北：臺灣開明書店，1954 年

二、今人著作（依姓氏筆畫排列）

1. 王忠林等《中國文學史初稿》，臺北：福記文化圖書公司，1998 年
2. 王國維《人間詞話》，上海：上海古籍出版社，1998 年《蓬萊閣叢書》本
3. 任訥《散曲概論》，上海：中華書局，1931 年《散曲叢刊》本
4. 李曰剛《中國文學史》，出版資料不詳
5. 李曰剛《辭賦流變史》，臺北：文津出版社，1987 年
6. 孟瑤《中國小說史》，臺北：傳記文學出版社，1996 年
7. 袁行霈《中國文學史》，臺北：五南圖書公司，2003 年
8. 馬積高《賦史》，上海：上海古籍出版社，1987 年
9. 張仁青《中國駢文發展史》，臺北：文史哲出版社，2012 年
10. 游國恩等《中國文學史》，臺北：五南圖書公司，2006 年
11. 葉嘉瑩《唐宋詞十七講》，臺北：桂冠圖書公司，2000 年
12. 葉慶炳《中國文學史》，臺北：臺灣學生書局，1987 年
13. 劉大杰《中國文學發展史》，臺北：華正書局，2006 年
14. 魯迅《中國小說史略》，杭州：浙江文藝出版社，2000 年
15. 錢念孫《中國文學史演義》，臺北：正中書局，2009 年
16. 簡恩定等《中國文學專題》，新北：國立空中大學，2000 年
17. 羅宗濤《敦煌變文》，臺北：時報出版公司，1987 年

國家圖書館出版品預行編目資料

圖解中國文學史(下)——辭賦・文章・小說瓊林宴/簡彥妗著. 一一初版. 一一臺北市：五南, 2018.11
面； 公分

ISBN 978-957-11-9977-1 (平裝)

1.中國文學史

820.9 107016784

1X3L

圖解中國文學史(下)——辭賦・文章・小說瓊林宴

作　者一 簡彥妗 (403.4)
發行人一 楊榮川
總經理一 楊士清
副總編輯一 黃文瓊
責任編輯一 吳雨潔
封面設計一 姚孝慈
美術設計一 劉好音
出版者一 五南圖書出版股份有限公司
地　址：106台北市大安區和平東路二段339號4樓
電　話：(02)2705-5066　傳　真：(02)2706-6100
網　址：http://www.wunan.com.tw
電子郵件：wunan@wunan.com.tw
劃撥帳號：01068953
戶　名：五南圖書出版股份有限公司
法律顧問　林勝安律師事務所　林勝安律師
出版日期　2018年11月初版一刷
定　價　新臺幣360元

凝煉知識品味閱讀

凝煉知識品味閱讀